# 虚构一场雪

——溪上文学年选

2018

方向明◎主编

团结出版社

UNITY PRESS

图书在版编目(CIP)数据

虚构一场雪：溪上文学年选.2018 / 方向明主编.
—北京：团结出版社，2019.10
ISBN 978-7-5126-7503-2

Ⅰ.①虚… Ⅱ.①方… Ⅲ.①中国文学–当代文学–
作品综合集 Ⅳ.①I217.1

中国版本图书馆 CIP 数据核字(2019)第 241096 号

出　　版：团结出版社
　　　　　（北京市东城区东皇城根南街 84 号　邮编：100006）
电　　话：(010) 65228880　65244790
网　　址：www.tjpress.com
E－mail：65244790@163.com
出版策划：成都力扬文化传播有限公司　028-86965206
经　　销：全国新华书店
印　　刷：成都兴怡包装装潢有限公司

成品尺寸：160mm×230mm　16 开
印　　张：25
字　　数：485 千字
版　　次：2019 年 10 月第 1 版
印　　次：2021 年 4 月第 2 次印刷

书　　号：ISBN 978-7-5126-7503-2
定　　价：68.00 元

# 目录 CONTENTS

3

# 序

方向明

　　一条无名的小路，是祖父在杂草丛生中硬生生辟出来的羊肠小道，父亲的童年是踩着这条泥路度过的。等到我开步的时候，父亲撑木船从长岐山运来石板，我童年的游戏都是在石板路上上演的。而今，小路早已淹没在一条通向遥远的宽阔柏油马路的腹下，再也不见了踪影。然而在写作者孙文辉的心里，承载了几辈人生命历程的这条小路是弥足珍贵的，这里有几辈人的生命记忆。

　　有人将这类带着强烈个人体验、地方印记的写作称为"地方性书写"。

　　我曾与一位热衷于拍人文纪实片的艺术博士有过一场愉快的交谈。我谈的大多是我周围写作者的文字成果。逐花而居、养蜂为生的歌者老沈用诗句重构了一段人生，张巧慧以诗为刀剖析自身和普遍的人性，"光头"李金波则以带着东北味的语言和故事传达一种深思熟虑过的想法，看似沉默的布依族青年陈德根、开口渭河腔的张寒则"坐南望北"，乡愁悠长而绵密……听到这里，博士说出了"地方性书写"的概念，甚至有了以此为主题来慈溪拍一个"纪实片"的冲动。

　　文学的地方性与世界性，是个问题。也是一直困扰我的老问题。

　　身处海边一隅，我们的写作有没有意义？我们的写作如何有出息？

　　哲人告诉我：世界是一个空洞的概念，只有填充进地域性文化的细节，才会具备肉身和人格，才会有灵魂，变得真实可靠，触手可及。

是的，文学是具体的，特殊的，充满个性细节内容的。世界的所有地区都由不同的地域文化构成，拥有各自不同的生活细节，这些地方性的内容被作家成功地写成作品，文学就显出了非凡的力量。世界的价值之一就是差异性，文学更是如此，没有差异的文学，就失去了意义。差异性表现最充分的就是地方性文学。一部文学史就是差异性——同一性——差异性的历史。

说到这里，我的信心来了，我顿然发现了"我们"写作的意义。是啊，文学史上哪一部伟大作品都不是凭空冒出来的，都是土地上长出来的。立足于我们自己的土地，这就是我们要做的事情。我们应当知道，这片土地为我们提供了丰富的写作资源，为我们提供了区别于他者的特殊细节。立足于自己的土地，写出自己独特的人生体验，保证其陌生化和独树一帜，从地域文化出发，获得重要的思想启示，发现人生真理，这才是我们要走的路。

博士还说：地域文化的研究和地方性内容的书写，也是 21 世纪文学最重要的方法论。陌生化是文学艺术最重要的特质，它的大部分来源就是地域文化。当前全球化使得世界各地文化差异性越来越小，对于人来说，也许会有很多方便，对于文学，却是一件坏事。现代化就是标准化。文学描写越来越雷同，越来越乏味。面对全球化趋势，要提出地域文化与文学写作的追问，比如方言写作和普通话写作，少数民族写作和汉族写作，边疆写作与首都写作，知识分子写作与民间写作，亚非拉中东拉美写作与欧洲北美写作等等。

反观国内的文学版图，我称之为"边地"的写作令人兴奋。无论新疆的刘亮程，云南的雷平阳，还是关于西藏的文学书写，以及吉狄马加的彝族史诗、阿来的藏地小说、迟子建的《额尔古纳河右岸》，都令人眼前一亮，或许便是一种"陌生化"效应吧。

再也不要为身处地图上找不见的小地方而自觉惭愧了，不要为远离文化中心而妄自菲薄，地方性才是我们的本钱。我们身处的三北，就是苏童的香椿树街，就是莫言的高密东北乡，就是福克纳的约克纳帕塔法县。

可是，反过来的问题是：文学材料很重要，但只有材料却不是文学。如何从现实到艺术，如何把真实的故乡改造成心造的故乡，这才是作家的本事。作家的才华、知识系统、思想境界和情怀，决定了他的写作能够走多远。对于地域写作者来说，写好故乡那一片山水那一方风俗并不难，难的是怎样赋予这个原乡一种普遍性，获得一种超越性。福克纳和莫言虽然立足于"邮票般大小"的故土，但是他们的作品是建立在宽广、深厚的底蕴上的。他们恰当地平衡了区域性和共同性的关系，试图通过区域性的场景和人物折射出普遍真理，阐发对人性的诠释和拷问。地域文化的文学写作，不是为了关闭和躲藏，是为了敞开。地方性的书写，不是为了自我张扬，不是自言自语，也不是自身委屈的浅表诉说。开阔眼界，提升自身的文学理解力，让地方性文学写作具备更宽阔的视野，揭示出普遍而深刻的人类命运，这才是我们的追求。

国际安徒生奖获得者曹文轩说过类似的话。让我引用曹文轩的话，作为本文的结语：

"一个作家站在这块土地上的时候，他的目光应该穿越这个国家的界碑，去一个更加广阔的世界，思考整个人类应当思考的那些问题。"

# 小说

虚构一场雪

XU GOU YI CHANG XUE

# 东风如意

## 童 莹

### 一

莫急，车老爷，侬等等。

东风姨的手法还很生。虎口顺着一捆长粽捋出，粽子尖端又散了，终归摆不成金字塔形。从旁拨弄了一阵，移进移出，挑了体格大点的，头尾颠倒。喷的一声，索性把它们按倒了。

风灌进来，比穿堂风响。

以前全是她外婆主持的啦，姨像刚发现我也在车厢里似的，脸松下来，笑了笑，问，你们那边要不要请车老爷的。我摇头。我听说过灶王爷，土地公，第一次听说车神。

东风叔走到车尾，我照旧去接应供品。一盆子蒸猪肘被端上圆台面后，集装箱最后晃了晃。姨往将要冻结的油汤上撒了一把葱花，顺势拉拢后门。风小了，油香袭来。天光收拢，只剩得打火机火焰瘦长高直，映出叔外鼓的腮帮。

嘘，他说，车老爷显灵时，是打扰不得的。

香烛燃起，六米长的车厢内涂满了蜡，和蓬莱仙窟一般了。外圈云片糕上的花模子，梅兰竹菊。荤素泛着油光，溢出鎏金色的水珠子。进口饼干也是不缺的，包装袋上，英法日韩的语言。

东风姨的眼神从圆桌移到手心，来来回回。从蛤蜊闸蟹，松子鲈鱼，到酱鸭白斩鸡，以及各色素菜瓜果，对了几轮，交待道：车老爷，侬要吃的总算是齐了！

她擦掉留在手心的笔迹，抹了抹冻红的鼻头。烛光抖了抖，像是有神穿过。我不敢动。外面的风长了手脚，踢打车皮。想必是车厢里的人情酒食，引得大风投奔，以身相撞。天气预报没错，狂风作势，夜间免不了大雪。腊月二十八，东风姨挑准了时日过年，前一日煮肉杀鸡，借齐了碗筷桌台，这天四点多烧鱼淘米，赶着还没下雨，送到这荒地来。

直到烛光持续抖了抖，警报似的，东风叔才觉察到不对劲。他拉开门栓，几个头颅探进来。我们跳下车。我认出里边的副书记。没说上几句，他们退了十几米远。最年轻那个掏出几张纸，清了嗓，吞吐一串带百分比的数字。张口间隙，两侧的疱疹随脸颊挪动。风把白纸和几个人的衣领吹得簌簌响，翻来覆去。

东风叔领会到数字的真意，手揣在腹前，双眼半闭。年轻人说完"通过"二字，副书记说，恭喜。他在叔肩上拍了一记，叔抢先一步，说，辛苦。副书记的手就被东风叔握紧了，抽不出，憋了会，才说，正月十五公投，就在小区会议室，他脸上浮出笑意，刚解冻似的，补充道，我也是希望这些车子留下来的啦。

他们走远，东风叔往香烛下搁了垫子，笑问，手扣在后背做什么，怕了？东风姨说，幸亏每辆卡车尾气都合格，她扪了扪胸口，说，来了这么多人，跟小时候搞批斗一样。小胆黄狼，叔合掌跪拜，说，可是有车老爷显灵的。姨往酒盅添了黄酒，说，哼，这么有信心？早就打电话问过检测局了，叔站起来，神色有点得意。姨凑近问，公投也有信心？没问题，叔说，尽人事了。姨下跪合掌，说，请车老爷保佑，顺风顺水，东风如意。断断续续的，有点生疏。

收了物件，东风叔插上闩，上了锁。手指关节叩了叩集装箱铁皮，转过头，一脸的红光。姨往车前的焚烧炉里倒了纸元宝，煤饼夹翻开经文内芯。黑烟熏得他们扭过头。

他们是一对结婚二十几年的夫妻。东风叔是板寸头，偶有白发，点点星星。五官虽然立体，脸的轮廓却很柔和。他体态硬朗，扛着猪肘往前走，不时谈笑，有弥勒佛像的神韵。东风姨随意扎了头发，颈背略微弯曲，手脚却很灵活。她不太言笑，可能是受凉的缘故，鼻头一吸一吸。两人向保安老宋打了照面，说，新年如意，随即搬了方才的瓜果，塞到值班亭桌底。

你们放心，老宋的语气软下来，说，有我看车，就不会有贼。说罢，下了亭子，帮两人去滚圆台面，说要送到东风家去。

我转头去看那七辆卡车。一字排开，像齐整的婚车。车头剪纸簇新，如意花纹，在风中贴得牢靠。我有点担心。不知明年这个时候，还能不能见到它们。

十一月初，刚来到林西镇时，因为没有申请到实习教师宿舍，我住在附近的居民区里。那天路过小区门口，焦黄的荒地里，几辆货车的虎躯。出租的广告夹在雨刮器里上。我绕到集装箱一侧看了看，出租热线和货运热线是同一个。

我望过去。小区楼房是连体式的，四五户一组，坐北朝南，楼身茶白，老银，或者介于这两种色彩。规格大同小异，上下三层，楼顶都卧着棱柱状的小阁楼。虽说这是江南小镇，但关于白墙黑瓦的想象落了空。说它是洋房也不怎么合适。没有花园、圆尖顶，门前柱是简单的垂直条状纹路。再细看，外壁少有人家砌了装饰砖的，因而色泽暗淡了些，使人疑心里面的屋子里也是简易的白坯房。我想，这里的房租应该不会太高。拨通号码，一位阿姨迎了出来。

又贴出去啦，东风姨，老宋从值班亭探出头，打招呼。阿姨向下挥挥手，叫他别说话。她看了我一眼，叫我等她一会儿。摘茶叶似的，她把几张广告纸揭下来。回来后，她说，别人问起来，你就说是我们家亲戚。喏，阿姨对老宋示意。纸飞进了垃圾桶。她对我笑了笑，说，影响不好的，不好的。后来我从鳇鱼那知道，小区在评文明社区，是不允许私自出租的。

我跟着她走，她的皮鞋发出喳喳声，像是浸过水。走过连体楼房，偶尔镶嵌别墅式的房子。私人林荫道，是我不曾见过的，它往内连着小花圃。围栏内几株芭蕉树下，很洋气地摆了海豚顶球的大理石雕塑，甚至砌了小水池。内壁安装的一圈小喷泉，往上隆起低矮的水柱。

阿姨说，广东人买了这个楼，刚刚装修好。她的声音低下去，说，原来住的那户，欢喜赌地下六合彩，就押掉了房子。

前面还有洞天福地，院内正门前砌了拱形门，往里看，石桌和石凳的一角露在外面，有点风雅的意味。我刚要踏进去，阿姨拉住了我。她顺手拉开铝合金院门，说，这头这头。我有点失望。这里柴油味弥漫。蓝色铁皮仓里，三个油箱，占了半个院子，每个箱子要六七人合抱过来。

我说，阿姨，你们家做货运？她说，随便跑跑啦。想起前几天下火车后，眼前一圈的货运广告纸。格式很简单，大概是三行：公司名称，路线和手机号。白底黑字，背景多半是红蓝大货车，或是老师傅伸出拇指，旁边最多加一行"very good"或者"bang"，很有和国际接轨的抱负。

进了里屋，我的鞋子就湿了。阿姨说，厨房在装修啦，刚把灰尘冲掉，你就打电话来了。东北角遮了蓝篷布作门帘，掀起一个角。墙拆了一半，砖头和木屑堆了一地。

用不着脱鞋，她制止我。楼梯是螺旋式的，墙壁上的装饰画，从水彩到版画，风格各异。最后一幅改自达利的那张名作，时钟替换为人，弯折处比例合适，着色考究。我说，这幅画，真是厉害。阿姨露出铅白的牙齿。哎呦，女儿画的啦，大师都说，相当有功底了。

她领我到三楼。四角各有一个房间，任我挑选。除了最基本的家具外，四面白墙，棕黄门框，极简主义。我看了看窗户，要了西南角的那间。阿姨说，你这么爽快，不像是外地人。

回学校后，我觉得太顺利了些。同伴们说，太不长心眼了，收据都不开，就交了一千押金。我想了想，有点后悔。是不是在闹鬼，同伴说，这一带可是很流行拿年轻人去冲晦气的，说是阳气旺。我回想了下水泥地，柴油桶，白坯房，以及风格不搭的布置，说，是有点阴气。

　　中午下了课，我就跑到小区去了。姨还在冲灰尘，两个裤腿卷得很高，说，怎么不带行李过来。我说，学校说得有收据，要报销。我不太会写字的啦，姨说，她爸来了再写好吧。我心虚地点头。离开实习队前，他们顺次抱了抱我，好像我会遇到不测似的。

　　傍晚去的时候，路灯跳了跳，亮了又暗下去。我有点慌，攥紧了手机。阿姨不在，东南角办公桌前两个人影在交谈。桌前桌后，年龄相仿，像是在来回过招。

　　来客前倾道，错过今年最后一批申请的话，就更亏了。叔在缠鱼线，说，也就头一年有五万奖金，其他的，就摸不到盈亏啦。

　　来客掏了钢笔，划给叔看，说，承包出去后，每年按照对方的收益，四六分。叔往鱼线圈外打了结，说，谁六谁四，模棱得很。

　　好商量的，来客说，另外，车辆的维修保养，都不用你来。哈哈，叔笑道，我们家的车，向来结实，你在帮他们省钱。

　　来客推过去一张表，身子靠到沙发上，说，阿哥，我在为你担心公投，这是模拟投票的结果。我晓得的，叔说，大家都在为你出力，安静社区，环保社区，文明社区，都在出力的。叔退回香烟，送客到门口。来客不忘夸墙上的画，说，评艺术之家，也很快的。

　　叔不接话，来握我的手，说，以后就是自家人了。我后背一凉。他去倒茶，说女儿在美院上学，这是最正宗的西湖龙井，她从杭州寄过来的。递给我时，他的眼睛里有不可违抗的亮光。我不敢不喝，也不敢搁在办公桌上，一直捂着，手心烫得很，也不说。做梦一样，他给我看营业执照，谈跑的路线。从林西轻纺城，到最远的泉城。他展开墙上挂着的地图，说，你看，就是这个 G 字形。过了轻纺城，取道丰州，泰安城，最后，送到泉城，有回货，再拉回来。他的手指划过高速线，走走停停，很有指点江山的架势。我站起来点点头，稀里糊涂的。他继续比划，好像这些都是收入囊中的地盘。

　　跳了火坑，我疑心他要我帮他推销业务。邮递员进门，把他的名字喊得字正腔圆。

　　东风叔真有才，每个月都会有稿费的。

鳇鱼！叔去签字，他的字很娟秀。我想起那天出租广告上的字，笔画始末皆见笔锋，虽说体态凌厉，骨架却很端正。我夸他。没有没有，我只读了个小学，他说，甜甜这次稿费，蛮多。

　　离开时，鳇鱼说，有出山的女儿真好。叔出去送了他一罐日本鱼钩。他拍了拍叔的啤酒肚，叔夺过他手里的罐头，用拳头顶他的肩膀。他一闪，躲开了，抢过叔的罐头。两人用方言谈着什么，鳇鱼最后爆了一句脏话。叔说，副书记很手下留情了啦。两个人大笑起来，继续说方言。我听不明白，只能听出他们是快活的。

　　上楼前，叔叫我拿一个盆栽走。办公桌上几株仙人掌，下面的盆子，酒盅一般小，砂土上铺了一层花花绿绿的塑料颗粒，是吸引小孩子的那种，还闪着光。

　　鸿图大展，生意兴隆通四海。伟业宏开，财源广进达三江。

　　我转头，叔在读对联。两盆毛竹上刻着行楷小字，看得出是机器刻的。我想，没有让毛竹落单的道理，就捧了仙人掌。他说，小后生果然还是个小孩，说着，把我说的"收据"塞到牛皮信封里，骑线签字。我有点愧疚。叔开了保险箱找印章，不嫌麻烦。末了，在信封正面盖了章，写上自己的单位，一笔一画，遒劲有力。

　　安顿好后，我给队员们发消息，说自己很安全。悠着点，他们提醒我。

　　果然，一早起来，大衣消失了。走到浴室，没有找到换下的内衣和衬衫。我自责涉世不深，不曾见过这般劫财手段。路过隔壁房间，听到嗡嗡声，想象不出是什么发出的。脑中纷纷雪花噪点。刚想退租，瞥到了内衣内裤。明晃晃的，在阳台上摇晃。衣架纤弱，衣裤看上去有点轻佻。

　　起球了，就用毛球器剃了剃，阿姨站在身后，提了大衣。我抖开一看，也没有褶皱。我说，阿姨，我就去听听课，还不上课。不行的，她说，你这个年纪，给人的第一印象，是蛮要紧的。阿姨买了小笼包。我在客厅吃得局促，她倒是气定神闲，讲甜甜的升学面试，佐证以上观点。讲到后来，听不出有劝导的语气。这是新买的碟子啦，她指了指给

7

我用的醋碟，说，等厨房弄好看，都用新的了。客厅柜子上，摆了很高的几摞碗碟，从簇拥牡丹，到清浅雕花，样式丰富，其中不乏一些卡通图案的。

来到学校，同伴说，印堂发黑，你在外面，对身体太狠了。行了，我说，被吵醒了两次。夜里，货车的发动声太大，倒车，转弯，震得玻璃快要离槽。一有动静，小区里的狗也叫起来，从各个角落，打暗号一样，轮流响应，偶尔胡乱地撕咬几下。在这样的生态里，我怕是会神经衰弱的。

不过在我说出口前，叔问，没睡好吧。只闻其声，不见其人。原地转了会，发现他仰卧在卡车底下，使扳手。每天都要做检查，叔爬起来说。他戴的白棉手套，乌七八黑。房租少收你两百，叔说，她妈妈没交代你，夜里发车几次，是说不准的。听得出，语气里有亏欠的意思。他摘了手套，直到把口袋给外翻了，才凑到两百块。都是零的，他压了个反光镜的破支架移过来，解释道，整的都先支给驾驶员当油费了。我收下后，买了效果很好的耳塞，也养成了晚上洗衣的习惯。

## 二

待了几天，听邻居叫东风叔，东风姨，我也改了口。晚上回来，我说，东风叔好，东风姨好。两人在客厅对账目，姨很有牢骚，怪叔算错了很多回。小文！叔叫住我，你还没见识过东风吧。我想，等闲识得东风面，万紫千红总是春，这我当然是明白的。我说，江南好风光，十一月这风也很暖和。阿姨顿了顿，说，小文读过书，就是斯文。我干笑起来。叔说，我是说，东风牌卡车。我笑得更干涩了。他站起来说，改天叫你见识一下七辆车。阿姨忙去扯他的夹克衫，说，你又来了。我上了楼，才晃过神，那是他们称呼的由来。

秋游，学校组织学生参观轻纺城。我是实习班主任，通宵背了稿子。在学生面前，还是很生疏。我说，林西镇先前有轻纺之乡的美称，运输业也是老产业。几个词一顿，像不合格的导游。学生的兴趣当然不在我这，他们趴在铁皮厂房外，叠罗汉一样，盯着里面转动的油机，好像刘姥姥初见自鸣钟。无奈之间，我看到东风叔。十一月末的天，只着汗衫白背心，正扛着一管两米长的涤纶布。肩胛骨边的筋肉很饱满，膀子白皙，小臂却是黝黑。一问二答后，叔笑着说，你是外乡人，怎么晓得林西镇的机密。

他来拉我的裤腿，我差点闪开。学生围过来，看好戏一样。很快，我的裤脚就被翻得很高。他把我按下去，像制服罪犯。一管涤纶布下来，我就原地瘫软了。叔说，我还没松手嘞。我又战战兢兢蹲好，正憋气，学生们就叫好，当我是丑角。我要站起来，视线被布料挡住了。叔扶住我的背，叫我别弯。举重似的，我好不容易站成了人样，护住布料时，大腿根抽筋了。不远处传来鼓掌声，听不出是不是在幸灾乐祸。顺着叔的指令，我往集装箱走，包在外面的塑料膜，沾在脸上。风吹过来，簌簌发痒。

卸下布料时，我挺直了脊梁骨，好像恢复了做人的资格。一抬头，发现车里布料的半径，是刚刚的两三倍。东风叔揉了揉我的肩膀，眼睛朝向外面，说，你们小时候穿的 T 恤衫，难说还是我亲手装的。

几个学生不信。叔说，二十年前，这里只有两排水泥房，都是我接的业务。他们环顾四周，数数。

棉麻尼龙，什么布料没装过，现在都改成铁皮厂房了。叔说着，掀起背心，去擦两腮上密集的汗珠。

几个孩子踩着地上的货跳上车，我说，快下来。叔阻拦了我，挡在集装箱口，做他们的保镖。几个学生在里面走走跳跳，摸摸两侧的铁皮。玩够了，叔把他们一个个抱下来。其中一个爱捣蛋的，趁我们不注意，扒下了一块生锈的铁片，要玩小李飞刀。我夺了过来。他下车后，往大轮胎上踢了一记，见车身没有晃动，就逃走了。我向叔道歉。叔说，那小子以后机灵。说着，往我耳朵后夹上一支烟，说他是不抽的。

回到家，我看到办公桌后的地图。眼前 G 字形的路线自动浮现出来，我知道，轻纺城就是那个箭头的顶端。

东风叔的托运部，麻雀虽小，五脏俱全。几辆大货车，两三个驾驶员，三五个装货的小工，就是全部了。东风姨不用上班，典型的家庭主妇，持家有方。洗衣，买菜，收拾房间，空下来，打麻将，唱越剧，看我没事，就给我翻看相册。照片里的甜甜，面相和善，遗传了东风叔，但眉眼里的机警灵巧，大概有姨的一些禀性。

这些天，东风姨搬了桌，亲自坐在厨房边监工，看装修公司有没有偷工减料。虽然没上过什么学，对于数字，很是敏感。木料，瓷砖，数量和费用算得极快，又很准。到了很晚，计算器的人工语音还在发音。归零归零，响个不停。她嫌公司得寸进尺，开支又多了几百几千。有一次进门，有点委屈，又不像是受气的样子，说，拆了隔间的拱门，要六边形的，六边形的考究，新娘子他们家的厨房，样式比我们的好看，也不晓得哪里看来的。东风叔在翻瓷砖样式的册子，说，人家大老远嫁过来，巧嫂做婆婆的，哪有不花光心思的道理。东风姨原本想铺地暖瓷砖。她听巧嫂说起过一个国外的牌子，当时记得清，回来就复述不出来，饿了一顿饭，怪自己没文化，却也不好意思再去打听。我搜了商家给她看，她觑了价格，就作罢了，说，还拿不出那笔钱。

我和甜甜早些天加了好友。起初，东风叔叫她填安全运输单位的评比表。这是镇上的评比，说是副书记送来的。她说，家里的语文老师写，省时省力。于是她来说服我去写。我问东风叔，事迹怎么写。叔说一句，我就在电脑里打一句。

从业二十几年。

从未发生责任事故。

年均行车八万公里。

全体员工无人员伤亡。

说到这里，他停住了。东风姨说，看看，要夸不下去了。她在厨房擦新铺好的地板，四肢都着地。灰尘沙砾抠得仔细，沿着四方形，跟着污痕已经爬了几圈，像我以前玩过的贪吃蛇游戏。

叔说，小文，你随便写写。我说，安全检查这一条，怎么意思。他说，就是发车前，我都叫他们检查车子，每次停靠，轮胎，发动机，门，篷布啊，都要把把关的。

我问，车子保养很麻烦吧。他说，要是我手下也这么想，就省心了，看到车子缺胳膊少腿，肉疼。他指了指楼梯。

那些都是报废的零件。楼梯下几个大纸箱里，大的，我看到过发动机，轴承，铁栏板，前后视镜，小的，除了落单的雨刮器，齿轮，其他的，我叫不出名字。我想起之前收破烂的从门前经过，姨总说要把它们全部卖光。一本正经的样子。

那你还要买新卡车，倒贴的生意，东风姨像是在教训，说，甜甜结婚，急需用钱。她把我喊到厨房，叫我蹲下，让我用手机拍瓷砖上的划痕，找装修公司赔钱。安装橱柜时，泥水工没提角，地面就刮坏了。我和姨头对头跪着，选角度找刮擦的痕迹。窗外的光线足，地面总是反光，姨几乎是趴着，用手指尖的触感找刮痕。因为眼花，头微微往后仰，目光却很高，看上去很卖力。

东风叔说，早就说过，现在搞厨房，没必要的，年前也不一定能弄好，甜甜又不是明年结婚。


阿姨不同意，觉得叔少了一根筋，说，买新车的成本放下去，收益两年也收不回来。

叔拉缩短了钓鱼竿，笑笑说，这就是女人的眼光。

姨爬起来比我快。她去拿文件夹，掀了口子，说，超速罚款单，违章停车罚款单，喏，尾气举报信，噪音投诉单。

好了好了，叔去合上口子。

姨把抹布甩到叔面前，说，要不是副书记原本是你的位子，人家哪有那么好，给你私下解决。

叔没接话，把文件夹放回书柜，上了锁。

生意索性就承包出去好了，姨说着，坐到办公椅上不起来，心事写在脸上。

叔提起鱼竿和塑料桶，出了门。姨看到我，觉得有些难堪。她眼角有点发红，叫我不要介意。

我点点头出了门。我对钓鱼很感兴趣。祖父曾经坐岸垂钓，那是十几年前的事了。后来因为家乡城市改建，填了河道，我就没有摸鱼竿的机会。叔见我平日里对他的渔具感兴趣，转头叫了我一声，硬要把我拉到二灶河边去。

鱼友们年龄相仿，靠在栏杆边，转头打招呼。东风叔给每个人一盒鱼饵。有人问叔，什么时候去镇南钓鱼，好乘顺风车。叔说，下雨前。说着，往远处的河道里投了两个窝。

有女婿了？他们问。怎么样，他回问。

我有点无措，他拉了我到边上，告诉我说，这个是红蚯蚓，这里的鱼最喜欢吃。我不敢捻，他笑了笑，问我会不会开车。驾照考出三年了，但没怎么摸过方向盘，我说。

一个叫老岳的人，隔了三四个人，喊，听说老东风不搞货运了？

几个人嘘了一声，怪老岳把鱼弄跑了。

叔没搭理，低声对我说，现在考驾照，简单多了，要是以前，他得把车上的部件都记熟。他来抓我的手指捉蚯蚓，说，会开车不会修车，说出来多难听。

我的头皮有点发麻，手上滑溜溜的。红蚯蚓在蠕动，分不清头尾。

套上去！他有点命令的语气。我手抖得厉害，问，打个死结？

东风叔笃定我不会，笑了，抓过红蚯蚓，往钩尖上一套，蚓身就被刺穿了。左右手配合得紧，一来二去，整根蚯蚓折了三四道弯，动弹不得。

看清楚了没，我摇头。

叔说，这一片的马路，是我赚工分那几年，亲眼见它拓出来的。我望过去，路很直，被两边的银杏遮得严实。是那种很炽烈的姜黄色。

叔又告诉我说，二十岁时被选到了当地的运输大队，学开大卡车。

一条鲫鱼上钩，叔的手有颠倒乾坤的气魄。鱼尾腾挪了一阵，就自己钻进了桶里。

就三个人，他强调了一声。说着，换了一批鱼钩，把之前的抛给鱼友，说，德国小鱼钩！鱼友也抛了几盒来，说，你要的大号！叔接得很准，耳聪目明。

老东风的好东西都从哪里进货的，藏着开渔具店？他们打趣了一阵，又对我说，老东风是镇上头一个买东风大卡车的。

　　我不知道该对谁说话，只是说，您真厉害。叔又换了口气，显得很谦虚，说，蛮好开，改天我叫你试试。

　　跟你说这么多，老东风是相中你了！鱼友们来搭我的肩，我一眼认出邮递员鳇鱼。他来握手，说，是斯文的。我有点局促。他们说，怪不得这么早就装修婚房了。

　　别吓小伙子，东风叔指指他们，说，说胡话，烂肚肠。

　　开卡车的事我没有放在心上。那天回家，东风叔问我，能不能帮他开一次。他翘着打了石膏的脚，和姨一起，坐在门口等我，俨然等待武林接班人的架势。他们的意思是，手下都回家了，没人能开到荒地去。我望了望门口那辆卡车，头顶一阵凉风。

　　赶鸭子上架。想起大二攀岩，四肢同时用力，对底下的人回眸，初生牛犊不怕虎。现在磨了锐气，往下看，也会头晕了。东风叔坐了起重机上来，爬进副驾驶座，还很闲适。我说，叔，劳驾看着点。叔先是笑出了声，说，你都驾驶了，还跟我说劳驾，不是病句吗，语文老师。十二月天，我的脖子出了点汗。他一把扭动车钥匙，整个车就抖起来。我的屁股在座上横竖簸动，不受控制。我说，等等，叔，我先踩踩刹车。他说，尽管试，启动一会才能开。他两臂插在胸前，验收徒弟功力的模样。

　　也就十分钟，像过了寒冬酷暑。忘了拉手刹，又找不到安全带的扣子。临近荒地，叔突然挂了空挡。我脑子空白，手脚都松开了，只觉得车在地上滑。直到叔说了几次点刹，我才手脚并用，凭感觉勒车头。踩一下，松一下，卡车的躯体跟着我的脚掌，一抖一抖。

　　叔还是坐着起重机下来，着地，说，小后生很沉稳，就是胆子小了点。我没有转头，憋着胸口热气，径直去垃圾桶，吐了一通，腿也软了。晚上做梦，弯道黑黢黢的，指不定哪里冒出土狗，背后又有鸣笛紧催，一急，方向盘就失了灵，冲进了二灶河里，淹死了。

　　我跟甜甜发消息说，东风叔辞退了一两个小工，亲自上阵，把脚砸伤了。她说，我也站在妈这边，承包出去的话，这些都能避免，也不用这么省成本。甜甜给我发了段在沙漠的视频，说，她和老胡子在那里取景。老胡子是她的男友，在拍独立电影。视频里，他也不过二十七八，有棱有角，长发撂在后面。一个看上去是演员的女人，握了矿泉水瓶击打他的额头，八分力度。

再重点，对，他训练她说，别把我当人，物化，猪肉不如的那种。

女主总是手下留情，甜甜说，老胡子觉得把瓶子灌满会更好，你觉得呢。

又发来一个视频。演员的手往空中抡了很大的圆弧，逐渐加速，将要锤到头时，我长吸了口气，没看下去。我说，什么时候回家，阿姨很惦记你。

哦小文，我还不能应对这件事。她发来一句语音。紧接着，她又说上个月在学文身。发过来的视频里，正中间一座烛台，脚边是堆了长针的纸箱。背景音很杂，听上去是长一阵短一阵的钻头声。甜甜解说道，她负责开台，收台，烧针头，给手柄消毒。镜头转向墙壁，文身稿像徽章一样，密集地别在墙上。飞禽走兽，人像图腾，五彩斑斓。

我说，厨房快装修好了。她问，梯下的废物仓呢。我说，阿姨打算把它们清理掉，敲几个红木鞋柜。

救命，甜甜说，一定要拦住她。

那是我的艺术源泉，她发来这句话时，加了一个郑重其事的句号。

不过东风姨作罢了。东风托运部没评上运输安全单位，两万块奖金打了水漂。叔手下的驾驶员小庄，把脚踝弄骨折了。小庄的老婆，带了他大哥，找上门，说是工伤。一开口，两万五。东风叔的脚也绑着纱布。他站不起来，请她自己去拿茶叶。他知道肇事人已经作了赔偿，就说，小庄夜里在酒吧打工，也没跟我说，疲劳驾驶，已经是犯法了。那妇人正准备发泄，东风姨提了一袋东西回来，进门说，小庄就干了两个月不到，要结工资，你看看怎么算划算，按日算，八十，按月算，三千，按年算，四万。对方还在头脑里计算，没了声。姨掰起叔的脚，搁在办公桌上，摊开一小袋膏药。妇人闻到味道，身体向后仰。姨像没顾忌似的，解开原来纱布的带子。

叔说，小庄能靠在事故警示牌上睡着，我是头次见。消毒时，叔的脚往回缩了一下。妇人的语气没有放低，说，还不是因为卡车坏了，他才下车。姨拿竹签在纱布上抹平膏药，稍微仰头，膏药的热气飘到脑后去了。姨说，哪有只把警示牌拖七八米远的，结果。姨没说完，另一男人闯进来，叼了一支烟，卷起袖子，露出豹头文身。妇人顺了顺气，说，你们东风托运部，除了红脸，还有白脸，真是齐全。

姨笑眯眯的，说，我是黄脸婆了啦，不像你还细皮嫩肉的。姨说着，把旧纱布扔到垃圾桶，妇人往回缩了缩脚。姨向叔使眼色。叔悬着一只脚站起来，去和男人握手，说，小庄再怎么怠工，工资肯定是要给足的。男人坐下来，继续抽烟。叔对照着签到簿，给做工的日期画圈，请假的日子打叉。

妇人敲敲桌子，说，重新来，节假日也要算。

叔笑起来，说，这几天不是国家节假日，是我有时候看他们累，给他们放的。

妇人说，人家都带薪休假。

你们不正式，男人指了指营业执照，说，是不是造假。

叔补了六天，四千六百八，说，算你们五千。姨出门了，回来时，包鼓了。妇人觑了觑，矜持地把头别到另一边。叔给了他们四千块，写了收条，又补了一张一千块的欠条。叔说，我们装货的，哪有脖子酸的道理，小庄把活推给小工干，自己低头玩手机。姨补充说，弟媳，你注意点，头像是个美女。

东风叔怪姨一次性向巧嫂借了五千来。姨说自己着急，听到五千就照做了。叔说，这些人，就是会得寸进尺，这次把钱都交出去，之后说不定还会要多少。姨说，你也不是没看到，男人口袋里有刀柄。叔说，有摄像头，怕什么。

姨在屋里空走了两圈，又回来，反问道，现在你还想去医院看小庄？

叔不说话。

那本来是买厨房吊灯的钱啦，姨埋怨道。

两人僵持了很久，最后又因为承包的事情，争执起来。

# 三

厨房还没好，煤炉生得很勤快。东风姨在后门做饭，不再向巧嫂借煤气灶用了。人也躲在客厅，织毛衣，故意闷着。我问叔，叔说，她去给巧嫂还钱，结果人家送回一只锅，说，儿媳说有柴油味了，对肚子里的孩子不好。虽说有点开玩笑，看得出，巧嫂伤了姨的元气。

东风姨手上的长柄夹一开一合，在半空夹了夹，就去掏炉子里用完的煤饼。她说，这是自己的错，借人家的灶用，还是新房的灶，说出去，别人鼻涕泡都要笑出了。姨稍一用力，煤饼就夹碎了。清理了一会，她又说，我们甜甜，也是捧大的，就不会嫌三嫌四。

姨在眼前抖了抖刚点燃的废纸，往煤炉底塞下去。

叔从办公桌觑过来，问，刨花哪头找来的？

刨花你头啊，你的旧账目啦，姨喊。

叔脚还没好，但三步并一步，闯到后门，救火似的，掏出账目，说，烧你的毛线球，也不好烧这些的。

老年痴呆啊，羊毛线八千块一斤！东风姨说着，夺了旧账目，身手更快，把地上另一叠也堵到了炉子里。黑烟蹿起来，姨别过头，罩袖护着口子，说，我是要烧光，十多年的账目，当宝贝。

叔还要去抢，不留神踢翻了地上的锅。生莲藕滚出来，落到了后门的台阶上。姨跪在地上去捡，用手指去抠凹槽里的枸杞，一颗一颗，收入手心。

叔站着，盯着黑烟揉眼睛。

两人没说话，到了晚上，叔配了一把新锁，把剩下的旧账目和旧报纸放到了保险箱。

东风姨害了几天便秘，锁在厕所半天不出来。叔去敲门，姨就让叔去三楼。叔瘸着腿上楼，姨听了脚步声走远，就喊，他是真的要分家了，说罢，呜咽起来。叔退回来，搬了椅子，守在厕所门口。姨出门，见叔憋得屁股在椅上挪动，松了脸，说，快进去吧。

周六晚上，他们把我喊下来，叫我出去，享受享受。我问，怎么享受。去洗脚，叔说，我的脚好了，是时候疏通筋骨了。我说，我不太合适去的。欸，东风叔说，赚了钱也要花钱的，叔请你。我走在后面，有那种被逼上梁山的悲壮。叔说，小后生还没我们想得开。

沿着银杏道，一路走到底，各色牌子像在大楼上拼拼贴贴。"剪不剪"发廊，"火木年华"会所，"有缘再来"KTV，交替发光。大红大黄大蓝的移动字幕在夜幕中闪烁，气氛倒不太暧昧。

我看到"林西足浴"四个字时，有点犯难。叔把我揽进去，就差称兄道弟了。

还是贵宾间吧，前台迎过来，问甜甜什么时候放假。叔挥了手，说，快了快了。

檀香味弥漫。室内金碧辉煌，每个房间相隔处，挂有人体穴位图，大到全身，小到脚底，雌雄分开，解释五脏六腑。另一面，就是养生知识，秋冬春夏，衣食禁忌。

叔说，点八号，十八号，六十七号。

躺下后，叔见我拘谨，就对技师说，不好意思，换个男技师来。

他给我脱了鞋子，我闻到自己的脚臭，有点发窘。脚浸到桶里，烫得收了回来。技师笑问，头次来吧。

叔说，小文，语文老师。他调低了靠背，像沙滩上晒太阳似的，十足的闲适。叔对技师说，你帮小文看看，哪里不对劲。

技师一用力，我的脚心就连心地疼。我叫出来。他用指关节继续顶了顶脚心，我连着身子缩了缩，说，痛。他问，喜欢哪种手法，这是双指扣拳法，这是单食指勾掌法，这个，双指钳法。我的脚趾被夹着，头皮发麻，有刮骨疗伤的快感。技师抬头，手不留情，说，这是指腹推压法。我的身子和旱地里的泥鳅一样，翻腾起来，失了态。他不收手，说，再刮一刮。我闭上眼睛，只听到叔和技师们的笑声。末了，技师说，肠胃和肾，有点问题。

叔笑得最欢，说，以后在我们家干活算了，锻炼身体。

我抹掉额头的汗，说，改卷子，坐久了。

叔仰躺着，肚子鼓出来，问，小文喝酒吗。我说，不太喝。又问，抽烟吗？我说，不抽。他转过头，像吐露秘密似的，说，抽烟无害健康的，哈佛的人得出的结论。

就知道说这些，每次说得都一样，姨顿了顿，对技师说，再重一点。

叔说，不过戒烟总是好的，她就是因为我不抽，才看上我的。

阿姨把毛线球丢过去，说，别丢人，你追我那会，说不抽，也不看看手指，都是黄的。

叔挺起脖子来，说，怎么是我追你，你不是对我一见钟情么。

我和技师们都发笑。两个人却是很严肃，为第一次见面的地点争执起来。姨说是在林西街心公园，自己和小姐妹陪着，在买棒冰，然后叔在地下修车，夸她裙子好看。叔不同意，说姨要老年痴呆了，明明是他坐在卡车上，姨觉得神气，还叫他，发哥。叔有点陶醉，平卧着，技师把他的脚掰上掰下，说，那个时候你还是你们村的冯程程。

姨骂叔不正经，越老越油。

还要我唱"浪奔浪涌"，你听要听的，四个粤语字，也不晓得什么意思。叔闭着眼睛，唱起来。浪奔，浪涌——

东风姨给我看过相册。大概是红尘滚滚，痴痴情深的年代，两人的打扮，还有潇洒走一回的意味。姨高三七，叔四六分，打了发胶。五色灯光迷离，透着潮气。背景除了室外名胜的山石河流，就是家里的白坯房。当然，最具特色的是卡车入镜。两人各站一边，手臂撑着卡车。车大人小，是别人家没有的气派。

东风姨转头问我，拍电影，可以赚多少。姨问话，像是在试探，手指头织着毛衣，手腕上的环保袋装着毛线球，像是随口问问的，但是，那口吻又很严肃。我知道，常有拍摄组来小区取景，群众演员有些报酬，可以赚点外快。我说，得看具体情况，明星是赚得多的。

技师让我趴着，从脚踝开始，以很大的耐心，一寸寸按摩上来。按到大腿时，我觉得痒，看了看东风叔。随着技师在背部的敲打，哼的旋律在抖动，看上去很享受。

阿姨说，不是啦，她是说导演。

我憋着痒，说，也得看情况，有些导演熬了很久，也不见得很有钱。

她又问我，是不是单身，我说，还没有考虑找对象的事情。技师按到臀部时，拳头使劲挤进了肉里。我叫出来，叔像没听见似的。

姨听了，丢掉手上的毛衣袋，埋怨说，甜甜和一个学电影的好上了，前阵子还一起去了敦煌。问了一会儿，我才知道，姨找人在甜甜手机里装了定位系统。我和技师们都说，阿姨，您不要做跟踪。劝了很久，我圆了话，说，学电影也不一定拍电影，拍出好电影是很厉害的人。姨反过来夸我懂事，说，不在工作前找对象，才算是对别人负责。

过了一阵，姨把身子靠过来，问我，小文，实话告诉我，你谈过几个。

叔见我有点局促，解围道，现在谈恋爱，不算什么，一次一杯白开水，以前我们，一口就醉了。

姨没说话，竟然开始抹眼角的水痕，说，甜甜很久没回消息了，想想，还是马上去养老院好。我和技师们都说，东风姨，我忙起来，也这样的。

她向我们甩甩手，又说，甜甜出生的时候，是落雨天，夜里。

猪猡，丢脸的，东风叔说。

你在外面跑车，我一个人啦，姨开始翻陈年旧账。

都是车子害的，小时候甜甜没玩具，就是找车零件，坐在那里玩，喜欢幻想，现在要找艺术家做男朋友，狗屁艺术家啦。

她发动机做了元宵花灯，获奖了你还不是很高兴嘛，东风叔说，艺术细胞就是这么培养出的，谁家孩子能发明雨刮器阳伞啦，轴承戒指全部以假乱真了的。

见姨不说话，叔就问技师，过年回不回家。技师说，太远了，不回。叔想了一会，问，到了什么段位。她说，很高了。叔问，为什么不在老家开洗脚店，找几个帮手，一起搞搞。技师说，你们是好好来洗脚的，一家人，有的人，东风叔，东风姨，你们想想，是吧。

临走，东风叔对技师们说，有自己的店，搞个营业执照，最好了。技师们礼节性地点点头，按最优惠的价算了费用，总共两百四十元。

到了十二月下旬，两人都不太出门。已经到了年关，生意淡了，东风叔也不接业务。姨说，阴阳眼大师说，最近晦气有点重，要放经文冲一冲。我想起前阵子，他们从要好的朋友地方回来。朋友的独生子二十一岁，打了打羽毛球，突发心肌梗塞走了。叔告诉我，在甜甜之前，他们还有一个孩子，因为头辆卡车的成本刚刚捞回来，思前顾后，还是拿掉了。那天放的是楞严咒，东风姨听了半个小时，吐了。她说，好像做了一场梦，拿掉的孩子要掐死甜甜，很不平。叔指了指厨房，说，照现在看，养一个都困难，别说两个。姨没说话，只是说想去庙里拜拜，祈个愿。

去了庙里以后，装修果然顺利了。经理挺客气，不再索要更多的花销。整个厨房，已经有了新鲜的样子，就差两扇玻璃门了。姨一个礼拜要去庙里两三次。回来后，自己念经文，遇到烦心事，就说嘛哩嘛哩哄。但是，区委会送来单子，说，荒地要开发，不允许停车。姨揣测又是被举报的，说，安全单位的评比也被举报，声音响，尾气重，都被人说。东风姨怄气时，茶饭不思。最让叔没办法的是，姨时常自贬，一着急，做牛做马，做畜牲之类的，都说出了口。叔怄气，又去钓鱼。姨的气加剧了。我在中间斡旋，到最后，他们虽不见好，对我倒是多了一些愧疚。

我跟叔去二灶河边放生，他问我，精神病、心理病和神经病是不是同一回事。我说，很不一样的。

她总觉得胸口有东西掖着，叫她去医院，还死活不去。叔抓了几条小昂刺鱼。很奇怪，昂刺很听话，温和地停留在叔的虎口，两对触须在风里摇曳。做假动作一样，叔往上举了举，终于抛了出去。看着小鱼钻到河底，看不到了，问我，你说要不要承包出去。

我有点犯难，说，阿姨的打算也有道理，为了公投的事，她也忍了很多气。

更年期了，很麻烦，叔叫我放生两条，说，她其实是要买新轿车，说是给女儿的嫁妆，实际上，早就看家里的面包车不顺眼了。

我咽咽口水，碰到鱼，鱼就弹跳。我说，据说现在这个行业，个体户很难做下去了，大公司在吞并小的。

叔摆摆手，说，那一套，和我不一样的，养车就跟养孩子，不交出去。

我试了很久，都没有抓到昂刺。叔直接拎起桶，把剩下的鱼都倒进河里。没等手擦干，就翻开手机盖，说，相中这辆很久了，长九米六，前面四个轮子，后面八个，派头大，耗油量也低，在两侧打了广告，停在路上，会有很多人打电话进来的。

我点点头。叔说，一定要拿下。他说话的时候，有一种势在必得的气概，好像要寻到江湖里，多年失传的秘籍。

叔去心理医生那里，开了一些安神药。我拿给叔一些装维生素片的盒子，叫叔把药片塞进去。两个人一起哄姨吃药。后来他们和好，是因为那次"东风行动"。

擒贼先擒内奸，叔说。

我很紧张，叔给我的代号是"东风七号"。

东风一号准备完毕，叔发我一段语音。

我给小工阿强说，老板五点才回来，我要出门，麻烦你看一下屋子。他说，没问题。

我去附近公园绕一圈的工夫，东风叔就发了消息：东风七号，东风七号，任务执行完毕，任务执行完毕，火速回家，火速回家。短句说了两遍，我汗涔涔的。跑回家，一切都没有变化。阿强还是坐在沙发上，见我进来，把脚搁下茶几，笑了笑。我说，谢谢大哥，你先回去吧。等他的电瓶车开走很远，东风叔下楼，说，搞定，就是他了。我不太懂。叔指了指天花板。一个黑色监控。

叔叫我上三楼，给监控录像备份。我发现原来就是那间嗡嗡响的房间，放了整套设备。录像中，阿强把最近的账目都拍了去，叔拍了拍大腿，说，妈妈的，出卖信息。

从此，我就没见过阿强。这事情告一段落，东风叔和东风姨，人都新鲜起来，说要去家电城，看厨具。同行的，还有巧嫂。巧嫂是去年购的，有经验，还认识那边的经理。坐上东风叔的面包车，说，看在我的面子上，也能便宜。东风姨还是提了毛线袋去，脚上棉鞋也没换。巧嫂穿得讲究，把婚礼上的老年唐装披上了。姨拢了拢头发，不太说话，想来还在为送锅的事情怄气。开了车门，巧嫂脱了唐装，去搀东风姨。

姨的鞋蹭了蹭家电城地板，走得很慢。巧嫂指了指东南角，说，自动洗碗机，本来想买的。姨斜过上身，觑了觑，又直起身，问我，怎么样。我找店员来演示，店员抱了一桶果蔬来，问姨想看哪个，洗碗还是洗蔬菜。姨都想看，一群人就陪着观摩洗东西。姨边看边织毛衣，手指灵活，富有节奏，从容的模样。待巧嫂到别处转悠，姨翻了翻簿子，窥了价格。转了一圈，姨说，想去隔壁镇的家电城再看看。巧嫂累了，也不好意思说不去。我和叔也随姨，折腾了一天。姨还是回到了林西家电城，一狠心，除了厨具，还买了几千块的烘干机，当着巧嫂的面，付了现金。结账时，巧嫂把经理叫出来。他问：您又有喜事？

一家人！巧嫂把姨搀过去，说，同一个灶吃饭的啦。

## 四

难得的好天气。

两个鱼头从下面腾跃上来。腮盖在半空开合。我从阳台看下去，东风叔的上身随手挪移，又抓起了两条鲤鱼。洗衣板前，他开始刮鱼鳞。伴随着刺啦啦声的，是菜刀的光影。运斤成风，不伤皮肉毫厘的功力。杀好了，叔抬头喊，搞定了。

我刚要回应，东风姨从二楼阳台探出头，说，不比你慢。铝合金挡板闪过亮光，清一色的被子和毛毯，就平铺在上面了。整根毯子，是很典雅的花色。很大的月季，两朵并枝着往两头开，花瓣由浅入深，最中心处是品红色，四周晕染了些暗淡的赭红。和我睡的那套相差不多，都是姨当时的嫁妆。不过是换作了绝艳的牡丹，连水纹状的镶边也是相同的。从上看下去，毯子上用手捋过的几块深浅相异，往不同方向四散着柔光。

之前东风姨在被窝里坐了三天，说是大降温，不敢出去。在甜甜那里，两个人都撒了谎，说妈生了病，叫她快回家。

甜甜从外面走进来，人埋在行李堆里。姨拿了围脖，包住了甜甜的腿。她钻出来，像一条灵活的鱼。怎么拆了牛仔裤，姨说，这么滑头，是要被人家说了去的。

A字形！甜甜把裤筒往两边拉开，转了一圈，说，加了两块羊毛绒啦。她把侧边的条纹提上来，说，银葱线，我头回用缝纫机。

厉害，叔说，好看的。

姨觉得不三不四，说，喂，看不看得出我年轻了点。

气色明明很好，甜甜说，晓得是骗我，你当心白粉中毒。

甜甜给我一个大圆盒，说，玫瑰花饼。盒面上是蓝色印花布的花纹，看上去又像剪纸。我说，这个人像你。就是我，她说，老胡子拍的，后来授权给了朋友，做工业视觉设计的。

姨叫甜甜参观厨房，欢不欢喜？

你欢喜最重要，甜甜说着，去拖楼梯下的箱子。姨去阻拦，甜甜爬进去，不出来，露出半个头。

和小时候一模一样，姨不好意思地朝我笑笑。

你，上来。甜甜叫我帮她搬箱子。她推倒了箱子，从口子里走出来，掸了掸裙。

书房的钥匙只有一把。甜甜推开门，乌黑一片。樟脑丸和油墨混杂的味道，使人想起二手交易所里油腻褐色的物什。近门的台灯点亮时，浮出两台樟木箱，直角状放置，对面黑丝绒窗帘染上了层叠的油光，沿着下垂的褶皱深深浅浅游动。甜甜坐上去，举了两盏玻璃灯，说，我妈的嫁妆。她的手伸到柜子后开灯，按了两下，调成亮黄色。油灯瓶颈上的紫红婚结还在，棉絮状。很酷，我说着，拨了拨。脚下小心，她说。我收回去，毛毯上的扳手弹了一记，另一头是榔头，周围是它们的同胞，虎口钳，长柄剪刀，还有诸多叫不出名的玩意。甜甜把它们踢到边上，掀了圆盖子，叫我坐。我坐着，下面是中空的。甜甜在拉箱子，笑着说，马桶啦。我站起来，往下看，各类螺丝和弹簧松散地挤着，犹如礁石外闪光的螺壳。

把你的钥匙串挂链交换给我好吗，甜甜坐在大红饼干盒上，给箱子里的宝贝分类，叫我从屁股下面挑一些东西。

我的挂链是一颗不规则的茶色玛瑙球，刚要拆出来，她移给我一架打孔机，说，自己挑，自己打孔。

在家待多久，我问甜甜。她没说话，好像手上的方向盘真的发出了声音，盖过了我的话。

这些零件能组装成卡车吗？我问。甜甜说，这才多少，十分之一辆都不行。她拖出一块栏板，喏，这个，爸的第三辆卡车上的，在高速公路上，当初被撞了，掉下来的。她抽了摞在樟木箱后的牛皮卷，要做画板。

直角樟木箱摆成了书桌和工作台。甜甜是齐耳的短发，台上的瓶状器皿和她的发顶一样，有银白的光圈。内壁套了白色网兜，孔缝细密，我去拉网兜的带子。甜甜转过头笑了笑。器皿里都是大齿轮，我翻开最上面一个，下面层层叠叠的。

是痰盂啦，甜甜说，老胡子喜欢我的拼贴，他说我们会合作。

墙壁沿着对角线，被分割成 Z 字板块，摸上去什么材料都有。世界通史上割下来的头，甜甜说，不喜欢文艺复兴以后的，所以都抠下来了。她裁好了牛皮纸，放在一边，招呼我过去，说，帮我拉着。沿着 KT 板上的曲线，她叫我刷 401 胶水。看到她从包里打开个玻璃瓶，往空中一撒，我吓了一跳，一松手，板掉在地上。沙子从空中跃起又洒下来。

甜甜跳起来，双手握拳，和耳朵齐高，快抖抖，她说。

她今年十九岁，正在发生从女孩到女人的质变。

我拉过一个角，她像筛谷子似的，晃了晃，惊呼：太可惜了。她说这是从敦煌带来的沙子，只有一罐。

东风叔问，怎么不和甜甜多聊聊。我说，她把我赶下来了。叔叫我帮他一手，排了四个鱼鳔在台阶上，说，比比谁踩得响。他把皮鞋跟搁在上面，擀面杖似的捻了捻，一种淘气甚至有点狡黠的滑动声蹭着他的脚爬出来，使我疑心是从他嘴里发出的。紧接着刺的一下，一股连续的噗噗声时隐时现，最终叔的大腿一紧，脚底发出了手扔炮仗一般的响声。猝不及防，姨肩膀一抖，吓了一跳，拿了米筛出来，往叔肩膀上狠敲一记，伸了伸脚，地上的三个鱼鳔顺次发出干脆的炸裂声。

脑子塞牢啦，姨喊，帮你醒醒。叔被拉去厨房打下手。我扫完鱼鳔进屋时，叔已经穿上了史努比图案的围裙。兴许是因为甜甜来了，又启用了厨房，两个人很有干劲。

添置了厨具和柜台，厨房显得窄了些，两人在里面，却也不挤，有了分工，使我看着也能自由地喘息。木制门柜都是驼色，四边的凹槽处都是仿欧美的条纹。柜上的案台全是平滑花岗岩，带着黑灰带红的斑点。烤箱水槽和灶台，三面围拢，另一面人进人出，连接着外间吃饭的地方。

东风叔在打鸡蛋，姨捞了锅里排骨出来，洗浮沫和血水。水龙头左右摆动，上方冒着水汽，看得出可以冷热转换。水槽边的塑料收纳盒很显眼，草绿色，带着荧光，口子倾斜，还能外翻。姨又是放抹布，又是取生姜，末了，绾了绾头发。她和以往不太一样，平常随意扎成的兔尾，如今放下来，带了个水晶发箍。

她甩甩手，说，你们男人不懂的。姨往高压锅盖上放了小阀子，说，年轻时不是也这么涂的啦。

脖子也会变颜色，你不晓得？叔说着，蹲在角上摘韭菜。大铁盆上摞着塑料盆，米粉色的，有大有小，里面的韭菜头堆了个小。叔转过头说，牛仔裙怎么好穿的，怎么不去西伯利亚。姨怪叔没见识，说自己的打底裤是加绒的。

我把甜甜叫下来吃饭。姨取了鲜蟹，说，客人先动筷。甜甜先夹了块鲫鱼肉。软不软，叔说，用蒸箱，只要 12 分钟。

甜甜问，今年放生了多少。

比去年多三条，叔说。

今年讨到了多少债，甜甜又问。

去年的还没拿到，姨说，就知道钓鱼，也不去催催。

你脖子去哪里了？甜甜问姨。姨之前扯了条真丝围巾，系在上面，说是看不出和脸两个色。叔跟着甜甜笑，姨又把围巾扯掉，倒着筷子戳了戳叔的肩口，说，他给别人钱，就等不及了，付工资哦，不要太快。

过年了嘛，叔的肉丸子从口中掉出来，说，千金散尽，还复来。

饭很快就吃完了。姨有点不尽兴，叫住甜甜，叫她给厨房提意见。甜甜从东走到西，手插在阔腿裙的口袋里，晃晃肩，说，没意见。姨说，换成伸缩桌怎么样。说着，比划了一阵，说，长方形的，中间抠出来，可以拼成圆的。甜甜说，都可以。姨还是拉住了她，叫她一起做糖炒馒头和桂圆汤。

姨用油烟机很利落，按钮揿得用力，要看准了才下手。油烟一起，看得出她每个动作都灌注了力道，跟叔说话，就像逆着风喊出来。洗碗碟，姨喊，洗一下。叔的笑声很大，说，碗早就够了。姨的棉鞋头往叔脚踝踢了一记，说，快点洗。叔拉开门，叫我评理，说，消毒柜都有了，还洗什么。

我们说不过姨，最后，我和叔还是把所有的新碗碟和调羹清洗了一遍。叔数了数，三十二只碗。消毒柜里放不下，有几只充当了水果盆，摆进了车厘子和山竹。姨手很巧，把山竹摆成了三棱锥。甜甜等不及，就两手抓了车厘子上楼了。姨在后面追，说，这么不想和我说话。甜甜在原地蹦了蹦，震得扶梯吱嘎响。姨说，没良心的。

甜甜回家后，姨只新鲜了没几天，就又坐进了被子。甜甜在捣鼓东西，反锁在书房不出门。对叔，姨债催得急。我在三楼，听见姨跟着手机软件唱越剧。吊着嗓子，唱错了词，就顿一顿，并了几个词一齐往前赶，往往过犹不及，只好从头来过。甜甜从卧室经过，姨就唱得更响亮一些。

过了几天，我出门时，姨正把织好的毛衣取出柔软剂，要去烘干。叔低声问我，要不要去"千亩畈"买鱼饵。他把甜甜叫下来。她从冰箱取了冰激凌，铲了一勺塞进我嘴里，我冻得说不出话。

沿着二灶河一直往北，两侧都是青翠的菜畦。离高架桥不到两百米，被南天竹遮蔽的地方，搭了一排灰白平房。里屋老伯说东风叔真险，明天他们就关门过年去了。我跨进去，灯光很暗，贴着三面墙，十多层鱼饵。标签上的价格，一元，两元，最高不出七元。叔没去拿，直接坐在凳子上，问老伯开渔具店的事。倒是甜甜，闲不住，取下红罐子，塑封袋，倒里边的颗粒。我去看说明条，加工过的芦苇芯、韭菜和豆角，装在"植物性食饵"那一列。甜甜抓了大把糟食饵，说，这个粘性肯定好。我捂住鼻子，说，小心过敏。她说，帮我抓些蚕蛹粉来。我在手上套了个塑料袋，但被她扯下来。叔说，这么多我用不完。甜甜说，谁说给你的，说着，提起六七个小袋子。大伯出来时，补充说，这里开店，其他不难，但要保证货源，每个季节都不一样的啦。

我问叔，真要改行？叔不说话。甜甜递给我一支过敏药膏，说，快涂涂。我一边抹，一边回想渔具店里的气味。熟悉的杂粮与动物油混杂的味道，很奇怪，没有什么腥味。甜甜在前面跑跑停停。她穿了橘红色的皮靴，袖子，帽子和下摆是不同的素色。远远望去，像是一块魔方。

回家时，东风姨正伸长了脖子，盯着烤箱的玻璃挡板。因为第一次用，桌上的说明书摊开着。见我们是从渔具店来，姨白了眼，坐到桌边不吭声。饭菜已经凉了，烘干的毛衣装在用下的衬衫盒里。

饭后，我正擦楼梯扶手，甜甜问我，你怎么什么都干？我说，姨生气了，她还以为我们是陪着叔讨债去的。甜甜说，见到你，我就更喜欢老胡子了。她蹲到我旁边，说，但愿你不会生气。我摇头。她接着说，我现在很厌倦三观很正的人。我接不上话，她拉了我，进了书房。屋子里很暗。

我说，我不太想做小白鼠。甜甜拿了手柄和长针过来。手上拿不开，夹在胳肢窝。灰暗的背景下，她的脸上是那种想要尝鲜的表情。喜欢哪个图案？她在翻图册，指着一些缠绕的线条。我站起来，甜甜掰住我手腕，说，相信我，不痛的。我说，我还没做好心理准备。甜甜的眼神，说不出是得意，还是轻蔑。我想起叔那次给我挂空档，惊心动魄。

开玩笑的啦，我现在连学徒也算不上，她说，这些只是一些报废的工具。说着，把它们装到包里。甜甜捋起了袖子，一朵指甲大小的玫瑰花露出来。就像甜甜。她是一朵很瘦的玫瑰，不出几年，会长得很好。我问，不疼么？小刀割的感觉而已，她说着，拿了茶壶往坛子里的粉末里倒水，又说，我爸妈喜欢你这样的，我知道。我有点窘迫。甜甜说，老胡子会离开我，我知道的。我问，他不爱你？

没那么重要，甜甜没有抬头，说，你要是有了对象，就是那种壁垒森严的人，我知道。我接不上话。我从小的愿望，就是劝他们离婚，其实我挺没良心的，她说，印象最深的那次，爸打了妈一记耳光，我在吃饭，只听到一阵风飘过，有东西好像要倒下去。

我问，为什么打。甜甜说，大概是妈骂爸把副书记让给别人吧。我问，然后呢。甜甜说，那阵子整天都传来妈要在公园上吊的消息，不过爸还是钻在车子下修车。我问，那你呢。我吗，我坐在箱子里找拼贴画的材料，哦，就是这些百宝箱。甜甜踢了踢身后的纸箱，接着说，公园里哪有上吊的东西啦，除非爬到树上去，然后妈自己回来了，跟什么都没发生过一样。

我想了一会，说，我这么久待下来，觉得还好。哦小文，不要试图改变我，老胡子就从来不这样。她用棉签捣了捣碟子里的粉末，说，如果我明天就走了，你帮我向他们解释一下。我不知道该怎么回答，也不知道她的话里有几分真假。白色粉末变成了黄褐，灰粉渐渐透出了蓝绿色。你说砖红色会变什么？甜甜趴在桌上问我。我摇头，她滴了几滴，说，古紫。我盯了很久，还是咖啡色。

古紫？对，就叫古紫。甜甜去开灯。咖啡色只是看上去淡了一些。这个是生料，做陶瓷用的，她说着，捻了捻，手上沾了点淡淡的褐色。我没有在听她说话。窗外有小雨，击打在仓库铁皮上，淅淅沥沥。

东风姨发现甜甜文身的那天，已经到了阴雨连绵的日子。雨声冲淡了争吵的锐气，甜甜像鱼一样，持续游出她们的对峙。叔从外面回来，说自己忘了拿账单，讨债白跑了一趟。姨怪叔已经老了，记性越来越差。叔去保险箱取账目。姨问甜甜，新卡车都没买，你知道为了谁。装修厨房，甜甜说，可我不住家里。叔说，自己在外面买房，口气蛮大。甜甜说，艺术家哪是住家里的。姨用筷子戳桌板。甜甜说，只有我们家是劝分的。姨说，拍出个破玩意，都没人看，他叫冯小刚？姨撩起甜甜的袖子，拉到叔面前，给他看文身，叔皱了眉，说，我们是实惠人家，你这样，他接着说，是会被别人说去的。甜甜说，你被妈传染了。甜甜上楼了，没有哭闹。

家里变得寂静，和甜甜没有来时没什么不同。她闷在书房，有时给我看以后想做的文身图案。通常是她说话，我静坐。甜甜说，她打算过完年就回杭州，因为说好了去做文身学徒，等不及。她心态倒是很好，跟我讲，老胡子说，万事皆允。我有点怀疑她要走，担心第二天去敲门，她就失踪了。

东风姨留我过年，说，腊月廿八，我们都是提前过的。我点头，因为考虑不周，我只抢到了腊月二十九的回家票。叔说，正好可以见识一下泉城的海鲜。

去泉城前一天晚上，厨房的灯亮到很晚。

姨问，这名单不会错吧。叔说，贴在公投宣传栏里的，老宋多拿了一张。

东风姨的铅笔在几个名字后打圈，说，举报尾气超标的，要么是建强，要么是国庆。又说，这个阿芬也说三道四的，在搓麻将那里说，把荒地给我们做停车场，上边是没批下来的。东风叔喝着劲酒，坐在一边，准备了便条纸和笔，说，不用管他们，把墙头草划出来就好了嘛。

姨打通了第一个电话，问一个叫阿兰的小姐妹，要多少海鲜。对方先是推托了一阵，找了理由，嫌费钱，又麻烦，姨说自己顺道，就是捎回来，不太麻烦。阿兰说，一箱就够了。姨示意叔写个数字。

鳇鱼来串门，向叔要几包拉丝粉，说是下雨了，鱼多。叔把纸笔给了姨，去冰箱拿鱼饵。鳇鱼说，下次去镇南钓鱼，不叫老岳了。东风姨正给老岳老伴打电话，叫鳇鱼别说话。老伴一张口，就要了三箱海鲜。说完了，东拉西扯一阵子，夸甜甜长相好，又有本领，以后对象的条件，肯定比她女婿好。东风姨附和了一阵，挂了电话，说，三箱就要三千啦。

鲺鱼说，别在他们身上下工夫，人家是白张口的。前几天东风叔带他们去镇南三灶潭，鲺鱼说，我在岸上已经投了鱼饵，老岳故意迟了一刻钟才投，还投在他对面，一投就是三个窝。

哈哈，东风叔笑着说，你那时候脸都紫了。

鲺鱼说，你不是也一样。

东风姨推了一把叔，说，怪不得在我地方发火，一条鱼都没钓着，原来是因为自己聚拢的鱼，都游到他那边去了，讨债不上心，还凑着去钓鱼。

鲺鱼接过一袋"极光拉丝"，说，我还心疼你车子，他一进来，满车的鸡鸭粪味。叔说，没有办法，世代养活禽，又不能叫他改行。

鲺鱼搬了椅子坐下，问他们要不要和自己合开一家排档，继续做运输，看人家脸色，不划算。姨撂下计算器，声音有点沙哑，说，算了一下，十六箱，自己没得吃，为了几个票数，抛出去一万六，白干了一个月。鲺鱼说，要不我们一起开个排档，海鲜从泉城运，也新鲜。姨拖着腮，说，上面批卫生，也是要托人的。鲺鱼说，总比做保安好，老东风去做保安，成什么样子。

# 五

天没亮，我们坐上面包车。这次去泉城，东风姨指望着可以讨来那里一年的运费。车抖得厉害，各个零件发出金属碰撞的声音，像交响乐。东风叔递过来一只塑料袋，叫我挂在耳朵上，待会吐在里面。我照做了，甜甜说，爸在逗你。她掰下椅背，瘫在上面，说，我也晕车。撒谎不打草稿，东风姨顶了她一句，说，你在我肚子里的时候，就跟着大卡车蹦来蹦去了，怎么会晕车。

甜甜的围巾遮在鼻子上。我拉开了点车窗，粪味随着气流开阖有度。因为湿度大，底板上的泥融化了，从铅灰变成了棕黄，流出一些泥水。橘子皮，瓜子壳，纤维丝和彩带子粘在下面，我的脚没有地方放，拿了两份《江南商闻》垫着。东风叔的这辆车，接了几次他的鱼友们去镇南。小区里办丧事，也使唤了它跑火葬场，前前后后，拉了几趟花圈和棺材。老太太们去林西寺上香，叔也无偿帮忙。只是残留的垃圾，林林总总，积累了几个月，来不及清理。

结怨也是结缘的一种，东风叔说，丰州我们最早拿下，不过后来吃了老丁几个拳头。东风姨说，那是老丁没道理，我们先签的合同，嫉妒了，就来抢生意。叔回道，那时候我多大，他是我两倍，快五十的人，我怎么还手。那时候你报警也不会，姨递了两杯大核桃仁过来，都是剥好的。甜甜在小睡。叔说，是闹大了，丰州的客户不敢找老丁，不是都和我们结缘了么。叔拿了报纸擦挡风玻璃上的雾气。空调暖气从我袖口外涌上来，我在想两虎争斗的丛林法则。跑到泉城做海鲜生意去了，姨说，今年又要碰到，避不避？叔笑起来，肩膀半耸着，鸣了两次喇叭。路边有人挥手，我透过车窗遮阳膜，看到"神雕针织厂"的花岗岩石碑。看样子是熟识的保安，年纪和叔差不多，就是身板单薄了些。

叔说，就在这里，出了厂门，还没到石碑，黑影就爬上头，幸亏我练过身手，还不至于打出血，那保安叫伟丰，我们两个人和十几个人斗，江湖还真的有腥味。

养了一个月，我老爹老娘劈好的西瓜也不来吃，姨说，我是记得很清楚的，你那么久没来我家，叫他们以为你到哪个阿芬阿珍地方，做上门女婿了。

叔说，我也记得清楚，那人一出手就掀我腰胯，我闪到石碑后面，三只拳头劈下来，我扯了一人的肩膀挡着，来回兜了兜，脚绊脚啦，上面有手扯头皮，下面有腿卡膝盖，肚子和鼻头吃了两三拳头，就听见四周有砸铁板的声音，和我一样俊的小后生，伟丰，闯到我后面扯人，一半的人都倒了，我睁眼后才看到，老丁的手卡在两块铝合金中间，谁晓得谁流血了，伟丰把我拉出来，耳朵嗡嗡响，手腕也软了。

东风叔的声音高高低低，没有因为隔了这么多年的回忆而多了沧桑。看到马路边厂房林立，我眼前还是腥风血雨。每隔一段路，两边就就立了粗烟囱，上窄下宽，侧面都是深色的条纹，是风雨侵蚀出的。灰

烟挣脱出来，看上去很沉。车内被一股酸味填充，甜甜醒来，说，又是
这条路，以前还有猪粪味。

车子在沙土上横竖颠簸，椅座底部的支架前后移动，快要脱节。小
弹珠在两块夹板里来回滚动，我疑心车底有零件要从脚底散落出去。到
了泰安城，烟囱和厂房已见不到了，路边的香樟树多起来，两边的厂房
是平顶，像蓝顶的长匣子。我听甜甜说过，泰安城是噩梦。东风叔被几
个朋友怂恿，投资了一爿轴承厂，叫全能轴承，被卷走了三十万。这里
这里，甜甜指到外面。我转过头，一部吊车停在半空。东风姨说，十年
了都没继续动工，都生锈了啦。东风叔说，改行不得的，和运货就是有
缘，结缘就是一世的。

现在说得真好，东风姨说，那时候，是谁把"东风"账簿，都换成
了清一色的"全能轴承"册子，那堆废白纸，还留在家里。

我们没有做大老板的命嘛，东风叔说。

照我看，泰安这个地方，哪里泰安了，都是些小人，姨把核桃壳包
到纸巾里，说，这些厂，零散的物件，一两个，叫我们大老远的跑来
运，小文你猜猜，一个件我们收多少钱。

我说不出。姨说，十块钱啦，年末结账，总共才一千两百三十块，
要被抹掉两百三十块，陪他们玩游戏，你东风叔哦，很喜欢做这样的好
事的。看前面就快下高速，姨把车兜里的文件夹取出来，揣在胸口。里
面是鼓着的账目单复印件和发票。

到了，东风叔说。我抬头，泉城工业园的牌子在风中抖动，上面的
字是鎏金的，颜色有点暗，看得出生锈了，"园"中间的"元"已经脱
落，活脱脱的一个"口"，像被风撑大了口子。改样得很厉害，东风姨
说，以前还是蛮有威风的。就是褪了点颜色嘛，叔对甜甜说，这是你老
爸打下的江山。他指了指，好像这些厂都是他的。

工业园里，多半是布料加工区，除此以外，也有油机厂，零部件
厂。各家没有门牌，大门关的关，褪色的褪色，叫人怀疑里面没有人。
风很大，一股气流吹来，有什么东西好像被刮倒了。看得仔细些，两家
厂房中间，已经蓄了和人齐高的杂草。青石砖和铁皮压着草，旁边的盆

栽缺了角。还有几家，角落发黑，像被放过火。

东风叔从文件夹里掏出一叠账目单，手指关节在上面弹了弹，说，现在这里的运输业务都是我们的。他下了车，串门似的，迈进黑黢黢的大门。

东风姨和我们坐在车里，统计待会去海鲜城要买的东西。还是要有过硬的关系，她说，小文，你做老师，没有关系，爬上去也不容易的。甜甜的马丁靴扣到底板，发出笃笃的声音，又看了看我，说，像他这种人，是做不到很高的位置的。

做生意在比人脉啦，姨说，之前你叔一夜白头，就因为人家有靠山，说我们的货掉下来，砸得一个老人瘫痪，要赔一百万。

我说，数字真大。

姨说，好在老朋友救火，我们连夜到那里，人家开口就问我们，走白道还是走黑道，我们问，黑道怎样，白道怎样。对方说，黑道处理得快，警告恐吓，保证让他们两年不敢说你半个字，走白道，就陪他们打官司，快就半年，慢就两年，能赢。

这个老朋友是鳇鱼的远房表哥，是有头有脸的人物，包了市里百分之八十五的绿化带建设。东风叔不敢走险，姨也为了保险，要走白道。他叫他们去抢监控。甜甜曾经跟我说，第三天凌晨，鳇鱼送来了一盒录像带，说，好在对方慢，差点销毁。

你说呢，小文，每行不是都一样？姨的眼睛有点肿。甜甜的靴子敲得越来越快，侧了身子，把连衣帽套在头上。

东风叔出来的时候，天下起了小雨。叔走出来，夹着账单，探左探右，脖子缩在绒毛帽里，眼睛里没有亮光。

你看着，姨把车头的几包核桃壳丢到窗外，说，他一半都没讨到。

叔去姨车窗边，说，又倒闭了三爿厂。

跑了？

碰到几个也来讨债的，都在骂。

姨跳下车，把账单夺到胸前。夫妻俩进了另一边的厂。

我对甜甜说，每年都这样？

你知道国破山河在，她说，厂都倒闭得差不多了，有活力的也迁到了市里的大工业园。甜甜说话时，手扣在车的门把上，用力掰几下，一侧车门就往后拉开。因为年岁很久的缘故，车门发出了很钝的吱吱声。

我说，该上油了。

小文，我以前就是这么做的。甜甜说着，把车门合上，又拉开。

我没有明白。她说，我跟他们说，你们再吵，我就要跳下去。

我笑了，不是吧，甜甜，现在你可是长大了。

哦小文，你真无聊。她还是在掰门把。车门被刺啦一下扯开，外面的小雨飘进来，风把车里的报纸、瓜子壳都卷起来，拍在车窗和椅背上。外面是水泥墙，在斜风斜雨里显得白茫茫的，使我产生车子在马路上快速移动的错觉。

我不知道说什么。

哦小文，她说，放轻松，你不用跟我说什么。

当甜甜把车门很重地关上时，东风叔和东风姨跨出了厂门。他们后面跟了一群人，胳膊壮实，最前面一个是光头，手指里，耳朵后，都插了一支烟，仿佛要来驱赶。甜甜上了侧门的锁。东风姨护着账单往回走，叔的手臂揽在后面。两人脚步匆匆，踏过满地的沙石、玻璃片和杂草。

坐上了车，那群人才进门。叔说，妈妈的兜，要打我们。姨的脸色泛白，说，还不能告他们，除非明年就不做生意了，承包出去吧。姨的嗓音不太稳，像是被挤压过。

叔倒了车，往回开。讨不到债，一场口角不可避免。甜甜把窗开到最大，两边的风相互撕扯，拉锯着我们的帽子和耳朵。风声盖过了姨的吸气声。

我说，我在甜甜书房里看到过十几年前的《泉城日报》，上面有东风托运部的广告。我把窗渐渐拉上。甜甜说，家里的《江南商闻》上就有。我挪了挪脚，觉得有点不太对劲。

叔说，对，我们走进过泉城电视台，泉城点歌台上也有我们的广告。他转了方向盘，巨大的波动从脚底扩散，玻璃抖了抖，车身带着我的身子，就要被倾倒出来。爆胎了，叔说。姨手扣上面的把手，甜甜蹲到地上。车子像透支了力量的跛腿，在下一秒就要兀自趴下。我掰住座椅，看到前视镜里东风叔的眼神，是那种年轻人该有的。

时间被切割成最细微的方格。在叔方向盘轻微的操控下，另外三面的轮胎，带着车身往路肩方向挪过去。叔开了双转向灯，下了车，往半百来米处放了警示牌。回来时，说，贵是贵的，豆腐渣一小块，一次就要两百块，放了三年啦，下了一大笔成本。

姨下车撑伞，惊魂甫定，拿纸巾擦叔衣服上的水珠。叔说，那会儿拼体力，也拼脑力的。

我和甜甜拼一把伞。我想起广告版面，每个广告位，只有四五平方厘米。我想，要是我，翻到这，是肯定不会去关注什么货运信息的。

马路上车子堵，因为我们的面包车，前前后后留出了百米空隙。叔在换轮胎，甜甜从我的伞下钻出去，守门员一样，护在车尾，脸上有期待的坏笑，这趟行程，也只有在这时，她才看上去新鲜点。路上的汽笛在半空里腾起又落下，车流动得很迟钝。叔说，年末了，谁不在绕着债走，讨债的，还债的，追债的，欠债逃债，兜来兜去，几十年也就这么过去了。他站起来，推出了那只瘪了的轮胎。送给我了，甜甜抢过去，蹲在护栏边，滚了滚车胎，拔出一枚东西，说，是鱼钩啦，老爸，你的德国鱼钩干的好事。叔俯身打量。他说，唷，伊势尼鱼钩，老岳的伊势尼。

东风姨站在身后，嘴唇发白。

慌什么，爆个胎而已，叔嵌好了备胎，说，以前我们去泰安，还是高速公路上，大哥大，大哥大还没电了，你忘了？姨把嘴抿起来，别过头。叔说，气量比针眼小。

也是下雨天，快落雪了，我那时候怀孕七个月了，陪你翻护栏，找加油站，施救队，万一滑倒，甜甜就没了。

叔扶着姨坐上面包车。姨转过头来对我说，老东风是很拼的，结婚第二天，天没亮，就去泉城拉货了。

叔脱了湿外套，说，我要不这样，你后来怎么能跟富贵闲人一样。

甜甜给旧轮胎擦掉沙泥，说，吵的也是你们，腻的也是你们。

乱说，姨说，我们什么时候吵过架，那不叫吵架。

到了海鲜城，因为雨大，我和叔去批发海鲜。没有遇到老丁，听人说，他今年死了，和卖大闸蟹的吵了一架，气血阻塞。据说是因为眼红，想抢别人的货源。姨说，果然是老样子。叔说，老丁也是有过江湖的人，正当年那时候，江山不比我们少。

值了，姨给甜甜递了两把龙眼，说，那时候，甜甜要一瓣橘子就好了，很乖，会讲古诗。

你讲了什么，我问。

《唐诗三百首》，爸买的，也就背了里边的一首。

哪首？

前不见古人，后不见来者。念天地之悠悠，独怆然而涕下。

我听到面包车的零部件四处抖动的声音。

车子开回小区，到了老岳家，院里的鸡鸭扑腾起来，一只叠着一只，沾湿的羽毛外散着水滴。东风叔套了尖顶草帽，帮老岳和老伴扛海鲜。他穿行在鸡鸭群里，老太太去赶鸭子，生怕东风叔的脚会伤及无辜。要不要带一些镇南的鱼走？老岳说，我运气好，钓了三桶。叔摆摆手。老太太打探说，你们给国庆几箱啦。叔没想好怎么接话。姨摇下窗子说，没给他们。姨晓得那两家人有矛盾，说老太太打听国庆家的事，比谁都热心。她继续校对名单，看甜甜累了，说，就剩下一户了。

那是做麻将生意的，里面的房间，摆了自动麻将机。一妇人在切水果，开门关门，忙得不可开交。因为怕人说闲话，甜甜扣上衣帽，和我去拖海鲜箱。我们穿行在围观麻将的人群中，脚被绊来绊去。人们谈笑得很起劲，甚至没有注意到我们。甜甜提高嗓门，喊，让一下。那妇递水果，应答客人。客人问，谁来了。她说，送货的。甜甜用坚定的，甚至有点责备的语气，叫人让开，又在空中掸了掸烟雾。我去给她开道，揽开他们的背。因为看得入迷，红中，九万，碰来碰去，他们看到精彩处，后背坚硬，丝毫不动。我们拖了很久，才把海鲜拉到他家的仓库。

东风叔回到家，拉稀了几次。姨拿起办公桌上散落的账单，怪叔老年痴呆，又落下了两爿厂的单子，只好明年再去讨。

我沾到床上就睡着了，中午起来，手脚酸疼。叔在楼梯上系腰带，我问叔，肚子好些了没。他并了两三节台阶跨下来，说自己生龙活虎。拖鞋声力度很大，不看他，就会觉得他是摔下去了。姨从房间跑出来，说，脑子塞牢了，不要嚇他。

好天气，待会我们洗车去，叔叫我去叫醒甜甜。我说，昨天刚下过雨。叔的意思是，年终了，好歹也要最后摸摸。

荒地里，七部卡车的虎躯，再加上一辆面包车。记得第一次看到它们时，只是觉得威武，连具体的轮廓，也记不清了。这次看来，每辆都有自己的模子。头大的，身子窄的，哪里刮擦了，受了伤，看得一清二楚。动手前，东风叔脱了夹克衫，扯了扯皮带。风有点猛，腰边的钥匙串吵得尖细。我们给车头车厢掏垃圾，车子很温驯，像被清理耳朵，或者鼻喉里的污物。纸巾，茶叶蛋壳，果皮，一点一点地掏走。雾状水柱迸射出来时，卡车是温驯的，看上去很懒，又很享受。每个鳞片润湿了，清水在夹缝里流淌。叔随着起重机，升上又降下，头和集装箱顶平齐时，眼神坚定，是那种，熟悉的，不可违抗的亮光。虽然如此，干练之中，透着些许一如既往的柔情蜜意。棉布划过挡风玻璃，风大起来，甜甜歪着脑袋端水盆，看叔的身影一歪一斜，直到玻璃四个角也洁净了。左上角，合格的标签雪白，是新的年份。

叔在每辆车头做了标号，按照车龄，从一到七，等待腊月二十八过年，排了队，请车老爷。

# 六

老宋滚了一路的圆台面，又帮着把它们靠在墙边。东风姨道了几声谢。临走前，老宋说，公投，肯定没问题。车老爷的供品都被收到了厨房。天光偏移，四周灰扑扑的，和鲫鱼皮一样的颜色。甜甜换上了姨织好的毛衣，又套了胶鞋，给我双大码的，说，今天你要见世面了。东风姨往几个玻璃杯里灌水，说，酒水市场还蛮远的。前阵子我路过体育中心，见外圈搭了红帐篷，很有节日的风向。据说一年一度，省内外的知名酒水会打低价，供给镇上的居民，当地生产杨梅汁、葡萄酒的个体户，也摆了摊位，招揽顾客。

鳇鱼的电瓶车到了，往门前摆了两座铁树。枝叶被捆成瘦高的一束，上面都是光亮的小水珠，没有一点灰尘。东风叔去抽红绸带，齐整的叶片立马就往周围散开，叔说，这叫铁树开花。姨给叔一个水杯暖手，叫他去取钥匙。除了打理屋子，姨早把九辆车的钥匙都除了锈。叔站在墙边，眼前是发光的钥匙。甜甜说，开卡车去吧。叔搓了搓手，往一枚铜黄钥匙哈气，看样子对这个提议很欢喜。

我们往荒地走。巧嫂家是前天过年的，她从厨房探出头，打趣说，一家四口，都簇新的，真有样子。叔姨在笑，全仗着到了年关，才是一袭祥瑞的口气。我退到他们后面，甜甜白眼朝我，说，你怕什么。我旁顾其他人家的房子。到了腊月二十八，一些大门外已贴了自己写的对联。红底黑字，少数洒金。这里少有挂灯笼的习俗，白天也很少有人放鞭炮。声音是从各家的空调外机发出的，路上少有行人。细察屋内院里，聊天洒扫，杀鸡宰鸭，亲戚推搡，自成热闹。显在外面的，中医牌匾，五金批发的油漆字。多数人家没有牌子，但各自营生，旧事万千。

东风叔挑了有三个座的那辆卡车。它是叔买的第五辆大车，车身暗红，车头比别的高几十公分。它从一排车队里缓缓驶出来，接受这次任务，看上去很荣幸。

叫我想起年轻时候的好日子！叔说。姨把水杯和一袋零食放在换挡杆边的凹槽上。以前白天发车，姨就这样，陪着叔跑车。她说以前还要带方便面，大桶矿泉水，风油精。

下雨了，雨刮器在玻璃上划动，韵律非凡。甜甜盘腿坐在座位后的小榻上。姨说，有了甜甜后，就带着她跑，把隔壁城镇都串一串，什么地方没去过，是吧。姨对我说，她是一句怨言也没有的。甜甜说，接我放学，送我上学，喇叭没把同学吓出魂，已经很积德了。小鬼头总是想到附近商场去，我就跟她说，爸爸装完货，我们就进去，姨说。一次都没进去过，甜甜说。

叔说，以前这还是很小的路，路上的人，看着我们，连旁边的阿芳阿珍什么的都不看了。叔脸上红光晕散，似乎回到了从前的好时光，有那种振臂一呼，从者云集的模样。又补充说，你东风姨头次回娘家，叫小姐妹出来看，拉着车上的手把，还不肯马上下车，就是下了车，也叫她们在车身上东摸西摸的。

路灯的杆子上挂了小红灯笼，在风雨里七摇八拐。穿过林荫道和五色的会所，一直向南，商铺就多了。尤其是鞭炮店，摆了大炮仗，有镇店之宝的味道。"千千喜糖"和卖对联福字的并列，联合摆了长摊。

路面湿滑，倒映对面体育中心的红帐篷。我下车，还踩不实，只觉得脚底发软，天地旋转。叔扪住我的肩，说，想喝什么，随便拿。

甜甜说，是jqx，快听。我只记得是熟悉的歌，但想不出歌名。叔说，闽南歌啦，一时失志不免怨叹，一时失志，什么jqx。我想了很久，大过年的，背景乐是《爱拼才会赢》。

虽是雨天，帐篷内，镇上人们热情不减。进口酒水的柜台是欧式的，甜甜拿了粗网袋，问店员能不能把柜子上的小物件卖给她。我看她遭到几次拒绝，刚想过去劝她，东风叔就招呼我过去。他和一位败顶大伯握手，说，这是他们自家酿的好酒。我提起酒瓶，见贴纸上的字，是老式的字体，像我在油印旧刊上见过的那种。

都有女婿了，你说时间快不快？大伯直接用牙齿开了酒瓶盖子，递给叫我尝。喉咙里火烧火燎一阵后，周围的声音才恢复，人声鼎沸，钻入心肺。

没改行吧？大伯说，以前和你喝个小酒，真不痛快，一直接电话，车子全靠你调度，那么多货，运到东西南北。

还开车，喏，那辆你认得的。叔指了指绿化带边的卡车。大伯站起又坐下，说，哦呦，我们那时候。

临走前，大伯非要送几瓶白酒。他去扯塑料袋，在手指上沾了抹口水，在袋子外又套了几个袋子。他的摊位在通风口，头顶四周的细头发窜来窜去。身边的小酒盅是他慢慢呷的白酒，喝了一口，他露出黄牙，对我们笑笑，有点抱朴守拙的味道。离远了，望过去，他的头夹在军大衣领口，面前人来人往。

我对叔说，他们似乎不太有光顾的兴趣。叔像猜到我要说什么，有点安慰，又有点劝诫，说，你还年轻，喜欢看外面的样子。姨说，都是回头客啦，晓得什么东西好的，自然就会聚拢的。叔说，当年我们两个人做搭档，把这酒销到了外省，听说外国也抢着要。姨补充说，曾经还被冒充茅台。听说他的酒坊老早就被收购了，没想到现在自己还在做酒，叔说。三分天注定，七分靠打拼，叔和着音乐唱起来，爱拼才会赢。

因为要照看放到集装箱里的酒水，我爬进车厢。甜甜垫了塑料袋，直接坐在栏板上，用腿护住花花绿绿的包装袋。我蹲着，和她面对面。她捧来小东西，叫我用手机照照。齿状酒瓶盖，月牙起子，哥特建筑条纹的商标纸。不出意外，这些又将被放到她的书房。你会拓图案吗，甜甜问，按不同比例拓下来。我小时候试过，我说，这是什么。我指着一个针状图案的贴纸问她。贴纸是从劲酒瓶上撕下来的，缺了一个角，上面的花纹像叉子圆柏的枝叶，不同的节点由金银绿三色交替构成。

这是我，甜甜说。

我是说这个，我说着，取了那张纸出来，把它放在手机前，光照很快透过那张半透明的小图纸，在甜甜脸上照射出一簇三色的圆柏花纹。

对，是我，你不知道吗。

不是吧，我笑了，我说，那，那些呢。我指着她手心里的小玩意问。

都是我，她说，你真无聊。甜甜把小贴纸夺过去，说，那么，你不知道老爸是这辆车的一部分么。

我的脑子没绕过来。外面的路况看样子很不好，时常刹车，我们面前的酒瓶和罐子颠来倒去。与其说是我用脚掌抵着，不如说它们像钉子一样，把我固定成了八字形。一遇到路上的阻碍物，车板抖动，坚硬的支架仿佛戳在我的坐骨上。手机跟着晃，光束在小东西和甜甜的脸上扫动。车厢很暗，有亮光的地方投射出孔雀绿、宝石蓝与桃红相互混杂的波纹。很奇怪，好像点点移动的是我，而不是它们。甜甜丢给我两个圆底空罐，口中念叨着什么，我也忘了。时间好像被拉得很长，当我后来回忆时，总觉得那是一场黑匣子里的巫术。

下了车，远远地看见家门口围了一群人。东风姨说，这么客气的，送年货来。叔说，外面冷，进去说。小张说，来年不做了。小李塞给叔一张名片。东风姨斜着眼睛觑了一阵，把小李提来的野鸡放回了门口。小张说，阿强把客户卖给新工业园那时候，我是想举报的。叔说，我知道，你不是没有良心的人。小张又说，跟了老板这几年，想回老家自己做运输，家里老人岁数大了。叔说，好，孝顺。小李见轮到自己了，说，老板别误会，我不是想给新工业园牵线，就是想问问老板，他们名片上说的，五险一金，是不是真的。

东风姨倒在地上，大理石发出很大的响声，引得箱子里野鸡扑腾翅膀。甜甜对他俩说，去卫生所找人啊。小张小李说，谁先走。暮色里，两人拉着彼此的衣服，都不准让对方跑。甜甜推了小张一把，叫他去找医生。小李拦住小张，叫他陪在这里。叔说，壮了胆子来，怎么没胆子走。小李见姨呼吸急促，不好逃走，小张踢了一脚装野鸡的小箱，叫鸡头别钻出来。两人推搡着退出院子，爬上摩托车，一前一后，没有了踪影。

姨一骨碌爬起来，吓了我一跳。

甜甜说，老妈，真有你的。

姨说，我们什么世面没见过。

我站在门槛上，松了一口气。

叔说，不想干正好，妈妈的兑，监控录像还在我手上，以为我不晓得他们抹走了多少油钱，妈妈的。

叔去杀鱼，和姨一起，在浴缸前抓了条最大的鲫鱼。他们在怀念过去的手下，阿宏黄飞之类的，总之是叔以前的好兄弟。跑长途时，一人轮三个钟头，夜里交接，两三点了，也没有怨言。叔给一池的鱼换水，小鱼大鱼逐渐叠加在一起，在逼仄的空隙里窜动。叔说，妈妈的江湖！

因为这件事，晚上的团圆饭吃得热烈。叔有点醉，说，巴不得我们不好，我们就是要越来越好。他拿了计算器来，说柴油降了价，五千一吨，要它买十吨。去年少买了五吨啦，姨的红酒上了脸，说，新一年，还是买个新卡车，气气他们。说到这里，姨去开大厅音响。是《甜蜜蜜》的旋律。

在舒缓的前奏里，东风叔套了红袖套，掰到手臂上，挥挥拳，说，听毛主席的话，听老东风的话，遵守三个绝对，绝对不外包，绝对要买车，绝对有信心。那是邓丽君的歌声，轻柔的嗓音在酒杯的摇晃里飘飞拂动。我和甜甜坐在另一边。面对他们，我甚至不知道该不该动筷。叔去楼梯下拿剩下的破箱，把里边的零件都倒出来。我想过了，他说，明年，要改革，把车上面的篷布揭下来。起重机的踏板升起来，物件越过了破箱子的顶部。像这样，从上面，装进去，叔说，要从这上面，对，小文，懂不懂为什么？我摇头。真笨，甜甜凑到我耳边，说，哪家厂急用就装上面，不然你还要卸了其他的货把它扒出来。我耳朵边飘着一股带有热气的毛茸茸的风。

歌循环了几遍，叔问我上课用不用话筒。我把包里的小蜜蜂递过去。他唱得不动听，但是从肢体看出，是很用情。旋大了音量，节奏更响了。动次打次，叔在客厅打起了跳舞的节拍。

我抬头看过去，客厅的柜子上，塑料黄花供了毛主席的相片，两边摆了一对金元宝。叔有时跳不稳，就陷在了虎纹沙发上，又站起来。南边的鸭血窗帘在他手臂上投下斑驳血块。天花板上的水渍在他后面映着，旁边还有一座被蓝丝绒布遮着的菩萨像。叔嫌不方便，就掏起口袋。驾驶证，身份证，会员卡和银行卡，合不拢的皮夹，几个钢镚和一些蜷缩的小票，都被摸到沙发上。掏干净了，站起来，继续打节拍。

别弄了，东风姨就要哭起来似的，对着东风叔甩手。她爸，别跳了，别唱了。

这是我们结婚时放的歌，好时光还没过去，东风叔对我说，小文，要不要做东风女婿。

我缓过神，说不出话。甜甜拉住我的耳朵说，他要做你的岳父，你要不要？

我没听清楚，甜甜扯得更用劲，问，你要不要？

没等我回答，两个盛酒的杯子就碰在一起。甜甜说，我初二就走。红酒和白酒一起晃了晃，叔说，我想过，你不来，我们会找到养老院的。姨像没有听到似的，说，甜甜小时候，我跟她说，我们要买车，也要造大楼，她说好，我说我们每年都添一件东西，她说好，冰箱，电视机，空调，烤箱，现在都有了。

甜甜没有听下去，撂下杯子走上去了，饭也没吃。我上楼时，东风叔和东风姨还在说话。在讲什么，听不清楚。

夜里雨很大，一直嗒嗒响，像是很多鞋子踢来踩去的声音。踢来踩去，木屐，松糕底，海绵拖，塑胶的都有。我拉开窗帘看下去，什么人都没有，只是屋檐和仓库栏板上的水倾塌了。雨水打在蓝仓库顶端，黄铜色的污迹从铁皮贴合处挂下来。我走到二楼，看到书房门缝里，还有灯光。站了一会，我还是回到了卧室。闭上眼，好像做了一个梦，没有什么剧烈的情节。梦到东风姨，麻将打得晚，回来时，说自己打麻将的输赢，或多或少，没有搁在心上。我上完课回家，高压锅煮好了红豆薏米，桂花莲藕。她说，天黑得早，很少出去了，就在客厅放放音乐。动次打次，她的脚步跟不上节奏，一赶，忘了步子，见到我，不好意思地笑笑。

第二天一早，他们送我去火车站。甜甜还没起床，我没有去叫她。东风叔眼睛里的血丝有点浓，开车还是小心谨慎，一如既往。不知道晚上的歌会，他们是怎么结束的。姨撑着头，看样子酒还没醒。我也有点晕，只记得到了凌晨，院子里放了两个很响的鞭炮，像上次的轮胎突然爆炸。再过了几个钟头，小李送来的野鸡打鸣了，好像新的一天，一年，就在这雨雪蒙蒙里开始了。行李安检前，姨从护栏外，塞给我一个红包。争执不下，硬要我收了。我走进去，和他们挥挥手，好像我是他们的一个亲人。

外面在下雪，越来越大，我想，甜甜应该还没有睡醒。

原载《上海文学》2018 年第 11 期

# 云上的日子

## 施双玲

一

搬到这里住之后，我经常会在凌晨四五点钟醒来，那时天还很暗，小区里的路灯全部亮着，白色的灯光透过单薄的窗帘照进来，在房间里形成微弱的光，我就在这片微弱的光中醒着，心里充满沮丧。

我听说，凌晨四点二十分是人心理最脆弱防御性最低的时刻，很容易产生悲观绝望的情绪。我的确曾在突然醒来的夜里，对一直以来坚持着的信念产生动摇，对想要到达的彼岸产生遥不可及的虚无感。我想要一觉睡到天亮，绕过最黑暗的凌晨时分，在灿烂的阳光中睁开眼睛，元气满满地开始新的一天。

可是住在这里，这种最基本的生存要求已然成了奢望。当时搬家太匆忙，没有大致了解周边的生活环境，导致现在，生活总是在黑暗中结束，又在黑暗中开始。

有时候我在想，楼上的老人总在一天中最黑暗的时候起床，她的心里也会产生黑暗的情绪吧！

我住在一楼，二楼独居着一位年逾八旬的婆婆，习惯早睡早起，尽管是隆冬的清晨，她仍然不愿在温暖的被窝里多待一会，总是天没亮就起床，像个经过一夜休整满血复活的战士，在房间里斗志满满地走来走去。我经常在睡梦中被她制造的各种噪音吵醒。在默默忍受，心绪不宁的时候，我只能安慰自己，有一天我也会老，不再需要争分夺秒地睡懒觉，对死尸一样躺在床上的行为充满恐惧，对曾经嗜睡如命的自己感到陌生，所以要尊重老人的作息规律，体谅老人生活的难处。

我躺在床上想象楼上的情景：窗外还是暗沉沉的夜，老人从床上坐起来，用枯瘦如大鸟爪子般的手指摁亮电灯，在突然出现的光亮中眯着眼睛，将散落一床的衣服一件接着一件套到身上，挪动臃肿的身躯，趿上拖鞋，右手拎起拐杖的动作出奇的敏捷。接着，充满杀伤力的动作出现了：拖鞋厚厚的橡胶底在空洞的木质地板上拖沓前行，发出沉重、浑厚的拍打声，"咚！咚！咚！"，像一把匕首将静谧的夜捅出一个一个喷血的大窟窿。木头拐杖底部的橡胶垫已经脱落，在老人身体的重压下，拐杖每一次落在地板上，都像用力踏在无助的小动物身上，发出刺痛耳膜的惨叫声。拖鞋的拍打声，拐杖的撞击声不仅落在地板上，还落在我日渐脆弱的神经上，它们疯狂持续地跳动着，也许会突然断裂，消失在沟壑纵横的脑海中再也连接不上。

窗外的路灯熄灭了，房间陷入昏暗。时候尚早，为了有饱满的精神开始新的一天，我强迫自己再次入睡。对睡眠障碍者来说，入睡是一项技术活。经过多次实践证明，数绵羊、数鸭子的助眠效果都不理想，为此我特地查阅了相关资料，发现现在流行睡眠"安全岛"：构想一幅美好的画面，让自己舒服地躺在画中，心里默默地从十倒数到零，不知不觉地将自己哄骗入睡。获悉了方法之后，我慎重地思考起来，地球上已经人满为患，飞禽走兽也填满了角角落落，上山下海都免不了被其他生物打扰，经过多方比较，我将自己安顿在远离人间，高高在上的云端。

可是不知是操作不当还是方法不行，为了将"安全岛"惟妙惟肖地想象出来，我经常越想越清醒。这时候我有一肚子破罐子破摔的坏心情，黑暗中我神清气足地想给高远打电话，把坏情绪倾倒出去。

高远是我的男朋友，在高级酒店做厨师长，晚上忙碌，早上空闲，陪我在凌晨煲个电话粥不太会影响工作，但迄今为止，我一次都没打给他。打电话的念头一冒出来，我就会想起他和丹霞皱着眉头沉默不语的様子，我就迅速按掉屏幕，将手机一把塞进枕头底下。

丹霞是高远的前任女朋友，现在他们住在一套房子里。我常常想，如果他们也遇到个任性的邻居，喜欢半夜三更，在卧室里跶鞋晨跑，一定会同仇敌忾联合起来将噪音一网打尽的！

我曾向高远抱怨自己深受噪音之苦，他因为不能感同身受，只当是女孩子听觉的过度敏感，轻描淡写地说，下次在楼道里遇到，和老人说一下，叫她注意一点。

二

我一直记得第一次遇见丹霞的情景。

那时，我和高远刚确立关系不久，有一天我对他说："前几天帮我搬家辛苦了，晚上请你吃饭吧！"

他听完我的提议就说："我正想吃火锅呢！昨天去超市买了很多食材，什么都是现成的，不如你来我家一起吃火锅吧！？"

受到独居男孩的邀请，我有些踌躇，但因为他说话时的表情明朗坦诚，有不加掩饰的欣喜，我不想扫他的兴，便点头答应了。

为有人能陪着一起吃火锅这样的小事而高兴，独居在这座城市中的我又何尝不是这样呢！很多事身边没有人陪，自己也能完成，一个人吃饭，一个人看书，一个人听音乐，一个人走路，一个人的生活就像一座无人问津的山谷，没有人语亦没有回响，孤单久了，心里会滋生出伤感的情绪，渴望翻山越岭之后，有人在为你等候。

我猜高远和我的感受是不同的，我的故乡在很远的地方，因为读书来到这边，毕业后在这座城市的一家小小的广告公司做平面设计，在离公司不远的一个老旧小区租房住。而高远是土生土长的本地人，城市的周边乡镇里住着他的亲戚，除了并不年迈的父母，还有一大群热热闹闹的七大姑八大姨，各行各业里散落着与他友谊程度深浅不一的同学、朋友，日子从来不缺乏兴旺的人气。

我原本住在一位当地同事的家里，两居室的老房子，我租了其中一间，住了将近半年，同事打算重新装修，一年后做自己的婚房。于是，匆忙中我找了一处距离公司不远的单身公寓。那段时间，高远陪着我到处找房子，帮我搬家，出了不少力，让我深切感受到在异乡漂泊的年轻女子，身边有一位诚实可靠的男士鞍前马后地奔跑是件多么方便的事情。

约好吃火锅的那天傍晚，路过公司附近的花店，我进去挑选了一束含苞待放的百合花，抱着花束行走在黄昏的街头，天空将暗未暗，天地是苍茫的灰白色，路两边商店门口的霓虹灯闪烁跳跃，却了无生气，灯红酒绿的世界没有黑夜的映衬总显得不够艳丽。我穿过小半个城市，到达高远家门口的时候，天完全暗下来了，忘记戴手套而一直裸露在冷风中的双手冻得几乎失去了知觉。

房子里很温暖，灯光明媚，空气中漂浮着饭菜鲜美的香味。这是上世纪的旧公寓，两室两厅的格局，装修很简单，除了一些生活必备的家具，没有多余的装饰品，收拾得很干净，壁橱、柜子上的小物件被安放得整整齐齐，沙发和椅子上没有随意乱放的脏衣服，一点不像是独居男孩有些邋遢的房间。

餐厅在房子的北面，靠近窗户的地方摆着一张日式实木餐桌，桌子上方垂挂着一横排高低错落的透明圆球，球心处散发着柔和的橘色暖光。这盏泡泡吊灯大概是近几年新装的，与周围家具的中式风格截然不同，在厨师的世界里，餐桌总是显得特别重要吧！

高远准备的火锅非常丰盛，汤里炖着金针菇、杏鲍菇、白玉菇等各类菌菇，其他各类食材被清洗干净后分门别类地盛在不同的盘子里，看一眼满满当当的餐桌就能让人胃口大开。

那晚，我们面对面坐着，锅里的汤料不断翻滚，"咕嘟咕嘟"冒着圆圆的水泡，白色的水蒸气冒上来，阻挡住我们的视线，我看不清楚他的脸，但是他握着筷子的手会穿过白雾给我夹来一块烫熟的羊肉或者一颗鲜嫩的丸子。外面天寒地冻，屋里热气腾腾，玻璃窗上吸附着一层细密的水珠，外面的世界模糊不清，只剩下迷蒙的光影在玻璃上偶尔变幻出不同的色彩。在温馨的氛围中享受美食带来的愉悦，我希望这种美好能一直持续下去。

门外突然响起敲门声。高远放下筷子去开门。寒风在开门的一瞬，似一根巨大的舌头长驱直入，将屋内的暖气吸食而空。门已经开了，却听不到声音。于是，我也放下筷子，好奇地走过去，站在高远身后，视线越过他的肩膀，我看见门口站着一位姑娘。

他俩愣愣地对视着，谁都没说话。我的视线游移在他俩脸上，心里充满狐疑。

"你，怎么来了？"高远似乎被惊吓到了。

姑娘身边立着一只硕大的行李箱，箱子大概陪着她走过了很多旅程，酒红色的塑料表面出现了几条细而长的划痕，原本耀眼的珠光已经失去了最初的光泽显得陈旧暗哑。

她穿着一件长过膝盖的米白色羽绒服，下面露出一截小腿，配着一双平跟马丁靴，显得身材臃肿矮小，脸背着光，没有一点血色，苍白中泛着青光，长直发披散在背上，凌乱纠结，其中一小撮头发突兀地横亘在头顶上，显得主人风尘仆仆。

她的视线同样越过高远的肩膀看着我，眼神幽怨。良久，她抿着薄薄的嘴唇轻声说："我现在不知道去哪里好，你这边是否方便，让我借住一宿。"

于是我和高远相对而坐的晚餐格局变成了我在这边，他俩在那边，小小的餐桌一下子成了泾渭分明的两边。高远本来打算送到我碗里的菜，现在扭转方向送到了她的碗里。我默默地夹菜，心里觉得自己其实一点都不了解高远，以前他都干了什么，和什么样的人交往过，今后会干什么，谁会在他的人生计划里，我都不知道，这样想着，心里的感情一下子冷却了下来。

三个人默默地吃了一会，都好像要把自己埋进热气腾腾的火锅里一样。

高远似乎突然想起来要给我一个交代，抬头对我说："这是丹霞，她是我的前女友。"他说话的时候，眼神坚毅，表情沉着，看不出情绪。

我默默地点头，就算高远不说，我也已经暗暗地猜出了女孩的身份，他的介绍瞬间击毙了留存在我心头的最后一丝幻想，她不是他的表妹堂妹亲妹，同学同事同乡，就是货真价实的前任。我的心里五味杂成。

在我和高远进行眼神交流的时候，她正置身事外，"呼噜呼噜"利索地吸食着一条滚煮到烂透的大白菜。她始终没用正眼瞧我，我却总忍不住在其低头进食的瞬间细细打量她。

我放下筷子准备站起来的时候，她开口说话了，大概吃了一会终于有了饱腹的感觉："我不是特意来你家的，本来我已经在网上租好了房子，那个房东说话不算话，又把房子租给了别人，我今天转了好几趟车赶到那里，已经没有空的房子了。转来转去，天就黑了，我不知去哪里好，才想到来你这边。"她说着，怯怯地瞟了一眼坐在旁边的高远。

我看向高远，想听他怎么说，他避开我的视线，经过短暂的沉默后，没有多问一句话，干脆利落地说："外面这么冷，这里有房间，就先住着吧！"

我对他们的过去一无所知，从来不知道高远的世界里曾有过这样一位姑娘。一想到他们曾是亲密无间的恋人，他曾对她倾心爱慕，温柔呵护，我就对她嫉妒得不行。情感上，我完全不能接受男友和他的前任住在一起；理智上，我不想在没有了解事情的来龙去脉之前，随意指责高远做出的决定。

我坐在位置上等了一会儿，确定高远已经没有下文，当着三个人的面，他既不打算向我解释，也不打算与她叙旧，我坐在这里，就像个不识趣的小丑。我站起来，抓起放在一旁的皮包："时间不早了，我先回去。"

高远跟着站起来说："我送你！"关门的一瞬间，我转头看见白色的丹霞仍在认真地大快朵颐，客厅角落里白色的鲜花静静立着，物是人非的悲凉感油然而生。我在门口的冷风中，将外套的拉链拉到最上面，包裹住脖子。

我们慢慢地走在空荡荡的小区里，还没酝酿出说话的情绪，就到了大门口的公交车站，车子像一直守候在附近的专车，一看见我出来就适时地开了过来。在我跨进车门的一瞬，高远说了一句话，风把他的话吹乱打碎，我没听清楚，猜想应该是要和我说一说丹霞的事吧！我希望他能马上和我解释清楚，但是他好像一下子陷入了对往昔的追忆中，思绪游移，无心照顾我的情绪。我便沉默不语。

三

所以凌晨时分，我很任性地想给高远打电话，犹豫再三一次都没打成，不是顾忌丹霞的感受就限制自己的行为，而是觉得我和高远还没有那么熟，熟到可以肆无忌惮地将他从睡梦中叫醒，陪着我聊天。

从那天晚上，丹霞无家可归被高远收留之后，他俩就一直住在一起。

我质问他："不是说好，只住一个晚上吗？为什么会一直住着？"

高远似乎很头疼，皱着眉头，表情里写满无奈："我们在一起五年，五年的时间里，几乎都是她在照顾我，现在她在我的城市里，人生地不熟，又找不到工作，我怎么能对她不管不顾呢？"

"可是你们已经分手，是彼此的前任，再住一起合适吗？"

"凡事都有特殊，我现在帮助她是出于道义、责任。"

"不管你的动机是什么，你们总是住在一起，你有考虑过我的感受吗？"

"圣夕，我也很烦，我也不想持续这种不清不楚的局面，可是我没有办法，我希望你能和我一起接受这个现实，陪她度过这段困难的日子。"

看着高远一脸无辜与失望的样子，我再坚持不懈地表达不满，就会显得心胸狭隘，自私冷漠。我把头转向一边，隔壁桌的男生正逮着机会，手持餐巾纸，殷勤地将对面女生嘴角残余的木糠布甸一擦而空，随后嘴角上扬露出了小把戏得逞后憨厚的笑。我下意识地拿起手边的纸巾，装模作样地绕着嘴边按压了一圈，好像生怕高远也会如法炮制，抓起纸巾来替我擦嘴巴。事实上，在进餐这件事上，高远的注意力只会集中在食物上，不会分散到其他地方，所以不用幻想在你吃得津津有味的时候，对面会突然伸过来一只手，在你脸上不由分说地抹一下，又马上缩回去。

我就是被他吃东西的样子吸引，才开始和他交往的。

那天，有个朋友请客吃饭，邀请了一大圆桌的人。高远正好坐在我对面，虽然之间的直线距离最远，在吵吵闹闹的酒席间，没怎么说上话，但是每次一抬头就能看见他，有时候视线正好碰上，他对我微笑，露出整齐的牙齿，我也笑，他手上的筷子始终没有停。

因为两边坐着的都是不相识的人，我除了沉默地吃，就是抬头看他，我发现他吃东西的样子很好看，自带一种令人羡慕的气势。餐桌不疾不徐地旋转，他对每一种食物都充满热情，认真咀嚼，默默品尝，吃得行云流水，优雅从容，一副深深沉醉其中的样子，好像他能从中领悟出人生的精妙奥义一样。当时还不知道他的工作，只觉得他与众不同。看着他用心吃饭的样子，我的心里就冒出"现世安稳，岁月静好"这句话。

酒宴进入高潮，大家开始端着酒杯满场跑，我终于有机会与他面对面站着。

他说："你好像吃得很少，是为了保持身材才吃得少吗？"

"你怎么知道我吃得少？"

"我坐在你对面，一抬头就看见你了，你几乎没怎么吃东西！"

"那你吃这么多，也不长胖，有保持身材的秘诀吗？"他的身材并没有因为好吃变得脑满肠肥，反而比一般男子还要挺拔健硕。

"我，吃了很多吗？"

"你真的吃了很多，你的筷子都没有放下来过。你自己不知道吗？"

他听我这样说，呵呵地笑。他笑起来的样子也很好看，纯净温和，毫不设防的样子。我们的对话无趣又无聊，却因为初次相识，心里都透着一股被关注着的欣喜，是在人群中多看了彼此一眼后心里涌起的感动和温暖。

可是现在坐在餐厅里，我们的心思都没放在食物上，话题一直围绕着整日盘踞在高远房子里的丹霞打转。

"她什么时候走？总不能一直这样住下去吧？"这是目前我最关心的问题。

"现在工作不好找，她已经在很努力地找了，等她找到工作就会另外找房子去住。"

听高远说，当年他从厨师学校毕业后，在上海的一家星级酒店做实习生，丹霞是这家酒店的餐厅服务员，两个同在异乡的年轻人在那里相识相恋，一起走过了五年的青春岁月。期间，高远的厨艺日见长进，从实习生一步步上升为酒店的副厨师长，丹霞每天脚不着地奔波在厨房与餐厅之间，像个永不停歇的陀螺转来转去还是个普通服务员。虽然时间没能使她的工作发生质的改变，至少让她成了一名资深服务员，目前劳动市场上的服务人员供不应求，为什么她会找不到工作呢？

"她说她厌倦了这份工作，不想再干老本行，我也支持她换工作。小姑娘的时候，看什么都很新鲜，每天出入富丽堂皇的大酒店，以为自己的工作很光鲜，偶尔被客人训斥几句，还能忍一忍，现在年纪大了，知道那些光鲜都是别人的，和自己一点关系没有，想明白了，脾气就没以前好了，我看她是没法再干这行了。"

高远在离开上海前向丹霞提出分手，丹霞拼尽力气挽留，期间两人展开了一场异常艰难的拉锯战，具体战况，高远没有细说。

"后来分成功了吗？"我的心里充满各种疑问。

"成功了吧！我离开上海那天，大家都很平静，她来火车站送我，不哭不闹，也没挽留，相反还祝福我过得好，我想她当时肯定想通并接受了现实。"

"可是你为什么非要和她分手呢？你可以带着她一起来这边发展，夫唱妇随多好呀！为什么要辜负她呢？"

他默默地瞅了我一眼，又将视线落在桌子上："你希望我们是这样的吗？"

"那样我就不会和你在一起，就不会有现在这些烦恼，你们的生活也会更正常一些，说不定都结婚生子了。你看，你多会制造麻烦！"

他没有心情和我调侃，轻轻地叹了口气说："要是相处得好，谁想这样呢！刚开始的时候，感觉还行，后来不知怎的，慢慢地变得无话可说，有时候刚说几句就感觉很没劲。越是这样，她对我就越不信任，每天都疑神疑鬼，像防贼一样防着我。时间久了，我觉得很压抑，很不开心，与其这样，还不如好聚好散。不过真要分开，我心里还是很不好受，毕竟在一起这么多年，而且是我先提出分手，总觉得不够厚道，所以现在有个弥补的机会，就想帮她一把，等她的工作和生活有了起色再放手。"

虽然他是就事论事，且少有涉及情爱的字眼，可我的心里还是很不舒服，他的喜怒哀乐所有强烈的情绪体验都消耗在她身上，留给我的也许只有云淡风轻，我在或不在，来了或走了，大概他的天空只会为我晴转多云，或者多云转阴。

我有些快快不乐，却还是接着他的话茬问道："既然分手了，她为什么还要来这边呢？这里既不是她的家乡，也不是大城市，她有非要过来的理由吗？"

他对我的情绪变化毫无察觉，只愣愣地看了我一眼，犹疑着说："好像她有个闺蜜之前一直在这边发展，听她说现在那闺蜜跟着男朋友去了广东那边，所以才想到来找我。"

"既然想和朋友在一起，就应该一路向南，找到广东去，干嘛要留在这里找工作呢？"

他看着我，有一瞬间处在出神的状态中。我拿起手边的玻璃杯，杯里的柠檬水已经冰凉，我装模作样地端起来浅啜了一口，不动声色地含在嘴里。他的视线扫过自己的水杯，从杯底的茶叶碎末滑向了窗外不远处的广场，那里有一群瘦小的孩子带着头盔，踩着滑轮，在自如地滑行，有一个小女孩长得最矮小，却滑得特别好。隔着一层厚厚的玻璃窗，他看着外面的世界神思恍惚。

良久，他转过头来，对我说："不管怎样，我们已经分手，我不会再回头。但目前，只能先这样，我不想……打破这种平静。"

我不做声，将含在口中的柠檬水咽下，心里一片冰凉。

# 四

"你竟然就这样允许他们住在一起啦？"正坐在我对面喝着排骨汤的同事小雯一脸愕然。

"是啊，虽然这事听起来不太正常，但还是情有可原的，高远有他的苦衷，他觉得亏欠了丹霞。"

"亏欠什么呀!? 爱情本来就是没有道理可讲的，谁付出的多，谁付出的少，那都是你情我愿的事，谁也没逼着谁付出。分手就是一刀两断，从此互不相欠，他们倒好，还住到了一块儿，这算什么呀?!"

"那，总有特殊情况的嘛!"

"哪里特殊啦？他们这种就是大众化分手！一方要走，一方还想留，谁家的分手不是这样啊？正好两方都想走的那才叫特殊呢！你就是太为高远着想，要是我呀，一哭二闹三上吊，非逼得他立即作出选择不可！有女朋友的人还和其他女人搞同居，太不像话了！"她愤愤不平的样子，仿佛遭遇烦心事的人是她。

"不是同居，是同住在一套房子里，有各自的房间。"

"这有什么区别吗？门一关，谁知道他们在里面做什么！他们以前是恋人呀，现在住一起会老实吗？那女人特意大老远地跑过来，住进他家里，我看呀，就是想爬上高远的床。"她言之凿凿地看着我。

"肯定不会啦！都分手了，怎么可能再这样呢！高远和我说得很清楚，已经不喜欢她了。而且如果他们真发生了关系，高远早就和我分手了。"我不假思索地否定了小雯的猜测。如果不能相信高远说的话，我无法忍耐到现在，也无法继续和他走下去，"退一步讲，若他俩真要旧情复燃，我想拦也拦不住，即使让丹霞搬离高远的房子，只要他们有心，总会想办法再见的。"

"这不是一回事！情不自禁和旧情复燃是不同的。孤男寡女长期共处一室，很容易情不自禁的呀！旧情没有复燃，有欲望就行了。干柴烈火一下子就烧起来了，到时候你怎么办？"小雯今天画了一条又长又粗的黑色上眼线，看上去凶巴巴的。她两手一摊，用充满同情的眼神看着我。

我好不容易平静下来的心因为小雯的几句话又开始躁动起来，无心说话，低头机械地吃饭。附近座位上都是周边写字楼里上班的公司职员，不时传来女孩子的笑声和说话声。大家吃着廉价的套餐，喝着免费提供的温茶，完成工作间隙的一顿午餐。这样闹哄哄的环境，将人的情感变得简单粗糙，即使聊着与出轨有关的话题，也不至于让人沮丧到茶饭不思。我们像往常一样，一会儿功夫就把盘子里的食物都吃完了。

忙碌让人暂时忘记烦恼。下午我要接待一位工作十分认真负责的客户，他所在的昌源公司委托我们制作一本公司十周年庆的回眸画册，电脑里打包发过来的资料除了文字和图片还有冗长的视频，我的电脑硬盘一下子被塞得满满的。经过前期的沟通，画册的框架已经形成，就像装修房子，只等客户点头便可将毛坯房变成精装房了。

他坐在我的右手边，盯着电脑屏幕，一页一页非常仔细地看下去，边看边对我的设计作品进行了毫不留情地鞭笞，"这里怎么能用这种颜色，太难看了！""这个符号是什么玩意儿？放在这里是要干啥？""这张图片太暗了！没有比它更好的图片了吗？""这个背景颜色暗戳戳的，死气沉沉，太不喜庆了！一定要喜庆！！"他对我充满了失望，而且毫不掩饰地把失望变成皱纹，变成表情，全都写在脸上，如果可以，我猜他会把失望凝聚成一指禅，猛戳一下我的脑袋咆哮道，"你有没有用心做啊！？公司的十年华诞都被你这么糟糕的画册给毁啦！"

我完全忘记了心里的烦恼，将全部心思都集中在工作上，"请不要着急，我们可以一起修改，直到满意为止。"

经过一阵和风细雨般的安抚，客户的心情逐渐平静下来。他开始耐着性子指导我的工作，像老师手把手教小学生画画一样。画册的视觉基调一定要用大红色，公司十周年庆典，必须充分渲染喜气洋洋的氛围。在大红的背景底色上若隐若现地铺上烟花、灯笼、花朵这些吉祥美好的东西。花一定要选牡丹和莲花，只有这两种能登大雅之堂，其他乱七八糟的花都太小家子气，不适宜进入画册。他建议将每一张入选画册的照片都镶上中国结边框，在边框的四个角上各按一朵粉红色的牡丹花或者白色的莲花，一定要带着几片翠绿色的叶子，寓意公司具有蓬勃的生命力。页面不能留白，否则就是浪费纸张，可以随意地撒上一些花朵，就像在白馒头上撒上一把香喷喷的黑芝麻，让人看一眼就饥肠辘辘，胃口大开，如此才能营造出蒸蒸日上、欣欣向荣的大好形势。

这个特别喜欢花朵的客户是个六十多岁的男人，听他自己说之前是名教师，学校退休后返聘进公司发挥人生余热。他对待工作极认真，老花眼镜架在鼻梁上一会儿推高一会儿拉下，连画册页码的字号都被来回修改了好几次。我由衷地佩服老一辈人民教师兢兢业业的工作态度，心里暗暗叮嘱自己，一定要全力以赴配合他做出一本尽善尽美的画册。可惜当他目光如炬盯着电脑屏幕出谋划策的时候，我却挂着一脸疲态，不由自主地张开嘴巴一连打了好几个大大的哈欠，眼睛里还浮现出一汪泪水。我感到非常难为情，强打起精神逼迫自己跟上他的思路，可是在开着暖气的办公室里，戴着隐形眼镜的眼睛既干燥又酸涩，缺乏睡眠的大脑转动起来异常艰难，像被异物卡住的齿轮，每转一圈都带着对大脑的严重损耗，缓慢又费劲。真想好好睡一觉啊！

这种被噪音袭击导致的睡眠不足留下的后遗症，几乎每天都会间隙性地发作好几次，人总是显得没精神，我暗下决心，就在今天晚上一定要想办法解决二楼的噪音污染问题。

## 五

我知道楼上的老人会在晚上七点之前休息，下班到家后，我来不及准备晚餐，一鼓作气，跑到她家门前，深呼吸，按响了门铃。

老人腿脚不便，多数时间待在房里，我搬来之后还没和她打过照面说过话。因为噪音问题，我一直想找机会和她当面说，却没有勇气去敲陌生人的门。我们是楼上楼下空间距离很近的邻居，但我流离在这座城市，心里没有安定感，没有心思经营邻里关系，这样别别扭扭地一直拖到现在。

门打开后，老人拄着拐杖站在我面前，她用警惕的眼神无声的询问着我，尽管眼袋大而下垂，眼珠浑浊暗淡，眼神却透着一股富有活力的神采。在她的直视下，我差点忘了该怎么说。

"你有事吗?"见我愣在那里不说话，老人疑惑不解地问我。

"阿婆你好，我是一楼的住户，前阵子刚搬过来，想和新邻居认识一下!"

她愣了一下，脸上的表情松弛下来，露出一个客气的笑脸说："哦，下面换人了啊!? 嗯，小姑娘住着好!"她轻轻点着头，脸上有满意的神情。

我说："住在这里其他都挺好，就是隔音效果有点差，晚上不太安静。"

"现在好多啦! 之前住你那屋的是个小伙子，特别吵，半夜三更不睡觉，一大帮人在屋里吃吃喝喝，还扯着嗓子唱歌，收音机的声音开得特别大，耳朵都要被它震聋了，根本没法睡觉。你来了之后，倒是好多了，基本上没啥声音，我的睡眠也好了很多。"老人的听力正常，思路清晰，说起话来语速不快不慢，交流起来完全没有障碍。

我听她这样说，忍不住呵呵地笑起来，之前把她想成了性情乖戾的巫婆，只聊了两三句，竟产生了与她同病相怜惺惺相惜的感觉。

我说："您放心吧，这方面我一定会注意的，我早出晚归，房子基本上就是睡个觉，不会有大动静的。就是……我们这个楼层，隔音效果实在太差了，您晚上起夜，早上起床，我都听得清清楚楚的。"

"是嘛? 我动作这么轻，你都听得见?"她一副难以置信的样子，让我一阵郁闷。

"听得见，特别是半夜里，周围静悄悄的，您的脚步声'哐噌哐噌'地回荡在半空中，简直跟放鞭炮似的。"

"啊? 哦!"她听完，脸上显出茫然的神色，接着若有所思地点了点头。

我又一脸无可奈何地说："这里的房子太旧了，搬到这里之后，我觉也睡不好，工作都受到了影响。"

她又点了点头，不再说话，估计猜到了我的真实意图，眼神重新变得警觉起来。

我赶紧接着说："阿婆，您下次要跑个腿帮个忙什么的，直接喊我好了，我就在楼下，上来很方便的。"

她脸上重新绽开笑脸说："好啊，你有空来我家串门！"

谈话比我预期的效果还要好一些，我心满意足地回到屋里，如释重负。

这天晚上，我像等着一个胜算满满的考试结果，心里搁着事，翻来覆去睡不着，无奈之下只能再次爬到云上去。这样迷迷糊糊地熬到凌晨，意识自然而然地就完全清醒了，我竖起耳朵密切关注着楼上的一举一动。

我听到老人下床，走到卫生间，抽水马桶里的水"哗啦"一声沿着水管倾倒下来，又走回房间，这次她没有再神经质地来回不停走动，而是在某个点上静了下来，我热切地猜想一定是爬回床上，钻进被窝里去了吧！

太好了！我心里一阵窃喜。虽然在静悄悄的夜里，老人的踪迹仍旧清晰可辨，但相比之前，动作明显轻了很多。若是上完厕所就在床上安静下来，我的幸福日子将指日可待。我在黑暗中满意地轻舒了口气！

可是，太阳刚从乌云后面探出半个脑袋，转眼又飘来一朵乌云。短暂的宁静是敌人发起总攻前的喘息，随后爆发的噪音重新将我扔回失望的深渊。那是电视机发出的声音！震耳欲聋的音量让人怀疑电视机装着高分贝扩音器。那声音像锋利的电钻顽强地穿透玻璃窗，水泥板和吊顶，像一群捣蛋鬼，流窜进我的房间，"叽咕叽咕"地钻进耳朵，在我的脑海中尽情撒野，随意践踏。我真是欲哭无泪！

从云上翻滚到地上，我的心里充满绝望，绝望让人充满斗志！我想立刻从床上爬起来，敲开二楼的门，与老人进行义正词严的交涉，掐住正在疯狂肆虐的噪音的喉咙，直到噪音气绝身亡，飞灰湮灭，永不再来！不过最后在理智与寒冷的阻止下，我又一次走过了黑夜迎来了晨曦。

# 六

丹霞还是和高远住在一起，这个事实像一块石头始终压在我的心口，我无法搬动它，只能等待有一天它能自动消失。我告诉自己，不要多想，要充分信任高远。于是，我们又开始像之前一样约会。

高远休假的时候，带着我寻访分布在城市各个角落里的各种美食，开车绕着盘山公路去半山腰的寺庙参观，坐在山顶吹冷风，俯瞰城市全貌，虽然心里不是很安定，也有一种静谧的幸福。

我们经常光顾城南旧巷深处的一家日式料理店，高远对店里几乎所有的美食都充满了不可思议的宠溺，小心翼翼地将寿司放进嘴里慢慢咀嚼，心满意足的表情全部写在脸上。和美食在一起的高远总是自带光芒，那种深深沉浸其中的快乐既简单又美好，让坐在对面的我心生感动，这样陪着他一起吃饭就能感受到幸福。

丹霞也曾这样陪着他吃过很多很多次饭吧!? 总是在不经意间，嫉妒的情绪就会出其不意地冒出来，于是我又忍不住提起来："你和丹霞平时在家，谁做饭呀? 你们都吃些什么呀?"

高远很不喜欢甚至有些厌烦我总是没来由地将丹霞从嘴里吐出来，他会摆出一副不耐烦的表情说："我也希望尽快结束这种状态，你不要再多想了!"

他想以答非所问的方式糊弄过去，但是话题一旦打开，我就会像一列刹车失灵的小火车，撒着欢一往无前地开下去，"可是已经很久了呀，我们就不能换种方式帮助她吗? 比如另外给她租个房子，她钱不够，可以先借给她，等她找到工作后再还。"

"那样会让她觉得我在赶她，会伤她自尊心的!"他皱着眉头看着我，好像在责备我出了一个馊主意。

我的心里酸得不行："她知道我和你的关系吗?"

"当然知道啊! 她刚来的那天晚上，我就和她说了。"

"那她还好意思和你住在一起吗? 也算是寄人篱下吧，她的自尊心允许她这样做吗?"

"圣夕,我们不说这个好不好? 一切都是暂时的,烦恼总会过去的。"

几乎每次和他聊跟丹霞有关的话题,都会以这种不了了之的方式结束。我的心里山体滑坡滚落下来的碎石已经堆积成山,灾难现场一片狼藉,可是再次滑坡的警报还是没有解除,在离开料理店前,高远不声不响地打包了一份海鲜咖喱炒饭,我不问,他就不解释。但我的心里已经默默地认定了这就是打包给丹霞的晚餐或是夜宵! 于是,我又不可抑制地想到,他也会带着丹霞来这里吃饭吧! 丹霞也会像我一样坐在他对面,饱含深情地看着他,被他吃饭时那种简单美好的氛围深深打动吧!

回家的路上,我俩一直心照不宣地沉默着。也许为了早点将打包的炒饭送过去,高远把我送到楼下,我没有邀请,他亦没有表达要上楼坐一坐的意思。于是,我没有目送他的车子开出小区大门,他也没有仰头等着我家的灯光亮起后再离开。我们一拍即散。

我们总是在一次次的心无旁骛中相视而笑,又在恼人的沉渣泛起后不欢而散。在心心念念的纠葛中,我终于又见到了丹霞。

高远家附近有一家大型超市,当我挽着高远的手站在食品区挑选零食时,一转头看见了站在货架尽头的丹霞,她穿着一件乳白色的高领毛衣,外面套着一件焦糖色宽松版羽绒服,拉链只拉到一半,大大的领口松松地敞着。虽然只见过一次,只是不经意地一瞥,我立马就认出了她。高远的视线被我挡住,他还在认真地挑选零食。我和丹霞就这样怔怔地对视着,我能窥见她眼中无处躲藏的忧伤。她这样孤零零地站着,让我觉得我的存在同样对她造成了不小的困扰,我不自觉地将插在高远臂弯中的手抽离出来,高远终于回过头来看见了愣在那里的丹霞。

在与高远的目光触碰的一瞬间,丹霞眼里浅浅的笑意代替了默不作声时的忧郁,她主动走过来,说:"你们也在这里啊!? 真巧!"

高远瞧了瞧她拎在手里的购物篮关切地说:"你买这么多东西,怎么不推辆车子,拎在手里多重啊!"说着,很自然地接过了她手里的篮子,"你还要买什么东西吗? 好像买得差不多了吧! 我们也快了,待会儿一起走吧!"

我像团透明的空气漂浮在灯光惨白的货架上空,俯瞰着高远对她的呵护如泉眼里冒出来的汩汩清泉,缓缓地流淌成一条明晃晃的小溪,一览无余地展现在我的眼前,晃得我晕晕地睁不开眼睛。

我已经没有了购物的欲望,只是机械地跟在高远身后,在不同的货架前来回转悠。经过蔬菜区,丹霞看见部分蔬菜限时五折,停住了脚步说,买些菜回去吧,看着挺新鲜的。高远说,好啊,你一个人的时候可以烧着吃,别老是吃速冻食品,对身体不好。

我瞅了一眼丹霞的购物篮,那里横七竖八躺着一堆水饺、汤圆、包子、牛排等速冻食品。我能想象她每天的居家生活,靠着这些速冻食品,捱过一天天前途未卜的光阴,也许心里会有迷茫与彷徨,也许什么都没有。

高远帮着丹霞一起挑拣蔬菜,我站在他们身后无所事事。若我是个只有货架般高的小姑娘,这幅画面就会温馨很多,夫妻俩在商量明日的桌上菜,小姑娘站在旁边,睁着好奇的眼睛东张西望,父母偶尔会回一下头,确定孩子就在身边没有跑远,又继续商讨生活中的鸡毛蒜皮。

漫长的时光总算结束了。高远回过头来问我是否还有其他东西要买,我摇头说,没有了。在收银台,高远一件接着一件将商品分成三堆放到台子上。在收银员核算总数的时候,他已经很自觉地从钱包里取出信用卡,我和丹霞站得远远的,两只手插在口袋里,谁都没有动。

我的皮包落在高远的车里,所以还得跟着他们回去拿。一路上,高远走在中间,我和丹霞走在两边。这是一条寂静的林荫道,很少有车子驶过,我们夸张地一字排开横向前进。我默默地走,任由高远拎着胖鼓鼓的东西负重前行,丹霞好几次要替他分担一袋,都被高远拒绝了。

那晚的月亮很圆,月光洒在路两边的梧桐树上,在地面投下浓重的阴影,两边等距离站立着的路灯,将我们仨的影子一会拉长,一会儿压扁,一会儿推后。天很冷,风呼呼地吹,我的耳朵冰凉。我把外套上的帽子扣到脑袋上,正好挡住风寒,还能挡住从他俩嘴里偶尔冒出来的只言片语。

到了小区楼下，我拒绝高远送我回家。我的理由是在难得没有雾霾的夜晚，想一个人走一走，既锻炼身体，又绿色环保。高远若有所思地点了点头，觉得这是个不错的主意，就没再坚持，只淡淡地关照了一句，路上小心，到了家里发条消息过来。我微笑着点头，拿起背包，向他俩挥了挥手。他俩也微笑着与我挥手告别。走到小区门口，我忍不住回头，正好看见他俩并肩跨上楼梯，楼道狭窄，他们并排行走，肩膀挨着肩膀。

今夜的天空非常干净，空气冷冽清澈，我独自走在车来车往的大街上，心里什么都没有，只是由衷地感到难过。就在今天早一些的时候，太阳斜斜地挂在西边的地平线上，我挽着他的手，走进超市，经过厨房用品区，他指着一口平底锅对我说："这种锅适合煎牛排，以后我做给你吃！"他轻易地让我对明天有所期待，却在今天晚一些的时候，太阳刚刚隐入地平线，就让我感觉他给的期待那么轻，是烟花落尽后的一缕青烟，风一吹就散了。我隐隐觉得也许他完全不会出现在我的明天里。

走了很长很长的路，终于走到了家里。脸上手上的皮肤冻到完全没有知觉。我站在墙体石灰剥落，房门油漆斑驳的家门口，在包里淘来淘去找不到钥匙。楼道里没有灯光，我跑下楼，站在路灯下，将皮包里所有的东西都扒拉出来，倒在花坛的水泥边沿上，再将包里的每一个小夹层翻个底朝天，没有钥匙。

站在人来人往的小区主干道上，看着满眼的万家灯火，再抬头看看自己黑漆漆的房子，我的心情沮丧到了顶点。为什么我会在这里，一个人孤零零地生活？每天靠自我催眠还不一定能睡上一个安稳觉！想着目前生活的种种不如意，鼻子一酸，泪水涌上眼眶，一阵寒风吹过，我打了一个寒颤，紧紧抱住胳膊，再想哭却哭不出来了，温饱问题没解决，连多愁善感的能力都没了！

我一脸木然地坐在冰冷的花坛边，今晚走了很多路，已经筋疲力尽，我哪都不想去，只想待在一个地方一动不动。我掏出手机，里面既没有消息也没有电话。在没有见到高远和丹霞的相处模式之前，我能和高远正常约会，现在我心里残存的一点点希望正在慢慢消失，不管是凌晨五点还是晚上八点，我都不愿给他打电话，我有不去打扰别人的精神洁癖。

我一直坐着，呆呆地想，就算耗尽所有体温把石凳融化成一堆泥沙，把自己坐成一尊雕像，也不会有人来关心我。我站起来，拎起皮包，慢慢地踱出小区。钥匙若是像人一样有个手机就好了，我可以给它打电话，问它现在在哪里，我过去把它接回家。我寻思了半天，伸手拦了辆的士，赶到公司，幸好没有白跑一趟，钥匙正静静地躺在办公桌上。

拿着钥匙开门进屋，抬头看见墙上的挂钟指向晚上十点。手机和我一样，在冬夜的大街上来回奔波，已经冻到麻木，失去了接收短信和电话的功能，就这么一直麻木不仁地沉默着。

为了驱赶屋子里的冷寂，我打开播放器，清透美妙的音乐在冰冷的空气中舒展开来，可是明明是那么优美的声音，为什么反而越听越孤独，像被歌声拉远了与世界的距离。我将播放器的音量关小，将手机音量开到最大，放在离洗手台最近的桌子上，我想，等手机暖和了，就会继续愉快地工作吧！

我绑起头发，将卸妆液倒在化妆棉上，轻轻擦拭脸上的肌肤，再将洗面奶揉搓出丰富的泡沫，在脸上来回打圈，一瓶一瓶的护肤品涂抹过来，直到做完全部护肤程序，手机始终处于休眠状态。我取下隐形眼镜，揉着酸涩的眼睛，坐在一只褪了色的布艺沙发上，等眼前一杯刚烧开的水慢慢冷却。时间滴答，望着杯子上袅袅升起的雾气，我不由自主地惦念起冬季的故土，青天白日，雪野苍茫，空荡荡的天地间，凌烈的寒风像大鸟般俯冲直撞，把人们扯着嗓子喊出来的话吹得很远很远，猩红的炭火照亮整间屋子，白色的墙壁染成温暖的红色，人们围炉而坐，煮酒饮茶，谈笑风生。在清冷中一下子想起远方，那些遥远的记忆让我觉得眼前的苟且是多么不堪。

喝完水，身子慢慢变热，我从沙发上站起来，在空旷的房子里走来走去，做着睡觉前的准备。虽然房间的每个角落里都住着孤独，但天长日久只有它们陪伴着我，我必须要与它们和平共处。

躺在静悄悄的卧室里，翻来覆去睡不着，开始怀念楼上的噪音，通常这个时候，老人正在深度睡眠，不会发出一点声响，整个世界寂静无声。我闭着眼睛想着楼上的老人，都说老年人最怕孤独，含饴弄孙、几代同堂才是生活最好的状态，她每天活在一个人的世界里，连个说话的人都没有，该有多难过多悲伤啊！我想，我可以找个时间去和她说说话。自己特别难过的时候，想找个人随便聊聊，翻开手机，将通讯录从头翻到尾，在这个城市里都找不出一个合适的人。果然是人越长大，越孤单啊！

我又一次将自己放在一片云朵里，因为毫无睡意，我把每个细节都想得特别真实。云朵上要铺一层厚厚的粉色纯棉被褥，若是直接躺在松软的云上，万一呼吸时云像棉花糖一样钻进我的鼻子里去了呢？万一云有一股难闻的味道熏得我睡不着觉呢？还要摆上一只稍微有点厚度的同色系枕头。太阳虽然离我很近，但是光线柔和，既不刺眼也不灼热，只有恰到好处的温暖照耀着我。我想了想，还是戴上一只眼罩吧，虽然阳光正好，大白天的总是不容易睡着。

在一遍遍的自我催眠中，我渐渐地睡着了。凌晨四点多，又无可奈何地醒来，我想即使楼上不再有噪音，我依然会在这个时间点醒来，身体里藏了一只闹钟，已经习惯在这个时刻敲响，雷打不动。

醒来后，我第一时间打开手机，什么新消息都没有。我按掉手机，强迫自己什么都不想，想象的大门一旦打开，生动离奇的故事就会没完没了，对我来说就是一场自虐的狂欢。

楼上终于有了动静，老人按部就班地起床，上厕所，走路，发呆，去厨房，准备早餐。黑暗中我闭上眼睛，放空身心，昨日也许让人气馁，今日还得养好精神继续努力。虽然我的睡眠像个先天不足的残疾儿，总不能像正常人一样健康茁壮地成长，但还是要用正常的方式喂养它，期待有一天它能恢复健康。

## 七

付出了十分努力设计出来的画册，终于在前些天打出样稿，送到了昌源公司。虽然那位退休教师的审美喜好我不认同，但我只能妥协，顾客的满意才是我努力的方向，我的个人意愿在整个设计过程中不值一提。每个客户都是专家，都能对作品提出头头是道的修改意见，大部分时间我是一台听话的软件操作机器。

在我打着哈欠，弯着腰，准备把头埋在办公桌下，偷偷啃几口干面包当早饭的时候，老板黑着脸叫我去他办公室。

"你待会和我去趟昌源公司，那边对你设计的画册非常不满意！你自己先想想怎么向他们交代！"

若客户公司派遣出使我公司的钦差大臣事先不能和他的主子意见相统一，最后遭殃的就是我和我所在的广告公司。

我的老板皱着眉头，坐在老板椅上，一脸烦忧。我非常理解他的感受，广告市场进入门槛低，近几年竞争对手呈遍地开花状增加，能攀住昌源这样的大公司并发展成长期客户是这些小广告公司梦寐以求的事。老板年逾不惑，妻子一年前罹患绝症，为了看病花掉了家里的大部分积蓄，目前仍快马加鞭地行进在求医问药的羊肠小道上，儿子在读高中，上面还有一对年迈的父母。平时他努力经营公司，维系打点新老客户关系，想方设法拓展公司业务，在夹缝中艰难地开辟一处生存空间，为家庭源源不断地开支积攒储备资金。我觉得张爱玲说得挺有道理：人到中年的男人，时常会觉得孤独，因为他一睁开眼睛，周围都是要依靠他的人，却没有他可以依靠的人。

在前往昌源公司的路上，我想起那位怀着满腔热忱，盯着电脑看几个小时都不会打一个哈欠的退休教师。他的老花镜从鼻梁滑落到鼻尖的时候，从镜片后面探出来的那双大眼睛炯炯有神。他和我说话时，一脸认真的样子，让我乖乖地由着他的思路一步一步做下去。当他遇到一个拿不定主意的小问题时，抿着嘴巴苦思冥想的样子，让我觉得思绪飘渺哈欠连天的自己没能与他同舟共济是多么的可耻。可是我和他一起付出的心血，现在都付之一炬，画册没有得到昌源公司领导的认可。有时候认真是没用的，这个世界总有一些人是不合时宜的，尽管他们很努力的生活，很努力地工作，怀着无比真诚的心拼尽力气想要得到认可，最后被认为是一个过了时的人。我感到悲哀，我们都身不由己，在琐事编织的网里挣扎，琐事喂养我们，也囚禁我们。

在昌源公司的会客室里等着，过来接待我们的是一位身穿职业套装，留着齐耳短发的中年女子，她面无表情，将画册样稿推到我们眼前轻蔑地问："这就是你们的设计？"说完，用居高临下的眼神盯着我们。

我不知道是怎样的过往助长了她对陌生人说话时凌然相迫的气势，而我的老板在五斗米面前，迫于生活的压力，只能人矮气短，陪着谄媚的笑脸做力不从心，无从说起的解释。

在会议室突然安静下来的时候，老板的批评与自我批评暂时告一段落，我耐着性子对那位女子说："之前贵公司希望画册高端大气有质感，这次我会完全按照这个要求，再认真设计一稿，请再给我们几天时间。"

"知道有这个要求，还弄出一本这么下三烂的东西!?"身份给了她出言不逊的权利，她侧过身子，脑袋扬起 45 度角，傲慢地对我们说："我非常怀疑你们的能力，我对你们能设计出好的作品一点信心都没有。"

"请再相信我们一次，这次一定会让你们满意的！"看着笑得脸部神经僵硬的老板，我放低姿态，再次请求，最后女子不情不愿地给我们限定了一个非常苛刻的时间，将我们晾在会客室，转身离开了。

回来的路上，老板一直默不作声，他始终没有苛责我一句，也许他心里有一根下水道，被淤泥堵塞，连对弱小的愤恨都倾泻不出来，所有的懊糟都翻滚在一起，抱团成坚固的壁垒，雄伟壮观地矗立在心上。

所以我对自己说，一定要加倍努力地工作，尽自己的绵薄之力为老板分忧解难。可是明明我们已经很努力，谁都没有错，却仍然会陷入走投无路的困境，这是生活应该有的悲苦吗？

此后几天我坐在电脑前面，圆睁着干涩的眼睛，来回翻看所有的素材，一门心思地赶制昌源公司的画册。期间，高远有发过来两三条短信问候我的情况，我在忘我工作的间隙，没有太大的热情给予积极回应。偶尔在办公室里加班到深夜，精疲力竭地抬起头，看见窗外夜色浓重，窗玻璃上投射着万家灯火的光亮，我会突然很想他，想听到他的声音，翻出他的号码迟疑片刻总是放弃，尽管是简短的一声问候，也怕在不合适的时间打扰到他。

# 八

周末，一个人在家。外面下着不大不小的雨，空气氤氲潮湿。

我站在阳台上，望着湿漉漉的地面，哪儿都不想去。有时候我喜欢雨天，它可以让我像只冬眠的小动物般宅在家里心安理得，既不觉得辜负了明媚春光，也不觉得虚度了锦瑟年华。

午后，我做了些葡式蛋挞，想分一点给楼上的老人，顺便再提一提噪音问题，昨晚下了一夜雨，雨点敲打玻璃，世界不够宁静，老人频频夜起，步履拖沓，声声惊扰，我又是一夜无眠。

门打开来，老人依旧拄着拐杖，站在一团昏暗中，看起来没有第一次有精神，也许是雨天的阴郁让她心里有了些许惆怅吧！

"阿婆，我做了蛋挞，送些给你！"

"哦，你太客气了，过意不去啊，进来坐会儿吧！?"

黑暗中曾对她有过的愤恨暂时隐退，我端着盘子小心翼翼地走进去。房间里没有开灯，光线很暗，沿着墙壁摆着一溜的桌子椅子柜子等木质家具，角落里还堆满了各种木桶木罐等小物件，房子显得逼仄狭小。

她问我要不要喝茶，我客气地推辞，她就没有坚持。阳台与客厅的连接处摆着一张木头摇椅，上面铺着一层厚厚的褥子，她坐到这把摇椅上，叫我坐在对面的藤椅里。

老人大多畏寒，房子的窗户关得严严实实，空气里有股错综复杂的味道，多种气味交织在一起无法追根溯源。房子打扫得很干净，特别是那些朱红色的中式旧家具，静默在光线暗淡的阴影里，在旧时光泛黄的光晕里散发着低调奢华的暖光，让我产生时光倒流回幼年的错觉。

我们彼此寒暄，聊生活的琐碎与喧嚣，我聊家乡和家人以及种种过往。老人身上没有一丝戾气，岁月沉淀下来的只有温暖祥和，我对她毫不设防，毫无保留。

她说："你父母只有你一个孩子，你跑这么远，他们该有多想念你啊！你总是要回去的吧？"

我低头不语，前几天，母亲天没亮打来电话，说是晚上梦见我被人欺负，半夜从梦中吓醒，心绪不宁地捱到晨光熹微，拨通电话听到我的声音，悬着的心才放下一半，又怕我遇到困难，藏在心里不说，孤苦无依。我在电话里用无忧无虑的语气劝慰她不要多想，她深深地叹一口气挂掉电话。

"你还年轻，不急。"她见我不说话，又补充了一句。

有些问题没想好，我不知如何回答，就冲着她笑了笑转移话题："阿婆，你一个人住着孤单吗？"

她不急着回答，静静地靠在椅背上，沉吟片刻说："我儿子就住在隔壁楼，他隔三差五地会来看我。老伴前两年走了，但是他留下了这些家具陪着我，这些都是他亲手做的，我每天坐在这里看着它们，不觉得孤单。"

原来是深情的目光，让这些旧家具散发出醉人的光辉。

"您和阿公的感情很好吧？"

她看着我笑，那是女子想起心上人时眉目含情，娇羞欢喜的笑，不管是情窦初开的少女还是历经沧桑的老妪，都是一样的。

"他要是还在就好了！我们一辈子没有吵过架，我发脾气时他都让着我，从来不和我急。他真是个非常好的人。"

"你们是怎么认识的？"

她舒服地靠在躺椅上，想了想说："好的姻缘是看运气的。我的运气就很好。那年他26岁，是个木匠师傅，来我家为我哥哥的婚房做家具。白天，家里只有我和他两个人，我坐在檐下纺棉纱，他站在屋外刨木头。阳光总是很好，院子里的桃花都开了，他穿着白布衫，弯腰站在那里，一刻不停地忙。桌子上的水凉了，我过去给他续上，他抬起头对我腼腆地笑。风把花瓣吹到他的头发上，我趁他弯腰不注意，帮他把花瓣拿走，他又抬头对我腼腆地笑，我们谁都不说话，只是不住地笑。那年我 18 岁，第二年桃花再开的时候，我就嫁给了他。当时，很多人连对方长什么样都不知道，就结婚了，而我嫁给了自己喜欢的人。我的运气真的很好。"

她说完，依然温暖地笑着，沉浸在幸福的往事里，我能感觉到她内心的丰饶和富足。我想这大概就是嫁给爱情的样子吧！哪怕那人走了，凭借回忆还可以继续活在爱情里。虽然孤独寂寞的生活不值得美化，但是一个人一直以来淡雅地过着自己的生活，内心保有对人生的感激与尊重，对爱人至死不渝的爱，还是让我对她肃然起敬。

# 九

这一次，我带着花费了大力气设计出来的画册样稿，独自前往昌源公司，等在空无一人的小型会议室里，底气满满，这是反复考量、精心修改之后的作品，我对它充满自信。

出乎意料的是，出现在会议室门口的不是之前的中年女子，而是手把手指导我设计作品，最终捣鼓出了那本被称为"下三烂"画册的退休教师。

我从座位上站起来，对着他矜持地微笑打招呼："陈老师，您好！"

他依然精神饱满，快步走进来，站在桌子对面，朝我伸出一只手："你坐，你坐，别站着！"

他在我对面坐下，手里抱着的深蓝色磨砂保温杯顺手搁在右手边，"上一稿打印出来的效果的确不好！你们自己也发现了吧？"他看着我，像等着小学生主动承认错误。我不说话，不置可否地笑。

他见我没有要张口说话的意思，接着说："我的设计想法肯定是好的，这一点你也承认吧？喜庆，吉祥这没有错呀！？"

我说："是的，这没有错！"

他得到我的肯定答复后，微微点了点头："一开始，电脑上看的效果挺不错的，后面打印出来颜色就变难看了！你们的打印机有色差！"他斜着眼睛瞅了一眼放在我面前的画册，"呐，你看，你是专门学设计的，你自己说好了，这种暗戳戳的颜色怎么跟大红色比！"放在我面前的这本画册的封面是厚重的深棕色。

我笑着说："这是两种不同的风格，每个人的喜好不同，有人喜欢红色，有人喜欢棕色。设计作品没有对错，只有喜欢与不喜欢。"

"你说的不对，按你的意思，设计作品就没有一个好的标准了？标准肯定是有的，那就是大部分人都喜欢的作品才是好作品。中国人喜欢红色吧？红色大气！喜庆！为什么过年过节，结婚生子都喜欢用红色？大家都喜欢呀！我们公司十周年庆难道不该用红色吗？"

人活到他这种岁数，面对孤掌难鸣的尴尬境地，还有无限的精力与热情坚持自我，并为之孜孜不倦地耐心阐述，我对他满腔热忱的孤勇既充满敬佩又感到无奈。

"红色很好，我也很喜欢红色。我这次尝试了棕色，它给人肃穆庄重，神秘有力量的感觉，昌源公司生产科技产品，它给大众的感觉就像黑暗中闪现的光芒，给人们的生活带去光亮和便捷，这是从不同的角度诠释的结果。"

他看着我，眼神里划过一丝茫然，踩住了喋喋不休的刹车，伸手将画册推到自己跟前，默不作声地一页一页翻过去，嘴巴上的表情十分丰富，一会儿努一努，一会儿抿一抿，一会儿撇一撇，翻看了大概四分之一，就把画册合上了。

"这样设计着也还行！不过么，太冷，没有一点温度，死气沉沉的。"他边说边摇着脑袋，嘴里发出"啧啧"的声音，"我还是喜欢第一稿，这种风格我是看不惯的。"他边说边斜视着手边的画册。

我始终微笑着看他一脸嗤之以鼻的样子，在他安静下来后对他说："那就请你们再讨论一下，后边有什么好的想法可以再做些调整！"

他不情不愿地将画册收下了："等我仔细看过了再说吧，调整是肯定的，好的东西都是修改出来的，你们公司毕竟还是不够上档次，太小！"

我只能自嘲地笑笑，说："我们会尽力做到最好！那我就先回去了，回头再联系！"

我想，也许有一天，他终将领悟到一些什么，会对自己妥协，会为别人喝彩。但我也愿他在这样的年岁里，一如既往，秉持长久以来沉淀下来的心性，一路欢愉，余生都是个执着一念任性妄为的孩子。

十

我在高远家附近的公交车站下车，需要再转坐另一路车回公司，时间是下午三点二十分。站在熙熙攘攘的街头，我想起今天是高远的休息日，心里冒出去他家看一看的念头，在这种小雪欲降未降，天空阴云密布的天气，看他们怎样窝在一处度过冬季午后慵懒的时光。

突然涌上来的念头像燃烧的火苗，怎么扑都扑灭不了。我在公交车站踯躅，已经错过了一班车。我曾主动提议去他家坐坐，他面露难色，希望我放弃这个令他不安的念头。我知道三个人聚在那个小小的房子里，肯定会觉得既尴尬又无趣，但想去看看的念头一直在心里疯狂地长大，从一粒小小的种子一下子长成了一棵参天大树，不能妥善安排这棵树，估计我会被它扼住喉咙呼吸困难。

我没有事先给高远打电话，我想看到他们原始的生活状态。当我一鼓作气爬上楼梯，站在高远家门口的时候，心脏还是忍不住"咚咚"地加速跳动起来。我用手按住胸口，做了两次深呼吸，气息平稳后，举起右手，准备敲门，心里却不由自主地犹豫起来，万一真相很伤人，待会要怎么表现呢？是目瞪口呆之后转身就走，还是深受打击立即破口大骂？我有些后悔没有经过深思熟虑，将自己放置在这种兵荒马乱的境况中。但后悔只是一瞬，我绝不能在真相面前做一只缩头乌龟，况且不明真相的等待多折磨人呀！像看恐怖片，等着鬼脸从惊悚阴寒的气氛中一点一点清晰起来，实在太虐心，我可不想让这个过程延续得太漫长。

我镇定地在门上敲了三下，过了几秒钟，里面传来渐行渐近的脚步声，不问一声就开门的是穿着睡衣的丹霞，她大概以为是高远回来了，看到站在门外的我，满脸的惊愕，仿佛我是某种具有攻击性的野兽，随时会张开血盆大口，将她一口咬住。

"你是······圣夕?"

我点了下头,努力挤出笑脸说:"你好!我是圣夕,我找高远,他在吗?"

"哦,他不在,他一早就出去了,好像是去见朋友了。"她站在门边,右手搭在门框上,身体站得直直的。水蓝色磨毛睡衣衬得皮肤很白。睡衣的腰部有两只大口袋,分别蹲着一只雪白的哈巴狗,探头探脑地望着我。

高远不在,我的心里反而松了一口气,刚才一直亮着红灯的情绪警报也自行解除,但就此打道回府又心有不甘,什么有用的信息都没得到,刚才心跳加速得太没价值了。

我说:"我能进去等他吗?"

她迟疑了一下,把门完全打开,侧过身体给我让出一条道。我怀着有些忐忑的心情,一步一步慢慢地走进去,好像随时会踩到陷阱,掉进洞里去一样。

屋子还是从前那个屋子,感觉却有很大不同。空气中充盈着女性特有的芬芳,不管是女性护肤品化妆品还是香水沐浴露的味道,丝丝缕缕都是温婉甜糯的女人气息。经过玄关处,就见沙发旁的木架子上插着一束新鲜的白百合,那大概是丹霞买的。

电视机里正放着一部最近很火的连续剧,面前的茶几上放着膨化食品、各类坚果等小零食,还有各种水果放在叶子形状的玻璃水果盘中,在我进来之前,她应该正窝在沙发上沉浸在电视剧中或喜或悲吧!

两个卧室的房门敞开着,男女生的房间像楚河汉界一目了然地各安一处。我走进高远的房间,这里连着外面的阳台,连日来的阴雨天气,那里挤挤挨挨地挂满了将干未干,冰冷潮湿的衣物。我在纷乱的衣服堆里,一眼望见女人的内裤,都是颜色妖艳透气漏风的蕾丝蝴蝶结,薄薄的一小块布轻飘飘地悬在半空中,被寒风吹得左右摇晃。这些透明的,可爱的小性感就是这样每天在高远眼前晃来晃去的。

见我一直盯着阳台看,她可能有些不好意思,转到我跟前迎着我的视线说:"还是去客厅坐会吧?"

她让我坐在面朝电视机的四人沙发上，自己坐进侧面的单人沙发，用不带感情的语气说："你吃水果！"

　　我伸手捡了一颗草莓，心里寻思着和她说些什么。我从来没有想过要和她单独聊聊。

　　聒噪热闹的电视剧稀释着空气里或黏稠或稀薄的紧张因子。她似乎打定了主意不先开口，头转过去望着电视机捱着时间，捱到我离开，捱到高远回来，脸上有种牢不可破的表情。

　　我说："你工作找得怎么样了？还顺利吗？"

　　她转过头来说："一直在找，但总找不到好的。"

　　"上海的工作机会应该挺多的，怎么想到来这边发展了？"

　　她看着正前方的水果盘说："像我们这样的，到哪儿都一样！就是找个糊口的工作，混饭吃，在一个地方待久了，就想换个地方。"

　　"我倒觉得找一个喜欢的城市，定居下来会安心一些！"

　　"你喜欢这个城市吗？有想过要定居在这里吗？"

　　这个城市冬天几乎不下雪，至少我度过的两个冬天没有落一片雪，空气阴冷潮湿，寒气能侵入人的骨头里，我说："冬天太冷了，我不喜欢这里的冬天，到处都是风，呼呼地吹得人头晕，还总是下雨，地面湿湿的，溅一鞋子的泥巴。"

　　"这些很糟糕吗？我觉得都没什么呀！人的适应性是很强的。如果能和自己喜欢的人在一起，住在哪里不都是一样的吗？"

　　"你，还喜欢高远吗？"原本没有想过要与她这般开诚布公。长久以来因为她的存在，导致我和高远产生多次分歧，她在我心中就是洪水猛兽，如今我们平心静气地坐在一起，我感觉她其实和我一样，都是普通人。如果没有高远夹在中间，我们的聊天会更加顺畅无碍，两个同在异乡的女子，可以舒服地度过一段平静缓慢的午后时光。

　　她对着茶几安静地坐着，没有马上回答，像是没听清楚问题，需要我再重复一遍。我疑心这个问题问得太直接，便说："最后总会有个人让我们心甘情愿地跟他呆在任何一座城市里，时间的早晚问题吧！"

　　"你不喜欢高远吗？你不想呆在他的城市里？"她回过头来，看着我。

突然被反问，我一时不知如何回答，也像她刚才一样，别转视线不说话。电视里突然传来一声催肝裂胆的嘶吼声，她把头转向电视机，被电视情节吸引，专注地盯着屏幕看。

我抬头看她的侧脸，想着当年她与高远情投意合，那脸上曾有过的神采飞扬，越看越觉得那侧脸长得好看：脑门光洁丰润，眉毛到额头发际线的长度刚刚好，既不会显得空旷突兀，也不会显得逼仄压抑。从额头下来到小巧的鼻子和轻轻上扬的丰满嘴唇，以及紧致修长的脖颈，形成了一条玲珑有致，完美华奢的优美弧线，若不是被厚实的睡衣包裹，这条弧线会一直延伸至颈项下面两条左右对称的锁骨，以及微微隆起的结实圆润的胸部，这是人体自然而然凸显出来的美丽线条，令人着迷。黑色的长发拢在脑后，很随意地绑了一个发髻，发圈上有一颗硕大的珍珠，半隐在发间，折射着电视机里五彩缤纷的光线，像她的身体自带着珠圆玉润的光芒，熠熠生辉，温暖明媚。

我有些出神。电视里的精彩还在继续，她突然回过头来，我们的视线碰撞在一起，她说："我觉得你其实不太喜欢高远，至少不是特别喜欢，没有喜欢到非要和他在一起的地步。"

我一愣，有些回不过神来。见我不说话，她继续说："我来这里之前，一直以为他还是单身，一点都不知道有你的存在，直到那天我敲开这扇门，走进来，看到你们在一起吃火锅，我才意识到他重新找了女朋友。我那天几乎没吃过东西，感觉特别饿，坐下来埋头吃，心里担心着，你可能会生气，会哭闹，会逼迫高远，可是你什么都没说，就走了。后来，你再也没有来过。我想，对于喜欢的人，是会费尽心思去争取的，可是你没有。"

"喜欢是相互的。我不认为费尽心思就能得到对方的爱。比如有些男生，我不喜欢，不管他们花心思追我多少年，都是没用的，就算最后，被各种因素胁迫，两个人在一起了，那也不是因为喜欢，这样的感情有什么意义呢？"

"感情是可以培养的，只要两个人在一起，时间久了就算没有爱情，也会有亲情，像亲人一样的关系比爱情更让人安心，也更牢固！喜欢一个人，不就是要和他在一起吗？只要守着他就是幸福呀！"不知不觉间她提高了嗓音，一字一句完全盖过了电视机的声音。

"可是你感觉幸福了，对方呢？"我想说，利用他人的善良实行情感绑架，不是很自私吗？

"只要我用心对他好，他也会幸福的呀！生活不就是柴米油盐吗？我对他好，他就会过得舒心。说到底，不管多么浓烈的爱到最后都会消失的。"她正对着我，脸颊泛红。

"我相信，纯粹而执着的爱是永远都不会消失的！"

"这样的爱你遇到了吗？若是没有，你怎么知道不会消失？你经历过多少爱情，你知道爱情真正的样子吗？"她直愣愣地盯着我，语速飞快。

我本能的沉默。在这间阴冷的房间里，和她聊着爱情，感觉多么不真实！像从梦中醒来，恍惚中不知今夕何年身处何地。

我将视线转向餐厅，实木桌子，透明的灯，阴霾的窗外有一棵光秃秃的树，枯瘦的枝丫印在蒙着一层浮灰的玻璃上，玻璃悬在灰蒙蒙的苍穹中。

我站起来，向她告别。电视剧已经播完，现在是广告时间。

"不再坐一会吗？他可能快到了。"经过片刻的调整，她恢复了最初的平静。

"不了，也没什么事，就是路过顺道来看看。"我边说边走到玄关处，弯腰换好鞋子。

走到门外，我又回头，睡衣口袋上的两只小狗，正憨憨地吐着舌头看着我。我们微笑。门在身后轻轻合上。

## 十一

下到楼梯口才发现外面在下雨，我没有带伞，手上只有一只小皮包。雨点落进水洼，溅起小小的水花，拍打树叶，引起轻微的颤动，我伸手试一试，落在掌心的雨点不多，我打算把皮包顶在脑袋上，跑到外面去。

冬季的雨点特别紧凑，躲在屋里，觉得它稀疏，跑到雨中，才发现透明的小东西无处不在，密密匝匝地全都粘到人身上。年久失修的路面不够平整，大小不一的水洼随处可见，蓄满深深浅浅的浊水，我一个一个小心地绕过去，在周围没有一处庇身之所的老旧小区，竭力奔跑。

冰凉的雨点打在脸上，我眯起眼睛，不让雨水侵入眼眶。风在耳边呼呼地吹，雨点落在衣服上发出"沙沙"的声音。我在冰冷的世界里披荆斩棘，穿过喧嚣的人群，躲开疾驰的车流，心无旁骛。我跑过一幢幢房子，一棵棵树，转过一个个弯道，沿着笔直的人行道一直往前跑，我从来不知道这条路竟有这么长，跑着跑着，我的世界终于只剩下不断奔跑的自己，周围的人和车模糊成一团一团流动的光影，蜗居在甜蜜旧时光里的阿婆，努力工作努力证明自己的退休教师，身负重担疲惫前行的老板，以及深情纠缠的丹霞和善良纠结的高远，在我看不清楚的世界尽头渐行渐远，消失不见。

出租车大叔没有嫌弃浑身湿答答的我，特意将车子从马路对面转一个弯绕到我跟前。我默默地坐到汽车后排，刘海及耳边的发梢处不断有水珠滴落，衣服的两个袖子和前襟处几乎全部湿透。我专注地静默着，看着车窗玻璃上的水珠，一颗一颗滑下去，钻进缝隙里，没有任何思考。

车里开着收音机，突然听到熟悉的音乐，是高远的汽车里经常播放的歌曲，我曾很多次坐在车子的副驾驶座上，听着这首歌，与高远一起行驶在广阔的天地间，我们有一搭没一搭地说着话，有一句没一句地哼着歌，那些浅浅的喜悦，小小的感动都随着流逝的光阴镶嵌进了这首歌曲的旋律中。

眼泪控制不住地涌上眼眶，我将脸靠近车窗，在缀满水珠的窗玻璃上，我看见眼泪划过我的脸颊，和水珠一起落下去，无影无踪。

我和高远都是很好的人，却没能走进对方的心里去。我们彼此抱有好感，我也曾不遗余力地为之努力，希望能拥有超越好感的情感，可是除了淡淡的喜欢始终没有深深的爱！这段感情和那次搬家一样，太过匆忙，在这个特别冷的冬天，在这座充满孤单的城市，我们在热闹愉快的酒席间相识，来不及细想就开始了一段不那么确定的恋情。

无法缓和的疏离感，一直游荡在彼此心里，我想，我们终究还是要分开。遗憾，就像长在身上的一颗痣，什么时候在哪个部位以怎样的速度悄悄隐现，只有自己心里最清楚。

但不管怎样，和他在一起的日子总是开心多过烦恼，他给过我很多生活上的帮助，带我领略美食世界的精妙，让我在没有家人和朋友陪伴的城市里不觉得孤单。

不知不觉间我止住了眼泪，也止住了悲伤，爱情是美好的事，不应该有泪水和叹息，结束一段感情固然遗憾，但它曾带给我的快乐和温暖，将一直留在我的记忆中，丰富我的人生。

整条街的路灯在一瞬间被点亮，雨中的世界变得流光溢彩。收音机里熟悉的旋律已经消失，只有电台女主播在自娱自乐地说着俏皮话。我轻轻地擦去泪水，之前在雨中感受到的滞重感已经消失，身体渐渐变得轻盈，汽车好像知道我的心绪，载着我平稳地向家的方向驶去。

原载《浙东》2018 年春季号

# 奶　奶

### 郑　超

## （1）

我准备出门，父亲叫住我："你去做什么？"

我说："看奶奶。"

父亲说："看奶奶带鱼竿干什么？"

我呵呵道："顺便去钓鱼。"

父亲穿着我的蓝色旧长袖和我的红色旧球鞋，吸一口利群烟，说："我看你是去钓鱼，顺便去看奶奶吧。"

我狡黠一笑，转动电瓶车手柄，驶出院子。

## （2）

路上，我有种不祥的预感。我骑到奶奶家，预感灵验了：奶奶不在！

奶奶不着家，爱闲逛。用她的话说：走来走去劲道好，一动不动死得早！她总说我外公一动不动像个王八，活不长！我心想，千年王八万年龟，王八能活一千年！

后来我外公死了！享年七十八！死因内脏功能衰竭！事实证明我外公不是王八！

外公是半仙，生命在于静止！奶奶是神仙，神龙见首不见尾！这么些年，我吃奶奶的闭门羹，和我在她家吃的饭差不多！闭门羹吃多了，我养成一个习惯：看望奶奶的同时，顺道办点什么事。如此，即便踏了奶奶的"空门"，也不至于徒劳而返！

我把电瓶车泊在奶奶家门口。奶奶便可知她最心疼的孙子来了。我拎起鱼竿和塑料桶，顺着小巷走。巷子里，一个年迈的老头正修葺竹椅。老头肤色暗黄，脸上斑斑点点。上臂精瘦，握着一把榔头，对着竹椅敲敲打打。他察觉了我，没抬头。我不值得他直起好容易弯曲的腰。

我继续往前走。

一对呼之欲出的乳房吸引了我！乳沟看起来有点陈旧。那是个四十岁开外的女人，坐在低矮的租房前剥豆。孩子在一旁耍棍。女人时而抬起头，对着孩子嚷嚷几句。我的视线始终锁定乳房！当然，是偷偷摸摸的，不易察觉的，脚步放慢。虽然留恋，但终于告别那对乳房！

这时，两面河赫然出现在眼前！

## （3）

两面河其实是两片大小相近的池塘。每片约半亩地，掘于一百五十年前。据说，当时有个地主闺女出嫁。地主买了山，挖了河，号称"嫁山嫁河"。那座山被开山队炸平。河留存至今，即两面河。两面河与护城河暗流相通，故此水常年不干。两片池塘相接于一条小路。路两侧是锈迹斑斑的铁栏杆，防止过往行人落水。栏杆是发财的生意人出钱修做的。我没有根据地推想：那生意人恐怕做了哪档子亏心事！

阿远！

我听到有人在喊我！喊我的人在对岸！是程哥！他是我三姑的儿子，比我大四岁。身高一米七八，体重一百六十斤。脸上印着填不平的不再计较的痘印。

我走过去说："老师傅，鱼有钓起吗？"程哥在各方面比我早熟。我喊他老师傅。

程哥略激动，眉飞色舞地描述道："刚勾住一条大鱼！噗噗弹了几下，脱钩！跑掉了！妈的！"

我笑笑："跑掉的都是大鱼！"

程哥催促道："快点上手了！今天感觉不错！说不定有惊喜！"

我不响。

## （4）

下竿个把小时了，没什么吃口。困倦感袭来。我挺直腰板，把头转向右边。右边是家诊所。诊所的主人叫毛川，早年当赤脚医生。年幼的我体弱多病，是这家诊所的常客。毛川看病用药准！见效快！生意好得很！据村民盗听胡说：毛川家产两三千万！这辈子用不完！简直羡煞死人！

我望着诊所出神。猛然间听到一声呼唤！魂灵"咻"地被抓回来。河对岸，奶奶拎着红色塑料袋，踩着手工七彩拖鞋，步履轻快向我们走来。奶奶比武大郎高点，些许佝偻着背，头发银白锃亮。待她靠近，我看清塑料袋装着各式点心：带包装的饼干、不带包装的饼干、原生态的果冻、干瘪的桂圆、麻花、奶油糖……都是庙堂祭祀的贡品！

"我晓得的，我的阿远肯定在这钓鱼。哟！程程也在啊！"奶奶边走边叨。

程哥情绪饱满地叫一声外婆。奶奶把手一举："你们肚子饿吗？我拿来闲食，都是菩萨面前贡过的好东西！"

程哥不响。我说："我现在不饿，待会儿吃。"

奶奶有点沮丧："这么好的东西，怎么都不吃？这都是抢来的！别人想要还要不到咧！"

我笑笑。程哥不响。我望着奶奶可爱的模样，想起小时候。

从小到大，我每次看望奶奶，她总会问我想吃什么。在奶奶的观念里，我来看她，肚子永远是饿的！亦或者，我只有肚子饿的时候，才会来看她！这是我不成熟的揣测。奶奶才不这么想！她关心的是：东西不吃会烂掉！与其烂掉，不如给孙子吃！

感动。

好比我母亲。她有时指着剩菜，热情洋溢地问父亲："惠实，这盘花菜还要吃吗？"父亲摇摇头说："不吃了，饭都吃饱了。"母亲听完冷漠地把盘子一倒："不要吃那给狗吃！"

父亲错愕！原来父亲和狗之间，只隔了一个顺位。我惊愕！刚想夹一朵花菜吃吃。


印象中，奶奶的零食比较别致：比如从口袋掏出剥了一半的橘子问我要不要吃？比如从角落抽出一包被压得粉碎的闲趣饼干问我要不要吃？比如掏出一个敲着红章的馒头问我要不要吃？

我给奶奶的回答绝大多数是否定的。有次奶奶很不满，严肃质问我："你嘴巴怎么这么高级！问你什么都不要吃！"说着，把闲趣饼干塞到我手里。

我放下闲趣饼干："阿奶，我现在不饿。"

奶奶拿起闲趣饼干塞回给我："不饿也可以吃点，不吃要烂掉，烂掉太可惜！听话！"


回忆和现实搭起的桥梁，是奶奶手里的红色塑料袋。奶奶说："我给你们放着，饿了可以吃。"

我说："好！"

奶奶随即关心起鱼情："鱼有钓起吗？"

我摇摇头："没钓起。"

奶奶突然闪念到什么，猛地兴奋起来，偷鸡摸狗般的语气回忆道："前几天下大雨，这里涨水。我看到这么大——奶奶手舞足蹈比划——这么大——一条乌鱼啦，在路边'嚓嚓'弹！我本来想抓住它，但它尾巴一甩，'啪'，跳进水里游走了。这么大一条！"

奶奶看起来情感上发自肺腑的亢奋。我饶有兴味。程哥听得表情意淫。

突然，奶奶话题一转，询问我："阿远，你阿爹今天有上班吗？"

我心头一惊，呆滞地回答："上班的。"

"现在他下班稍微早点吗？"我木讷地点点头。几个月前，失业的父亲找了份跑短途运输的工作，经常晚上八九点下班。

沉默着，沉默着，奶奶开始碎碎念："你阿爹苦是真苦，没正点吃过晚饭，人瘦的……以前啤酒肚这么大！现在都看不出来了！你阿娘做人也没数！你阿爹都这么累！还要让他买菜！自己不买！自顾自干活！真的是一点都不知道心疼！"

我耳朵嗡嗡作响。后背像千万根芒刺乱扎。这时，奶奶身后的门"嘎吱"开了，探出半个脑袋，是藕花阿婆！谢天谢地！

藕花阿婆微微笑，说："菊芳，这两个是你孙子啊？"

奶奶一只脚跨进门，摆开惬意的姿势，说："是啊，一个孙子，一个外孙。"

藕花阿婆说："那倒好的。"

她看我和程哥站着，转身从厨房拿出两把矮凳，嘴里说："喏！矮凳坐！站着吃力！"我应声道谢，接过矮凳。奶奶说些客气话。

藕花阿婆问："有鱼吗？"

奶奶说："没鱼的，解解心焦。"

藕花阿婆缩回脑袋，在屋里自言自语："早上木匠阿康在这里钓鱼，钓了一上午，一条鱼都没有！昨天也有人钓，也没钓起！这里没鱼了！天气也败坏，要下雨了！"

我笑着说："随便玩玩，钓不起也无要紧。"

藕花阿婆话头一转，朝奶奶凑近，压低声音："早上阿方儿子有看到吗？"

奶奶配合着表情一惊，眼珠滚圆，也压低声音："没，怎么啦？"

藕花阿婆描述道："上半天我在洗菜，门前突然来了几个警察！阿方儿子看到警察来了，爬上楼顶！瓦片噼里啪啦掉！他往东跑，嗖，逃掉了！现在的警察真没用，这么多人抓不住一个！"

奶奶惋惜道："阿方儿子还在吸鸦片？"

藕花阿婆翘嘴："谁晓得啦，反正一家人算是完蛋了！阿方这么劳苦，本来儿子娶了媳妇，可以享福了！哎！也是命不好！"

奶奶叹口气，转而表情荡漾地说："我走了，生煤炉的柴还没劈好，劈柴去！"

我说："阿奶，我帮你劈吧！"

奶奶紧闭着眼，斩钉截铁摆手，嫌弃我："不用不用，不要你来，劈点柴板我吃得消的，你自顾自钓鱼。"

程哥笑笑说："阿远，外婆劈柴的功夫比你强！"

我不响。奶奶说："闲食给你们放着，肚子饿了可以吃，我走了。"

我抬头看了眼天空，云头压低了。

奶奶一走，藕花阿婆也关上门。剩下我和程哥继续钓鱼。我脑海挥之不去奶奶的话：你阿爹苦是真苦！

父亲做了二十多年生意，两鬓干得斑白，始终看不见钱。奶奶心疼父亲。父亲手头紧，奶奶偷偷把老保钱塞给他。我参加工作后，每逢看望奶奶，她总关照我："阿远，你阿爹苦是真苦！你花钱省点！东西少买！以后用钱的地方还很多！每个月工资都给你阿爹！你阿爹啊，苦是真苦噢！"

通常我点点头，后背滋出一身冷汗。要是遇到在场坐着大姑小姑，我会卑微，会反应迟缓，会尴尬得坐立不安。努力转话题。但无论我怎么转，最终会被奶奶转回来！她不厌其烦地向我描述父亲的不易。好像我一无所知。我常默默祈求奶奶能不能说点我不知道的事！

我飘远的思绪被一阵水花声拽回来！只见程哥的鱼竿完全弯曲！鱼线紧绷！发出尖锐的空气切割声！程哥大声疾呼："阿远！抄网！抄网架起来！快点！"

我迅速放下鱼竿！飞奔到程哥身边！动作熟练地安装好抄网！鱼始终不露面，在水底乱窜！好在有倒钩刺，不容易跑鱼。程哥溜鱼动作娴熟，松紧有度。僵持约莫半分钟，体力耗尽，鱼头露出水面！原是一条两斤左右的草鱼！我看准时机，从鱼头抄入！

这时，阿奶端着银白色的脸盆，恰逢出现在河对岸！我惊诧：这鱼刚钓起，奶奶就用盆来装，她有千里眼吗？

"阿远，程程，西瓜要吃吗？"奶奶不紧不慢地招呼我们。

程哥大呼："外婆，我钓起一条草鱼！夜里可以红烧吃了！"程哥扬起手，向奶奶展示手里的鱼获。

奶奶喜上眉梢："哟！鱼被你钓起啦！这鱼不小呀！本事大的！快点养起来！手洗一洗，吃西瓜了！"

程哥养好鱼，就着水桶洗手。我观察这条草鱼，卖相不错。眼睛滚圆，乌黑发亮。嘴角有道血丝，大概被鱼钩刮伤。草鱼惊慌失措，时而前进，时而后退。我突然意识到，我的处境很像这条鱼。

"阿远，吃西瓜了！"奶奶把西瓜递给我。

我接过奶奶手里的西瓜，大口啃起来。

奶奶说："程程，这西瓜是你阿娘刚才拿来的。"

程哥问："我妈来过了？"奶奶说："嗯，你阿娘去了趟田地，摘了几只西瓜，拿来给我吃。"

程哥不响。奶奶继续说："多吃点，这西瓜老甜！"

我啃着西瓜，目光瞥了眼浮标。一瞬间，浮标沉没！我几乎扔掉手里的西瓜！箭一般冲过去扬竿！竿梢一钝，水花四溅！鱼的体积不大。我一用力，鱼直接飞上来！一条二两左右的昂刺鱼！昂刺鱼泛着屎黄的光，在空中荡出一个弧线，直接落到桶里。

奶奶欢喜得高声连呼惬意！呼声惹得藕花阿婆再次开门。藕花阿婆一看："哟！鱼钓起啦！这两兄弟倒好，人家都钓不起，他们'呱哒呱嗒'钓了两条了！真是厉害！"

奶奶收拾着西瓜皮，说："是呀，厉害吧！"她给藕花阿婆递了块西瓜。藕花阿婆一边摇摇手说"不吃，不吃"，一边伸手接过西瓜啃起来。

随后，奶奶端起脸盆慢慢悠悠回去。路上遇到个白发的老头。奶奶向他描述刚才上鱼的经过。老头听了一耳朵，朝我们看了眼，笑着走开。奶奶说得不尽兴，自言自语又说了一段路，终于消失在拐角。

奶奶走后，起风了。风像白纸的涂鸦，画满暴躁和轻狂。树叶四处流窜，打着转落到人间。树枝无可奈何地甩头。云撑不住重量，即将崩溃！

"阿远——阿远——"见不着奶奶人影，但声音从巷弄传来。

"噢！"我像陕北对歌般回应。

奶奶疾呼道："要落雨了！快回来，待会儿衣裳淋湿了！"

我喊道："来了！"眼看这雨即将瓢泼而下，我收起竿子，说："程哥，我们过去吧。"

程哥盯着浮标，没转头，说："你先过去吧。"

我起身眺望，远处海北山上空，积云黑压压一片，像天空被塞满炭。麻雀还是乌鸦什么的鸟，飞来飞去。倏尔，沉闷的雷声从天际传来——轰隆隆！农民工的小孩吓坏了，纷纷躲进屋子。我赶在雨滴砸落前冲进奶奶家。大雨追着我倾盆而至！

（5）

奶奶收拾着纸盒，幸灾乐祸道："今天这雨下的快呀，路上的人要淋成落汤鸡啰！"

我靠着窗台，不响。雨滴坠下来，打在屋檐上，打在玻璃上，打在水缸的盖板上，噼里啪啦，像有人向苍天叩问。

我转身进屋。眼睛一瞬间不适应，忽然漆黑，片刻便好了。首先涌进视线的，是几乎堆满半屋子的纸盒。记忆中，奶奶热衷于收集纸盒。我在马路上偶遇奶奶，她多半捧着纸盒。早年间，奶奶住三姑家。三姑家位于城隍庙。城隍庙有家三江超市。奶奶闲来无事就去三江超市后门刨纸盒。那里堆放着残损的礼品盒、装饰盒、鞋盒……刨一刨，能刨出几只好的。后来三江超市倒闭了，原址开了陈客隆超市。奶奶闲来无事就去陈客隆超市后门刨纸盒。半年不到，陈客隆超市也倒闭了。

奶奶刨纸盒，用来存放锡箔纸。一摞摞的一排，一排排的一堆，占据半个屋子。屋子的另一半是一张床。床上架着陈年不拆的蚊帐。蚊帐氧化得发黄。

我一屁股坐在奶奶的床上，指着装满"锡箔元宝"的纸盒说："阿奶，这些要是真钱，那我们日子笃定了！"

奶奶折着锡箔纸，呵呵道："这些要是真钞票，那我死也放心了。你阿爹……"

我后背一凉，急忙打断："阿奶！零食还有吗？我肚子有点饿！"

奶奶一听我主动要零食，情绪来了！连忙打开柜子东找西翻："刚才叫你吃你不吃，现在饿了吧！嘿嘿！"

我不响。外面一个闷雷。

"这程程怎么还不来！打雷天钓鱼多危险！一点数都没有！"说着，奶奶拿出膨化食品，递给我："这小饼干很好，菩萨面前贡过的！"

我吃了一口，有点潮了，软软的。不过没告诉奶奶。我从床上下来，一脚跨进厨房。厨房没开灯，有点昏暗。我打开灯，依然昏暗。灯光微弱得奄奄一息。发霉发黑的墙壁上零星挂着瓢盆舀勺。整个厨房的组成，是一个水槽，一个水缸，一张灶台，一张小桌，一把椅子，几个腌罐、碗筷盘和热水瓶。

我继续走，来到杂物间。杂物间理所当然地堆满杂物。唯一值钱的是奶奶的陪嫁品。这些陈年陪嫁，陪奶奶半个多世纪，比爷爷陪奶奶的时间还要长！紧贴墙壁的，是一辆三轮车，三个轮胎全瘪。三轮车边立着两个暗色瓦璃的水缸。视线再往里，是奶奶从儿女家拾掇来的破长凳，破椅子，还有些农用工具。最后，我的视线停在一块门板上。门板下方的漆完好无损，上方却是焦黑的。关于这门板的记忆，也是焦黑的。十年前，一个喧嚣的傍晚，天光暗淡。那个傍晚，充斥着漫天的灰烬，此起彼伏的爆裂，兵荒马乱的呐喊，繁杂的议论，黑白默片般呆滞的表情，刺耳的警笛，以及来自两面河河底刺鼻的腐臭。

那是余晖时分，一天中少有的清爽时刻。一名妇女下班回家，为家人准备晚饭。做一桌可口的菜，是大多数农村女人的愿望。锅里的红烧肉"噗噗"抖动着，蒸气四溢，房间灌满肉香。

此时，电话响了。来电铃声是《两只蝴蝶》。妇女一手接电话，一手拿锅铲，刺探着红烧肉。收汤阶段，妇女盖上锅盖，走到屋外。

电话打了很久。电话那头是久时未见的儿女争先恐后的喊叫和嬉笑。这扫清了妇女劳累一天积攒的疲惫。人顿时精神些！妇女询问着儿女的学习生活情况，迟迟放不下电话。

有什么东西烧焦了！妇女回过神转头，目瞪口呆——灶台火头乱蹿！淤积在灶面上的油污，此时成了火焰最好的帮凶！火苗像性劣的顽童，放肆雀跃着，从灶台的一边跳到另一边，点燃了裸露的煤气管！

妇女慌了神！拿勺子接水浇洒！纯属徒劳！烈火迸发出汹涌的高温热气！妇女抵不住灼热，仓皇退到屋外！灶台的火越烧越旺！妇女拼命喊救火！周边的村民纷纷赶来，接了水往屋里扑！隔壁的老太生怕火灾蔓延开来，和孙子抱头痛哭！烈火终于冲破了房顶！怒升的黑烟吸引了方圆百米的村民。平日清闲的弄堂一下子挤满吃瓜群众。

一阵急促的铃声响起！父亲掏出手机，来电显示：毛海！毛海是父亲的小学同学，做传销生意，住在奶奶家附近。父亲和毛海早年打过麻将，平时从不联系。今日来电，令人费解。父亲看着毛海的号码，后背隐隐发凉："喂，阿毛，怎么说？"

毛海语无伦次："阿惠，你人呢，快过来呀，火着了……你家着火啦！快过来！"

父亲一惊："啊！我家着火了！什……"父亲话音未落，毛海的电话已经挂了！

父亲一下子腿软，差点站不住。当时家里刚翻修，花了不少钱。父亲脑袋一片空白。紧急忙慌，父亲停下手头所有的事，跨上摩托车，闪电般冲回家。一看，房子好端端的，什么事没有！悬到嗓子眼的心稍稍回落。父亲纳了闷，莫不是毛海在作弄人？想想不会。毛海那口气，不像是开玩笑。若拿这种事开玩笑，头颈脖都给他斩断！

这时，手机又响了："喂！"

听筒里，三姑的声音火急火燎："阿四，快点过来，阿娘的屋子着火了！"父亲一听，心快要跳出嗓子眼。父亲连忙赶去奶奶的住所。过了西门菜场，父亲终于望见百米外升腾的黑烟。一阵警笛声从远处传来。火警来了！等火警真正到达现场，屋子早已完全被大火吞噬。

父亲找到三姑和奶奶！奶奶向父亲描述起火的经过，上气不接下气。父亲勉强听懂。

突然，"轰"一声巨响！北屋的煤气罐发生爆炸！气浪掀翻屋顶！火星溅射！吃瓜群众吓得四处逃窜！与人群逃跑方向相反的，是背着器材前来救援的消防员！灭火系统迅速搭建完成！从两面河抽上来的水经由高压水泵形成蛟龙般的水柱，强力射向大火！火势瞬间灭了一半！高温蒸发的水汽腾腾升起。空气中，焦味混着两面河的腐臭，刺鼻难闻。火不久被扑灭，遍地狼藉。

奶奶本想靠出租赚点钱。没想到把房子给赔进去了！

这块深棕色的门板，当时位于朝南的墙上，过火面积小，仅仅被烧了一角。灾后清理现场时被拆下，是为数不多没被烧毁的家当之一。我望着门板出神。奶奶走进来，说："在看什么？"

我说："没什么，阿奶，你东西倒挺多。"

奶奶四下摸索，东整整西整整，说："都蛮好的东西，丢了可惜。"

我不响，看了一眼门板，退出杂物间。

## （6）

窗外雨点渐小。哗啦啦的声响是没有了。我陷在沙发里。腿伸直，能碰到奶奶的脚。我用脚趾头拨着奶奶娇小的脚掌。她停下折锡箔纸的手，说："你这样弄我干什么啦？"

我笑笑，不响。奶奶继续折锡箔纸，说："军军前两天来过了。"我一愣，问："干什么来？"奶奶说："拿来一箱葡萄，一箱桃子。"

我不响。

奶奶继续说："军军告诉我，过年那会儿发烧，没来看我。后来上学，一直抽不出时间。"

我呵呵道："这都半年了，才想起来看你。"奶奶说："那不是路远嘛，只要来看我，总是好的。"

我语塞。奶奶也不说话了。片刻，我问："他还说了什么？"

奶奶低着头，不停折锡箔，说："房产证的事。"

我问："房产证怎么了？"

奶奶说："军军让我把房产证给他。呵！肯定是他娘教的！军军哪会说这样的话！"

我冷笑道："那会儿房子空着都不让你住！现在要用房产证了，上你这讨要!"

奶奶不响。我问:"那你给他了吗?"

奶奶说:"我想了想,还是给他算了!一趟一趟来好几次了!我藏着也没什么用,死了也带不走!那房子本来就是你小舅的。你小舅死得早,军军这么小没爹,也可怜!他娘坏是他娘的事,军军毕竟还叫我一声奶奶。"

我看着窗外,雨渐渐停了。

大概六七年前,小舅患肝癌去世。我记得那天刚好拿期末考成绩单。大清早,奶奶敲我家门。我站在阳台,父亲下楼开门。父亲说:"现在人还好吗?"

阿奶像完成一桩心事,神态平静,说:"人死掉了。"那模样,像死的是别人的儿子。

再往前半年,一天中午,奶奶从父亲手里接过电话,是三姑打来的。没说两句,眼泪啪啪掉。电话里,三姑说,小舅查出来得了肝癌,晚期。半年后小舅没了。出殡那天,军军面对他爹的遗体,眼看他娘拿头撞棺材,拉不住,尴尬地对我笑笑。我当时一怔,觉得他不是一个简单的人,日后指不定做出什么让人掉下巴的事。

果然,小舅一周年祭祀,军军和他娘掀掉他爹的祭台。众人仓惶。后来,他娘带军军回了娘家。房子空出来。奶奶提出要去住,军军他娘不肯,偷偷摸摸换了锁。奶奶没办法,把烧毁的老房子重新翻修,一直住到现在。

雨彻底停了。

奶奶喃喃说:"都苦的,你们几户人家,都苦的。现在你们后代争气,一个个弄得好,我也放心了。"

奶奶欲言又止。我赶紧把自己从沙发挖出来,走出屋子。落雨后的水门汀热气升腾。我转头说:"奶奶,我去程哥那边看看。"

奶奶闭着眼,嘴里念诵经文,点点头。

原载《杜湖》2018 年第 2 期

# 渡　情　缘

## 江陵雨

夜已深，小区里的一盏盏灯火都渐渐睡去了。初秋的晚风，微微凉意，她坐在窗台上，缩起了身子，明天要早起赶飞机，可她还仍未有睡意。一切似乎都已睡去，唯有路灯在樟树下，灯影幢幢，似在喃喃低语。

刚刚收拾行李的时候，又触碰到了那件白纱裙。裙子挂在衣柜的最深处，也静静地睡着，短袖、层层蕾丝、及地的裙摆，只待一阵风起，便可裙袂飘扬。想起舒淇穿着平价的婚纱、脚踩平底鞋拍的婚纱照，舒淇说，"婚纱是 H&M 两年前送我的，头纱是一家婚纱店随意挑的。"说得那般轻松随意，笑得也是如此幸福自然。

"两年前"，不正是她买下这件白纱裙的时候吗？飘窗的玻璃上剪出了她的侧影，她笑着对窗上的自己摇了摇头，"算了，算了，睡去吧。"及肩的发丝却不依不饶地缠着她的脸颊。关了灯，忘了梦里是否有过这样的场景：在那清澈无瑕的碧空下，在那猎猎风中摇曳的五彩经幡前，在那拉萨大昭寺的转轮旁，在那如一轮镶嵌在高峡深谷中的新月般的羊湖畔，这一身白纱裙随风扬起，天地之间唯有飘于西藏天蓝蓝的白云与之辉映。梦里的她想过，无需任何发饰，只要拉萨的风吹起为他留的长发，就够了；只要这一袭白裙，颈上挂有他送的绿松石项链，就够了。他说过，绿松石是蓝天的精灵，而她，就是他这一辈子的精灵，她记得，他说过……

迷迷糊糊地，分不清是梦着还是醒着，一阵闹铃声将她惊醒在凌晨4点半，窗外还是漆黑一片，万家灯火还未苏醒。打开房门，父母早已收拾好了简单的行李，等着她吃早餐。"车子定好了吧?""会不会不来呀?"父母催促着、念叨着，下了楼，来到小区门口，天色雾蒙蒙的，昨天定好的滴滴打车倒也准时。"放心好了，7点40分的飞机，来得及的。"司机说着话，帮忙把行李放在后备箱，她扶着父母小心地坐进车内，父亲的身子骨瘦削得似乎她轻轻一抬就能将他架起，而母亲偏又肥胖得走几步便要喘气，"唉"她似乎听到了心底有一声重重的叹息。坐在副驾驶座里了，司机随意地问着她，"去哪儿呀，你们赶那么早的飞机?""到上海去，上海去，阿拉就是上海出生哦。"不等她回答，父亲便抢着说了。"去上海呀，那么近的路还要坐飞机，为什么不坐高铁，又方便又便宜。"司机好奇了，她耐心解释，"我爸妈这辈子还没坐过飞机，我也刚好就这两天的假期，他们年纪大了，也走不了远路，就去上海逛逛，顺便走走亲戚。""这样呀，那你可真是孝顺。"司机笑着夸她。"就是的，阿拉囡孝顺得来……"她知道父亲要开始一路的唠叨了，皱了皱眉，但听他得说的这个精神劲儿，却又宽慰了心。

　　早在五年前，父亲就腿肿眼花，直到看不清眼前的东西了，才肯跟着她去医院。医生看了化验单后，就摇了摇头，面部表情就已经下了审判。她央求医生不要告诉她父亲实情，医生也就只好当着她父亲的面警告她父亲，"你酒喝得已经伤了肝，你再这样喝下去，每天喝的可不是酒，而是毒药呀!"父亲也是怕了，果真戒了一段时间酒。可是等腿肿退了，眼睛看得清了，他依旧照喝不误。每天上班前，她就看见他坐在餐桌上，就着昨晚的剩菜，已经咪起了白酒，中午回家吃饭，他又已经早早在那里开始喝了。中午的阳光照在餐桌上，照在他发红的酒糟鼻子上，照在他咪起的双眼，放下酒杯，嘴巴里发出的"砸砸"的响声上，她忍不住想逃离。可是，逃，又能逃到哪儿去呢? 52度的白酒，身体还行的时候，他每天能喝一斤多呀，胃痛的不行了，就戒一段时间，不那么难受了，就继续喝。这样，居然也过了五年了，有时候，她觉得现在的每一天对于他父亲来说，都是赚来的，还能让她去指责他什么呢？想起去年过年前，父亲脸色蜡黄得吓人，她又拖着他去医院，医生头摇得更厉害了，告诉她，这一次她父亲发作的肺炎跟他本身的疾病比起来，根本不值得一提，吃什么药都没有用了。"那怎么办？"她慌着求医生。最终医生也只是开了瓶护肝片，稳稳她父亲的心，可是安稳不了的是她的心呀。

"终究是自己的父亲呀。"她在和朋友散步时忍不住伤感。"我现在也不和他顶嘴了，他要骂，就由着他去骂个够。前段时间他过生日，我给他买了条金项链，他开心得不得了。我想着，贵是贵了些，不过反正这项链，以后还不是属于我的？"说着说着，她自己就笑了起来。只是这笑，犹如有声的眼泪一样，在春意料峭的冷风中流了一地。她是向来舍不得乱给父亲花钱的，平时节假日也只是三十块五十块的给他零花，就怕一给多，他就到人家打牌的地方去凑个热闹，又胡闹起来。想起小时候，她向他要五块钱的学费，他却红着鼻子咧咧呛呛，"老子没钱，问你娘要去。"转身，却又去打了酒来喝。寒冬腊月的，她眼巴巴地望着人家吃糖葫芦，馋了一路，馋到咽干了口水，最后就着路边的雪，搓成一个个雪团儿，放在嘴里用力吮着，似乎就能吮出那么一丝甜意来，能不恨吗？只是这么多年来，恨意也在骂声中慢慢殆尽了。她在无休止的骂声中，勤工俭学地读完了大学，找了工作，买了公寓，接了父母住在了一起，看着他们在黄昏的光线里弯下了背，看他们在絮絮叨叨里说白了发。这一次，父亲说这一辈子呀，还从没坐过飞机，她就定了三张最近的机票，从这个小镇到上海，很短的路程。是呀，多短的路程，半个多小时就可以到了，可人生如旅，谁又知道这一旅程还有多长呢？

"到了，到了，前面就是机场了。"司机忙着从后备箱拿出行李，"老伯伯，老妈妈，你们玩得开心哦。"看着司机这么的热情，想着一大早的，也是辛苦人家了，她在支付账单时，便多付了二十元的感谢费。才六点钟，天色有些微微亮了。

领登机牌，过安检，父亲好奇得像个孩子似的，东瞧西望的；而母亲则是小心翼翼地紧跟在她身后，深怕有个什么闪失。终于登机了，安排父亲坐靠窗的位置，给父母系好了安全带，她也终于入了座，等着飞机起飞。天阴沉沉的，云层很厚，本想着能在半空中看到阳光照亮云霞，父母肯定会欢喜会惊叹的，只是世上哪有那么多称心如意那么多圆满的事呀。三年前她独自一人再次进藏，为的便是他的一句承诺，布达拉宫前的诺言，"等我，我会给你一个圆满。"可是布达拉宫在湖面的倒影，还清晰在脑海，只是这诺言却如风筝，已被她割断了线。她以为，她不会心疼，那么多年以来，她都是骄傲得不愿羁绊他人，也不愿为他人所羁绊。

若不是为了完成父母的心愿，她早已习惯了一个人的旅行。即便第二次进西藏，伟说假期正是他最忙碌的时候，实实在在不能陪同她到处去逛。他在深夜回来，他在凌晨回来，搂住还醒着的她说"对不起"，声音轻柔地让人无法和他粗犷的形象联系在一起。可她不愿等他说完抱歉，立马在拉萨办了去尼泊尔的签证。从拉萨出发，一路坑坑洼洼，颠簸了足足 18 个小时，才来到了中尼边境樟木村，颠得她肝肠寸断，都是恨意。第二天，来到加德满都，到处都是寺庙，她脱了鞋进去又出来，不知道该求些什么。在大昭寺的时候，她问过佛，佛说，每一颗心生来都是孤单而残缺的，多数带着残缺度过一生，只因能与它圆满的另一半相遇时，不是疏忽错过，就是已失去拥有它的资格。她等了那么多年，相遇，错过，婆娑世界，留下那么多遗憾和欢乐。而这一次，她愿意让自己停下来等他，相遇圆满。是的，她愿意等，她曾经这样以为。

有时候也常想着，就这样一个人旅行着，不也是挺好吗？一个人清晨在费瓦湖上泛舟，下着蒙蒙细雨，湖面上起了雾，只有一个十几岁的小男孩为她撑着船，雨雾润湿了小男孩黑黑的发卷，在他长长的眼睫毛前遮起了一层帘，帘中群山层层叠叠，远处的安娜普纳雪山像一条鱼尾巴倒插在云海中，一切都是影影绰绰。都说傍晚时分泛舟湖中最是迷人，安娜普纳雪山金色的落日照耀在湖面中，一片旖旎，一场梦境。可是她觉得现在这样正好，小舟划开静谧的湖面，一层层涟漪荡漾开来，天地灰蒙一片，眼及之处，唯有她这一叶小舟，她遁入其中，倒觉得这山山水水都是她的了，她也多希望伟是她的，都是她的……

"囡、囡，快来看，阿拉在半空里了，哦呦呦，云厚得来。""老太婆，阿拉像孙悟空一样了，一个凹顶倒翻了十万百千里了。"父亲把脸贴近了窗，兴奋地叫唤着她们，母亲费力地贴过身去，想要再靠近些玻璃，可保险带把她紧紧地锁在了位置上。她订机票的时候，本来希望能订到两张靠窗的，都不知道还能不能有下次，再带他们俩一起坐飞机，一起去远方，她想着。隔着窄窄的过道，她看见，没有阳光的天气，他俩脸上泛着幸福的金色的光，如她在博卡拉看到的日出。那山顶上万丈的金光，辉映着半空中层层云霞成绮，山脚下的费瓦湖碧澄一片，她被这美景震撼到了。身旁有一群印度人，伸出了双手，对着升起的太阳虔诚地歌颂着，她听不懂，却忍不住泪流满面了。那一刻，她想要回去，回到西藏，回到拉萨，回到伟的怀抱，听他说，等他，等一个圆满。可是，是谁太害怕，遇到了可以爱的人，却又担心着不能把握？佛说过，"留人间多少爱，迎浮世千重变；和有情人，做快乐事，别问是劫还是缘。"只是就这样统统不问，难道就可以了吗？

伟空闲的时候，就坐火车、坐高铁、坐公交，从西藏来到这个江南小镇。一如那首为异地恋而生的小诗，"所爱隔山海，山海不可平。海有舟可渡，山有路可行。此爱翻山海，山海俱可平。"他翻山越岭来到她家，饭桌上，小心翼翼地给老爷子斟着酒，特意从西藏带来的青稞酒。老爷子正襟危坐着，眼神里有着从未见过的笃定和沉稳，冷不防眼神撇向他，吓得伟把酒都洒到了酒杯外。"你是什么时候离的？有几个孩子？都是谁管着？"她知道父亲都知道，但就是要这样郑重其事地再询问一遍。"叔，我很早就离了的，有两个女儿，大女儿归她管，小女儿从小就和她奶奶、姑姑生活在一起，我也没啥操心的，生活上有她奶奶照顾着，学习上也一直是她姑姑管着。"他一字一句，认认真真地回答着。倒是她，把头低了又低，难得的在父母面前有了几分女儿意。天寒地冻的时候，他们就围坐在一起吃火锅，他吃了一餐后，关了房门就对她说，"哎呦，我的姐姐，这哪能叫火锅，清汤寡水的，你想饿的我没力气咋的？"说着就笑着闹她。第二天，他就买了许多辣椒花椒，还有瓶瓶罐罐各式调料，剁碎了辣椒花椒，做成了自制调味酱，蘸火锅，蘸青菜，蘸糖醋小排……他常常在临睡前去炒一大盆面来，宽宽的面条，厚厚的肉片，放上满满一勺辣酱，端到她前面，"吃不，可香了！""不，我可不想再胖了。"她扭过身不想理他，看着手机上的电子书。"吃吧、吃吧，再胖我都不嫌弃。这世上只要我一个人抱得动你，就够了。""滚~"她笑着把枕头扔向他，"哎呦呦，姐姐，姐姐，小心我的面条呀。"夜深人静时分，笑声闹腾了整个房间。隔壁传来了父亲的咳嗽声，"咳、咳咳咳，咳、咳咳咳……"像是敲门声，不依不饶地。他们止了声，她静静地靠在他怀里，夜色中，望着对面人家还有几盏瞌睡人的灯光，不禁动了心，什么时候能有专属于他和她的一个家，即便麻辣味从厨房侵入客厅、侵入卧室，都无所谓，只要留一盏灯火，能待他归。

一阵颠簸将她思绪拉了回来，飞机正在下降中，她转过身看父母，母亲双手紧紧握着座位把手。"没事的，马上就到了。"她伸过手去，把手放在母亲手上，劝慰着她。是多久没有握母亲的手了？记忆里自己从不似其她小女儿般喜欢牵着父母的手，也不爱与小伙伴手拉手奔奔跳跳地回家。习惯了一个人的孤独，十岁那年，爷爷去世，当爷爷冰冷的身体从床上搬下来放置在门板上，当人们嘈嘈杂杂地忙碌着丧事时，她就在那个晚上独自一人躺在爷爷睡过的那张床上，她不曾觉得害怕。一个人也就这样着习惯了，前两年做手术时，躺在机床上被推进那狭窄的空间进行核磁共振检查时，那种幽闭空间恐惧让她莫名地想起了爷爷被慢慢放进灵柩的冰冷。也许害怕的不是孤独，而是被温暖后的冰冷。第一次在西藏旅行时，遇见了伟，他一有空就陪着她聊天，"你知道吗，我在中学时调皮捣蛋得出了名，毕业时，校长恨不得敲锣打鼓地把我送出学校。那时，我就想我以后要是找个老师做女朋友，肯定要带着她去见老师们，我都可以想象他们的表情会是怎样，哈哈……"他总是会讲着讲着就笑个不停，似乎他的快乐总是那么多。

下了飞机，坐了地铁，拉着行李，在外滩附近去找预定好的宾馆，总是要走一段路的，父亲又开始忍不住抱怨，"就不能找近一些的宾馆，走那多路，累都累死了。"她也急着早些到宾馆，好让他们休息一会。可是既要定在外滩附近，又要价格实惠，哪有那么好找的宾馆呀。她喜欢一个人慢慢地旅行，觉得旅行的意义，除了看不一样的风景，还在于认识形形色色的人。就像在加德满都公交车上遇到的工程师，两人用生疏的英语比划着聊了一路，他比划着他有一个美丽的妻子，两个可爱的女儿，他说他非常喜欢中国，希望有一天能带着家人一起去中国旅行，希望那时还能再见到她。临了，他非得让她给他起个中文名，"冯远，好吗？两个人萍水相逢便是缘分。而我远在异乡，结识了你这样一位朋友，不是一件很奇妙的事情吗？"她也不管他是否能理解，跟他认真地解释着。"Good，Good！FengYuan。"他竖起大拇指，恋恋不舍地下了车。

"到了，到了，如家酒店。"绕了好几个弯，终于在一个转角处看见这家如家酒店。安排好父母进入房间，她也终于可以躺下休息片刻。想到滴滴司机夸她真是孝顺，她又想起了在费瓦湖泛舟回来时遇到的那对青岛母子，刚刚泛湖结束，还沉浸在与天地万物浑然一体的静谧之中，所遇都是一片清澈，在岸上遇见同是黑眼睛黄皮肤的这对母子，便觉格外亲切。母亲夸奖着儿子多么的优秀，英语说得多么顺溜，这一路出行不要太轻松哦。"你一个人，待会就和我们一起逛好了。"那位母亲热情地邀请着她，于是他们一起去了湖边的小餐馆用餐，雨也刚好停了，树木、草地被雨水润得绿意似乎要氤氲流淌。一人点了一份套餐，三人坐在一张小圆桌上，"我儿子多孝顺呀，特地请了假来陪我旅游。他妻子怀了孕，那又没办法，不能来的。我儿子就陪着我来旅游了，你知道吗，我儿子是部门经理……"母亲越讲越起劲，她忍不住把饭匆匆扒进嘴里，起身去服务台付了自己的餐费，回来与他们道别。"那，你准备一个人去逛了？那，你接下来想去哪里呀？……你自己点的那份套餐，那，钱有付好了吗？"她忍不住笑了，把还拿在手里的小票给那母亲扬了一下，"好了，再见吧。"看了一眼低头吃饭，从始到终都没怎么说话的乖儿子，她走出了餐厅，走入那一片绿中。想到了这些，她还是觉得好笑，一颗心放松了下来，便渐渐地觉得了有些乏意……

　　七天的尼泊尔之行结束了，最后一天又回到了加德满都，住在了旅友介绍的宾馆，凌晨三点起床，踏着漫天星光，坐车回到边境，回到了拉萨。打开手机，全是伟的未接电话和短信，"喂，我回来了，在拉萨车站。"她累了，坐在站台上，给他留了微信语音。也不知道等了多久，她是真的累了，累得不想再多走一步。熙攘人群中，她不愿抬头去寻觅，就这样等着吧，等着一双手将她牵起，等到天色昏黄，是不是就可以换得一个温暖环抱？"你这个人真是狠心，居然说走就走，你真也不想想我，你……！"满身的烟味，满嘴的络腮胡子，伟匆匆赶来，将她紧紧抱住。一阵眩晕，人群在她眼前剪成了幻影，就这样任他紧紧抱在怀里吧，抱住吧，似乎就抱住了一个天长地久的安稳……

　　可是假期结束后，毕竟是要回来的，忙碌一天的工作后，她就等着他的电话。他总是问她在做什么，和谁在一起，她便要逗他，"和同事吃饭呢，热闹得很呢。""去唱 K 了，还喝了啤酒……帅哥，当然有了……"离得那么远，她只能这样听他气恼着急的声音，闹够了，她也认真地问他，"到底什么时候能过来？"电话那头的他便沉默了，"你知道，她的性格很犟的，再给我些时间好吗？"给不了的解释，又何必说呢，她挂了电话，看夜色更深深……

　　"阿囡，阿囡，爬起来，去吃饭了，肚皮呀饿脱了。"父亲急促的敲门声，将她惊醒了。起来，陪父母去附近的城隍庙吃小吃，蟹黄包、鲜肉馄饨、牛肉锅贴，看父亲咪着白酒，吃得精神。饭后，她带着父母去了附近的豫园，天下起了蒙蒙细雨，游园更加清幽，跟着他们走走停停，绕过得月楼，穿过积玉长廊，豫园精巧玲珑，似乎站在高处就能将之一览无遗，可是有时看得太清又有何用呢？倒不如这般遮掩曲折，留人遐想期待吧……

"今天，你就给我一个明确的答复，我不想再等了……"她终于忍不住在电话里发了怒，白色纱裙挂在衣柜里已经许久，初秋风起，这是最适合这样的季节了，"你到底要我等到什么时候，你们不是已经一切都协议好了了吗？她到底为什么一直还缠着你不放？你到底是想要怎样？你想要我怎么办？"她多想在他面前问个清楚，问个究竟。可她揪不住他，握起的拳头在空气里挥舞，又无力地放下了，空旷的房间却压抑得她几乎窒息。"你听我讲好不好，她不知哪里听说了我和你的事，她放话说如果我敢离开西藏，她就把两个女儿都带走，走得远远的，让我们永远都见不到。你知道，她什么都做得出来的，你知道，我小女儿从小就由我妈带大的，如果把她带走了，那就是要了我妈的命呀，你知道……"她不再说话，挂了电话，关了手机，那边还没发出的声音似乎就永远被结冻了。空气静寂地似乎被抽空了，却又全都涌入她的胸中，冲击着她的所有情绪，泪水终于倾涌而出。"谁曾渡世人情怯，又设欢聚别离，谁明了缘散风起，不语天机，为何明知晓结局，却还空允我期许。"谁家的窗口轻轻飘出了这首歌，"是呀，何必空允期许呢"她喃喃道。天亮了，她看见了在飘窗上呆坐了一夜的自己，"去洗把脸吧，今天不又是崭新的一天吗！"她劝着她自己。

豫园那么小巧，就她发了会呆的时间，父母已经逛完了一圈。雨也渐渐地止了，"我们去外滩逛逛吧？"她问着父母。"好哦、好哦"刚刚好好休息了一下，父母都不觉疲惫。她笑了，"走吧"。坐公交，短短几分钟就到外滩中心了，已近黄昏，灯光渐渐都灿烂起来，高楼林立在云层中，一派的繁华。"你们看，你们看，那朵云多像丘比特之箭。"她突然看见一朵爱心云，旁边的光束射过来，像极了丘比特之箭。"啥，啥叫丘比特之箭。"父亲转过头来问，"哦，就是西方的爱神啦，据说被他的箭射中，就能遇见心爱的人。"她跟父亲简单地解释着。想不到父亲倒停下了脚步来，认认真真对她讲，"囡，我这辈子坐过了飞机，还有什么遗憾的话，就是希望能看到你嫁出去的那一天。"她沉默了，没有回答父亲，但在心里想着，"会的，会有这么一天的。"她换了新的手机，换了新的号码，一切，都会是个新的开始。

灯光全都亮了起来，外滩上绚烂一片，人流如潮，父母沉浸在辉煌灯火中，不舍离去。她知道，她又会开启一个人的旅行，她也相信，一个人的旅途中，蓦然回首，灯火阑珊处，总会有一个人在等待着她。在她和他相遇时，彼此都能拥有相拥的资格。是的，佛说过，缘来天注定，缘去人自夺。种如是因，收如是果，一切唯心造。她信佛，也信缘……

原载《文学港》2018 年第 11 期

# 酒 葫 芦（外三篇）

## 胡新孟

　　那时，连队驻扎在一个叫松平的小岛上。按团部的指示，我们要在岛上建座雷达站。松平岛远离大陆，那时舰船紧缺，征用岛上渔民的渔船也是常有的事。

　　连队经常征用的是艘叫永峰的渔船，船主叫安老头。连长说，他儿子也是解放军，所以我们信得过。

　　安老头六十开外了，中等身材，敦厚壮实，他常穿一件灰色的粗布坎肩，露出黝黑粗壮的臂膀。他拉起缆索来，肌块突现，比我们这群毛头小伙还有力量。不看他一头银灰色，像钢针一样，一根根支棱着的头发，还真有人会当他是小伙子。他爱喝酒，每次出海都带上他的酒葫芦。酒葫芦挂在他的腰带上，晃来荡去，沉甸甸地，仿佛是他身体的一部分。

　　我常常想象他出海捕鱼时喝酒的样子：茫茫大海，只有他的这条孤舟，网已经下了，他拧开酒葫芦盖，对嘴闷上一口。

　　他说，每次开喝，先得往海里撒些酒。他故作神秘地说，鱼儿也好这一口呢。接着嘿嘿笑着说，等酒醒了，我就起网。

　　但每次连队有任务，征用了他的船，他就从来不喝酒。那时，他似乎只对酒葫芦感兴趣，时不时地，摘下它，捧在膝盖上，用他粗厚的手掌，摩挲着。暗褐色的酒葫芦光滑而油亮，好似他沁出汗来的额头，透着瓷实的光泽。他一遍遍抚摸着，像抚摸沉睡的孩子一样。

有时候，他会拔了酒葫芦盖，捧起酒葫芦往鼻子上凑，他深深地吸口气，把嘴抿起来，眯缝着眼，一副陶醉的样子。我们便笑他，安老头，你喝一口嘛。他睁开眼，仿佛从酒醉里醒过来，咳，别怂恿我犯错误。我们说，你又不是解放军，我们喝不得，你能喝！安老头也笑了，他的红彤彤的脸发着油亮的光，你们这帮兵蛋子，不会是馋我的酒了吧。我们便嚷嚷起来，到底谁馋酒呀？

　　这时候，连长干咳几声。船里一时静下来。浪花哗地哗地拍打着船体，远处的海岛若隐若现。

　　安老头似乎特别喜欢与我搭话，动不动便要问我，小鬼，几岁啦？怎么就当兵来啦？这样的问题回答一两次还情有可原——老人家可能记性不好。但问多了确实让人够烦的。

　　他有只大竹篮，里面放着茶杯，毛巾，和一件粗布罩衫，放下这些东西，篮子还是空荡荡的。但现在，每次出勤，篮子满满当当的。船行不了多久，他便提起大竹篮向我们递过来，吃吧，你们准饿了。竹篮里是煮熟了的芋头与番薯。芋头上泛着白花花的盐花，而番薯皮润润地，像是涂了一层蜜。我们故意摆着手逗他，我们有干粮，不能白拿群众一针一线，何况这么大的芋头与番薯。

　　这一下安老头倒是急上了。这，这本来就是为你们做的，你们不吃，这……他看我们只顾吃自己手上的干粮，便急得直跺脚，不吃，我，我倒海里了！

　　那次，趁船靠岸的间隙，他从码头上买来了一只烧鸡，烧鸡包在两片荷叶里，发出阵阵清香直往我们鼻子里面钻，他说，我像你们这年纪的时候老是吃不饱。

　　这时候，他便又问我，小鬼，你几岁了？

　　那时的我，刚刚入伍几个月，只有十八岁，相对于其他战友，明显稚嫩和瘦弱。但我偏不告诉他，他便自己猜上了，他说，我看，你顶多十五岁。

　　我非常不服气，我有那么矮小不顶事吗！我便对他暗暗生阔气。当他悄悄给我东西时，我便把手一甩，不吃！

扑通一声，一只烧鸡腿掉到了海里。

我被自己的这个举止镇住了。安老头也突然无语，仿佛一下子落寞了。

这时，连长大声喝道，高小易，你干啥！

我的泪珠在眼眶里直打转，我，我……

那天上岸后，我不情不愿地写了份检查给连长。连长见我把检查往桌上一塞转身要走，他便喝住了我。我正准备着连长动粗话，挨他的嗑。然而，连长却摸了下我的头，你还委屈了？可是你知道吗？他叹口气，安老头的儿子，几年前就牺牲了，他已经没有儿子了。

我抬起头来，看到连长眼里噙着泪花，你们还不知道，为了连里出船的事，他把酒戒了，他那个酒葫芦是空的……

第二天出海，安老头正躬着背拉着缆索的当儿，我悄悄地碰了下他的酒葫芦，那真是个空葫芦，在他的腰上轻轻地晃荡着。

我正要一闪而过，他却向我招呼，哎，小鬼！

我住了脚步侧头看他。他正咧嘴憨憨地冲我笑着。


## 小白羊


战争结束了。连队要上岛。

连长劝他回到家乡去。一颗子弹洞穿了他的膝盖骨，伤愈后，他的腿打了钢板似的，再也不能弯曲了。

他说，我不去。

连长说，岛上生活会更艰苦，你还是回家安心过日子。

他的眼泪流下来。他受伤的时候也没哼哼几声，而现在流泪了。

他巴巴地看着连长。连长把头别到一边去。

他说，我不回去，我不能掉队伍！

连长不吭声。

他说，我给连队养羊吧。

就这样，他跟着连队上了岛。

他当兵前就是羊倌。那时候他还小，手里举着羊鞭，满山遍野地放羊。他看着羊在山坡上吃草，他看着它们相互撒欢。有时候，它们抬起头来看看他。

他知道这些羊的脾性，偶尔他也给它们来几鞭，这样它们便不会太野了。他喜欢听它们"咩咩"地叫唤声，带一点点的颤音，一副渴望他抚摸它们的样子。

傍晚，他得把羊交回去，他只是替东家放羊。

有时候他望见山头飘过的白云，便站起来，挥舞着羊鞭，哦哦地驱赶着。他是多么希望有几头自己的羊啊。

现在，他要养自己的羊了。

岛上什么都缺，独独不缺荒草与石头。几天的工夫，羊圈已经初具规模了。那些大大小小棱角分明的石块被他拾掇成规规矩矩整整齐齐的一圈石墙了。不知道他是怎么把它们垒起来的。他不允许大家来帮忙。他说他能行，那是他的羊圈。地上还堆着一蓬蓬新割的芦草，苍翠的芦草叶子散发着淡淡的清香。用绳子压实的芦草扇子，叠在边上。

他正拄着拐斜扭着身子往墙顶上甩着芦草扇子。

许是听到了小羊羔咩咩的叫声了，他住了手，向我们转过头来。

他拄着拐，启动他那只再也弯曲不了的腿，像一匹向前奔突的马，向我们扑来了。

小羊羔抖擞着身子，用鼻子碰一碰地上的草，然后扯一片，细细地嚼起来。他痴痴地看着，咧嘴笑了，笑出一脸汗涔涔油亮的黑皱纹。他瘦了，胡子拉茬，头发也支楞着。但他的眼睛放着炯炯的光。他努力地俯下身来，探出双手，慢慢抱起眯着眼睛看着他的小羊羔。

小羊羔乖顺地躺在他那双粗粝的大手上，咩咩地叫唤着。

连长说，刚刚打过仗，它们也受苦，只能弄到这一只。

他似乎没有听到连长说的话。

他把它抱到怀里了。他抚着它的洁白的柔顺的毛。

它蜷着的身子真像一团白棉花。

从此，我们常常见到他瘸着腿去坡上放羊。小白羊在坡上撒着欢，一会儿奔到这儿，扯几片草叶子，一会钻到那儿，又抬头咩咩地叫唤。他拄着他的拐，站在一块稍高的石头上，风儿猎猎地抖动着他的宽大的旧军装，仿佛是我们连队的一杆旗帜。

小羊羔一天天长大了。它变得壮实了，一走便会留下一串整齐的羊蹄印。

它知道他腿脚不便，走得艰难，总是走几步回头看看他。它等他扬扬手，又接着往前走。有时候，它故意扯上几片路边的草，眯着眼睛细细嚼起来。他懂它，便紧赶几步，跟上它。他抚着它的头，曲起手指头，像梳子似的梳着它洁白的毛。它继续往前走着，他在它的身后望着它赶着。有时候，他弄不清到底是他在赶着它走，还是它在引着他。

好在海岛并不大。

连长说，随他放去吧。

连长常常满海岛去寻他。一寻便会寻到崖石边上。

纯蓝的天空变得高深而悠远，明晃晃的太阳照在头顶上。

海浪一拨一拨拍打着崖石，击起一阵阵洁白的浪花……

那多像是他喜爱的羊啊！

连长打小也放羊。


## 高　地


他是从那条崎岖的小路走来的。可是，这哪里还算得上是条路啊，满地的断砖碎瓦也快被杂草覆盖了。他推着他的三轮车，一手护着车把手，一手扳着车座子。行几步，便要顿一顿，那些断砖瓦卡着他的车轮子，他偏过身子使使劲，车子在一"吭"一"吭"中，蹦跶着。

他怎么也想不到，这样一块废地竟会长那么多的草。哪一块地上也不该长那么多的草。那些青的黄的草，开花的结籽的草，杂糅着纠缠在一起，把这片土地，这条本来就疙疙瘩瘩的小路给吞没了。他仿佛趟在一片混浊的大水里，深一脚浅一脚的。

这时候，一只麻雀"咭"地叫了声，忽闪着翅膀，从他的眼前飞走了，它落到哪儿去了呢？他抹下额头的汗，喘口气，停住脚步，屏息凝听。他想再听听那只麻雀的啼叫声，看它飞动的样子。然而周围是那么的安静，连风儿拂过杂草的声音也没有。这样的寂静让他怀疑，是否真的有只麻雀刚刚啼叫着从他面前飞过了。

他抬头四望，看到远处的那片楼群已经长到半空中去了。他不知道它们还要长多久，又会长到多少高？

他去看过建造那片楼群的土地，那真是片好地哪，黑黝黝地，似乎和着油。这样的土地是应当种出好庄稼的。他想，如果种上小麦或油菜，该会有多少的收成呢？那时候，已经有几辆挖掘机在那片地土上隆隆地运作。没几天的工夫，那片土地变成了一个大坑子。那坑子可真大啊！那坑子可真深啊！要是放上水，那该是个大鱼塘，会出多大多少的鱼呢？这样地想着，他便骑上他的三轮车，遥遥地张望着，紧一脚慢一脚地骑远了。

那个大土堆，也是那些日子发现的。

他一趟一趟往这里跑起来，循着那条塘渣车辗出来的弯弯曲曲的小路，磕磕绊绊地，带着他的用熟了的铁耙，铁锨与锄子。

这是什么泥土啊？这还算是泥土吗？它们与那些碎石混合板结在一起，坚硬得像块混凝土。"连草儿也不长！"他一边唸叨着，一边用锄头跟儿一下一下砸着一坨坨的土疙瘩。砸松了，再用铁耙理起来。铁耙刺儿不时磕着大小石块，竟有火花溅出来。他心疼起来，他的铁耙几时理过这样的地。他提着铁耙抚摸着那一枚枚锃亮的耙刺，那是帮他翻过多少地的呀！现在竟豁了口儿卷了边。然而，你不理，这里真会成为长荒草的荒岛。还真是，这土堆还真像一座岛，在这片到处断砖碎瓦和杂草肆虐的土地上。

他自己也弄不清，究竟已经跑了多少趟，反正，现在，那些碎石已经垒在这块菜地边上了。那真是个不小的大堆儿。他把它们垒平整，方方正正的，活儿做累了，便在上面坐一坐，抽支烟。他下地的竹篓也摆放在那儿，他的脱下的衣衫放在竹篓上，掏个烟也方便。

他喜欢看那一垄垄绿油油的小青菜，它们你挤我挤你的，像张松软的绿地毯，那是他上幼儿园的孙女告诉他的。他一听便笑了。还真是，这些小青菜摸上去软乎乎地，像极了地毯上的绒毛毛。他张着手掌偷偷地挨着青菜脑儿顺过去，青菜叶儿摩沙着他的宽厚的手掌心，痒痒地，麻麻地，真舒服。

他打心里还觉得，那一垄垄的菜垄，还像是孙女幼儿园里的小滑梯。那些曾经的断崖似的坡地，被他整饬平缓了，现在，它们划着优美的弧线，一路顺势而下。

到时候，等收割了那些小青菜，真的溜一次？

他被自己的想法逗乐了。

现在，他没事也喜欢到这里坐坐了。抽支烟，想会儿心事。有时就发发呆，看看天上的白云，看看四周的风景。找鸟雀的身影，期待它们的啼鸣声。也看远处那个越长越高的楼群。他抬起右手，张开食指与大拇指，丈量起它们的高度。

原来，它们还不及他一手扎高的。

他突然笑出声来了。


## 钥　匙


我们几乎是摸爬着进的家。可是这哪里还像我们的家啊！地上到处堆着断砖与碎瓦，空气里弥漫着蓬尘的气息——一点点久远的霉味，一点点的泥腥味。所有的门窗也卸没了，毛刺拉边的，像一张张惊讶的嘴。

这才几个月呀，这里已是废墟一片。

我和母亲站在这个曾经的家里，似乎忘了是来干什么的。

家，早已搬空了，但现在又是那么的拥挤与杂乱。虽然已是几十年的老房子，早就陈旧了，但是，母亲爱干净，她总是把它打理得整整洁洁的。

东边的墙壁有渗水，每年，母亲从集市上买来年画纸——有时候是"招财进宝"，有时候是个娃娃抱着一条大鲤鱼，调好浆糊贴上去。做这些事的时候，母亲是既认真又仔细，她的老花镜挂在鼻翼上，她俯着身，捏着她的小浆撬，一点一点把浆糊推到年画纸背上。"这样够了吧？"她不时地这样问我，然而她的手一下也不停，仿佛根本不是在问我。

现在，这些墙上的年画纸呢？

母亲在地上扫视了一遍，又把边上的一块木板翻起来。她又看看墙上，一道道浆糊的痕迹勾勒出年画的轮廓。

房子的后半间是厨房，本来有道墙隔着，现在墙被打掉，与前厅畅通了。然而一堆杂乱的砖块又阻隔了它。母亲摸爬着往前走，她急切的样子好似急着要为我做道菜。

我又想起母亲做菜的样子了。她围着围兜，微微躬着背，在水槽里一瓣一瓣择着菜。她的那双湿漉漉的手仿佛永远红肿着。那是抱过我的手，拍我入睡的手，又是牵着我长大的手。我仿佛又听见母亲就着砧板剁肉末的声音了，啪啪啪地，传得远远地。她知道我喜欢吃这个，每次回来，她总会做。煤气灶上的水已经煮沸了，油烟机嗡嗡地响着。她在一身烟雾里朝我笑笑，"出去吧，一会就好！"她老是不让我帮忙。

母亲已经站在厨房间里了。水槽还在，自来水龙头没了。油烟机没了，排烟孔还在。灶台还在，可是洁白的瓷砖都碎了，露出一格格灰黑的水泥来。母亲曾经就着洗洁精一边边擦拭它。现在它们碎散了一地。母亲站着，脚下吱吱嘎嘎的，不知如何是好。

现在母亲上了楼，她一眼便看到了那口大衣橱，她回头笑着说，"我说还在吧！"她为自己预料到这样的结果而高兴，在她眼里，她总要比我更有预见。这也让我高兴，我也希望母亲永远是对的。

它确实还在，只是橱门上的拉手掉没了，边上的面板起了壳，耷拉着，它浑身灰头土脸的。换个地方，我怎么也不会认这是我家的大衣橱。

这里曾是我父母的卧室，我的卧室在隔壁。现在，中间的墙也打掉了，它似乎变成了一个大通间。对面的墙上，依稀还看得到，我用毛笔写的那个字，那里原来摆着书桌，我曾经每天在那里做作业。那面墙上应该还有我抄着的几条数学公式和几句名人名言。我也曾经坐在那里发呆出神，或者用笔一下一下抠着起泡的墙皮。有段时间，我常常回头看，我怕母亲站在我的背后，用严厉的眼神看着我。后来，有那么几年暑假，我以学习为由，没有回家来。然而，个中原因，母亲却浑然不知。

我被母亲的唤声拉回了现实。失落的神情写在了她的脸上，她的两只手垂着，迷惘的样子。她已经翻找了那口大衣橱。她黯然地说，"没有，找不到。"

来之前我就说，怎么也不会遗落在那里的。然而，现在，我不想这样说了。我扒着大衣橱门，把它拉开来，橱门吱嘎嘎地响着，它久未被打开，仿佛锈住了。母亲像是害羞的小女孩，躲在我的身后。

橱里空空的，什么都没有。

我踮起脚，扳着橱顶往上看。母亲常常把东西包裹了放到橱顶上，她的脚下垫着凳子或椅子。橱顶上空空的。我知道上面肯定什么东西都没有。但我多么希望它就在那里啊。我又看了一次。我说，"一定是被别人拿走了！"我说得那么肯定，连我自己也相信了。我说，"买新的吧！"

母亲没有回答我。她把手伸向我。

她的手上有枚钥匙。

她说，"刚刚地上捡的。"

我接过母亲手上的钥匙。这是把普通的铜钥匙，钥匙柄上有个牛头图标，钥匙孔上穿着一条红绳子。我说，这大概是那些拆房的工人遗落的。

母亲笑了，她说，"这多像是我家的钥匙。"

原载《浙东》2018 年夏季号

# 二嫂林雅仙

### 励双杰

欧阳，我闯祸了。

我轻轻拨了一下刘海，刚好从自家的小区门口出来，姚夏用微信发来这么一句没头没脑的话。

我抬头看了看大门口右首。果然，农民老赵伯已在大樟树下摆上了他的蔬果摊。老赵伯七十多岁，每天下午三点半，他总来我们小区门口卖他的瓜果蔬菜，据他说都是自己种出来的，不多，也许就十几根黄瓜，几斤蚕豆，几把小葱，几十根茄子和十几个番茄，除了刮风下雨，他几乎是必来的。听说是门卫老王的邻居，反正东西也不多，一张比桌面还小的塑料布，占不了多大的地方，一般个把小时就卖光了，并不影响业主进出，物业也不好意思说他，就由着他摆。来熟了，倒成了我们小区的一道风景。我老公张伟就认定了他这一家，蔬菜必须是这个老赵伯出产的。张伟说，就图个放心，新鲜安全没农药。我取笑他又不是火眼金睛，有没有喷施农药，你看得出来？张伟得意地"喊喊"笑："我找食检部门的同学偷偷检测过几次，保证绿色环保无污染。再说了，看老赵伯那个老实相，我也信他是那种想说谎都说不圆的人。"然后就给我指派了这个任务，每天下午在老赵伯这儿挑几种蔬果拿回家，"你反正又不上班。听明白没有？"

张伟有单位，有工作，我没单位，当然也没地方上班。一个女人，没工作，说好听，也有人以此为荣的；说难听，我自己都不想说。没工作，就没人发工资，收入就无法保证，虽然我有时候拿到的钱并不比他的工资低，但总归属于那种朝不保夕的状态，底气就不硬，听老公的话也就成了名正而言顺，一副三从四德相。所以，每到这个点，我就当成是散步，从九楼的楼梯下来，电梯都不坐。走到这儿，老赵伯大概刚摆下一会的样子。有时候，也有我早到几分钟的，老赵伯就会解释，路上堵，"现在城里的车太多了，三轮车都过不来。"他骑的是一辆小型的三轮车，小到上面只能坐一个小孩。现在好多爷爷奶奶有不少是用这样的三轮车接送孙子孙女上下幼儿园或者小学的。

我在手机上回复了几个字："嗯，怎么啦？"发给姚夏后，就把手机装进裤兜，走到老赵伯的摊位前，要了几个老玉米，一把菜。老赵伯用老杆秤一称，说："5元3，你给5元。"装上袋子后，又加了两个青辣椒，递给我。我付了钱，接过袋子，站到老赵伯的身边。依照惯例，这个时候还几乎没有人来买老赵伯的菜，我喜欢利用这个机会跟老赵伯聊上几句，换换脑子。一天到晚在电脑上写稿用脑，都快没激情了，乏味得很。老赵伯平时话不多，但我已经发现是他主动性差，如果能提示他几句，未必就不爱说话。在老赵伯的肚子里，最多的就是他们村里的故事。某家的媳妇不孝顺公婆，偷婆婆的存折和身份证去银行挂失，银行不给办，跑到村委要求村干部出证明，村干部特意跑到家里一了解，婆婆才晓得存折被媳妇拿了，又气又急，又不敢跟儿媳妇吵架，气得要投河。谁家的租客竟然在租房里吸毒，叫警察给抓了。还有谁家的一块祖上传下来的玉器卖了二千元，后来听说被人家带到了香港，卖了一百多万港币，后悔得快要疯了。你只要一诱导，老赵都能一五一十地讲给你听。

我拿出手机，没看到微信上姚夏的回复，就问老赵伯："老赵伯，今年收成不错嘛。"老赵伯面挂笑容，说："不错不错。"我提示他："今天村里发生了点啥好玩的，说说？"

姚夏是我很聊得来的好朋友，漂亮熟女一枚，三十零几岁，重庆人。其实我跟她只见过一面，还是在上海的地铁上。正宗上海人容易欺外，我浙江一个县级市的市民，在上海人眼里，是理所当然如假包换的乡下人。几年前第一次在上海坐地铁,不知道怎么拿地铁票进站,东塞西塞怎么也进不去,后面的上海女人不耐烦推了我一把,骂我"戆大",是旁边也要进站的姚夏出头,帮我怼了上海大阿姐几句。因为这个意外,我看姚夏左手不单拎了自己的坤包,右手还提了一个不算太小的袋子,就帮她拎进了地铁。后来就在一起坐了几站,是姚夏主动加了我的微信,然后各奔东西,再也没有见过。但在微信上聊几句,问候一声,已是成了每天必须的功课。慢慢地便成了无话不谈的好朋友。我知道姚夏在重庆有一家核桃店,在峨眉山包了二百多亩核桃林,专卖自家的核桃产品,生意说好呢,也不算太好,但也不能说不好,算是不愠不火的那种,但家里有辆五十几万的奥迪和一套二百坪带独立院子的房子,就是用核桃赚回来的。每年我都能收到姚夏从重庆寄来的核桃,味道和创意都算与众不同,颇有个性。我也会在杨梅上市的时节,空运过几次杨梅,如此而已。

关于家庭,我没问过姚夏,倒是姚夏自己偶尔说过一点。看她的微信朋友圈,知道她有一个在读小学的女儿,漂亮听话,学习成绩也不错。她的身边,总是来往着一些电视台主持人,出版社的社长,报社的编辑,大学的教授,医生,警察,诗人,某市市长的夫人,某部师长的老婆。这些人无一例外的,都是女性。有时候我特别好奇,笑着问她是不是性取向有问题,这个时候她总是傻呵呵地说,"惭愧惭愧,没有男人要啊,太失败了"。我当然知道这不可能,以她的容貌和能力,只要她愿意,追求者肯定是不会少的。

所以,当她告诉我她闯了祸,我是一点也不担心。凭她,又能闯多大的祸呢。凭她,就算闯出大祸来,又能把她怎么样呢。

老赵伯把三轮车上的几把葱也取出来放在玉米旁边,用脚踢了踢随带着的小板凳,挪了个位置,坐好,咳嗽了一声,才说:"有啊,怎么会没有好玩的事呢。"然后露出他标志性的笑,右嘴角明显往下歪斜,才接下去说:"离我家三斛屋的'傻头阿迪',上山掏笋,掏出了一只瓷瓶,相相样子还不错,带回家摆得屋里。后来被我们村对河面的收瓷器格'饭碗阿三'看见,才晓得这是给死人用的东西,叫做'魂瓶',

你说晦气不晦气。'傻头阿迪'吓得拿出去赶紧丢在了河塘边，后来也不知道被谁捡走了。捡的那个人跟'傻头阿迪'一样，肯定也是个'木乱'。"

　　我的微信朋友里有几个玩收藏的朋友，平时也在看他们的微信朋友圈，时间长了，也知道一点"行情"，一听就替"傻头阿迪"着急："老赵伯，'魂瓶'说不定是只越窑，值木佬佬钞票哩，丢了太可惜啦。现在这东西人家可是当作收藏品好好珍藏的，应该先请懂行的人看看，怎么能说丢就丢呢，可惜啦。"被我这么一说，老赵伯张大了嘴，露出豁了好几个口的牙，一拍大腿说："不用说了，'傻头阿迪'一丢，肯定被'饭碗阿三'捡走了。这个'盗生'是有点不三不四的，说不定就是想让'傻头阿迪'上当，等着捡这个现成便宜。"说完连连摇头。

　　看老赵伯情绪开始激动，我只好反过来劝了他几句："我也只是猜想，不一定就是这样。"

　　老赵伯连连摇头，忿忿不平地说："不会的不会的，你们城里人脑子灵光，肯定猜得中的。我回去要跟'傻头阿迪'说说，要他当心'饭碗阿三'这个盗生。说不定这个辰光，'饭碗阿三'正在家里看着越窑魂瓶得意忘形呢。"

　　我还想劝老赵伯，微信里传来了姚夏的文字："我看到小时候的丫环了。"

　　我向老赵伯挥挥手，说："我说的不作准的。"算是打过招呼，闯了祸，还是赶紧溜的好，再说下去，说不定还要给老赵伯火上浇油，要闯大祸的。拎着装了蔬菜的袋子，往小区里走。右手给姚夏回复："是不是以前欠了她的工钿没给，现在来要账了？"

　　姚夏打字的速度明显要快我很多，很显然，她在说好上一句"我看到小时候的丫环了"后，不等我回复，就直接打下去的："她是通过我们小时候共同的一个邻居，才知道我现在重庆城里，又通过了好几个人，终于打听到了我的手机号码，就打电话给我了。哦，对了，她叫林雅仙。"

　　我还是开她玩笑："挺好听的名字。你一定是欠债不还，否则人家怎么还会记得她以前的雇主。"

她却仍是一本正经的样子,一点也不像她平时的风格。平时跟她微信聊,不时会带上几个表情包,今天却一个也没有,干净得只剩下了文字:"她问我过得怎么样,我说做点小生意养家糊口。"还没等我回话,她又过来一行字:"我才晓得这句话闯祸了。"

我十分不解:"怎么会呢?"姚夏平时跟我聊天的时候,也偶有类似"做点小生意养家糊口"的话,我没觉得有啥不对啊。

姚夏这时甩来一个大表情,然后就开始了语音,用她标准的重庆普通话说:"她说她过得很好,现在就在上海打工。我知道她小时候就去了她上海舅舅家,我们俩就是从那个时候分开的,后来就再也没联系过。她告诉我,她嫁给了一个在上海的江西人,现在在上海一家四星级的大宾馆做保洁,一个月有四千多元的工资。她的老公也在那家宾馆做保安,是小队长,管着手底下四个保安,工资跟她差不多。她要我去上海找她,她能介绍我也到她们宾馆做保洁,只要勤快些,工资一定能跟她一样多。"

我猝不及防,一时间宁波乡下话也是冲口而出:"其真正介实在么?"

姚夏"咯咯"笑了几声,问我:"说啥子呢,没听懂。"

我才想起来,忍住笑,改用普通话说:"她也太实在了,你是怎么回答她的?"姚夏说:"我一开始是告诉她不想离开家乡,到上海去谋生。以为这样一说,事情就过去了。"我越发好奇,问:"还有后来么?"

姚夏说:"要是没有后来,我也不用这样为难了。这事吧,其实是去年年底就发生的,我也没跟你说,想反正跟你一点关系也没有。"

我也觉得这事跟我没关系,再说了,我也不觉得这事有多严重。姚夏却说:"今年过年,她给我女儿在邮局寄来了600元压岁钱,还有一套服装,我才知道事情有多麻烦了。"

我说:"怎么还用邮局汇款啊,你俩没加微信?她一看你朋友圈,不是什么都明白了么?每天晒美肤晒美食晒美景的,谁一看都知道你是富家大小姐。"姚夏说:"她当时说要给我介绍工作,当保洁员,又叫我加她老公微信，我就只好说我没有微信。她也高兴地跟我说，她也不会玩微信，所以也没有微信，只有她老公有。我可更不敢跟她说了。"

这时候我已走到了我们单元的电梯口，我走进电梯，电梯里没有人，我继续在微信听着姚夏说话："她在电话里跟我说，这 600 元是给我女儿的压岁钱，叫我不用攒着，都给孩子买营养品，孩子正是长身体的时候，别舍不得花钱。那套服装是运动服，她特意买大了一号，现在孩子长得快，怕一下子就穿不着了。我听着她给我的安排，说实话是真心感动。可越这样，越是不敢告诉她实话。"

我问她："她怎么对你这么好呢，你们俩以前只是邻居？"

姚夏说："也不算是邻居。她妈妈在生她以后，精神就不太正常，后来发展到越来越厉害，一出门就乱跑，走丢过几次。他爹的身体又不是太好，政府考虑到实际情况，给她爹安排了一个邮递员的职业。这事当时是我爸给安排的，他当时是我们县一个基层的小书记，还能说得上话。还把她们一家安置到离我们家不远的单位宿舍。她比我大了两岁，当时她 10 岁，因为开学迟，换了学校后，又留了一级，就跟我同班。她个子发育得迟，她的衣服都是我妈把我穿过的衣服送给她穿的。我们一起上学，一起做作业，从来都是以我为主，她没有不听我的，所以我说她是我的丫环嘛。"说到这儿，姚夏顿了一顿，又发来一段语音，一开口就"咯咯"笑："是她自己说要给我做丫环的，可不是我自己想出来的。"

我大致听明白了，说："这一次，她一定有了丫环终于帮上小姐的自信了。"

姚夏说："我也不知道，也许吧。她是听别人说的，我已经离了婚，所以一定要我带着女儿去上海。她告诉我，一定能帮我把女儿送到上海当地的学校去上学，上海的教育肯定要比重庆好，对孩子成长有利。我们可以住在她家里，不用出去租房子住，这样最省钱。她怕我觉得去上海路远，怕路费贵，第二天自作主张就又给我寄来了 2000 元，要我准备准备尽快去上海。如果我不敢出远门，他们夫妇二人就来重庆接我去上海。"

说到这儿，姚夏又加了一句："欧阳，我怎么办啊？我都愁死了。"

我出了电梯，开门进了屋，把菜放在厨房，转了个圈，还是不知道给她出个什么主意。从整个事情听下来，应该说是话赶话，一步步的误会才走到这般地步。到了现在，林雅仙这么热心，姚夏如果再如实相告，肯定会把她的自尊心重重伤到，又怎么能说得出口。

我还没有想出主意来，老公张伟的微信过来了，传来了一张短裙的照片，问我喜不喜欢，我如果喜欢呢，他就帮我买下来。张伟最大的一个爱好，就是给我们母子俩打扮，他们单位真的是一个福利单位，事不用多做，工资却挺高。张伟上班时无聊，就努力培养自己这个爱好，而且给我买衣服，比给儿子买都多，因为我从不挑剔，只要他觉得好就行。而且事实也是如此，他觉得好的，经过他再三核定尺寸，几乎很少有退回或退换的单子，我穿着出门，大家都觉得漂亮。姚夏就夸过我，说第一次在上海看到我，觉得我一点也不比他们上海人逊色，反而更前卫，像重庆人似的。我仔细看了看图片，里面有四五种颜色，挑了一种浅蓝色，又把图片传了过去。

姚夏说："喂，卡住了？"我说："想主意呢。"

姚夏却说："你先不忙想主意，听我说下去，麻烦事还在后头呢。"我一听倒乐了，说："好嘛，你索性都说出来，让我高兴高兴。"

这话一松手，我都能想象得到姚夏在重庆那头翻白眼鄙视我的表情，她说："我呸你。别打岔，听我说。你不知道，那天她竟然来了重庆，转了好几辆公交就找到了我的店。幸亏我留的是店里的地址，要是家里，还得更糟糕。"我打了几个"哦哦"，继续听她说。姚夏说："她走进店里，我正好从办公室出来，迎面就见到了她。我根本就没想过她会来，也没想到来的这个人就是她，变化太大了。她倒是一眼就认出来了我，马上拉住我，上下打量着，就不停掉眼泪，好像我受了多大罪似的。欧阳，你说，我有那么惨吗？"

我又开她玩笑："难道她就看不出你的养尊处优来？我隔着这么几千里都能看出来你脸上的一层粉都值老鼻子钱了。"姚夏打来一个"去"字，又说："那天我恰好跟一家供货商合作了一个新产品，从工作室直接到了办公室，穿的就是工作服。要是你看了，肯定也看不出我的养尊处优。"然后又传来一个"得意"的表情。

我还没来得及回复，她又发来一段语音："我赶紧制止了她继续可怜我，并把她带到了附近一家小饭店吃中饭。她到我店里都近一点了，她自己说在公交车上已经吃过上海饼干了，不饿。后来又抢着付钱，我也是，点多了些，付了二百多元，虽然她努力装出不在乎的样子，但我还是能看出她在心痛钱。罪过。"

我在想应该劝姚夏快把真相跟林雅仙说了，姚夏又说过来了："她这次来重庆，是带她的婆婆来重庆看病，两个人只买了一张硬卧票，花 30 个小时从上海赶到了重庆。她说老家那边有一个老中医看肝病很有名，她小时候就知道的，医术好，中药也便宜，没啥副作用。问过老乡，那个老中医还在，就带着婆婆来看病。其实呢，她也是想来看看我。吃过饭，她就非得要带我去服装店给我买几套衣服，我不要，她还生气，她越真诚，我越不敢说真话，愁死我了。"

然后发来几个愁眉苦脸的表情。我也不回复，等着她说，果然，她又说："正好我核桃店不远有几家服装店，是小区门口附近的架空层改造的店面，就带她过去了。她是一个劲儿让我挑，不要怕花钱，我只好挑了一件衬衣，她还不肯，非得让我多挑几件，最后我说没有喜欢的那种款式，以后到了新货再来挑不迟，她才罢休。又自作主张给我女儿挑了两件，然后就跟店家谈价，一直讲到三件衣服总共 180 元才付了钱。走到门口，还用上海话跟我说，像她们这种卖服装的人都是很会骗人的，不用太客气。说我太老实，如果相信她们的话，就上当了。欧阳，我很老实吗？"

我终于抓住了说话的机会："你不老实，是太啰嗦，哈哈。"

姚夏说："敢嫌我啰嗦？哼哼。"然后又说："晚上我去她婆媳俩住的旅馆，那真的是简单，两人房间，才 50 元一晚，你说能好到哪儿去。她婆婆瘦小得让人心酸，精神倒还好。我带了一支高丽参，一个闺蜜送我的，据说不错，我也不知道好坏，但她家公公是开大公司的，估计别人也不敢拿次货骗她。另外带了一些营养品，是我刚买的，尽量挑小包装的，大包装的又怕吓着雅仙，以为花钱多。第二天她俩要去乡下看病，我怕她俩路上换车又折腾，就跟雅仙约好明天找朋友借了车送她们过去。雅仙一开始还不让，说开车费油，花那钱干嘛，坐公交也挺方便的。我骗她说车是人家公司的，不用自己花油钱，她才同意了。"

我不由得夸奖了姚夏一下："处理得挺不错呀。"

姚夏显然是叹了一口气，才回我的话："就是去了乡下后，才更让我为难的。"

我没回她的话，果然不到一分钟，她的语音又传过来了："本来挺顺利的，到了老郎中家，郎中八十岁多岁了，胡子眉毛都是白的，一看就觉得是个老神医，能包治百病的那种。老郎中给雅仙的婆婆切了脉，道出病情，真是十不离九，开了方子，又另外拿出一味药给雅仙，叫她回去以后，照这个方子买药，煎药时把这味药放进去，估计吃上三七二十一帖药病就能好了，如果还不好，再吃七帖。说得雅仙和她的婆婆都挺开心。"

我听她的话意，估计快到高潮部分了，更是不回话，怕一打扰，岔开了话题。姚夏说："偏偏就在这时候，我却发现自己带着的手表不见了。我一着急，张开就是一句，啊呀，我的表呢。"说到这儿，姚夏又叹了一口气，继续说："后来想想，不喊这一声反倒好了。"

我也着急，问："表肯定带出来了？"脑子里却在想，说不定忘在家里呢。

姚夏说："雅仙也是这样问我的，可一路上我看了好几次时间，肯定是带出来的。"

我为自己跟林雅仙是一样的想法，而自卑了一下，随之却又觉得跟雅仙这样厚道热心肠的人同样思路，应该高兴才对啊。可我一点也高兴不起来，表没找到，摆在雅仙和姚夏这样两种性格的女人面前，肯定会是一个大麻烦。

"我们在老郎中那里找了一下，没找到。这时候也没人来过，一定不会是在这儿掉的。我们三个人都觉得最大的可能，是早上在路边一家点心店吃早餐时掉的。我再三说算了算了，可雅仙觉得是因为她的事才让我丢了手表，自责得不行，既然找不回来，就非要买一只给我。我说不要不要，她就生气，眼泪都急得掉下来了。我只好说手表不值钱的，才多大的事啊。没想到她竟然认识我带着的手表牌子，倒底是大上海来的人，在宾馆里见的有钱人多了，连百达翡丽也认识，她说你戴着这样牌子的手表，昨天就多看了几眼。你当然是带不起真的，真的百达翡丽最便宜也要十多万呢，但就算是假的，好一点的起码也要几千元。非得要买一只高档次的假百达翡丽给我。"

听到这个时候，我五味杂陈，已经不知道应该怎么样回姚夏的话了，只能机动的问："然后呢？"

姚夏说："我当然不肯要她去买一个假的百达翡丽给我，真的我也不能要啊。雅仙对重庆的商店又不熟，我不肯带她去买，急也没用，也就无奈地没再说了。没想到，前几天来了一个快递，是雅仙从上海寄过来的，就是一块手表。我打雅仙电话，她在电话里告诉我说，这块表是她托人买来的，在上海算是顶级的假百达翡丽，就算送到当铺，都不一定能鉴定出来真假。最后她还得意地告诉我，才三千二百元，如果换别人去买，一万元都不一定能买得来。"

"欧阳，我怎么办？"姚夏情绪低落地说。

我的脑筋也转不过来，只好说："你让我想想。"

姚夏说："她来重庆这几天，我多少也了解了一些她的情况。她的老公是江西人，他们在上海认识，上海生的第一个儿子。三岁时带儿子回江西老家，火车上就被人偷了，后来也没找回来。现在这个八岁的女儿，是她的第二个孩子，偏偏又得了小儿癫痫，发作频繁时，学也上不成，婆婆身体不好，婆孙两人整天关在上海的出租房里。说实话，拿她的钱，每一分都让我觉得自己是在犯罪。"

听到这儿，我突然听出来，姚夏说是想听我的主意，其实她自己可能已经有了主意。我索性问她："你打算怎么办？"

姚夏说："这几天我想来想去，我得来一趟上海，见见雅仙。你离上海近，能不能过来陪我去一趟？你又没班上，嘿嘿，陪我嘛。"

我说："下岗工人就是这么遭人歧视的。好吧，你几时过来？"

姚夏这次没用语音，打了两个字过来："稍候。"不到一分钟，她就发来一个"携程"网站的截图，她已买好了明天上午九点半重庆飞上海虹桥的机票，然后飞来一个表情，说："欧阳，我的宝贝，明天见。"

　　我是在张伟下班回来，跟他说过以后，才在 12306 买的高铁车票。张伟早就知道我有姚夏这个重庆朋友，自然不会反对，再说了，借他几个胆也不敢反对，我跟他商量，只是履行一个必要的手续而已，呵呵。只是听了姚夏和林雅仙的故事，张伟也是唏嘘不已，只能说："当时一开始解释清楚就好了。"我问他："这么实在的人，你碰到过？"张伟转过了头，盯着我"嘿嘿"了一声，说："我天天睡的女人不也这么实在么。"三秒钟后我才转过味来，狠狠擂了他一拳，却被张伟一把搂进了怀里，色迷迷贱兮兮地说："老婆明天不在身边，今天得好好利用利用，可不能浪费了。"

　　第二天早上是张伟送我去的高铁车站。我到上海虹桥火车站，从地铁通道步行就到了虹桥机场接机口。姚夏的飞机竟然准点起飞，她从机场出来，我才刚到了三四分钟，就好像都是掐着点过来的。虽然几年没见，但姚夏总是在微信朋友圈晒她的玉女照，那个形象我是太熟悉了，一眼就见到她从里面出来。不过姚夏今天却换了浅米黄的一身职业装，平实得跟平时的她换了一个人似的，倒是那条淡蓝的围巾随意地搭在肩上，还是显出了她穿衣的品位。虽然天天在手机上聊那么几句，但面对面时，我却还是有了几分腼腆，这没办法，我的性格就是这样，挺不善交际的。她却一点生分没有，拉住我就叽哩呱啦一通重庆话，听得我一愣一愣，她却开心地笑，说："走走，先去吃饭，饿死我了，灰机上的食品我可不敢多吃，太腻了。"

　　这几年我一直在给上海的几家杂志投稿，也常来参加他们单位的活动，倒是对上海比较熟悉了，不像那次刚认识姚夏时，是第一次来上海，地铁也乘得一塌糊涂。我们坐地铁直接来到徐汇区的一家上海名小吃店，因为林雅仙工作的那家宾馆，就在衡山路上，离这儿很近。说是小吃店，店面却很大，客人也多，但因为不算是旅游旺季，倒不用排队等座位。找了一个靠窗的位置，点了几样上海名小吃，南翔小笼包，生煎馒头，开洋葱油拌面，薄荷糕，三鲜小馄饨，擂金团，排骨年糕。量都不多，除三鲜小馄饨要了两份，其他各都要了一份。

姚夏吃得津津有味，说："行啊，欧阳，老上海了嘛。"我吃着擂金团，瞪了她一眼，说："敢说我老。"姚夏说："你不老，你是小上海，行了吧？小拆佬。"我乐不可止，说："行啊，上海骂人的话都会了，是不是新认识了上海男人？"姚夏说："我倒是想呢。你又不是不知道，我有男人恐惧症。"这话姚夏跟我说过几次，自从跟她老公离婚之后，她就失去了对男性的兴趣。但对女人，同样也没有性趣。以姚夏的话说："如果还能碰到一个让我怦然心动的男人，我想我依旧会不管不顾地追上他。"

然后我俩就聊到了林雅仙，我问她："想好怎么做了？"

姚夏点了点头，随之又摇摇头，才说："嗯，我想我还是得实话实说。我怕一个人说过头话，转不过来，伤了雅仙的心，同样还是麻烦。你陪着我，我胆子也大些，有转不过来的地方，你帮我圆回来。"我说："这才对啊。本来就很简单的事，给你硬生生弄复杂了。"姚夏却忧心忡忡，用筷子挑着拌面，说："你是没见到过雅仙，真正个实心人。我真怕我一说，把她给重重地伤到了。要不我还能至于这样为难吗？"

我说："见了面，咱俩随机应变，耐耐心心慢慢说，我想总能说得清楚的。"姚夏说："我这次特意来上海，就是得把这件事给办了，否则我都要抑郁了。"

吃过午餐，我俩依着衡山路向前，这儿的十字路口，有一家四星级的宾馆，雅仙就在这儿上班。到了宾馆，我俩也没联系林雅仙，而是直接到服务中心向服务经理打听。姚夏说林雅仙到重庆找她，也是事前没联系的，"她给了我一个惊吓，我也要还她一个惊叫"，姚夏装出没心没肺的样子对我说，但我当然知道她现在是一肚皮的官司。然后，连服务经理竟然都不知道有一个保洁员叫做林雅仙的。后来说到她的老公也是这家宾馆的保安时，服务经理才疑虑地说："你们要找的不会是保洁组的二嫂吧？她倒是重庆人，老公也是这儿的保安，有个女儿七八岁。可她真名叫什么，我真不清爽，大家都是叫她二嫂的，可能她老公排行老二吧。你们稍等，我问问财务，他们要发工资，名字应该清楚的。"说着就拿起了电话，在电话里用上海话说了几句。一会她放下电话，对我们说："二嫂就是你们要找的林雅仙。你俩是她的什么人？"

姚夏告诉她说，是朋友。

服务经理说："可惜。"

姚夏问："怎么啦？"

服务经理转过了脸，不看我们，却说："你们来迟了。"

"来迟了？"姚夏与我都不解。

服务经理点点头，才转过头来看着我们说："二嫂在五天前，刚刚死了。"

姚夏一阵眩晕，伸手扶住了桌角："死了？怎么可能。"

服务经理说："是真的。"随手在办公桌上一堆报纸里挑出一张报纸来，说："还上了报纸呢。你们自己看，凶杀案啊，罪过格。"把报纸摊开来推到姚夏的面前，指着靠左的版面上一行标题《我市昨发生一起命案，一名外来女殒命，凶手十八小时后落网》，说："就是这一篇。"

姚夏一脸茫然，我就把报纸拿了起来。服务经理说："二嫂这个人老实是出格的，心又很热，是我们宾馆年年的先进分子。据凶手交待，他是刚来上海找工作的，工作没找到，袋里的钞票却没了，又没地方住，四处游荡。正好二嫂下夜班回出租房，路过一条小巷，凶手临时起意，一闷棍就把她打晕了，拖到暗角落，却只搜到一只老式手机，还有十二元钱，当然不甘心。那个畜生大概也好久没近女人了，索性又把二嫂给奸了。二嫂被那个畜生一折腾，醒过来伸手在地上摸到半块断砖头，就砸，手软无力的，又能有多大力道。那个畜生吓了一跳，夺过砖头，怕二嫂喊叫，就拼命地砸她脑袋，砸得血肉模糊，不用说有多惨了。"

姚夏一下坐在椅子上，目瞪口呆。五天前，正是姚夏打电话问雅仙的那一天，雅仙得意地告诉姚夏，托人很便宜地买到了最顶级的假百达翡丽。没想到，到了深夜，她却去了那个世界。

我问服务经理："她老公呢，能否麻烦帮我们联系一下。"

服务经理摇摇头，说："已不在上海了，刚回的老家。他们这个家，本来就靠二嫂撑着。二嫂的老公也是一个老实得一棍打不出一个屁来的人，他老娘有病，女儿也有病，他一个人怎么照顾得过来。昨天办完了二嫂的后事，就带着骨灰和他的老娘女儿，回老家去了。"

姚夏泪眼婆娑，抬起头问服务经理："有他的电话吗？"

"那有的，"服务经理翻开一本小册子，找出雅仙老公的电话，指给姚夏看。雅仙的老公叫杨德生，姚夏直接就拨打电话给杨德生，铃声响了好久，电话那头才有声音："在呢。"一听就感觉有气无力的，懦弱的。也难怪，能干的老婆说没就没了，家里所有的事情都压在一个老实人身上，可想而知有多重的压力。

姚夏说："杨德生吗，我是雅仙的朋友姚夏。"

电话那头说："哦哦。找雅仙啊，雅仙不在，雅仙不在。"话没说完，竟然就把电话给挂了。姚夏再把电话打过去，却再也没人接听。

姚夏看着我，愣了半天，说："怎么办？"

我问服务经理："有他们家里的地址吗？"服务经理说："有他的身份证复印件，我找出来。"不一会找到杨德生的身份证复印件，姚夏拍了一张照片，对服务经理表示了感谢，才离开了宾馆。

我回来后，虽然仍是跟姚夏每天聊上几句，但都不敢碰林雅仙这个话题。直到半个月之后，才听姚夏主动说起，她回重庆后一直打杨德生的电话，手机却关机了。后来根据身份证上的地址，通过最原始的写信，写给了那边的村委会，通过村委会的干部，跟雅仙的女儿接上了对，不但出钱帮她治疗癫痫，还每个月寄钱给她，约定直至她大学毕业为止。知道林雅仙婆婆的肝病还没有痊愈，又去找老中医取了方子配了药寄去。

姚夏跟我说："杨德生一直没有跟我联系。欧阳，你都不知道，帮助一个老实得过分的男人，有多么的艰难。"

原载《浙东》2018 年秋季号

# 一场轻描淡写的葬礼

## 俞　妍

## 1

曼芳不曾想到，她要去参加这个葬礼。

别班都有同学代表参加，我们好歹也得表示一下吧。我再不济，当年也算个班长……杨莉在手机里打着官腔，曼芳的耳朵里像灌进了热水。

明日一早，我来接你。杨莉咄咄下达命令。曼芳坐在椅子里，呆望着虚空，几只蝌蚪状的小黑点在眼前飞舞，定睛细看，什么都没有。她张开五指插入头发，顺着发丝往下捋，手指摩擦头皮，有一丝钝麻。

快到下班时间了。这几个月，曼芳回娘家吃饭，总是掐准饭点赶到。倘若太早过去，父母欲言又止的样子，很让她手足无措。她整理着办公桌，一件件拆着自由来稿。那些作者在来稿中加附的信件，犹如淘宝购物中赠送的小物件，她挑了几件靠谱的，塞在抽屉里。

暮色来临，回到娘家，天已暗蓝。推门进屋，一切如同往日。母亲在厨房里忙碌，父亲仰在沙发上翻报纸。饭桌上，摆着几个曼芳爱吃的菜。曼芳分发着碗筷，有一搭没一搭与父亲聊着。父亲用老花镜的断脚戳了戳报角道，这个陈明鸿以前是不是你师范里的老师呀，年纪也不大嘛。他放下报纸，起身去洗手。曼芳用筷子拨了一下报角，看见上面刊登着"河马"的讣告。她咬着筷头，读了一遍，默默地把报纸搁到报架上，坐下吃饭。糖醋小鱼干有点硬，轻轻一划，舌尖就冒出一股血腥。

母亲问，小龙什么时候回来。曼芳顿了顿说应该这周末吧。母亲哦了一声说，小龙的羊绒线衫她已经织好了，周末回来让他试一试。曼芳应声好。这顿饭吃得比往日更安静。曼芳吃了大半碗，就开始滑手机屏。其实，微信朋友圈里没什么好看的，她的拇指就是停不下来。

等父亲吃完碗里最后一粒饭，曼芳就起身了，说晚上赶稿子，得早点回去。母亲没说什么，把早就准备好的水果拎给她。晚上不要熬夜。母亲一如既往地叮咛着。曼芳把水果挂在自行车的把手上，推车出门。

入秋后的夜空像一块古旧的墨玉，空气里散发着淡淡的薄荷香。月光下，发白的水泥路河水样漂着，浮在上面的旧式楼房，酷似二十多年前桥城师范的教师宿舍楼。二楼最东边的那间小屋里，白炽灯泡散发的光映着青灰麻纱窗帘，一个清瘦的身子微弓着趴在书桌前，他发紫的厚嘴唇微微蠕动着，念的该不是茨威格的《一个陌生女人的来信》吧……

他死了！曼芳望着头顶的眉月，对自己说。眉月的下端，两颗星星像垂挂的眼泪，很危险地悬着，却迟迟不落下来。而此刻，她却感到自己异常平静。她甚至能听到自己的呼吸，那么平缓那么轻柔。

凉风袭来，棉麻衬衫的肥大袖子鼓起来。曼芳缩了缩脖颈，发现自行车驶错了道。

## 2

"谯楼打罢三更鼓，官人他独坐一旁不理我……"门卫大爷又躺在藤椅上听越剧。曼芳喜欢昆曲，不怎么懂越剧。但她记得男人搬走那日，门卫大爷的大屏幕手机里唱的也是这段。那是个面貌姣好的花旦，唱腔里带着很重的鼻音。她甩着水袖，莲步踌躇，一句一句诉说着初为人妇的凄楚和孤独。那日晚上，曼芳一个人撒开四肢仰躺在当年的婚床上，脑子里一直盘旋这段声音。后来，她在网上搜到这段，得知这个戏叫《碧玉簪》。

大记者，门卫大爷起身从报箱里取出一个牛皮纸袋递过来。曼芳很吃惊。从来没有人把东西寄到这里，她所有的通信地址都是留单位的。

曼芳没有多想，到家后拆了信。牛皮纸袋里掉出一张蛋白纸和几张宣纸。宣纸上画着国画，是那种老干部体的梅兰竹菊，用笔僵硬，着色缺少层次。信写在蛋白纸上，过于端正的楷字，简直跟印刷体一样。来信者自我介绍已年过七旬，问曼芳是否在一周前收到他寄来的诗词集。曼芳努力回忆着，一点想不起来，估计是收到后一翻无聊，随手丢在垃圾桶里了。来信者又说，他好不容易从朋友那里打听到她家的地址，原来他家距她家不远，坐地铁也就十来站的路。你知道城北的木禾小区吗，这个小区名还是有点来历的……他很饶舌地说道，他在报纸上看过曼芳的照片，像个资深作家，眉宇间早已褪去中学女教师的刻板。他狡黠地说，他会看相，下次有机会见面，帮她看看这两年"写运"如何……

老顽童，曼芳笑了一下。看完信，她才知道老人要她两年前出的那本随笔集。她翻了一下书柜，一本也没有。她的作品集大多放在阁楼上。这么晚了，找梯子爬楼，很不方便。

曼芳把老人的画纸和信件塞回牛皮信封里。今晚她想修改一个短篇小说。光标在字里行间闪烁着，却一个字也看不进去。她摸着鼠标，随手点开百度，一个名字在键盘里跳出来——陈明鸿。如电流通过，页面上奔出一溜"陈明鸿"，一个个有着不同的指向。曼芳一页页耐心点着，点了十来个页面，才出现门球协会、老年大学、桥城等条目。这个"陈明鸿"大概就是"河马"了。曼芳一条条点进去看，里面除了文字新闻，很少看到照片。有一张照片倒颇为清晰，一群老头老太穿着一式的球服，做着挥球的姿势，却没找到"河马"的面影。

曼芳拍了一下键盘，趴在桌面上。偌大的书房，像一架停止了运作的机器，几乎没有声息。她只听到自己的转椅在嘎吱作响。虽说闭着眼，透过青灰色麻纱衬衣的袖子，还是能感受到一丝白光。这世界，想要躲开片刻都不可能。

不知趴了多久，曼芳摸到手机。微信朋友圈里，曼芳还是没看到小龙的照片。那个男人搬走后，没有屏蔽她，却再也不发儿子的信息，似乎唯恐被她捡了便宜。

窗外，似有火车驶过，隐约的声音中带着微弱的忧伤。曼芳索性和衣倒在床上。窗帘没有拉紧，月光漏进来，在床头的墙壁涂上一层银蓝的釉。曼芳觉得自己像一头衰败的牛，在梦里暗自反刍。

# 3

一夜无眠。

总算挨到天亮。曼芳费了很大的劲，把自己弄到单位门口，见杨莉已等不及了。坐进车，曼芳连打哈欠。这些年来，只要一失眠，第二天必定头脑胀痛，四肢无力。

穿过高峰路段，杨莉终于开口了。她说在师范同学中，她最佩服曼芳了。只有你在活自己。曼芳吃了一惊。这会子，她正对着小镜子搽隔离霜，手指用力一挤，霜泥落在黑西服的领子上。杨莉对着后视镜将头发，不理会她的惊愕。车载音响里，带着金属光泽的歌声喷涌而出。"回到拉萨，回到布达拉；回到拉萨，回到布达拉宫……"杨莉拧小音量，回过头来对曼芳抬抬下巴道，记得那时，"河马"也就在县报上发表几块豆腐干，我们就崇拜得不得了，现在你可是真正的作家了。她上扬的尾音压过郑钧的歌声。曼芳放下镜子，并了并膝盖，轻笑一声。跟杨莉在一起，曼芳总感觉自己又回到二十多年前——满满的压迫感呀。杨莉轻哼了一声，不再说话。曼芳也不作声，她们像一对陌生人在歌声里一路沉默。

驶过老年公寓，穿过烂尾楼盘，火葬场隐现在一片密林深处。驶进大门便听到排炮的巨响，一群人披麻戴孝从火葬厅出来，手里捏着香，几个小孩子高举着白旗幡。他们的面前，一支铜管乐队一边行进，一边演奏《好人一生平安》。这哭丧的架势不亚于运动会开幕式，让人毛骨悚然。

千秋堂在正对门，杨莉挽住曼芳的手臂走过去。一位穿黑西装的中年男子与杨莉打招呼。杨莉对曼芳介绍说是同级校友，又指着曼芳说，我们的大才女，知名作家。中年男子抖了抖脸部赘肉连道久仰，分别递给她们一朵小白花。

她们跟着他走进去。曼芳一眼望见高悬堂前的照片。圆润的菩萨脸，头发稀疏，前额光洁，眼睛微微眯缝，标志性的宽嘴巴上翘着。曼芳闭了闭眼，凑近杨莉，艰难地问，这是"河马"吗？是呀。杨莉别过头，恢复了她的校长脸。她指着右手边的花圈道，我帮你买的花圈摆在那里。曼芳吁了一口气，做贼似的寻找自己的名字，竟然发现自己送的花圈混在人大、妇联、政协群里。你好歹也是头面人物了。杨莉如是说。

曼芳又忍不住抬头，看"河马"的遗像。她盯着嵌在菩萨脸上的小眼睛，试图在遗像中寻找当年摄人心魄的魔力。这样死死盯着，眼里竟没有泪水，只感觉眼睛像直视了太阳，又痛又涩，几乎快要睁不开了。迷糊中，她似乎看到有人捏着话筒走到台前。哀乐也随之奏响，如一股阴冷的风将多年前的记忆席卷而来。

年轻时的"河马"长着国字脸，五官棱角分明，剑眉浓密，微陷的眼窝里暗藏着一丝落寞。他的嗓音略带沙哑，却别有韵味。"过去为没有得到而伤悲，过去也曾为失去而后悔……"那是师范一年级，"河马"教唱的歌。那带着磁音的乐符总是随旧风琴氤氲散开……

有人在轻声啜泣。曼芳瞥见站在前排的一位黑衣女人在擦眼泪，站在她旁边的杨莉也在吸鼻子。曼芳却感到双眼像枯井，没有一滴泪。只有一个声音施了魔咒似的，在耳边翻来覆去唱着："过去为没有得到而伤悲，过去也曾为失去而后悔……"

哀乐声消失了。一个秃顶男人走上去，捏着话筒念悼词。这个秃顶男人有着洪亮的声音，尽管他努力压制着，声音仍从话筒里爆出来。他从"河马"的出生说起，罗列他一生的经历和成就，尤其是退休后，作为门球协会副主席，劳苦功高，为门球事业鞠躬尽瘁。下面有人窃窃私语。曼芳才明白念悼词的是政协原副主席，退休后做了门球协会主席。她恍然大悟——"河马"为什么看起来如此陌生，原来他早已归属于门球。

掌声，不知是献给"河马"还是献给门球，让曼芳疑心这不是追悼会。一位中年男子上去接过话筒，曼芳辨认不出是不是刚才在门口分发白花的那位。他大概是作为学生代表来悼念的，发言十分煽情，夹杂着痛惜和感恩。他冒着红光的荸荠脸震颤着，薄嘴唇报出一连串成功学子的名字。曼芳听到自己的名字也在其中。让她震惊的是，她的名字被他浓墨重彩了一番，并像指认嫌疑人一样说她就在现场。哗，似乎有很多人转过头来，目光唰唰聚在她身上。她缩了缩脖颈，恨不得变成一只鸵鸟埋进沙子里。

　　坤包震动，曼芳趁机跑出去。一个陌生号码。潇潇老师吗？一个浑浊的声音传来。我给您寄的信有没有收到？对方像一个迟暮老人，中气不足，嗓子里卡着痰。曼芳想问，您是哪位，一开口却径直说，收到了。对于这样的老者，最好顺着他的意思来。能不能帮我提点意见？好的好的，我有空拜读一下。她没等对方说完就挂下了。

　　已经是遗体告别仪式了。每人拿一朵白菊花，排队绕遗体一圈。"河马"装在不锈钢棺木里，身上盖着黄色绸缎被子。曼芳突然想起他当年握着毛笔，在四尺宣纸上写"大江东去"的架势：青灰色西装贴着笔挺的背脊，大笔挥洒，腕臂间似有万丈豪情。

　　有人握住她的手，冰冷枯瘦的手。一个羸弱的老女人，颧骨高突，焗油过的黑发根下冒出尖短的白发。这应该是"河马"的女人吧。二十多年前，她曾无数次想象他的女人，面容姣美，举止优雅，浑身散发着书卷气。可眼前这双手，分明不曾捏笔翻书，而是日日洗灶台刷马桶的。谢谢，谢谢！老女人点头致谢。站在她旁边的两个中年女人，都长着酷似"河马"的脸。曼芳惊了一下，他竟然有这么大的女儿。她们也握住她的手。她瞥见其中一位额头上的皱纹，顿然羞愧地别过脸。

　　手机再次响起。又是那个嗓音混沌的老者。刚才手机信号不好，他说道。曼芳没有说是她按掉了通话键。那几张国画是专门送给您的。对方的声音像只噎食的老公鸭。谢谢，我已经看到了。她胡乱答道。那我就放心了，下次我们约时间见面聊聊好吗。好的。她再次按掉手机。

　　有人走出来，很多人陆续走出来。杨莉捏着发红的鼻头说，这算是散场了，人生就是那么一回事。曼芳点点头，她回过头想再看一眼"河马"的遗像，已被人流挡住了。

　　回到单位，已过了饭点。曼芳随便搞了一盘泡面，吸了几口就不想吃了。拉开躺椅歪躺着，脑子里似有虫子在叫。小龙什么时候过来？她给那个男人发了一条微信。对方很快答复了：明日上午九点吧。好。她很节省地回答道。她用一张纸巾盖住自己的脸。上午的追悼会，她其实很想看一眼"河马"的遗容，但此情此景，终究不许。

　　手机震动，那个男人又发来一条：听说你老师仙逝了，节哀哟，呵呵。她盯着"节哀"两字，打了个战栗。突然想起，多年前，她曾跟他提起过对"河马"的情愫，他竟记得这么清楚！

她顿然睡意全无，坐起身，漫无目的地挑拣着桌面上的各类信件。她不能确定上午的两个电话与昨夜的信是同一个人所为。但她还是翻出昨夜手机拍下的地址，给老人寄上这本书。

那份"节哀"，算是对我的关心吧。她旋转着固体胶想。当你注定要跟某个人彻底分离，又何必用放大镜细究他的每个毛孔呢。除了小龙，他已跟我毫不相干。

# 4

秋分过后，秋意越发浓郁了。空气里飘着桂花香，甜得让人发晕。手续终于办妥了，结束大半年的煎熬，曼芳并没有感到一丝轻松。走出民政局大门，她在台阶上踩了个空脚。小心！那个男人扶住她。一路走来，他始终扮演着谦谦君子的角色。有那么一瞬间，曼芳确信他本来就是这样的人。事实上，他只是个空心人。外表儒雅，内心冰冷，只是在小事情上表现得特别聪明。即使吃个煮鸡蛋，他都要讽刺她挑了个比他更白的。跟他在一起的十几年里，曼芳一直想明白他里面藏着什么珍贵的东西，就像牡蛎壳里是否藏着珍珠。可当她费劲地撬开他的外壳，发现那只是个空壳。

那日晚饭后回家，曼芳又收到了老人寄来的信。这回，曼芳记住了他的名字：林清寒。老人寄来一张照片。呵呵，有点民国范，清瘦的脸，笔挺的中山装，风纪扣扣得严严实实。细看他的眼，竟有"河马"当年的英气。老人在信里说，非常感谢曼芳这么快给他寄书，他很高兴。在秋日午后读曼芳的书，是人生的一大享受。一个读者最大的幸福，就是读喜欢的作家的书。他一改上次的俏皮幽默，试图与曼芳谈论贴近灵魂的话题，又欲言又止。信末，他约曼芳喝茶，说他们小区附近有个老茶馆，里面的普洱茶她一定会喜欢——读她的随笔集，他能闻到一股普洱茶的香味……

曼芳深吸了一口气。拉开窗帘，秋日清朗的夜空中，隐约见到山峰样的云团慢慢挪移，周围几颗星星微微闪烁着。这缥缈寥廓的世界，总有一些物质在互相呼应，慰藉一些孤独的灵魂。

她找了一张泛黄的老式稿纸，给老先生写了回信。脑子里盘旋了很多东西，落到纸上，却变成了一堆套路文字，无非是感谢赏识，然近日工作繁忙，又要出差，等忙后再赴茶约，云云。

曼芳用十分钟搞定了这封信，开始整理"河马"的古体诗集。这项业务是杨莉接来的。杨莉说，门球协会的老人得知有曼芳这么个人物，坚定了他们给"河马"出遗著的决心。诗稿都是杨莉发过来的。她说原本大多是手稿，她已经让学校里的文印室打成电子稿了。我们好歹要为当年的偶像做一点事吧。她在电话里叱咤风云，曼芳唯唯诺诺应着。有些角色最初的那一刻起就定位了，后来很难改变。但曼芳心中的反感却越发汹涌，冲击着她整理诗稿的热情，哪怕这是"河马"的遗作。

"课堂挥笔散芬芳，学校园丁育栋梁。妙趣横生成巧对，才思敏捷著华章。读书怨恨冬天短，教案情融夏日长。欢度青春收硕果，千秋大业永飘香。"一首《赞师》，从屏幕里跳出来，曼芳默念了一遍，头皮一阵发紧。这是"河马"写的吗？她分明记得他当年的词刊印在一本杂志里。记不清那是一本什么杂志，只记得封面上有一幅写意画，好像画的是某个古代诗人的头像。"长天万里秋霜紧，又见枫红。羞送征鸿，壮志如今已不同。"记忆中的图书馆很安静，窗台上的栀子花如仙子飘舞。曼芳甚至能听到自己的身体里发出乐音，像一架古琴若有若无地弹拨着。而此时，她也一首首翻阅着，试图让身体里的古琴再次弹拨起来。可惜，那些句子真叫人恐怖，不是"今朝逢盛世，载载透红光"，就是"风流人物看今日，璀璨瑶珠熠见辉"，让人哭笑不得！

终于，到了三十多页，曼芳读到了几句像样的。"无限意，与心同洗，不为红尘系。"这该是他年轻时的习作吧。"不为红尘系"，那么鲜亮洒脱的情怀，在时光的冲洗下，彻底消解，泛出恶俗的色泽。她真心不明白"河马"当年为什么要跳离教师岗位。走仕途，难道是他本性？生活到底怎么了，越往前走，越看到它的真面目，那裸露着伤口的疮孔。

一粒小甲虫落到书桌上，像个孤独少年，羞怯又莽撞地乱爬乱闯。曼芳突然忆起读师范时，每逢晚自习，教室里乱成一锅粥，而她总是一个人在走廊上，看自己被月光拉长的影子。旧风琴的声音从办公室里传来，咿咿呀呀的，唱着触动泪点的歌："过去为没有得到而伤悲，过去也曾为失去而后悔……"

小甲虫艰难地爬行挪移着，终于奋力爬上牛皮信封，在"林清寒"的字样边，停了下来。

## 5

生活又回到了庸常。朝九晚五上下班，晚上去娘家吃饭，回家读书写小说看电影。周五晚上去学校接小龙回家，周六忙着搞卫生，接送小龙去培训班。等到周日下午，那个男人会准时出现，把小龙接走。日子就像楼道里横七竖八的电线，无论包着胶布还是裸露着铜丝，好歹都得通电。曼芳默默做着这一切。很多时候，她骑自行车穿过小城，看到路边的香樟树悄悄生长偷偷换叶，会有泪涌的冲动。她越发迷恋黑夜了。在虚缈的时空里，肆意想象白日所缺失的种种。而沉醉于自己创设的小说世界，则是最便捷的通道。寂寞的人，就是喜欢这样自欺欺人。

"河马"的诗集出版了。出版社用了最快的速度。等曼芳拿到集子，杨莉说市新华书店里也摆上了。曼芳吓了一跳，急急翻阅着。序言是上次念悼词的那位政协原副主席写的，曼芳写了编后记。在编后记里，她以学生的身份，感念陈明鸿老师当年的教诲，并赞誉他的诗作真诚恳切，心血凝成。曼芳写完后记曾发给杨莉，杨莉在电话里诡异一笑，说作家就是不一样，也不枉你当年暗恋他一场！不许乱说呢。曼芳急叫道。我知道我知道，你们都太孤僻，独来独往的，大概作家都这样。她呵呵笑了几声挂下电话。这世界就是这样，你以为别人很在意的事，别人偏偏不在意；你以为自己守藏的秘密，却人人皆知。现在，"河马"的诗集搁在新华书店的书架上，又有几个人会去翻阅，能读懂"羞送征鸿，壮志如今已不同"的中年情怀；又有谁的耳际会响起他曾经带着磁音的歌声："过去为没有得到而伤悲，过去也曾为失去而后悔……"

深秋的阳光到了午后，变得轻描淡写。曼芳对着诗集上青灰色的日光，发了一会儿呆。一个陌生女人打来电话，温润的声音里带着羞怯。是潇潇老师吗。曼芳说是的。对方说，非常冒昧打这个电话，想请您帮个忙。曼芳问什么事。对方顿了顿说，我的父亲很喜欢读您的书，一直有个愿望，想见您一面，不知您有没有时间。嗯嗯，曼芳应声着，没有反对也没有答应。我爸爸叫林清寒，跟您写过好几封信，前不久您也回过他一封信，不知您有没有印象，我爸爸是您的铁粉，非常崇拜您。她的羞怯渐渐褪去，话也多了起来。曼芳仍然嗯嗯应着。我爸爸在人民医院住院，行动很不方便，您近日有时间吗，我来接您。曼芳瞥了一眼写字台面，那几张题着老干部体诗歌的国画压在一本杂志下面，前些日子当茶托，宣纸染上了很大的水渍。也许吧……要是有空，我一定过来，可现在我出差在外，真是不好意思哟，替我谢谢你爸爸……她斟酌着字句，说得很慢。她在话筒里听到自己的声音很温柔很优雅，一点都不像撒谎的样子。对方有点失望地啊了一声，又赶紧说道，没关系，我们不知道您在出差，真抱歉，打扰您了。

按掉手机，曼芳发现自己的脸火烫火烫。她不知道自己为什么拒绝去看那个老人。她轻拍了一下"河马"诗集，大概自己不喜欢聊老干部体吧。

## 6

三天后，曼芳处理完手头的工作，请假出了趟远门。

她坐火车去了苏州。二十多年前，"河马"问他们最想去国内的哪个地方，很多同学说想去西藏，他却说想去苏州。他说苏州是林黛玉的故乡，是一块安静、温和、酝酿才情的土地。而在曼芳的概念里，苏州则是陆文夫、苏童、叶兆言生活的地方。这一趟，她去了寒山寺，又去沧浪亭、留园和拙政园。在拙政园里，曼芳看到昆曲团的年轻人在排《牡丹亭》。"良辰美景奈何天，赏心乐事谁家院……"她扶着一棵红枫树，呆望着。她手里捏着几朵白色的波斯菊，时不时凑在唇边。她想着自己应该忘记不幸的婚姻，还有"河马"带来的糟糕情绪。

秋阳隐去，冷风透过粗毛线衫渗入，她抱了抱身体。一个念头像鸟雀忽地飞过头顶。那位叫林清寒的老人，几次三番地套近乎，是不是有故事，想借作家的笔写下来。她打了一个激灵，急急翻着手机，快速找出一周前他女儿拨来的电话号码，回拨过去。对方听出她的声音后，抽泣了几声，哽咽道，父亲前天已经过世了。谢谢您，潇潇老师，我知道您是我爸爸的知己。

"则为你如花美眷，似水流年，是答儿闲寻遍，在幽闺自怜……"昆腔的声音嘤嘤呀呀，似绯红的落花随风飘洒。曼芳扑倒在石凳上，哆嗦着。手机里，老人的女儿说，追悼会是今天上午开的，等曼芳回来，想跟她见一面，有东西要交给她。曼芳哦哦应着，剩下的声音全卡在喉咙里，喑哑了。

后面的行程已成了累赘。勉强走了木渎古镇，曼芳已累得没一点力气。她原计划想去无锡灵山大佛一趟，此时已了无兴趣。

与那个女人见面已是一周后。那女人约曼芳到木禾小区的老茶馆喝茶。女人四十开外，长着跟他父亲一样的瘦脸，学生发，长袖旗袍外披着一条围肩，很清雅。她说，他父亲最喜欢到这家茶馆来看书听戏。听什么戏？曼芳端起茶碗问。昆曲。曼芳惊了一下。潇潇老师很懂昆曲吧。她问。喜欢听一点，谈不上懂。曼芳抿了一口茶。果然是好茶，虽说不上好在哪里，但舌头鼻子都很舒服。女人从手提袋里掏出一本书，是曼芳上次寄给老人的那本随笔集。这是爸爸做的插图，您看有没有领会文章的意思。女人把一缕头发挽到耳后，她的举手投足很显气质。上次我跟您打电话，我爸爸想亲手交给您的，结果还是不巧，真的很遗憾。曼芳垂下头，把自己的脸缩在长发后面。老伯怎么好端端的就过世了？她艰难地问。他长期一个人住，前不久去邮局寄信，摔了一跤，骨头坏死……女人哽住了，用纸巾捂着鼻子。可能他太寂寞了，时常做一些我们想象不到的事……哦哦，我知道。曼芳嗫嚅着。

服务生来续茶水，烟雾袅袅腾起。曼芳趁机拿纸巾抹了一把脸。她不想让老人的女儿看到她蓄满泪水的双眼……

原载《长江文艺》2018 年 7 月号上

# 族 中 人

## 岑燮钧

### 高 僧

我祖母是南山人，周塘离南山有近廿里路。

那一年祖母回娘家，带上了我，我当时只有七八岁。第二天，祖母要去南山寺。他们都劝祖母不要带我去，怕我走不动，但我死活不肯。于是，祖母就毅然带上了我，做好了背我上山的准备。

南山寺很小，大树掩映着。有的房子倒掉了，露出了东倒西歪的梁柱和椽子。墙上刷着大红字，隐约记得跟周塘的一样，什么"农业学大寨"、"万岁万岁万万岁"一类。边上是一垄一垄的菜地，有人在干活，有的有头发，有的光光的，就几个人。

终于，一个人站了起来，他定定地看了我们好一会。"三哥！"祖母叫了起来。"原来是阿春啊，你怎么到这里来了？"这是我第一次听到祖母的小名，觉得很有趣；在周塘，人家都叫她某某嫂的。我们走近了，才知他在挖洋芋。祖母让我叫"舅公"，他连说"乖小囝"，掸掸衣服，放下活计，热情地带我们到寺里去。

他走在前面，我人矮，无意中发现他的小指是半截的，就偷偷指给祖母看。祖母向我努努嘴，示意别说。我们进了厢房，里面很乱，放着铁耙、簸箕什么的，只有一张床。祖母拿出一包豆酥糖，一包香糕。

"侬太客气哉，真叫难为情啊！"

祖母又拿出一根银项圈说："我孙子要读书了，我想让你念几句，开个光！"

"不作数嘞，菩萨像都敲光嘞！"他拖着长声。

他的口音糯糯的，跟我们周塘有点不一样，但跟祖母的口音很像。

他洗了手，拿出佛珠，念念有词了一会。

祖母说，我总是心口痛。于是，他给了祖母一袋草，祖母说是药。下山时，他硬是送给祖母一袋洋芋。

后来，祖母总是念叨，三哥是个好人。要不是家里穷，养不活，也不会去当和尚。

"他是和尚？"我如梦方醒似的。我当初并不知道我去的地方是个寺庙。我总觉得，和尚该都是光头，上有戒疤，身披袈裟，内功深厚，武侠片里都是这样的。但是他却留着短发，身穿短衣，在干农活，口不称"老衲"，满口的南山糯米腔，说的都是"侬啊我啊"的家常话——这怎么是和尚呢？

这么多年过去了，我早忘了这个"和尚舅公"。祖母过世时，叮嘱把她的牌位放到南山寺去。这件事是父亲、叔父、姑姑们搞定的，我正在上班，没有去。我对这类事很不上心，尽管我听说南山寺的香火已今非昔比。

南山寺重光是在我做记者后。捐资重建的是一位香港老板，他母亲怀孕时，曾在南山寺许过愿，如果能生个男孩，振兴家业，定当重塑金身，再修庙宇。这时，我才知道，当年南山寺也是香火鼎盛的大寺，后来日本人扔炸弹，烧掉了大半个寺庙。"文革"时，变成了山林队管理处，四大金刚的像被敲了个精光。

南山寺重开山门，在我们县是一件大事。不仅香港老板一家全来了，就是县上的领导都悉数到场。我跟的是统战部长，乘同一辆车。大家一路说笑着。部长说：

"你们知道吗，南山寺的方丈一泓法师可是弘一法师的弟子？"

弘一法师来过南山寺，这我知道。政协文史委已经深入挖掘过无数次了。

"那他也可算得是一代高僧了。"我接口道。弘一法师的传奇一生，我了如指掌，他的传记就读过好几本。想来，他的弟子也该是道行高深吧。

于是，我的脑中展现出一代高僧的模样：仙风道骨，慈眉善目，银须飘飘，袈裟拂地，双手合十，口称法号……见了我们，应该是：阿弥陀佛，施主有请，善哉善哉……

到了南山寺，果然气象不凡。台阶整修一新，有九九八十一级，抬头仰望，山门高大巍峨，飞阁流丹，额书"灵山圣地"。登上山门，但见殿宇一道道上升，天王殿、大雄宝殿、藏经楼……两边是钟楼和鼓楼，古木参天。它已完全不是我小时的南山寺了。

在大雄宝殿前的广场上，已经搭好了台子。

我因为要采访拍照，耽搁了一会。等到重新出现在大雄宝殿前时，领导已经鱼贯而入，坐在台下第一排。台上，和尚身披袈裟，口念佛号；居士身穿玄衣，神情肃穆。我忽然想起我的"舅公"，不知道他还在不在，这么多年没见，我都忘了他长啥样。最后，方丈大师站到了台前，原来只是一个瘦小的老头，佝偻着背，面皮焦黄，胡须稀稀疏疏，蜷曲着。他停了一会，终于开口说话了：

"同志们——"他拖着长声，声音苍老。我吓了一跳，和尚也喊"同志们"？"侬拉（你们）老远来到旮旯（这里），我拉（我们）呒没（没有）好招待，真是过意不去——"这口音如此熟悉，让我立马想起祖母的腔调。没想到，方丈大师也是一口南山糯米腔。我看见部长皱起来了眉头，有几个人几乎要噗哧而笑，但还是硬僵住了脸皮。"侬拉相相看（看一看），恁大的屋，不晓得要多少钞票，佛菩萨也要谢谢侬拉！——"

我拉近镜头，拍下了一泓法师合十致谢的最后一个镜头。当我放大镜头时，我发现了合十的手掌中有一根残指。我一下子明白了这个方丈大师，就是我祖母的"三哥"，我的"堂舅公"！

本来，部长打算与一泓法师方丈小坐，但是，当他听了方丈的致辞后，觉得已经没必要了。

多年之后，部长早已退休，也学起了摄影。有一次，他与我们这些摄影协会的会员一起到南山寺摄影，回来喝了点酒，路上说起当年的掌故，说真替方丈大师着急，并且模仿了一段方丈的讲话："同志们——侬拉老远来到旮旯，我拉吭没好招待，真是过意不去——"顿时，车上所有的人都笑得前俯后仰。

后来，写县志时，我负责一泓法师的条目。查得，他在南山寺遭日寇火焚时，曾燃一指供佛，以明心志。"文革"时，驱逐僧侣，他化身农夫，代管山林，不曾一日离南山。于是，县志对一泓法师下了如下断语：形容高古，心如磐石，自耕自种，作家常语，乃一代高僧也⋯⋯

（发表于 2018 年第 10 期《安徽文学》，2018 年第 11 期《小说选刊》选载）

# 大叔公

我小时候觉得很奇怪，为什么母亲称他为大叔公，我也称他大叔公，难道我与母亲是同辈？

有一回，我就问大叔公，为什么这样叫？大叔公笑笑说，你母亲是自谦，旧时女子地位低，沿袭孩子的称法，相当于"孩子他大叔公"。我"哦"了一声，似懂非懂。但我知道，我母亲很尊重他，因为大叔公是教过大学的人。

我们周塘是大族，这一带除了几个零零碎碎的外姓，几乎都姓周。前祠的大房和二房，最是发达，祖先曾做过清朝的大官，有说是道台的，有说是府台，反正出过很多读书人。大叔公就出自大房。

大叔公很早就出去了，后半辈子才回来。我父亲说他是"大右派"，其实对他也不甚了了。毕竟，我们是后祠的。

前祠的老房子比我们好得多，马头墙很高，墙基都是大方石。大房与二房之间，隔着一条青石板的弄堂，很是幽深，小孩子就在这样的弄堂间跑来跑去。有一回捉迷藏，我推开一扇侧门，躲了进去。

这是个独立的小院，与隔壁人家隔着花墙，花墙下种着月季。

许是听见了动静，里面走出来一个半老头，头发很整齐，戴着宽大的茶色眼镜，像个算命瞎子。背有点驼，总感觉被什么压着。他笑眯眯地看着我，问我是谁家的孩子。我就说了我父亲的名字。他"哦"了一声。我听见门外同伴们在弄堂里跑来跑去，就往里躲。他明白了我们小孩子在捉迷藏，就把我带进了他的房里，说现在他们找不到你了。

"公公，你在干什么呀？"

我小时候嘴很甜，看见年纪大的，不是叫爷爷，就是叫公公。

"我在写大字啊，你们老师有没有教过你啊？"他的房桌上摊着报纸和笔砚。我说，我们只学过描红。

"你喜欢写字吗？要不，你写个名字给我看看。"

他就教我握笔。我的手簌簌抖着，在报纸上写了我的名字。他称赞我的名字好，还给了我一颗糖吃。

从此，我就常到这院子里来，母亲教我叫他大叔公。

他的院子很安静，少有人来；而他，似乎也不大跟族里的人来往。只有孩子们喜欢到他那里去，因为他们都得到了糖。

我们常常在他家旁边的弄堂里玩，不知怎么的，比起了跑步，喝彩声喧哗声，闹得不亦乐乎。这时，大叔公的那扇门开了，他站在边上，看着我们，很专注的样子。等到又一次轮到我跑时，他走了过来，说，你起跑太慢了，要这样。他给我做了一个示范动作，我就照他的样做，他又帮我纠正了前后脚。果然，这一次我获胜了。

我问大叔公，你是体育老师吗？他笑着说，我读大学时还是运动员呢，比你们体育老师跑得快多了。我不信，特地打量了他一番，比我们体育老师矮多了，瘦不拉几的——又能跑多快？你们不信吗？我们摇摇头。他就呵呵笑着，向我们几个男孩子招招手。我们就走进他房里，他让我们看玻璃底下那些发黄的老照片：有运动场上起跑时的镜头；有脖子上挂着奖牌时的得意样子；更有一张照片，双手搭在一个女运动员的肩上，在钩腿热身……我们看着照片里的俊小伙，又看看大叔公，将信将疑，说这是你吗。他点点头，说，我们那时的教练，还是苏联专家呢。但我们不管是什么专家，只会心地挤眉弄眼，出来后，吐吐舌头，说好黄哟，竟然手搭在女同学身上！

我回去就跟我姐说。我姐说，这有什么，他以前还跟我们讲过《牛虻》的故事呢。我很好奇，以为跟这个女同学有关，就央告姐姐也讲这个故事。姐姐开了个头，搔搔头皮，说忘了，只记得男的叫亚瑟，女的叫琼玛，故事很感人，有几个人还擦眼泪了呢。我很神往，去弄堂玩时，就跟大叔公搭讪：

"我姐说，你会讲《牛虻》的故事，可好听了！"

"你们也想听吗？"

我们都点点头。他就坐在门槛上给我们讲故事：从前啊……我们被深深吸引了，为亚瑟和琼玛而悲而喜，人呆呆的，总是问后来呢。这时，他老伴走出来，把我们轰走了，说给小孩子有什么好讲的，他们又不懂——谁说我们不懂，我后来还特地去借了《牛虻》看，但总觉得不如大叔公讲得精彩。

我越来越觉得大叔公是一个像牛虻一样具有非凡经历的人。他曾给我们讲运动场上的经历，说可紧张了，刚刚尿过，又想尿了。起跑时，身体绷得都僵了，"砰！"一声枪响，他像豹子一样飞蹿出去。突然，他倒下了，血喷出来——太用力，腿上的血管崩断了！

"啊！——"我们都发出了惊叹！

但是，大人们并不把他放在眼里。我祖父说，读书读得好有什么用，还不是照样打倒，坐了半辈子牢，兜了一圈，最后回到周塘……我父亲搭腔道，小的时候，我们玩，他躲在屋里读书；到老了，他还是躲在里面，种种花，写写字，总跟我们合不到一处，不知做人无趣不。我娘说，人家是教过大学的，你是什么人，就只会坐在周塘桥上吹牛皮！

这倒是真的，我从未见大叔公也像父亲一辈人那样，光着上身，坐到周塘桥上来乘凉。他总是坐在自家的小院里，最不济也穿着一件背心。他种的那些花可好看了，有一次我对大叔公说，我能摘一朵你的月季花吗？大叔公说，那不是月季花，那是芍药花。我从未听到过什么芍药花。等到很大了，语文课上学"念桥边红药，年年知为谁生"，注释说"红药"就是"芍药花"，才知道大叔公的"月季花"可是不一般的。

他就这么"无趣"地过着。我们无趣时，就会到他屋里骗点糖果吃。

一天，周塘桥外边停了三辆轿车，从车里走下一拨人，个个都像干部，村里的老书记在前面引路，时不时回过头来招引客人，很谦卑的样子。我们小孩围着轿车看，很好奇也很神往。那时节，我们老百姓根本没法亲近这种"小宝车"——周塘人对轿车的称法。周塘桥是有石阶的，也不适合跑"小宝车"。

我们看着这拨人往里走，也跟了过去。只见他们进了巷子，在马头墙下的一扇黑黑的侧门前停了下来，老书记敲了门，大叔婆探出头来，她一看这阵势，吓了一跳：

"你们是……"

"老周在吗?"

"你们找他干什么?"大叔婆似乎警觉起来。

"客人来了，先进去，先进去……"老书记打圆场。

于是大人们进去了。我们小孩也要跟进去，被老书记拦住了，"去去，小孩子捣什么蛋!"其实，我们又没捣蛋，只不过想看热闹罢了。

后来，族里的人传出来，说一个是副县长，一个是侨办主任——我们那时不知道这个官是干什么的，一个是乡里的书记，还有一些簇拥的手下，围着一个女人——对了，是有一个女人也进去了，我们当时还没注意呢，依稀记得穿着很时髦，像电影里的"夫人"一样，头发是做过的，耸着一个高高的发髻，贴着好看的发夹。原来她是"外国人"，是大叔公大学时的同学，要来我们县里投资，顺路来给大叔公扫墓——她以为大叔公已经过世了。一打听，才知大叔公还活着，立马要来看望，于是，就兴师动众，浩浩荡荡，开着"小宝车"来到了周塘。

接着，传得更有戏了，说她就是大叔公在大学时的女朋友，两人都是留校任教的。当年大叔公"右派"事发，发回原籍，南山改造，她曾不远千里，半夜上山，偷会大叔公……

我与我姐听说了，就兴奋地八卦大叔公。我问我姐，这个女的是不是大叔公的"琼玛"？我姐眨眨眼，说很可能就是，否则，大叔公怎会一口一个琼玛，讲得那么生动呢？

我想起了大叔公的那张照片，说一定就是她——就是大叔公手搭着的那个女同学。

这事，似乎让大叔婆尴尬了一阵。但好在，这女的后来也没消息了。不知道大叔公心里是怎么想的，我很后悔当时没有闯进去看他们相会时的情景——都怪那个老书记。

大叔公过世时，顶着县政协委会、省文史馆员的头衔。

（发表于 2018 年第 7 期《文学港》）

## 月琴孃孃

我从小叫她月琴孃孃的。她是前祠的，我们是后祠的——其实很近的。

孃孃，在我们周塘，是姑姑的意思。但是，怎样写法，我也不知道，就借用这个字。查字典，"孃"等同于"娘"，但我们念第一声的。汪曾祺有一篇小说，叫《小孃孃》，估计跟我们一个叫法。

听我娘说，月琴孃孃还抱过我。那时，她自己还只是个小姑娘，为逗我开心，抱着我跑起来，不小心被石头绊了一下，摔到了，我擦开了皮，她额头磕出了血。第二天，她再来抱我时，我娘问她还疼不疼，她摇摇头，却一直看着我的伤口，自念自听地说：都是孃孃不好，都是孃孃不好！

但是，月琴孃孃长得并不好看，黑皮肤，还有点暴牙，人也显老，任是穿得怎样新潮，还是土气的。

她的男人姓吴，是个转业军人，长得不算高，但膀子宽，挺结实的。在部队里，他什么活都干过，做过侦察兵，也掌过大勺，篝火晚会上，也能吹吹口琴，挺灵活的。到了地方，先在镇里写点报道，后来就

141

做了文化站长。

在家里，月琴嬢嬢从不烧饭的，最多插个电饭煲。买菜，汰菜，烧菜，无须插手，吴姑爷手脚勤快，一手全包，饭菜上桌，热气蒸腾，日子过得很滋润。他们有个女儿，长得比月琴嬢嬢好看。

他们很少来周塘的。

我娘曾在周塘街上遇见过月琴嬢嬢，回来跟我说，你月琴嬢嬢"老变死"（周塘对那些"衰年变法"的人，有此一说），都快奔五的人了，怎么穿着黑皮短裙，包着个大屁股，我都担心她高跟鞋绊倒，摔一跤。我嘿嘿一笑说，她要吸引住吴姑爷呗。

是几年前吧，有一回，我们自驾到南北湖去玩。这地方开发没成功，人很寥落。我们往里走，听见那边有人在说话，有些耳熟，但被什么遮住了，一转身，看见竟是吴姑爷。他挽着一个女的，长发披肩，与他齐高，好像聊得很开心的样子。这人我也认得，是广电站的记者兼播音员，他们是有私情的。我看着不好意思，怕他们不好意思，就避开了。谁知吴姑爷见了我，不但没不好意思，还老远地喊住我，说怎么这么巧，都到这边来了，我们一起吃饭吧。原来他们在找饭店。我笑笑说，我丈母娘小姨子都在那边，改天吧。

我娘啧啧了半天。我说，还有更离奇的呢。

不知是什么原因，吴姑爷突然去了外镇。有人说是月琴嬢嬢发了力，在办公室里跟吴姑爷吵了一场。镇里原来是睁一只眼闭一只眼，不过问私事的，但大概是怕影响不好，就把他调走了。其实，就是我看看也看不过去。那个女的，吃了中饭，总到吴姑爷办公室里来：就是吴姑爷不在，她也会玩一会吴姑爷的电脑，或者拿过他的杯子倒一杯茶喝；若是吴姑爷在，就跟吴姑爷一起玩玩手机，说说闲话，仿佛一家子似的。人家夫妻在公开场合都分开坐，避嫌，他们倒好，不怕招摇。如此一来，同一办公室的就只能避开，否则，热辣辣的，怎么坐得住！

我听人说，月琴嬢嬢是老早知道的。但是，她没有办法，因为她是"没有房子的人"——很早就摘了子宫。如今能做的，就是家里什么活都不干，饭来张口，衣来伸手，仿佛这样心里才平衡点。吴姑爷对她倒也不坏，就是出差了，都是替她备好粮食，塞满冰箱。衣服也都是他洗的，甚至月琴嬢嬢的内裤。月琴嬢嬢不是干不动，而是不想干。她只攥紧吴姑爷的那张工资卡，别的也管不上了。

吴姑爷有需要啊。他的如意算盘是，家里红旗不倒，外面彩旗飘飘。所以，他不敢把月琴嬢嬢怎样——只有把她哄好，才能不生内乱。否则，连带女儿也动乱起来，这事情就棘手了。

那个女的，也没离婚，老公在深圳做生意，估计也有女人。他们就这么搭着，偶尔，回家来，那男的，会到广电站来坐一会。

自从吴姑爷走了，那女的整天是失魂落魄，仿佛没了主心骨。据说总是失眠，办公室里就煎过好几回中药，人都萎了似的。油菜花开的时候，一天一身衣服，每件衣服都是新的，穿得像模特儿似的——可穿给谁看呢。

突然有一天，她打电话给月琴嬢嬢，说吴姑爷在外镇又有了女人。月琴嬢嬢不响，但也没挂。那女的说，我们只有联合起来，才能把那臭婊子搞倒，不让她缠着我们的男人。"我们的男人？"月琴嬢嬢似乎回味了一下，淡淡地说，"你不是本事很大吗？当初你怎样把他搞到手的，如今你就怎样把他搞回来啊！"那女的似乎噎住了，顿了一下，说，"大姐，你也不要生我的气了，以前都是我不好，可是我起码没恶意，对他也是真心真意的，也没盯他的钱……"那女的擤了一下鼻涕，电话里能清晰地听出来，"我让他离开那个小婊子，可是现在老吴船到江心，回不来了。那个女的，只有二十几岁，是外地人，门槛贼精，她现在怀孕了……""怀孕了？"月琴嬢嬢不由站起来。这事就闹大了，暗戳戳的搞搞也就算了，真搞出一个弟弟妹妹来，让女儿如何做人——她自己是无所谓了。"我们，到底还是有底线的人，可是，她现在敲诈老吴，说要分手，起码得二十万……"月琴嬢嬢顿时懵了。

后来的事情，据说是月琴嬢嬢和女儿出的面，也没大战，就是给了她十万，让她离开。但是，女儿把老爹教训了一顿，又是哭又是骂，说你如果再这样，再跟别的女人搭七搭八，我死给你看，让你家破人亡，让你亲者痛仇者快……

其中，五万是广电站的女的出的。

我娘听了，怔了半天，说，你怎么知道的？

我说，我嘛，自有女人告诉我。我娘突然说，你也在外面跑的，可千万别像你那月琴孃孃的男人那样，弄得鸡飞狗跳……

我嘻嘻一笑，说，怎会呢。

其实，我也觉得这太狗血了。当初有人告诉我时，我说，你是"宫心计"看多了吧。她说，不信随你。至于她是谁，我就不说了。

我对我娘说，前几天我还见到了月琴孃孃呢。

我这人老脸皮，到居委会去拿避孕套。前半间没人，中间隔着柜子。我绕到后半间一看，有个憔悴的女人，披着黄衫，点着一支香，在念佛。她一见有人，忙把关牒盖住，站起来说，你有什么事吗？我一看，嗳嚅道，你不是月琴孃孃吗？

许多年不见，我们都有些生疏了。

我一下子说不出话来。

（发表于 2018 年第 9 期《天津文学》）

散文

虚构一场雪

ZUI YOU YI CHANG XUE

# 哲学的牛（节选）

## 陈德根

那天我奉父亲之命起了大早。

窗外的天空蒙蒙亮，月亮还在天边，像昨夜母亲用文火在柴灶上煎的鸡蛋。月影像蛋清溢着琥珀色的光泽。周围的薄雾静止不动，仿佛是谁镶嵌上去似的，灼灼地濯我的眼。推开门，对门坡上一群乌央乌央的牛扑入眼帘。黄牛矫健灵敏，水牛憨厚笨拙，它们三五成群悠闲地吃草，或者相互抵着犄角，嗷嗷叫。但它们并非在掐架，而是在友好地争执着什么。近处的雾罩黏稠，缠绵，使得远处若隐若现的山峦，竟然较白日里更加错落有致，像一幅还来不及完成的水墨画。风像小刀子似的冷硬，我赶紧将脖子缩了回来。我即将沿着纵横交错的小路爬到对门坡挖野菜。荷锄走过寨子前的巴乌河，岸边的柳树矮了下来，因为风的劲头更足了，我不由又打了一串寒噤。我急忙支棱下巴别住锄头，腾出手系衣扣。

眼下虽不是捕鱼时节，但河道中仍然支棱着勤快的人布下的明网暗网，我鬼鬼祟祟的脚步让落网的鱼虾们惊慌失措，拼命地弹跳，冲撞不休。它们徒劳无功却乐此不疲让我童心大发，我得意地故意折腾出更大的声响，抡起锄头敲击着河边的青石板。

这条河长年不会干涸。盛夏的午后我们总是将牛群赶到里边洗澡。那时，一条河便沸腾起来，绵延数里的水面上尽是千姿百态的牛。河平常是波澜不惊的。它沸腾时不是因为撒欢的牛，就是因为下了雨，或者因为孩童们掷石片在岸边打水漂。它大多数的时间是静默的。它不厌其烦地抚慰并托起动荡的波涛，它丰腴、柔软而宽厚，像一位慈祥、坚强的母亲。

有很多次，我暗自跟河流比赛，河水总比我的性子还要慢，不疾不徐，有一搭没一搭地往东流去。我总是有些泄气地停下来等它们，那些浪涛却自顾在宽泛的地界打着旋。细碎的浪花打在堤坝上，激起缤纷的白沫。

风似乎有点儿着急了，刺啦刺啦地掀高处的灌木丛。我又打了一串冷战，急忙把衣领立起来，我出神地望着水波荡漾出鬼斧神工的图案，瞥见自己瘦长的身影卧在涟漪里，孤零零的。我有些不自然地左顾右盼，我坚信自己是寨子里头一个出外的人。我有些得意地望向那群在薄雾里自由游走的牛。突然，牛群像得了谁下达的命令一般无声地四散开去，乖乖地低头吃草，它们中间露出几颗黑兮兮的脑袋瓜，那是牧童们在草丛中嬉戏。我猛然想起在那些我远去的童年时光里，孩子也是村寨里醒得最早的人。

我踩着深深浅浅的牛蹄印到了后山的一片开阔地，那里土层厚实，土质肥沃，长满了应季野菜野草。也许是风和鸟兽把松果送到了这里，仅仅几十年光景，原本稀稀疏疏的松树枝繁叶茂，枝干理直气壮地蔽住那些挤挤挨挨的植物，大有割据一方的气势。这里原先是荒地，地势平坦，四面环山，地理条件优越。浙江放蜂人，湖南铁匠都会在此驻扎。有一年，又有两个路过的湖南人舍不得走，留在这里搭了一间打铁铺。以我们寨子为中心辐射方圆十余公里。犁耙、镰刀、柴刀、铁锹、锄头、锅铲、剪刀、马蹄铁……应有尽有，源源不断由这里输送到各家各户。可如今这里杂草丛生，一蓬一蓬的刺梨树蓊蓊郁郁，虬枝峥嵘。遍野草木，丝毫看不出铁匠铺的痕迹。关于这个铁匠铺，关于那个神秘的铁匠，他充满传奇色彩的故事版本众多。如出一辙的是，每个提到铁匠的人都会啧啧赞美铁匠长得白白净净，清清秀秀。一致说他根本没有一星半点铁匠的模样。铁匠的手艺让人惊艳，任何农具用具只要让他过目或者跟他比划形状和用途，他保证又快又准确地将称心如意的成品放在你面前。他锻造的镰刀吹发可断，男人们常当刮胡刀使，这已经令人称奇了。在铁匠铺尚存的前些年，曾有杀猪匠连续半年使唤一把斩骨刀，从未见过磨刀石，仍削铁如泥。百闻加上一见，耳闻结合目睹，一传十十传百，甚至邻近的广西人都找上门来让铁匠做活计。铺子里的铁具顿时供不应求。铁匠来时，带着个半大小子，拉风箱，打打下手什么的。很长一段时间，半大小子是没名字的。他成天盯着自己的脚尖，从不搭理人，有人搭讪也不理会。有人认定是个小哑巴。有一天突然听见铁匠唤他，嘿。他居然回铁匠，哎。然后立即闭嘴。寨子里没人知道铁匠的名字，铁匠说自己姓甄，这个姓不多见，人们很容易就记在心里。于是，有人便叫他小甄，他听到招呼就乐，露出白生生的牙齿。大多数人更乐意叫他小铁匠，他也笑，抿着嘴。小甄铁匠和那孩子越看越像，有人猜测，说八成是铁匠的孩子，开玩笑时顺带着问铁匠，他嘿嘿笑，不否认也没承认。后来，铁匠才走不久，流言开始满天飞，有人开始将捕风捉影得来的花边新闻肆意加工，散布，让人津津乐道的是南瓜娘和铁匠的纠葛，有人掐着指头，根据面相学推测南瓜就是湖南人下的种。我至今仍半信半疑。南瓜大头大脸，长相过于随意。难以与一个帅气的男人联系起来。之后的几十年里，他爹只要喝醉，必往死里揍他娘，他娘芳华已逝，依旧风韵犹存，不得不让人信了。但是，如同难料的世事，故事的结局却来了个大逆转，堪比电影精彩，和铁匠有染的女人不计其数。最终湖南人拐跑的却是寨子里另一个最好看的小媳妇。直到今天，说起当年的小媳妇，寨上的老人仍砸吧着嘴啧啧称赞说，着实漂亮，好像从画上走下来一样。我还模模糊糊记得小媳妇当初的样子，不但男人见了管不住眼睛，连女人都忍不住酸溜溜地偷偷瞄几眼。直到如今，人们还义愤填膺地声讨小媳妇工于心计。她与铁匠私奔的那天，捎带着假装放牛，把自家的两母子牛赶到牛市售出，让夫家落了个赔了夫人又搭上两头牛，给一桩风流韵事填足了猛料。不合常理的是，虽也有人骂小媳妇丧尽天良，但大多数人夸她聪明，同情她。论起来小媳妇是我的一个堂婶儿。我在小姑那里偷听到了不一样的版本，小姑她们咬着耳根说，堂叔心理变态，每晚都狠狠掐，咬婆娘。那婆娘悄悄撩开衣服给妇女们看，青一道紫一道，新伤摞在旧伤上，女人间的话小姑没有说尽。

但小姑啐了一口，呸，她骂，畜生。我就联想着，在脑海里把瘦骨伶仃的堂叔和一个爱掐咬婆娘的畜生合二为一。这些事过后，这块地又荒芜了，寨子里有人眼馋，开垦种些荞麦、高粱、油菜之类的农作物，蹊跷的是，往往没等成气候，某天总有人神不知鬼不觉撵进去一群牛，一番糟蹋，辛劳毁于一旦。几次三番，苦于没有目击证人，即使有，也不见得愿意作证，耕种的人家气馁了，默默地向看不见的破坏者妥协。昔日的无主之地，荒山野岭重拾宁静和太平。任草木疯长，牛马撒野。但人们仍然习惯称其为"铁匠厂"。

到了"铁匠厂"边缘地带，牛蹄印愈加密实，冗杂。我认得出阔而深的是水牛脚印。秀气而浅显的是黄牛脚印。陈年脚印里，残留牛粪的细渣，这些牛粪脱落的壳体上螺旋形的纹路依旧清晰可辨。那些尚未消化殆尽的牛粪间长出肥美的车前草、薄荷、马兰头、阳沟菜、紫花地丁，应有尽有。我在一棵歪脖子松树旁铺好塑料袋，扬着锄头撅着腚一路挖过去。在我伸展腰身的间隙，寨子里的那些无所事事的牛群一览无余，它们或为一头漂亮的小母牛争风吃醋斗得难舍难分，或昂首作眺望状，或低头做事不关己高高挂起状……

某牛眼尖，意识到我在盯着它看，不示弱地侧着大长脸目不转睛地回敬我。我挑衅地冲它挥舞锄头。它仿佛一个阅人无数的乡村名流，轻蔑地扬起弯角，作势远远朝我的方向顶来。见我不为所动，它悻悻然冲我甩甩尾巴，优雅地踱着方步，走进牛群里，不见了。

我尽是寻牛蹄印挨个挖，那里的野菜格外肥壮，叶片齐整，水灵灵的讨人喜欢。才半天工夫，我的袋子就塞得满满当当。

回来的路上，我迎着一字排开的电线杆走捷径，路近了一半。风刮着电杯子呜呜呜地响。我不由想起六七岁那年的情景来：那天下午，给在山上耕种的父亲送完午餐，我背着咣当咣当响的饭盒回家，我惊奇地看到绿得像一匹绸缎似的田野竖着一根我没见过的水泥杆子。一群人昂着头望着顶端，有人手里拉着麻绳，有人扬起铲子往杆子根脚培土，我大惑不解，心想，居然还有人栽种这玩意？过了些日子，我才明白那是架线输电用的。紧随着邻近寨子的步伐，我们寨子很快也通了电，老人告诉我们，亮晃晃的灯泡里，那些看不见摸不着的电流就是从那些架在水泥杆子上的电线里源源不断地输送而来。我们追问，那些电线通往龙塘水电站吗？老人闪烁其词，答道：镇里。唯恐我们再追问，老人又马上补充道：县里，省里。说完拔腿就走。我们对答案颇为不满。石红表叔骄傲地说，这些电是从龙塘水电站输过来的，电是他爹发的。我们赶紧点头称是。石红表叔是长辈，他娘是我爷爷同母异父的妹子，他年纪却与我相仿。他爹在赫赫有名的龙塘水电站工作，对寨子里的人来说，那是一个过于陌生和遥远的地方，据说去那里要转很多次车。他爹每次回家探亲，总是一副鞍马劳顿的样子。他爹是寨子里屈指可数的吃国家饭的人之一，所以石红表叔的话具有某种权威和底气，我们年幼，却已经懂得尽量不要站在有出息的人的对立面的道理。

那天我惊愕不已地站在路边，目不转睛看那群人蚂蚁搬家一样扛着绑着麻绳和杠杆的水泥杆子。更吃惊的是，我看到一头暮气沉沉的老黄牛在离我两米开外的地方瞪着浑浊的眼珠看那群人缓缓地移动电线杆子。我很快认出他们是隔壁寨子的人，他们正利用农闲做点正事。我看到老黄牛流露出不悦的神情，我从头到脚看了个遍，原来它的主人用一根细麻绳拴住它的鼻眼，固定在一蓬葳蕤的灌木丛间。它只能绕圈，活动范围极其有限，影响了它的心情。它心事重重地嚼着泛黄的草，冷眼看那群人爬坡下坎，然后拉绳索，嘴里哼哟哼哟地喊号子，合力将杆子栽在冬天提前挖好的坑洞里。电线杆子稳稳站住的瞬间，人群异口同声地喊"好"，拍打手上的尘土，然后，仔细地培土。电线杆服服帖帖地立在一堆新鲜泥土中央，他们意犹未尽地后退着，瞻仰文物般注视高高矗立的杆子，直到岔路口，才依依不舍扭转身子返回堆放电线杆的马路边，着手新一轮的搬运。我有点幸灾乐祸地看那头牛烦躁不安，徒劳地扯绳子。也许是我太小了，它并没有意识到我的存在。我们隔着一道田埂，目不转睛看着同一个方向。早春的原野上，电线杆像园丁精心修剪过的一棵大树，傲然挺立在油菜花和草地中央。我看着它裸在外面的部分，感觉它更像一棵孤独的病树，在顾影自怜，贪婪地享受着太阳光的照临。

这头老牛是在人们栽完三棵电线杆之后发现我的。风吹我敞开的衣服如拍打一面旗帜，嗤嗤啦啦响，它循声扭头看了看我。它去够一垄长在一堆陈年牛粪中间的嫩草时，从它的眼球中，我看到自己完整地出现在它的视线里。我一动不动地看着它，它不动声色地打量我。它很快感到不安，后脚跟噗噗噗地刨着泥土，烦躁地抬起头，挑衅地朝我甩头，草屑从它嘴角掉落到脚下松软的地上，草汁四溅。我赶紧扯了一把嫩草向它示好，手伸得远远的，说，给你，全都给你。

天空中急速驶过一架撒播松树种子的直升机。我依稀见到驾驶员对我点头致意，我友好地朝他挥舞双手。锋利的尾翼灵巧地掠过对面的草坡，阳光碎成一地。我注意到，在纷乱的光线里，这头牛并没有一丝半毫欣佩人们的智慧的意思，它用长久的无动于衷展现了自己的风度和见多识广。它只是皱了一下眉头，低头啃了一口刚冒出地表的嫩草尖，漫不经心地吐出少许被它的嘴捎带着连根拔起的根须。我大吃一惊，因为我看到它居然露出了一丝不易察觉的冷笑。

早春之前，所有村寨陷入一种类似于百废待兴的境地。历经一个漫长冬天的休整，翻犁过的土地泛着黑黝黝的亮光，万物萌动，蛰居在地底下的虫类已经在雷声中纷纷醒来，响应春天的热情召唤。啃食了一冬枯草粗糠的牛们压抑不住对青草的渴望，急不可耐地跑到田间地头撒欢，大快朵颐。一切，都在朝着憧憬的尽头发展。但是，人们更乐意浑浑噩噩地打发日子，想把农事拖延到布谷鸟催促为止。人们似乎还沉溺于一场慵懒幸福的大梦，不愿过早醒来。很长一段时期，我在夜半梦醒时分耳边总是回荡草木拔节的声音和猫们压抑又愉悦的嚎叫。在白日里看到屋后的柳树，垂下婀娜的枝条，撩拨着低飞而过的蜂蝶。连我家老牛浑浊的老眼也焕发出了神采，它的腹部明显隆起，眉眼间竟然有几丝妩媚，父亲欢天喜地地给它磨米浆，派遣我们兄妹仨去山上割来鲜嫩的芭茅草。并不像往日一股脑扔进牛圈就了事。父亲将磨刀石移到太阳底下，一遍又一遍磨着铡刀，不时在指尖试试刀锋。铡刀几乎磨到晌午，亮晃晃的，像那上面潜藏着一条河。父亲并不着急吃午饭，而是蹲在圈门口铡草，把草铡得篾片似的精短。他做这件事的时候，倾注了前所未有的细心，仿佛在做天底下最重要的事。趁着父亲高兴的劲，我们大着胆子问他，老母牛咋回事了？病了吗？可老母牛分明又不像生病的样子。父亲大手一挥，赶苍蝇似的轰我们。母亲在院子里配营养土，准备培植杂交玉米苗。我们赶紧去献殷勤，舀粪水、筛草木灰、择种子，母亲笑着阻止我们，我们干得更欢了。母亲撩起衣襟擦了擦汗，眉飞色舞地说，老黄牛又要当娘了。

老黄牛是我家的功臣。它尚未成为家庭成员之前，这个家可以用一贫如洗形容。那些年，运气不遂人愿，好几茬猪娃养成架子，都染了猪瘟。猪瘟是不治之症。好几茬牛不是坠崖就是暴死。最难忘的是坠崖的那头牯牛，那天它和旗鼓相当的情敌决斗，打得难分难解，最终同归于尽。山下围满了闻讯赶来的人。它们整整斗了两三个时辰。斗红了眼的牯牛是拉不开的，拉架的人往往无法躲开它们刀子般的牛角，会有性命之虞。我急哭了，折了荆条要冲进角斗场，大人拼命抱住蠢蠢欲动的我。精彩纷呈险象环生的斗殴让有些人忍不住喝起了彩。我和对手的主人屏住呼吸，心如刀割却无能为力。最后看着两头牛咆哮着像炮弹扎下山涧，方圆百米飞沙走石。父亲匆匆赶来，他脸色铁青，狠狠给我两巴掌，指着我的眉心说，看你做的都是些啥事。我委屈极了，又不敢争辩，我也无法申辩一个事实：牛斗殴坠崖，是一个小小放牛娃无法预料和制止的。

大多数日子里，日头懒洋洋地高挂在天空，人们似乎为从冬闲到眼前这段漫长的日子里的无所事事感到了羞愧，急迫地要找一些事情来做，仿佛这样才能够挽回一点颜面。我是从这群搬运电线杆的人的举动和衣着猜到的，他们脚步悠闲、迟缓、拖沓，像电影里那些戴着脚镣在放风的英雄好汉，这么比喻是因为他们坚毅而轻松的表情，虽然我明知脸庞流露的愉悦来自于他们深知此举功在千秋，福荫子孙，内心欢欣而溢于言表。他们穿着簇新的衣裳，这些衣物平日里赶集、走亲戚和逢婚丧嫁娶才舍得穿，回到家立马换下来，讲究些的人家会用瓷杯灌上开水细细地熨烫齐整，叠放在衣橱里。但现在这些盛装就穿在他们身上。他们也因为这些崭新的衣物平添了几分自信、帅气和挺拔。我慢慢从他们身上收回视线。那头老牛的眼睛也一眨不眨地望着团团围住又一根电线杆子的男人们，身子却在往后使劲，想挣脱那根绳索的牵绊。我的目光完整地落到它和属于它的势力范围，那块领地的青草早就被啃个精光，露出犬牙交错的地表。我不禁可怜起它来。善念一起，我就控制不住自己的手脚了。我费了好一阵工夫，解开缚在灌木中间的绳结。它的主人绑了两个死结，我知道是唯恐它挣脱去祸害旁边的菜地。好不容易解开绳结，我原本打算把好事做到底，把它栓到旁边长满绿油油青草的窝凼里。我扭头一看，那群抬电线杆的人并没有留意到我，我鬼使神差地冒起恶作剧的想法，这个想法一出现在脑海里，我就暗自窃喜，想到戏剧般的结局，我心中充满了期待。我赶紧蹲下身子，因为那群人突然停了下来。电线杆的另一头扎进了一丘泡冬田里，他们发愁了。拉的拉，推的推，扛的扛，撬的撬，也有人挠着头皮想法子，人群乱成一锅粥。老黄牛被深深吸引住了，它停止了咀嚼和挣扎的动作。趁这个难得的好时机，我猫腰捡起几颗鸡蛋大的石头，一口气朝它拱成半圆的牛角掷去。若干年后，摸着后脑勺的伤疤，后怕和后悔交织之余，我有时还会为那一天自己精准的手法沾沾自喜。

石头毫厘不差地击中了牛角，我看到老黄牛咧了咧嘴，痛苦而愤怒地一跃而起，当它突然意识到绳索已经起不到牵制作用时，它怒不可遏地径直朝身穿红袄的我扑来。我大惊失色，呆若木鸡地立在原地。这时抬电杆的人们急得像热锅上的蚂蚁，有人朝我大喊，小孩，躲起来，大石头后面躲起来。我这才看到旁边卧着一块硕大的顽石。直到今天，我还能清晰无比地感受到那头牛奔过来时裹挟的呼呼风声，和它真切的掺杂青草气息的喘息，四目相对时，我看到它眼里有一团火在燃烧，呼的一声，就在我奋不顾身闪到顽石后面的一刹那，牛角擦过我的脑袋，发出锐利而清脆的响声。我的视野全是老牛缭乱的影子，紧接着，是牲畜发出绝望，酣畅的呻吟。我闻声昏了过去，瘫软在石缝里，觉得自己躺在云絮里，躺在热水盆中。我听到热切的呼唤从一个幽深的黑洞传来，像几缕暖融融的春风。小孩，小孩……有很多人在大喊，摇我的肩，掐我的人中。我幽幽醒转来，看见太阳悬于离我咫尺的一棵松树枝丫间，跟平日迥异，如同一块长着白绒毛的燃烧着的煤饼。那些蹲成一圈的人身形和面孔扭曲，我好不容易认出他们都是那群栽电线杆的人。我舒了一口气，一个蓄着络腮胡的中年人举着手，衣袖紧紧按住我的脑袋，一股钻心的疼痛从后脑勺迅速通往脚底。我想坐起身子，可他们不让我动弹，拼命按住我。剧痛让我难以忍受，我拼命挣扎，见状，他们像是放心了，有人说，问题不大了，命大的小孩。他们陆续松开了手，有人扶我坐起来，有湿腻的东西顺着脖颈滑下，只一会儿，我的后背湿漉漉的，我伸手一摸，拿到眼前一瞅，才知道是血。有人不知从哪儿采了草药捶溶了敷在受伤的地方，用布条绑缚得严丝合缝。扒开头发时，他舒了一口气，说，不碍事，就一道口子。有人在旁边说，可惜了，这头牛。有人叹了口气，用同情的语气说，这回腊应要一夜回到解放前了……我勉强站了起来，把遮住视线的布条往上提了提。我被眼前的一幕惊呆了，这是我见过最惨烈的场面：那头老牛面目全非地侧倒在离我半米远的顽石边，顽石上有血水往下嘀嗒，渗进泥土里。血水里混杂乳白的脑浆，那双不可一世的角都断了，没有完全断掉的另一只，颤巍巍垂悬在它瞪得圆圆的眼珠上方……我头晕目眩，身子不听使唤，筛糠似的。有人赶紧把我抱到另一个人的背上。

我醒来，已经是三天后的下午了。外面下着雨，雨滴有力地敲打屋前后的芭蕉叶，针似的刺我的脑仁。我睁开眼，雨滴前赴后继砸在房顶的亮瓦上，慢慢洇开，渗到瓦片的裂缝，形成匪夷所思的图案，裂缝还在无声地蔓延，一张牛脸赫然呈现，活脱脱就是那头撞死在我旁边，差点要了我小命的牛的模样，我惊恐不已。一家人坐在床沿，紧张地看着我的脸。母亲见我睁眼，欣喜地亲了我一口。父亲抚摸我的脸，手半天没有挪开。他嘴巴嚅嗫着，想要说点什么，可他最终把话咽了回去。我张嘴想说话，却怎么也说不出口，只好焦急地指点亮瓦，不停地比划。

我脑海里装满了形形色色的牛，它们的一举一动，它们各异的神态和酷似的五官深邃地刻在我的记忆里。想起它们，我就如同想起一个熟人，一个朋友那么自然而然。

之后的日子，我虽然能够下地行走，行动自如，但在一两年间，我的喉咙仿佛堵着一团牛毛，剌啦啦地阻住声带。我常常急得满头大汗，张口结舌，却无法吐出一个字。我对牛怀有深深的恐惧感，甚至不能听人说到牛字。看遍了邻近的医生也毫无好转，甚至县城和州府里那些墙上挂满"妙手回春""华佗再世"锦旗的名医也说不出所以然。父亲要去找牛主人理论，牛主人名叫腊应，是个苦命的五保户，孤苦伶仃地在寨脚下住了大半辈子。那头牛是他的全部财产，分田地时，人们欺负他是外来户，划到他名下的都是人见人嫌的沙泥田，不坐水不保肥，一亩三分地种下的粮食还不够填饱肚子。在亲戚的周济下，他省吃俭用，东拼西凑，好不容易买了一头牛犊，一口稀饭一把嫩草好不容易拉扯大，平常就靠租牛给没有牛的人家换几斗米勉强度日。人们都说，那是因果报应，他与那头牛上辈子彼此相欠，这辈子相互偿还来了。有人劝我父亲说，腊应够造孽的了，何况牛要生事，他即便知晓，也阻止不了。我想说点什么，却苦于口难开。母亲拦住父亲，说，听人劝，吃饱饭。父亲一向唯母亲之命是从。此事就不了了之。腊应心存莫名的愧疚，直到去世，一直不敢和我家人碰面，不小心遭遇，他赶紧绕着走，实在躲不过，就转身朝向另一面，直到我们走远，他才战战兢兢地迈开腿，哆哆嗦嗦地走他的路。牛死后，腊应如遭到灭顶之灾，整个人的精气神垮了，变得形销骨立，不出两年，郁郁而终。

寨子里的毕摩跟我爷爷讲，这小孩冲撞了牛神，魂魄散失了。于是张罗喊魂，毕摩喊罢。奶奶和母亲每天祭上刀头肉，燃上香烛，虔诚地祈求，面朝对门坡一天天一遍遍地喊我的名字。

我的魂魄还是迟迟不肯回来。

重新开口说话时，我已经读完小学三年级。那天，我从外面满头大汗地背着一背篼猪草赶回来，在村口与平日和我交恶的几个小孩狭路相逢，领头的是南瓜，我们背后都叫他"地主崽子"。在我们眼里，他和电影里放恶狗去咬穷人的地主崽子还要坏几分。他头比一般人大，都说头大的人智商高，但他的聪明劲没往学习上使，aoe 的顺序都能弄错，乘法口诀背到 1×4 就难住了。但他家有钱，有钱，就有了资本。他兜里五颜六色的水果糖引得孩子们心甘情愿围着他转。他鬼灵精怪，眼睛一眨一个点子就冒了出来，可惜全没用在正途。我形容小小年纪的他恶贯满盈，这句成语是我从《三国演义》学会的。他放火烧人家草垛，柴房，茅房，拆掉人家圈门，故意放猪牛羊去糟蹋庄稼……他家三天两头为他的任性买单。他娘心疼钱，更心疼这根独苗，打不得骂不得。他爹心情不好时就揍他出气。

有人说他爷爷宰牛时遇到了牛黄，一出手，那钱，数都数不过来。有人说他爷爷从祖宅掘到一坛金银珠宝……讲得有鼻子有眼睛，加上人们自由的联想，不由得不信。话说那天，在课堂上我故意用书本把作业遮挡得严严实实，后桌的南瓜一个囫囵答案都抄不全，让语文老师罚站到放学。气得他狠狠踢了我两脚，拔了我一绺头发，我声张不得。强忍住没哭没闹。这种事不是头一次了，万万想不到这回南瓜会在村口堵我。方圆几十里的人都知道我怕牛，南瓜他们牵来一头欢蹦乱跳的牯牛，牯牛生龙活虎一般，腿脚不安地橐橐橐刨地。南瓜嘴里不干不净地骂骂咧咧，他那几个手下也鹦鹉学舌，把我的祖宗十八代问候了一遍又一遍。他们嘴上讨了便宜还不算，合力把我往牛背上架。我心惊肉跳，惊恐万状地捂住双眼，哇地嚎啕大哭。我撕心裂肺的哭声很快招来了我的小叔。剪掉小辫子，换下了喇叭裤结婚生子的小叔还是火爆脾气，他来时顺手拎了一根平时驯牛用的竹鞭，耳边竹鞭的脆响和牲畜撒腿逃窜的声音络绎不绝。我睁开眼的同时，南瓜他们的哭声此起彼伏。我绝处逢生般看着小叔训斥南瓜，我突然百感交集地唤了一声：小叔。小叔怔住了，正在抽向南瓜屁股的竹鞭停在半空。小叔猛地扔掉竹鞭，抱着我呵呵呵地乐。我连声喊着，小叔。

小叔又惊又喜。高高举起的鞭子停在半空。

我看见南瓜他们连声求饶，抱头鼠窜，落荒而逃。那头牯牛挣脱绳子。跑向另一条路的尽头，不见了踪影。

…………

原连载于 2018 年 9 月 5 日至 11 月 7 日《慈溪日报》

# 乡关何处

### 沈伟恒

算算日子，该是余秋雨先生回家乡的日子了，但具体在哪一天，还没确定。

我所说的余秋雨的家乡，指的是慈溪市桥头镇，但总有一部分读者为余秋雨到底是慈溪人还是余姚人而争论。其实，对余秋雨来说，慈溪、余姚都一样，从更多的意义上讲，他的家指的是位于桥头的那幢老房子。

他每年一次的回乡活动安排中，有一个重要的仪式是祭祖扫墓。去年他是带着他的几个兄弟一起回来的，今年应该也是。前年，或者更早，他一般只与妻子马兰一起过来，如今，对于已过古稀之年的余秋雨先生，他的故乡情结更加浓郁了。作为几个兄弟中的大哥，他总想约齐家人，热热闹闹地去看望自己的祖辈与父辈。

确切的消息是 6 月 23 日上午 9 点半，余秋雨和他的几个弟弟一起到吴石岭，他们的先人就安顿在这个小山坡上。得知消息的亲戚，以及他的读者早在 8 点半就已经等在路边了。余秋雨每次回乡都是静悄悄的，扫墓是件很私人的事情，他怕热闹的人群，怕欢迎的队伍。知道余秋雨回乡消息的人并不多，时逢杨梅季节，狭长的山道上，是一些攘来熙往的人群，谁也没有注意到，今天的路边有什么异样。

9 点半左右，几辆上海牌照的车子徐徐地驶了进来，先到达的是余秋雨的几个弟弟，他们告诉等候在路边的几位亲戚，他的哥哥要稍晚一些。电话联系余秋雨后，几个兄弟决定先上山去父母亲的墓前作些准备。应该是堵车了，或者是司机迷路了，又过了将近一个小时，余秋雨在他弟弟的接应下终于到来了。黑色的西裤，深色的直条纹的衬衫，余秋雨一下车，便上前与等候在路边的家乡人一一握手。与余秋雨一起下车的还有他的夫人、著名的黄梅戏表演艺术家马兰，紧挨着马兰的是一位清瘦的老人，那是马兰的母亲。

去年的这个时候，我也曾在这个路口等候着余秋雨的到来，时间过得真快，又一年了。我的脑海中还停留在上个世纪 90 年代第一次读余秋雨的《文化苦旅》时的情形，记得他在序言中这么写道：海内外不少读者一直认为我是一个白发老人。尽管封底有他的照片，一位年轻的学者侧脸望着远方。但在阅读他的文字时，我的眼前始终晃动着一位白发老人的身影。此刻我望着眼前的余秋雨先生，心里想着这三十年来那么多的诽谤与攻击。他无暇反击，他有那么多事情要做，他的心中只有山川大河与亟待梳理的文化。这位有可能是当今世界走得最远的人文学者，此刻出现在这么一条偏远的山道上，让人感觉有点不太真实，但余秋雨显然是属于这里的，他健朗的脚步快速地向山上走去，仿佛从来没有离开过。他低着头，若有所思，不知道他的脑海中是否在搜寻自己的孩提时代。

马兰解释，他们在上海堵了一个小时。也许是司机迷路了？也许是堵在慈溪的某一个路段了。马兰的解释让我松了一口气，上海的拥堵很是正常，这迟到就与司机的迷路无关了；这拥堵也不能堵在余秋雨的家乡，这迟到与慈溪也就无关了。

余秋雨与马兰一行一起向他父母的安息地走去，顺着一条石板路铺就的小道，前面不远处就是他父母的坟墓了，他的几个弟弟已经做好了祭扫的准备，就等着余秋雨了。墓前的平地昨天请人清扫过了，一些凌乱的杂草已经处理掉，故意留下缝隙中的一些小草，留住了初夏的一抹翠色与生机。墓碑是一方石质坚硬，纹理细腻的青石，上面刻着余秋雨父亲与母亲的名字，边上是他兄弟姐妹以及妻子的名字。字是金黄的色泽，端庄大气。这种简单而干净的墓碑设计符合余秋雨的美学理念，这理念来自古老中国二千五百年前老子的思想，五色令人目盲。

马兰显然是整个仪式的主持者，这是一种祭扫仪式，更是一个家族的回归仪式。他们兄弟几人从这里出发，如今全都漂泊在外，其中的一位兄长，更是走遍了世界上各大文明的遗址，有些文明的遗址又是那么的凶险。今天他们聚在一起，聚在父母的墓前，心中会有无限的感慨。无法细说的乡愁，此刻只化为跪在地上的深深一拜。

山坡的更上面，安息着余秋雨父亲的祖辈。马兰劝不住余秋雨，余秋雨坚持还要上去，我继续跟随着余秋雨先生。我随身携带的包里有一本余秋雨的作品，终于逮着一个时机，在余秋雨站在墓前向山下远望的时候，我拿出了他的《戏剧理论史稿》，这是 1983 年的版本，封面有点褪色。余秋雨接过这本三十多年前的作品，很高兴，他说："这个不容易，这本书我自己也没几本了。"他在书的扉页愉快地为我签下了"沈伟恒先生留念余秋雨"两行字。真好！利用工作之便得到了秋雨先生的签名本。

下山的时候，余秋雨走得很快，我快步上前对他说："余老师，我扶着你吧。"余秋雨连忙摆手："不用的，你扶着我反而不平衡了。"这是一句很有意思的话，下山时速度较快就必须控制好脚步，快速往下冲一定得集中注意力，眼睛要提前找到一个可以落脚的点，如果这时有外力参与反而会不协调，这就是余秋雨所说的不平衡。他的一句"你扶着我反而不平衡了"让一个从事了十多年的物理教学的我品咂了好一会儿。

路上，我向余秋雨印证一件事情。那是 2015 年的初夏，余秋雨回家乡在鸣鹤古镇参观，在银号客栈前，主人邀请余秋雨与他合影，那店家手持一块黑板，上面写着：炊烟起了，我在门口等你。夕阳下了，我在山边等你。叶子黄了，我在树下等你。月儿弯了，我在银号等你。细雨来了，我在伞下等你。流水冻了，我在河畔等你。生命累了，我在天堂等你。我们老了，我在来生等你。能厮守到老的，不只是爱情，还有责任和习惯。我当然知道，这是网上一直流传余秋雨写的一段文字。但是这些文字肯定不是余秋雨写的，这不是他的风格。店家在这段文字中把"月儿弯了,我在十五等你"改成了"月儿弯了,我在银号等你",银号两字用了红色。照片上,店家满足地微笑着,他以这样的一种方式欢迎余秋雨,又以这样的一种方式为自己的客栈做了广告,店家无疑是很开心的。照片上的余秋雨也乐呵呵地笑着。我不知道余秋雨是否知道事情的前因后果,估计是不知道的。他不上网,也不使用手机,网上流传的这些文字他不一定知道。但他的微笑很有意思,似乎是洞察了店家的一切,却又不忍道破其中的真相,那么就留下一个神秘的微笑吧。

按照行程安排,祭祖扫墓结束后,余秋雨将去位于车头的余氏祠堂。去年,他专门为祠堂题写了"慈溪桥头余氏祠堂"八个字,署名为"世界余氏宗亲会名誉会长余秋雨题"。这几行字横刻在位于祠堂门口东侧的黑色大理石上。余秋雨见到后非常高兴,他赶紧招呼他的兄弟几家子一起在大理石前拍照留影。他指着"世界余氏宗亲会名誉会长"这几个字告诉大家,现在其他各地的余氏族亲总叫他宗长。宗长是尊崇的长者,余氏族人为自己的家族出现这么一位优秀的文化学者而自豪。

马兰风采依旧,一件黑色的背心,搭着灰色的披肩,下面是一条浅黄色、黑条纹的飘逸长裙。她跳跃着,站到余秋雨的面前,摆了一个优雅的造型。这里,她是余家的媳妇,在那么多祖宗的注视下,马兰毫不怯场。这里是余秋雨的家乡,是她的夫家,那么就允许她放松,甚至俏皮一下。

看完了余氏祠堂,余秋雨上午的行程就完成了。下午,他将去上林湖越窑国家考古遗址公园。

去年余秋雨来上林湖的时候,越窑博物馆还没建成,国家考古遗址公园也没授牌。经过一年左右的时间,对于慈溪在挖掘上林湖越窑青瓷这个文化品牌上取得的这些成果,余秋雨感到非常兴奋。上坟祭祖、参观余氏祠堂,又兴致勃勃地来到上林湖越窑博物馆,余秋雨没有一丝倦意。已经有许多读者捧着余秋雨的作品等候在博物馆一楼的一个小会议室里,那些读者怕等不到余秋雨的签名,都紧紧地围在余秋雨的身边。余秋雨笑了:"大家放心,我一定会签完这些书的。"

签完书后,余秋雨来到了播放厅里,在这里他将观看一个简短的关于上林湖秘色瓷的介绍片。屏幕上出现了"秘色瓷"三个字的时候（余秋雨题写），旁边的人说，秘色瓷三字很漂亮。他自豪地对坐在身边的马兰说，这个字漂亮吧！整个介绍片也就 8 分钟左右，余秋雨看得很认真。结束的时候，他终于说话了："这些内容太学术了，不能被普通的观众马上接受。"后来他坐在游船上去荷花芯窑遗址的时候，对陪同的市领导说："秘色瓷应该这样来讲，首先讲瓷器的重要性，然后讲，青瓷是一切瓷器的祖先。（一切瓷器）共同的祖先叫青瓷，共同的祖先里面有个神秘的经典叫秘色瓷，有很多很多人在议论，但是谁也不知道秘色瓷是怎么样的？有多少窑在争论（各自的优点与缺点），一说出越窑，大家都鸦雀无声。一说出秘色瓷，大家都抬头仰望。（秘色瓷）到底是什么颜色？有人说像这个，有人说像那个，有人说像玉，有人说像傍晚的天空，中国文字有个特点就是不准确。终于有了法门寺，出现了范本，佛家不打诳语，这就是秘色瓷。而这里有个上林湖，它是越窑的所在地，这就串联起来了。秘色瓷之秘，指匣钵的密封烧制，是单个烧。秘色瓷有个神奇的效果，它里面没有图案，没有什么头像，没有什么动物。秘色瓷舍弃一切东西，但是你感觉到即使没放水，它永远有放水的效果，这种光影效果的追求，是其他窑所达不到的。"

"什么考古研究所呀都不重要，（解说的）那个语言也太古老了，应该更现代化。（在展厅里）新的根据秘色瓷、根据越窑创作的作品都很好，作为片子里要提一下，一个老人做得不错、一个女的也不错。越窑是没有图像的，有图像也是一朵朵荷花，小小的。有人物的（青瓷）就不像越窑了。"

期间马兰补充了一句，（你们宣传的时候）不要带舞台腔，不要讲学院派，要把那些老的模式都去掉。

我想起了前几天陪着台湾的一批客人参观博物馆时的情形。那天下午，当讲解员带着他们走入第一展厅时，他们的注意力并不集中，显然他们不了解什么是越窑，什么是秘色瓷。我本以为到了二楼，到了那个秘色瓷的精华展区的时候，他们会为眼前的这些精美瓷器所吸引，然而他们还是三三两两地各自聊天。我有点焦虑，就像你家来了几个客人，你拿出最好的一个器物，却因为不知道怎么介绍它，使得这器物并没有出现你想象中的惊叹而感到失落。讲解员的讲解很专业，这是龙窑，坡度是多少；这是匣钵，就是把秘色瓷放在匣钵里单个烧造；这里的温度控制在 1000 多度，凭的是窑工的火候。但是，但是对于他们，对于一群对上林湖越窑青瓷丝毫不了解的客人来说，哪怕你搬出秘色瓷，他们依旧是一脸的茫然。

这次，当余秋雨站在这个展厅里的时候，他的第一句话是：唐代的豪华生活与这里有关。我不知道，陪着余秋雨的这位讲解员有没有听到这句话，如果听到了，那么接下来的所有讲解都是多余的，你只要带着余秋雨往那些瓷器面前一站，余秋雨的脑海中涌现的场景是东汉、是大唐，是曹操、是李白，是唐明皇、是武则天。我想起了余秋雨在《乡关何处》里的那一段话：想想从东汉到唐、宋这段漫长的风华年月吧，曹操、唐明皇、武则天的盘盏，王羲之、陶渊明、李白的酒杯，都有可能烧成于上林湖边。我看过余秋雨在首届青瓷文化艺术节上的演讲，他本身就是一位青瓷专家。讲解员指着眼前的几件青瓷对余秋雨说："这是宋代的瓷器，色泽简单。"余秋雨说："对，这是宋朝的特点。"解说员说法门寺发现了秘色瓷。余秋雨说："发现的时候，我赶了过去。"这样的对话还有很多，一路听来颇有意思。

我在想，如果那天，让我陪着台湾的客人，我一定是这样开场的：大家都知道释迦牟尼佛吧，当年火化后他的舍利子被世界各地的寺庙供奉着，其中在中国的皇家寺院法门寺内就藏有一件佛祖的指骨舍利，这成了镇寺之宝。这枚舍利被珍藏在佛塔下面的地宫里。你们知道吗，在珍藏佛指舍利的地宫里还发现了秘色瓷，由此可见秘色瓷的珍贵程度。现在已经有足够的证据证明，这秘色瓷的故乡就在慈溪上林湖。我们脚下的这堆碎瓷与法门寺里那批精美的秘色瓷具有同样高贵的血统。

这样的介绍，就能一下子把观众给吸引住，这时候，再告诉他们，曹操、李白、唐明皇、武则天，他们使用的酒杯与盘盏就是这里烧制出来的。也就是余秋雨所说的，唐朝的豪华生活与这里有关。有了佛祖的渊源，有了皇家的贵气，再介绍秘色瓷更容易让一个普通的游客接受。

在第二展厅里，气氛更轻松了，不知谁提到了秘色瓷的名次。余秋雨与陪同他的客人开始了调侃，秘色瓷排名，法门寺第一，后司岙第二，故宫第三。

在一楼的现代名家作品展柜里，余秋雨指着八棱净瓶说：慈溪要颁发一个秘色瓷奖，奖品就为八棱净瓶。后来在遗址公园前他又说，具体到某一年可以以某个人的名字命名，比如某某奖，他指着身边的一位他所熟悉的领导说。

我忍不住向余秋雨提了一个问题："余老师，我知道你去过德国的一个叫迈森小镇，这个小镇现在被称为世界瓷都，你觉得我们与他的差距在哪里？"余秋雨不假思索地回答："你不得不服气，他们每年都在创新，再创新。而中国每年都在保存，再保存。"

接下来要去荷花芯窑遗址了，终于有人轻声提出想和余秋雨先生合影。拍照时，摄影师走上前去说，余老师，你衬衫的纽扣没扣好。余秋雨说，纽扣敞开了好看。在家乡，在上林湖畔，这位经常在世界各地阐述中华文化的学者，是多么的轻松自在。

与余秋雨想合影的远远不止他的那些普通读者，还有一些不好意思去争抢位置的陪同领导，当然他们首先也是余秋雨的读者。在这里，想跟余秋雨合个影，不妨也争先恐后地去挤一挤，这种争抢是高贵的，因为你们懂得，眼前的这位学者代表了一种文化的高度。若论行政职位，他在三十年前，担任上海戏剧学院的院长时，已经是正厅级干部了。

合影结束后，余秋雨走向上滩头的游船码头，游船启动时，马兰发现上海过来的两位朋友没在船上。余秋雨说："二个不是慈溪人坐在慈溪的路边，多孤独。"当我们提出游船掉头去接他们的时候，余秋雨又说："不用去接了，这个我可以决定。"

游船是纯电动的，少了突突的机器声。我们介绍说，以前这里只有柴油船，现在改成了电动船，环保多了。余秋雨说："什么船的名字是次要的，这里只分好船与坏船。"

后来，他的两位朋友在荷花芯窑遗址前与余秋雨汇合了。他们告诉余秋雨："我们怕给你们带来麻烦，结果却给你们带来了麻烦。"余秋雨听了他朋友的话语说："这话讲得多好！怕给我们带来麻烦，结果却带来了麻烦。"他向我们重复了一遍他朋友的话语，与我们一起分享中国文字的魅力。

一路上，余秋雨先生妙语连珠，我们坐在秋雨先生的身边，聆听着他的话语，感受着一位文化大师的无穷魅力。

时间不早了，余秋雨要回去了，他现在的家在上海，但正如他自己所说的，诸般人生况味中非常重要的一项就是异乡体验与故乡意识的深刻交糅，漂泊欲念与回归意识的相辅相成。异乡的山水更会让人联想到自己生命的起点，因此越是置身异乡越会勾起浓浓的乡愁。

我知道，明年的这个时候，他又会回到上林湖畔，回到这个叫桥头的小镇。

原载 2018 年 7 月 18 日《慈溪日报》

# 稼句先生印象记

## 童银舫

　　王稼句者，苏州才子也。他比我大六岁。我曾为怎么称呼他而犹豫过。称他"哥"吧，好像觉得有点江湖的味道；称他"同志"吧，这是个已经过时的曾有着强烈色彩的词并且当下另有时髦含义的东西，恐被人误解；称他"老师"吧，也行，韦力把不甚熟悉的文人，无论男女，都称老师；但最后，我还是称他为"先生"，虽然"先生"这个称呼也有多种含义，因文人而称先生，辞义的指向就较单一，而且我在与他的通信中，抬头就很自然称"稼句先生"，好似过去大家称周树人为"鲁迅先生"一样自然，因此见了面就直呼"稼句先生"。他的名字也取得很有意思，稼者，稼穑；句者，句读，分明就是耕读传家嘛，如果叫"家驹"，也许他做不成文人了。

　　我与稼句先生第一次见面在什么时候什么地方，一下子记不确切。我问了一下励双杰，他说是在萧山的一次会议。我立马翻出日记，是2008年3月在萧山召开的地方文献国际研讨会。

　　我当时已读过他的几本书，给我的印象很深，除了钦佩他的才情，主要的是他看的书很杂，特别是他对姑苏文献研究之深，非常人所能及。因为我也喜欢看杂书，也喜欢地方文献，我就把他当作标杆，引为同道。

　　那次会议的核心人物是南开大学的来新夏教授，关于来教授，我将另行撰文，此不赘述。给我印象最深的是，开幕式那天晚餐，我和双杰与稼句先生同席，稼句先生见酒如同见着亲人，欢喜得弗得了。听他聊天，很是享受，但陪他喝酒，我实在有点怕。因为我和双杰不会喝酒，平常见着人家将一瓶瓶啤酒一口气灌进肚里，佩服得紧；或见着人家将一杯杯白酒瞬间咽下，又害怕得很。眼前的稼句先生喝酒倒是很文明，没猜拳，也不劝酒，对满桌佳肴也只是点到为止，并不狂风卷落叶，而是优哉游哉。最后，旁边的人大概都吃饱了，一个个溜走了，只剩下我们三人。我见服务员的脸色已从春天倒回至冬天，赶紧说，稼句先生，请到我们房间喝茶去吧。他很爽快地说，行。

到了我和双杰的房间，稼句先生说，你们喝茶，我仍喝酒。结果，他竟然又把一瓶白酒喝完了。午夜时分，在张继红先生（山西古籍出版社社长）的再三婉转提示下，稼句先生才握着我们的手，嘴里说"真好真好"，回自己房间睡了。

至于那晚说了些什么，我已完全忘了，但稼句先生喜欢喝酒的情节，已刻在记忆里了。

稼句先生专程来访过慈溪。当时上林书社刚成立不久，稼句先生闻之，认为应该在道义上给予支持，故有此行。

2010 年 5 月 3 日，他和苏州作家吴恩培、朱军下访上林书社。我们三个正副社长、二个理事倾力接待。那天谈得极欢，我们又请到了书社顾问方向明和方柏令，他俩也是作家，有共同的话题，在一个叫"阳明"的餐馆吃的中饭，稼句先生一行说真是难得，因为他们都喜欢阳明学说。那天下午安排去河姆渡遗址参观。在去余姚的途中，同车有二位女士，一位是上林书社的副社长胡遐，另一位（她的名字我说了你们也不知道）是内子。她们后来对我说，稼句先生带有苏州腔的普通话带有酒味，要十分认真倾听才能听懂。他的醉眼朦胧只有诗情没有邪气。最有趣的是他的兰花指翘兮巧兮，似乎能帮他说话。我说你们观察真是细心，我怎么没察觉到这些呵。

后来，我与稼句先生交往多了起来，但也谈不上密切。庄子说的"君子之交淡如水"是也。我参加了几次读书年会，每次都会碰见他，他与陈子善、董宁文、徐雁等几人是年会的核心人物。我发现，无论是主持会议，还是上台发表演讲，稼句先生总是要言不烦，主题明确，大方得体，而且绝对不拿稿纸照本宣读。记得在张掖的第十四届全国民间读书年会开幕式上，稼句先生代表读书人的演讲，真可谓精彩纷呈，既不狂妄，更不酸腐，既发自自己内心，又说到别人的心里，听了使人兴奋又感动。

我大概已有十几本稼句先生的书，有的是我从书店或网上购买的，有的是稼句先生赐的。这些书，明显分为两大类。一是读书随笔书话类，如《栎下居书话》《秋水夜读》《王稼句序跋》《看书琐记》《看书琐记二集》《看云小集》《四时读书乐》等。另一类是古吴文化地方文献类，如《古新郭文钞》《苏州山水名胜历代文钞》《吴中好风景》《端午》《历代七夕诗词钞》等。这都是我喜欢的，有的书还读过不止一遍。如我收到他的《吴中好风景》后，在微博上写下这样的心得：

收到王稼句先生签赠《吴中好风景》，凤凰出版社 2015 年 12 月版，精装本。王乃吴中文献大家，又是文章高手，此书洋洋五十万言，将吴中山水、市镇、园林、祠庙、寺观诸人文景观，引经据典，如钱塘潮水，奔腾而来，令人目不暇接；又如落英缤纷，多姿多彩。据悉《吴中文库》20 种 24 册，王独揽 4 种 5 册。

我佩服他的地方在于，他读过的书多，写的读书笔记能左右逢源，信手拈来，发人所未发。特别是地方文献的挖掘，除了勤奋，还需要有过硬的基本功和乐于奉献的布道精神。我曾认识一位老先生，他对地方文献较为热心，也搜集到一些珍贵的史料，但他以奇货可居的心态来处理文献，秘藏深阁，结果毫无研究成果可言。或许，这位老先生所拥有的史料，对普通爱好者来说可称珍稀，但对专业人员来说，价值极其有限。如果能互通有无，可便多方有利，推进文献和文史的研究。

地方文献的整理与研究，非坐十年冷板凳就不可与之言。在当下讲究利益最大化的时候，做此项工作者，简直是逆势而行，苦中作乐。以我的理解，一地之历代文献一方面浩如烟海，如历代方志、乡人著作、报刊、档案，乃至书信、日记，林林总总，茫无边涯；另一方面则受兵燹水火之灾，或茫然无存，或断编残简，搜寻之不易，非经历者而莫知难矣。有时往往为了一字之异，奔波于图书馆寻寻觅觅，甚至在荒山冷岙间摩碑细辨。枯灯黄卷，穷尽文献，田野调查，开辟新径，稼句先生近百种著述的问世，那必然是付出了超出常人数倍努力的结果呵。有人只看见他收获的笑容，却没能体会他流淌汗水的艰辛。

稼句先生每次寄书，都是亲力亲为，签名，盖印，包装，写信封，一丝不苟。他的字很漂亮，劲秀流丽，有书卷气，像苏州小调。他的字作为题跋绝对一流，与他的学问才情是完美的组合。

2014 年，我与稼句先生同列首届全国书香之家。记得次年在天津的读书年会上，我与稼句先生等八个参加会议的"书香之家"拍了一张合影，大家都说难得难得。

去年诸暨的读书年会上，我与稼句先生聊天。那天大家都没有喝酒。他正儿八经地对我说，他其实是不喜欢喝酒的，尤其在家里平时是不喝的，家里是做学问的地方。在外面喝酒，主要是为了友情，为了气氛，需要应酬，需要放松。他见我将信将疑，又补充了一句："我喝酒从不误事的，脑子清爽得很呢。"

今年三月，收到稼句先生签赠的《风日晴和：民国浙江游记》，这本书是他在超过收录篇什的五倍的文章中精选出来的，编得很是地道，我很是喜欢，即发短信道谢。稼句先生随即回复："欢迎来苏，茶酒两便。"

是的，我去过几次苏州，但尚未拜访过他的"听橹小筑"。今年，不知有否机缘呢。

2018 年 4 月 23 日，世界读书日，写于梦田书屋。

原载《浙东》2018 年秋季号

# 怀　念

## 戴鸣璋

栗齐俊先生享年 86 岁，离开我们六个月了，我对他的怀念一天都没有停息过。

那日，我刚从市人民医院看完病腿回家，吃力地移步上楼，拧开门锁，手机铃声骤然响起，是栗先生大儿子伟玲悲切的声音："戴老师，我老爸走了……"

噩耗像一道黑色闪电向我袭来，没有心理准备，也总难以相信。一个月前的圣诞节大清早，栗先生打电话给我："鸣璋，祝侬圣诞节快乐！"嗓音清亮不含糊，精神状态不错的。谁能想到这句短短的节日祝词，竟成了我们师生的永诀！

栗先生是圣诞节后一星期因身体"不爽快"（气喘胸闷）住院。我知道哮喘病一直是他的老毛病，很快会挺过来，也最多待上三五天。前年冬季，他患该病进了市红十字医院，院方床位紧张，只好安排他在一楼过道上。那日傍晚我跑去看他，先生端坐在临时搭放的钢丝小床上，小儿媳阿凤正细心地喂他刚从家里煮来的热面条，先生咀嚼得津津有味。按级别栗先生应该享有中学高级教师（副教授级）的待遇，可他却忍受着过往行人脚步的纷乱和走道空气的混浊。

接到噩耗后二十分钟内，我匆匆将早餐吃剩的半碗稀饭加温，急急扒下肚，拎着装有宣纸毛笔墨汁和胶水的布袋，拖着沉重病腿缓步迈进先生家，在他的儿孙们协助下，布置灵堂，张贴挽联，排放花圈，起草悼词，一切在操劳一生、"熟睡不再醒来"的栗先生身边默默进行，氛围无比哀痛、肃穆。

俯身凝视老先生遗容，脸色安详，两鬓如霜；抬头细阅紧贴"奠"字两旁挽联（为敝人撰书）："一辈论'政'，讲善讲美讲真理；满心慈和，爱生爱儿爱媳妻"触目击心，感慨万千。毕业于浙师大哲学系栗先生，他从教来几乎一直担任中学（初中高中）思想政治课，热情坦荡地向孩子们宣讲世界真理和人生真谛；栗先生又是爱生胜子、尊妻赛宾、先子后己的好教师好丈夫好父亲。他有 3 个儿子，没有女儿，然而儿媳们的恭敬孝顺，足让两位老人福爱满满。

一副挽联不易诠释先生的一生，却像两扇深沉坚挺的历史重门徐徐打开，将我们引进上世纪六十年代初东山中学高中时期悠悠岁月……

栗齐俊先生担任我们 63 级高中班主任起，他就是我们人生征途上矢志不渝的领航人，是十分忠实称职的"传道授业解惑"者，更是学识广博，面善心慈的大哥和知心朋友。他从来不说大话，不唱高调，不训斥批评人；在验收每学期班级教学成果时，从不搞分数排队，不搞模拟培育预测；也从不叫学生熬夜苦读，加码挥鞭。一切遵照"综合检验教育工作，有助全体学生健康成长和愉快成才"的方略部署去努力争赢。作为他的学生，完全享受着"自觉、自主、自由"的空间，用极大的主观能动力编织起自己的美丽精彩学生时代。他始终遵循孔子"有教无类"的教育原则，不管学生家庭出身、文化基础及体貌个性差别如何不一，先生一视同仁，播洒同等的爱。

那年月，下午上课前 15 分钟，各班要学唱革命歌曲。一次开唱《公社是棵长青藤》，坐在教室后面的几个高个子老兄，见讲台边一小同学个矮头圆，衣着破旧，平时成绩偏下，于是借现场曲谱旋律，塞进了"冬瓜啊西瓜啊和南瓜啊"不敬之词，来个哄堂调笑，使小同学满脸涨红，不知所措。栗先生感觉气氛不对头，蹙眉不悦。他没有当面指责"肇事"者，而是走近小同学轻拍其肩，示意他面对"顽友"大度一点，不要生气。熟谙教育心理学的栗先生特别亲近那些貌不出众、成绩偏差、家境困难、幽怨情绪浓重和个性不活泼的"心灵困扰群体"，与他们一起课外活动，一起学农劳动，课后饭余时常跟他们围坐一起，倾心交谈，激励他们赶走自卑，树立自信。

我这位寒门出身弟子，同样深受栗先生的所有关爱。每月 5 日是学校收交包桌菜金日，每位学生一个月 3 元，由各班生活委员负责。那天夜自修，眼看生活委员慢慢走近，我的头也慢慢地低了下来。栗先生似乎早已看到我的羞涩和窘迫，赶紧为我代交了菜金，还打圆场解围："鸣璋忘记带了。"先生一句话，暖我终世心。如今看来这轻微简约的助困一幕，其背后却隐藏着许多清贫的故事。当年我堂堂高中男生，老布学生装两只口袋经常空空，不沾分银。父亲一人工资要负担全家七口生活，经济拮据可想而知，何况父亲发工资是每月 8 日，父亲领了工资才还先生代交菜金。

高三最后学期是迎接高考和考生志向摸底时节。栗先生对每位学生设计倾注了大量心血。记得 1966 年初夏的一天，气温炎热，栗先生头顶烈日，徒步行走四十余里（东山头到鸣鹤来回 5 个多小时）上我家访问，没喝一口水，谢绝吃中饭，动员父母支持我报考文科。九十岁的老母亲至今尚心存愧疚，经常念叨："栗老师连生水没喝一口，饿着肚皮回学堂，对不住啊！"

可以说，除父母亲外，在所有亲人中，我跟栗先生亲密永远排在第一位。师生灵魂息息交融，相同职业、志趣、信仰以及爱好的高度粘合，已铸熔为一块十分厚重的情感铁板，不可切割。

1974 年退伍回来，我加入教师队伍，成了先生的同行。我曾和他一起参加县委党校培训学习，有过共读《共产党宣言》等马列主义经典的愉快时光；奉化工作时与他近 20 封书信来往一直保存着，字里行间内闪烁着教书育人共同话题和理想；2013 年师生成了市老年大学行书班同窗，双双获取"优秀学员"奖状……

寒夜，我们向先生遗体作最后告别。开完家庭追悼会，窗外正是朔风呜呜，白雪漫舞，像是上天送给先生的绵长哀乐和无穷素花。

先生驾鹤西去，带着对爱妻儿孙及学生们的无限眷念。

臧克家《有的人》的头两句："有的人活着，他已经死了；有的人死了，他还活着。"我总觉得栗先生还活着，还蜗居小区 2 楼寓所，临窗挥毫练书法，低头读名帖；坐在电视机前看看新闻，喝喝清茶；或与师母俩走弹子跳棋，来一段夫妻温柔的输赢"拼杀"。

# 姨　婆

海　如

姨婆走了。

她在清明后一日离开了人世。她是个苦命的女人，年轻丧父，中年失偶，老年丧子，似乎人生的所有不幸，她都一一经历，这样想来，她离去或许也是一种解脱吧，那个未知的世界，未必不如这个混沌人间，最起码，那里还有她早逝的男人与孩子。

记得去年这个时候，我们去芝林外婆家，她来送我们时，拉着老妈的手喃喃道，姨婆老了，不知道还看不看得到你们明年再回来…她就那么颤颤巍巍地立于风中，眼角眉梢尽是不舍，我想，她心底不舍的，还有我的侄子侄女吧，算来他们也有五、六年没见了，毕竟，缘缘和凯凯都是她抱大的。

那年，侄女刚刚出生，姨婆便背着个包袱来我家，虽说是远亲，倒也是我第一次见她，六十出头的年纪，清瘦矮小，干活麻利。嫂子生下缘缘后便回了上海工作，找了个保姆不怎么满意，刚好姨婆过来找活干，人勤快又是自个老家远亲，便放心让她带侄女。缘缘刚出生时挺闹腾，又老是生病，姨婆那时真是带得很辛苦。又过两年凯凯出生，又是姨婆接手抱他，虽然她也喜欢孩子，把缘缘凯凯姐弟俩捧手心里当宝贝，但来我家的初衷毕竟是为了赚些钱。老妈说姨夫走了后，她一个人把五个孩子拉扯大，一个个成家立业，挺不容易的，现在还干得动就出来挣些养老钱傍身。好在我们是大家庭，人手多，知道姨婆辛苦，大家都一块分担些家务，也没把她当外人，好吃好穿都想着她，还带她去上海玩，慢慢地她在我家也习惯了，偶尔回家一趟，回来便喜滋滋地说邻居都说她人胖了，气色越来越好了。

姨婆在我家干了六、七年，年岁大了，侄子侄女也去上海上学了，也便回了芝林，那里，终究是她自己的家，即便媳妇待她并不好，还有她惦记的儿孙们。

我们基本上每年都会去趟芝林。芝林是四明山凹的一个小村庄，以前闭塞落后，胜在山清水秀风景如画，山里盛产毛笋，一到春天，桥头路上晒满了笋干。这几年芝林的旅游业发展得很快，有"浙东小九寨"之美誉，一到节假日，更是游客如云，村里多是农家乐，姨婆有时也去帮帮忙卖卖土特产，日子就这么波澜不惊地流逝。我们去的时候，姨婆总是很开心，买了最好的小菜留我们吃饭，回来又是送笋送笋干，恨不得把我们的车塞满。缘缘凯凯在上海很少回，她老是念叨着，越是年老越是隔得久便越是想念吧。去年看到她，经历了丧子之痛的姨婆愈发老了，身体状况大不如前，她依然把大包小包土特产塞到我们车上，依然恋恋不舍地送我们到村口，依然一遍遍地嘱咐我们常来，她紧紧拉着我妈的手说，不知道能不能看到你们明年再过来……就那样挥手道别，看春日料峭的风拂起她凌乱的白发，看她孤零零的身影渐渐消失在车后……竟不知，此一别，从此再也不见。

今日，重回芝林，水依然清凌，山依然葱茏，却再也没有那张熟悉的脸、那个念叨着孩子们的姨婆了。我驻足在她曾住过的房子前，有那么一瞬间的恍惚，似乎她还未离去，似乎她随时会走出来招呼我。

我会记得，在这个美丽的小村庄，曾经有一个善良的姨婆，曾经在我们的生活里出现过。

原载《散文选刊》（原创版）2018 年第 2 期

# 留下我最完美的笑容

## 赖映姿

1

偶然在简书与赵希君邂逅，只因那一行行温暖又苍凉的诗句，撩拨着我心底最柔软的角落，每每读来，总会唤起对人生以及生存问题的深层思考。一次偶然的机会，我把赵希君的诗推荐给诗文群。

在这个诗文群里，大家效仿古人以诗文会友的风雅情怀，探讨诗词，探讨人生，抒发感悟，也有叙写家国情怀。而赵希君就像一个开朗的邻家大男孩，在融入这个大家庭之后，不起眼，也不寂寞，总喜欢和我们开开玩笑，写写诗，始终没人留意他那隐藏的不幸。

有一天，师兄"跨鲸而来"携手师姐"晏萍"，在简书掀起一场声势浩大与赵希君和诗的狂澜，我才真正走进"渐冻症"这个词汇，知道小君已经随病十年。我曾一度以为，他一定有一个温馨的家，才造就了他一颗乐观开朗的心，并打破了"渐冻症患者生命周期只有 2—5 年的医学宣言"。

可事实又一次证明我错了，通过逐渐深入了解，我发现自己以往对他的了解都是片面的，有些甚至是错误的，因为很多无可争辩的事实在证明，并深深震撼了我。

# 2

赵希君，1987 年出生于辽宁省本溪市桓仁县普乐保镇，那是一片物质匮乏而又风光旖旎的大山，在这方秀丽田园中他渡过了健康快乐的童年。17 岁时迷恋于木雕，拜师学艺，20 岁已经是当地有名的木雕师了。

英俊阳光的外表，聪慧和善的秉性，理想的风帆正刚刚启航，在这个金色的季节里，多么希望能邂逅一位豆蔻丁香般的女孩，开始一场轰轰烈烈的恋爱。然而，"渐冻症"犹如一道可怕又狰狞的晴天霹雳，这种比癌症更为可怕、在中国患病概率只有十万分之四的不治之症，活生生地撕裂了赵希君所有对生活的美好向往，21 岁就被宣判进入了生命倒计时。

渐冻症，医学术语称为"肌萎缩侧索硬化"，简称 ALS，在英国又被叫做运动神经元病。患者的心智、敏锐虽然一如常人，而患者会眼睁睁看着自己肌肉逐渐萎缩和无力，以至瘫痪，身体如同被逐渐冻住一样。如我们所熟悉的一代理论物理学大师霍金，以及美国著名棒球明星 LouGehrig 都是渐冻症患者。渐冻症一般可分成五个时期，即症状开始期、工作困难期、生活困难期、吞咽困难期、呼吸困难期。

多少个漆黑无边的长夜里，一颗年轻的心在深不见底的黑洞里直线下坠，对生命的渴望，对死亡的恐惧，对现实的无奈，一切的一切，就像一把钝刀子，狠狠地在这颗惶恐的心上来回磨搓，乃至血肉模糊，痛到失去知觉。

同时被这个晴天霹雳击倒的还有赵希君的父亲。离异十年，一个坚强的大山男人，面朝黄土背朝天，独自刨耕着两亩地将两个孩子拉扯长大，正满心喜悦地对生活幸福曙光翘首以盼，却迎来了儿子不治之症的一纸判决书。但在残酷而无奈的现实面前，父子两人还是坚韧地接受，并选择用微笑去面对人生，虽然已经无法实现"你养我小，我养你老"古老美丽的誓言，但父子能够相伴渡过余下的分分秒秒，也是心中莫大的安慰。

初时，赵希君还能给父亲搭把手，干点力所能及的农活，慢慢的，随着四肢的逐渐萎缩，已无法下地干活，于是他就在网上开了一家卖木雕工艺品的网店，一则可以贴补家用，二则也可在寂寥的长日，抚摸这些熟悉的木雕工艺品，仿佛是对自己昔日木雕生涯的深情回眸。在这个大山里，日子如常流转，每天一早起来，父亲帮赵希君洗脸，刷牙，大小便，吃早饭，做完这些，父亲会把赵希君推到电脑前，而他会通过唯一可活动的右食指与外界保持联系。有时父亲也会推着赵希君去外面转转，出了家门，俯首是苍翠之绵绵青山，身畔是溪水缓缓流淌，家乡的风景依然是那么美，只是那个追梦的少年再也无法在这方天地里自由奔跑，而只能徒然地看着年老的父亲为自己一生操劳。

长年的劳累使父亲备受腰病困扰，无法再下地干农活，面对父亲，赵希君内心的心疼与愧疚是不言而喻的，就如他在《我的父亲我的世界我的爱》中所写下的：

春天，让我如何言情

怕那个字一说出口，便害得您和我一起痛却不敢说疼

夏天，让我如何相约一起沐雨听风，生怕我的风雨泥泞您的前程

秋天，有我枯萎的风景，一定让您心痛，多想把这季节就此葬送，留下我最完美的笑容

冬天，让我怎敢说冷，怕您伸出手为我挡风，我能捂热您的手，却捂不热您的梦

我该拿什么奉献给您，岁月，这般无情，我，又这般无用

## 3

病魔摧垮了赵希君的身体，却没有摧垮他坚韧的意志，他那赢弱的身体里涌动如潮的大爱，在感动并感染社会。2014 年某一天，当赵希君得知当地有个女孩身患癌症时，他与慈善组织取得了联系，想捐赠一百元钱，该慈善组织的成员见到赵希君后，除了惊愕便是震惊，只见他嶙

峋瘦骨耸立，全身肌肉萎缩，近看犹如一具人体骨骼模型，而那张憔悴不堪的脸庞却始终洋溢着沉静的微笑，一如暖阳，流入人心。面对这100元钱，该组织的成员一再推辞，无论如何，怎么可以接受一个连生活都已经无法自理的男孩的捐赠呢，他也是一个需要得到社会帮助的人呀！但最后，赵希君的一番话还是令她收下了，当时，赵希君用颤抖又模糊的声音说道："姐姐，我自己得的是不治之症，哪怕用再多的钱也无法真正留住生命，而这100元钱，至少可以给这位女孩带去一份生的希望，我是真心想帮她的。"

听小君说完后，在场之人无不潸然泪下。

早在2012年的某一天，深感自己的肌肉萎缩症状在加剧，赵希君就对父亲说："爸，我想在死后，把眼角膜捐给需要的人。"闻此言，父亲老泪纵横，但知子莫若父，还是答应了儿子的要求，只是久久地久久地抱着骨瘦如柴、却依然爱心涌动的儿子。2013年7月，赵希君与红十字会签下了眼角膜捐赠协议，同时也写下了这样的文字：我把我的光明，留给另一个需要光明的人，让我的光芒永留人间，还有人可以替我看世间的美好。

而今，赵希君的症状已经发展到了第四个时期，即吞咽困难期，生活已经完全不能自理，唯一能支配的就是一根右食指，通过鼠标点击软键盘与外界的病友保持联系，每天早晨，彼此报个平安，证明自己还活着。

诚然如此，赵希君的脸上依然挂着灿烂的笑容，他用自己的微笑、诗行和乐观不断地鼓励病友们，坚强地活着，直至生命的最后一刻，哪怕有一天我走了，我的眼角膜也会让一个失明的人重见光明，让他替我看这世间的美好！

赵希君留下一个愿望，他在给"跨鲸而来"的信中说："我愿为器官捐献的宣传尽一份力，哪怕能影响一个人捐献，也是生命的接力，以另一种方式让生命继续。"他在《以另一种方式，让生命继续》的诗中这样写道：

既然改变不了命运的安排，

那就安排自己的心，

和大家一起把生命分享，

要对所有爱我的人微笑，

用坚强轻抚我渐冻的皮囊，

感受到坚强的心在热烈的跳动，

不灭的灵魂依然是那么滚烫！

珍惜有生的日子，

感恩所有的朋友兄弟姐妹！

开心的活着，因为你们照亮了我的黑暗，

才有了光和热，才有了对明天的梦想。

愿作渐冻路上一束温暖的光……

感谢那个您！

以另一种方式，让我的生命继续！

让我眸里的光，予你希望，

请您，代我灵魂自由翱翔！


赵希君就是这样一个人，一个已经丝毫没有行动能力的绝症病人，而他的脸上却始终保持着微笑，这微笑，是面对灾难的从容，也有我自横刀向天笑的大气淡定，是浴火重生的领悟，是超脱世俗的释然，更是一个木雕师雕琢精彩人生的豪迈气魄，是一个诗歌爱好者定义不屈生命的隽永情怀！

# 卑微的天使

徐全荣

我九十岁的老母亲，因脑梗住进了慈溪协和医院，需要有专人护理照顾。我们做子女的工作较忙，既没时间又没体力昼夜照顾服侍她，便向院方申请了一位护工。

在物质丰富的今天，中国家庭敬老问题往往不是对金钱的吝啬，而是对牵绊的逃避。护工是宗汉当地人，名叫施金娥，已五十六岁，但她一点不显老，咋一看，似乎只有四十来岁的样貌。她中等个子，瓜子脸、皮肤白皙，身材苗条，有一种内秀的文静，高领的红线衫搭配黑色的西装，仿佛是一位写字楼里优雅的职业女性。

看着如此清秀、文弱的护工，难免让我有些担心，她能做担得起又脏又苦的活吗？先试用几天再说吧。

她铺好被子，甜甜地叫我母亲一声大妈，便扶她到床边坐下，给她脱下鞋，整齐地放在床下，喂了母亲几口水后，服侍母亲躺下。她用一只手放到母亲的脖颈后面，另一只手伸进腰下，一借力把母亲轻轻地放到了床上；再用手抵住母亲的上背，慢慢让母亲躺下，盖上被子，着手存放母亲的随身用品。几分钟的时间，轻柔而利索有序地完成了身边的活儿，让人放心叹服。当她熟练地配合医务人员完成诊治工作后，抬起头冲我们淡淡一笑说："这里没什么事了，你们工作忙，大家先回去吧，大妈不会有什么事的，放心吧！如果有事，我也会马上通知你们的。"于是，我留下了手机号，向母亲和护工告别，离开了医院。

住院第四天，便是母亲九十大寿生日，征得医生同意，我们把母亲接到家中，金娥一同前往陪伴照顾。

当母亲手捧晚辈们献上的鲜花，像新娘一样在鞭炮声中下车走向红地毯时，数百名亲友发出了热烈的掌声，我的泪水在不知不觉中流了下来。我知道，自己的流泪不是受庄重热烈的现场感染，而是近千年来，我的直系血统中，还没有一位祖上活到鲐背之年的感动和慰藉。

风俗习惯，寿星坐在大厅的中央，接受晚辈及亲友们的祝寿。由于新房刚建成，尚未安装空调，主桌正对大门，那天天气很阴冷，母亲受了风寒，又有点累着，下午回医院，傍晚突发癫痫；四肢不停地抽搐，全身剧烈地颤抖，用药后仍不见好转，我们心痛如绞，爱莫能助。亲人们围着急救室，只是焦急而黯然地陪着母亲。时近午夜，病情略趋缓和，母亲开始睡着。金娥对我说，据她的陪护经验，今晚不会有大事了，叫大家回去休息，她会照顾的。在我和金娥的劝说下，大部分亲人回家了。

金娥一直守在母亲的床边，不停地用湿棉签滋润着母亲干裂的嘴唇，还不时揉捏僵硬的四肢。她还一直催促我们陪夜的人在椅子上躺一会儿，闭眼休息一下。我们想和她换换手，她始终不肯。拂晓前，她在我们的再三劝说下，才去休息。只睡了不足两小时，又来到病床边。我看着她睡眼惺忪的样子，一定要她再去休息一会，她微笑着说，护理惯了，常有的事，没关系的，便开始给母亲做全身热水清理。

虽然我们一直要求医生用最好的药医治，医生也尽了全力，但终因母亲年事已高，进入了半昏迷状态。六月底，母亲病情恶化，生命垂危。母亲一动也不动地躺在床上，知觉全无，面色蜡黄，张着嘴，气若游丝，咋一看，恍如死人无异。但金娥始终不离不弃，按时给母亲翻身、揉脚。她说，翻身勤不容易长褥疮，多按摩会促进血液循环，这样多做做，大妈也许有恢复的希望。

看着金娥一次次、一天天不厌其烦、不辞辛劳地日夜护理着，我内心的感动油然而生，感激之余，心里暗暗想，她比亲人照料还周到，比儿女还体贴的动机是什么？动力又来自哪里？第一个答案是肯定的，护工当然为了挣钱糊口，但仅仅为了保住对她来说非常重要的这个饭碗，那偷懒减一半的工作量，也足够满足医院对护理工作的要求。第二个答案若再套用工资金钱之类的词汇来敷释，我想是愚蠢的、庸俗的，亵渎的；应该是中国的传统慈孝文化对她的影响，是她善良的心灵在闪光。她的表现，应该是潜意识支配的自然流露和行为体现吧。她平淡的行动，此时擦去了我和整个社会平时对护工的偏见。

更让我感动的是，金娥经常爬到病床上，叉开双腿，把母亲半躺地抱在自己的身上，让母亲斜靠着她睡觉。她这样做的目的我很清楚，母亲虽然在昏迷状态，但多改变姿势，舒展各个部位，利于血液流畅。试问让一个半死不活的老太婆，靠在自己的身上，像肉疼自己孩子似的久久地抱在怀里，不要说外人，即使是自己的亲生儿女，世上有几个能做得到呢？

金娥为我们做出了崇高的榜样，我妻子、妹妹、妹夫，女儿、孙女及外甥男女，甚至母亲的孙女婿和外甥女婿，纷纷轮流上床抱着母亲，让她半躺在自己的怀中，病房里演绎了一幕幕充满慈孝场景。也许孝心感动了上苍，老天总算开恩，母亲在金娥和亲人们的感召下，踽踽地返回人间，缓缓地苏醒了过来。

在金娥的悉心照料和下，母亲终于能坐上轮椅，金娥每天推她到户外去呼吸新鲜空气，欣赏大自然的美景。我经常发现，她常把头凑近母亲的耳朵，喃喃地诉说着什么，其实母亲因大病，智力已严重下降，也听大不懂她讲些什么。我想，金娥不是不知道母亲的状况，她经常给母亲说话，无非是让她感到天地之美、人间温暖，消除被尘世遗弃的感觉。

由于母亲长期卧床，生物钟严重紊乱，经常白天黑夜颠倒，晚上睡不着觉，不时不识相地叫金娥推她到外面游走。母亲一叫，不管多晚，不管多困，金娥总是义无反顾地推着母亲散心。

有一次，外面下大雨，母亲半夜醒来，大吵着要去外面，怎么解释都没用。金娥怕影响同病房病人休息，便把她推到走廊，但母亲嚷嚷得更厉害了，吵得周围病房都睡不着觉。为了不影响大家的休息，她把母亲推到了远离病房的电梯口，一直陪着母亲说话，像对小孩一样哄着她。过了很长时间，母亲还是不肯回病房，由于实在太困乏了，金娥不知不觉倒在脏兮兮的地上打了个盹，被蚊子咬醒，不停地帮母亲赶蚊子，直到母亲睡熟才推回病房。第二天，当我们看到她脸上和手上被蚊子咬得一个个大红疱，才知道事情的经过。原来，这样的情况是经常发生的，只是她没告诉我们而已。我们向她表示歉意，她只是微微地一笑说：没关系的，你们不要介意。

有人可能会问：护工待你老娘特好，是否你家经济条件好，额外贴给了她许多钱，否则，无亲无眷的，怎会待你娘如此好呢？

我们曾试图额外给她红包什么的，但都被她婉言谢拒了。她总说这是她应该做的分内事，不该拿额外的补贴，还让我们千万不要客气。

有人可能会问：是否医院的制度特别严厉，拿了病人的红包会有开除的风险？

不！一、护工不是医院在编人员；二、医院的护工相当紧缺；三、非权钱交易，不影响公众利益，只要病家自愿给予，医院方面是不会干涉的。

我们经常看到，她前几年照料过的病人和已亡故病人的家属，常来医院看望她，并给我们讲述金娥照料病人如何周到体贴的暖心故事。可见她并非对我母亲一个人好，她对所有的病人都好，不管是富人还是穷人，她一视同仁，把病人当成自己的上帝。

有一天，我与隔壁的护工闲聊中说到金娥不收小费的事，她告诉我，金娥常对她们说：护理工虽然辛苦点，但工资已经高过了劳动市场近类工种，生病住院都出于无奈，我们要懂得换位思考，不能太贪。病人与家属对我们的尊重，是我们最大的收益，我们应该满足！

这话出于一位没多少文化和见识的农村妇女、处于社会最底层的医院护工之口，真的令我震撼……

在长达两年半的时间里，我逐渐了解到了她的家庭情况，她曾经也是老板娘，很早老公做生意发家，后来老公犯事避祸它乡，家庭从此破落；她一个人带着两个十来岁的儿子，独自支撑衰落的家，生活相当艰难。那时她还年轻，长得也很漂亮，亲人劝说她找个靠山改嫁，她怕两个儿子失去尊严，毅然回绝了好心人的牵线说媒。虽然她长得细皮嫩肉，但为了养家糊口，只要有钱赚，再苦再累的活她都去干，甚至不屑加班加点，频添白发，终于将两个儿子培养成人，给他们造好了房子，各自成家立业。儿子不忍母亲如此劳累，要她待在家里清闲一点，但她不想给孩子增加负担，趁还能干，赚点积蓄，以防生老病死之用，又来到了医院做起了护工。她照料病人的故事，即使写成一部长篇报告文学，也难涵盖她的精心付出。她像大堰河一样，善待生活，善待世人；以平凡而闪光的行为，美丽了病人，美丽了世界，更让自己越来越美丽。

如果说世上真有天使，那么她就是一位卑微的天使！

# 母亲的絮语

## 周　青

　　三月的春风徐徐地吹，柔和的蓝天下，阳光很有分寸地倾洒。森林公园里，河边的柳絮漫天飞舞，纷纷扬扬，飘飘洒洒。

　　置身如画的风景、如诗的意境中，我和母亲，身爽之，心悦之。

　　任由心中的欣喜喷射而出，我仰望着，舒展着，旋转着，呼唤着，想亲近这飞花，遗憾的是，它好像只喜欢在我身边自悠扬，却似乎极不情愿落在我身上粘我，惹我。

　　母亲则与我不同，她收敛了那一份喜悦，不那么夸张，只让笑意浮上眼梢，只让话语溢出嘴角。她喃喃地说着：这森林公园，到底有多大呀？以前来过的地方好像不是这里吧，这里走走挺好的。以后啊，你们就不用开很长的路带我到远远的地方去看风景了，也不用带我出去旅游了，这里风景这么好，又不像其他地方那么拥挤，就够我看够我享受的了。等会回去时，你们替我关顾一下，附近有没有公交车站，坐几路车可以到达。我有空时，遇到天气好的时候，就可以自己坐车来走走，来看看，省得你们陪我了……

　　母亲的话，像是对我说，又像是对自己说，又像是对谁都没有说，她只是这样习惯性地絮语。如公园里这飘飞的柳絮，只是轻轻地萦绕在我耳边，从不重重地敲打在我心里。

　　已入古稀之年的母亲，最简单的心愿是，希望儿女能时常听她说说话、陪她聊聊天。可我们却很少满足她这个极其朴素的心愿。有时候，母亲见我们不急着回家，就抓住机会，高兴地絮语，但我们听的总是不如她说的那么认真，多多少少打着一些折扣，夹着些许屏蔽。说实在的，也不是厌烦，只是感觉不在一个频道上，少了一些对接。母亲很在乎我们的感觉，见我们听她说话时心不在焉的样子，就会很识趣地把话题打住，然后默默地听我们交谈。不知不觉中，我们察觉到，母亲的絮语少了，取而代之的是隔三岔五的电话中的叮嘱，话不多，什么别老是忙着啊，要注意身体啊；什么我没事啊，只是有几天没听到你们的声音了啊，仅此而已。

那天，母亲又打电话过来，高兴地说，烧好了芋艿，叫我去拿一下。我说我有事不去了，况且我也不想吃。电话那头，话断了，仿佛欲言又止，欲说还休，只道：那你忙，自己要注意身体。

挂下电话，我才回忆起，我曾跟母亲说过，我不是不想吃芋艿，只是怕洗芋艿，因为皮肤过敏，一洗就痒。原来母亲一直记着，我漫不经心说的那一句话。

赶紧的，我来到母亲的面前，母亲愕然地看着我，那双日渐浑浊的眼睛闪过一丝欣喜。很快，母亲利索地帮我装好一盒芋艿，又盛了一碗白木耳给我，说，已炖了半天了，现在吃冷热刚好。又随手把一袋早已准备好的笋干塞到我包里，说，自己晒的，很干净的。很干脆的语言，全然没有那种细细碎碎的感觉，才忽然感到母亲的用心良苦。心中一阵酸楚，于是低头，闻了闻碗中的白木耳，曾经熟悉的香甜又一次弥漫开来，朦胧了，又清晰了，清晰了，又朦胧了……

母亲的絮语，从来就是她的专利。

这专利，最早诞生在母亲温暖的怀抱里，在母亲"哼哼啊啊"的浅唱声里，它温馨过，轻柔似皎洁的月光，倾情沐浴着"醒了就哭，吃了就睡"的我们。

这专利，几度成长于母亲谆谆的教诲中，在母亲"好好学习"的叮嘱声里，它振奋过，清亮如清晨的鸟鸣，不时唤醒"只知玩耍，忘记作业"的我们。

这专利，曾经闪烁在母亲焦灼的眼神中，在母亲喋喋不休的劝诫声里，它膨胀过，急促如檐下滴答的雨声，不断警醒"一度叛逆，不懂珍惜"的我们。

而如今，这专利却被母亲收藏了，在母亲默默的行动中，它收敛了，分解了，转化了，它充满着智慧，深藏着理解，承载着爱意，如明月夜隐耀的星星，如大海上静默的灯塔，有光有方向，清晰地存在着，却不炫目，不迷糊。

一点又一点，一簇又一簇，一片又一片，森林公园里，柳絮依然轻轻地飞来，又轻轻地漫去，伴随着三月这温柔的阳光轻柔的风。母亲眼梢上浮上的笑意还在荡漾，嘴角里溢出的话语还在继续。我用心聆听着，欣赏着：母亲的絮语啊，就如这春日里的柳絮，轻轻地，柔柔地，静静地萦绕在我的身边，它有时飞旋，有时曼舞，有时静浮，自在又轻盈，唯美而深情。

原载 2018 年 6 月 6 日《慈溪日报》

# 在病房，听母亲说梦话

## 张　寒

我是凌晨被母亲的梦话吵醒的。

走廊里昏黄的灯光，透过门顶的两格亮窗，罩在白色的被子上。从中间的空床上爬起来，看看邻床的母亲，她还在说着梦话，我有些心惊。

靠近门的另一位病人，面容模糊，没有动，也没有鼾声。

屏住呼吸，轻轻下床，走到母亲的床边。我能听见自己的心跳。母亲面朝窗子下边装有暖气片的东墙，歪着身子躺着。我俯下身去。她的嘴唇微微动着，依旧在絮叨；她的头，不时在轻轻晃动。她静下来了，接着又絮叨起来。

我不知道该不该叫醒母亲。我怕她在梦中遭人欺负，受了委屈，又怕这个时候突然叫醒她，会对她身体有什么不好。轻轻地坐在床沿上，我有些紧张，也有些手足无措，就那么傻傻地、定定地看着她。

回家的第二天，才听大姐说，前几天母亲一直在村里的诊所挂盐水。看我要回来了，她才没有再去。我忙问详情，母亲笑着说，有一点感冒，没胃口，肚子胀，浑身没劲。她又说，这是老毛病了，不要紧的。

春节极少回家的我，到处走亲访友，也只是一块吃饭或晚上睡觉前，才陪父母说说话。有时，我们会聊到夜里十一二点，第二天我还睡着，母亲已经起来，开始张罗早饭了。我叫她多睡一会儿，她说年纪大了，瞌睡少。

就这么过了几天，母亲还是感觉不好，又去挂盐水。我陪她去问医生。医生也说，这是老毛病了，本来她胃上有些炎症，再加上感冒，就有些重了。先挂几天盐水压压看，如果还不行，就送老人去住院吧。

一个星期后，母亲还是感觉不适。我和大姐商量，送母亲去县医院。这一次，母亲自己也有些担心，略略犹豫之后，答应了。

刚住进来时，母亲说，我知道这是老毛病，这一住至少得七八天，又得做那些检查……我笑着说，你能知道就好，平日穿衣、饮食就该多注意些。她很郑重地说，我一直都很小心的……我说，这次咱听医生的安排，医生说做什么检查咱就做，医生说住多久咱就住……她说，好吧，咱听医生的。

母亲可能也想起了 2011 年那个暑假。当时，她住的也是县医院。做那些检查时，她总嚷嚷，又要花这么多钱；住了几天，她又嚷嚷，咱回家吧。

母亲再次絮叨起来，我又俯下身去，盯着她的面容，竖起耳朵。我想听清楚她到底在梦中说些什么。她咕哝着，我只听到了其中一句——"……总是惹人犯罪……"。说这句话时，她似乎在和某个人吵架。

听她这么说着，我的心里沉沉的。

七八年前，母亲因胃溃疡严重，导致胃穿孔，不到两星期，做了两次手术。先是修补了胃上的三个小洞，后来又因幽门堵塞，从胃的一侧另接了一段肠道。那次过后，她稍一受凉，一口饭吃不合适，就不舒服，成了村里诊所的常客。

前几天，我陪她去诊所，一位熟悉的村民看见我们，还打趣道："你呀，看见娃回来了，就来挂盐水了。"她笑着说："我也不想挂，没办法呀。"

昏暗中，看着母亲的面容，我在想，她都梦见了些什么呢。

梦见她自己八九岁时，就照顾着我那长期卧病在床的外婆，还要管好我那几个阿姨和二舅，又得洗衣服，站在小凳子上给全家人擀面？

梦见她小时候没粮食吃了，她和我外公等不到玉米成熟，就把棒子上的嫩粒剥下来在碾子上碾，却黏成了一片，她边哭边用锅匙往下铲？

梦见这辈子，她没生过一个孩子，却把我们大大小小五个儿女，先后一个个抱回家，抱到村里奶娃娃的婆姨那里，给我们讨一口奶水喝？

梦见因我私下撕毁了和她闺密的女儿的婚约，导致她被自己昔日的好友上门羞辱，好几年在邻里亲友面前抬不起头来？

梦见自己为了大姐家里盖房到处借钱忧虑，为二舅长期生病卧床发愁，为三姨不幸失独伤心，为她去年刚刚去世的母亲而痛苦？

梦见这么多年来村子里楼房林立，而自己住的房屋破旧，感到失了颜面？梦见这一辈子，与我那谨小慎微、窝窝囊囊的父亲的各种小吵小闹？

母亲翻了一下身，醒过来，见我坐在床边，问："你怎么还没睡呀？"我笑着轻声说："我在听你说梦话呢。"

"是吗？我把你吵醒啦？""没有。我听你梦里说的话长得很……你有没有在梦中和人吵架？""没有啊！我梦中都说了些啥，我咋不知道？""你说的话我都听不懂呀……"

母亲有些不好意思地笑了。她应该真的忘了，她说过，她现在转身就忘事。其实，我想对她说，我发现自己这几年记性也很差了。

"你快睡吧，早上还要赶火车呢。""好的，你也睡吧。"

我替母亲把被子往上拉了拉，随后，在空床上又躺了下来。走廊上，不时传来隐隐的说话声。过了一会儿，我听见母亲微微的鼾声。

前天晚上，是大姐在医院陪母亲的。昨天下午，我收拾好东西，直接乘车到了县医院。我对大姐说，晚上你去县城咱二姨家休息吧，明天早上我就得赶回单位上班去了，今晚我想陪咱妈一个晚上。

就在昨晚，刚陪母亲吃过饭，一个朋友联系到我，说老家文艺界的一些朋友在县城小聚，邀我过去。我有些犹豫，朋友又说，在座的有几位是我久仰的老师，还说要亲自来接我，我只好答应下来。

聚会结束，我返回医院时已十一点多，母亲还没睡。我有些愧疚："妈，我和他们聊得时间有些长了……"母亲笑着说："好不容易过年回来一趟，就这么几天，看把你忙的。赶紧睡觉吧，你明天还要坐车呢。"

早上等我醒来，母亲已经醒了，大姐也来了。邻床的病人说："你妈昨晚说了好大一程梦话，还响得很。"我笑了。母亲有些难为情起来："是吗？我自己都不知道。"大姐去给母亲打饭，我洗漱好了，她还没回来。

我来不及等大姐，拉起了行李箱去车站，母亲要送我出门。"你休息吧，火车站近着呢，我一会儿就到了。""走吧，我闲坐着也没啥事。"

母亲送我到门诊三楼的楼梯口。"你回去吧。我大姐回来不见你人，又要到处寻你。""好吧，要坐一天一夜的车，你自己路上小心。到了给妈打电话……"

到了阶梯下面的平台，要转弯时，我朝上望了一眼，我那新年已七十二岁的母亲，似笑非笑地，在朝我轻轻地挥着手。

原载《浙东》2018 年夏季号

# 瓯乐古风

## 虞建迪

　　枉为古越人，不识瓯乐风。若不是青瓷节上一见我怕便是生在长城墙下未曾登过长城的，长在泰山脚下未曾爬过泰山的了。若说做好汉，访仙人终究是遥遥千里未能成行，但这瓯乐却是近在眼前，却因自己的孤陋寡闻而咫尺天涯了。

　　便是这雅室的半鉴从容铺排来来。琵琶、瓷碗、瓷编、二胡，古筝、笙、笛，最好处是那立地斜倚的大提琴，分分明在这满是传统的乐器的氛围里独树一帜，大且不去说了，竟仿似那江南马头墙、石板巷中金发碧眼的外国游客，显得醒目与独特。共是这十一般乐器分前后三排列了。琵琶分圆、长两腔，二胡成瓷、木双质。瓷碗、瓷牌相邻，双笛并行，古筝居中，笙在筝后，大提琴压了右后阵脚。四壁皆为国画。正壁是堪堪落地的《重返家园图》，出自张诠笔下。图上古松龙形虎势，钢筋铁骨，几翩白鹤翱翔其上，轻若行云，神似流水，但见白绵绵鹤翅的舒与虬然然松树的劲相对更逼出了无穷的生动，却是祥和悠然。仙鹤苍松图两侧相辅是两袭长瘦的画卷，装裱了自然舒坠，各是鸟笼怪石，相对的悬于石下，名曰：欲之一、二，画者程承。两笼一方一圆，鸟去笼空，唯余笼中相望的各自一对青瓷水、食罐杯。白瓷青花与笼子的灰褐格栅欲遮还露，待藏益显。只有这两崖怪石生得蹊跷，貌似太湖石，千疮百孔却是玲珑剔透没有半分病相，且这连环似的空洞在笔下虚实有度，心窍尽开，没有半丝的雍冗造作之气，看了反而使人轻松、坦然。

相对侧壁上各是小扇面的花草，没骨风格，谪仙笔调，堪堪从半月窗中探出的半面牡丹，恰恰好破蕊而出的幽兰，更有蹁跹钟情的蝴蝶，或是相顾无语的清风。这些画皆都做了风流多情的墙，更将这演奏场所纵横地推开了千里，融于古越青峰。还有前右侧二胡前的一缸抹釉陶的偌大摆缸撷了几杆枯荷更映了光景夺来了天工。人也是天上来的人，十一个织天籁的，女的气质高雅若不食凡物，男的似绿野仙踪处的修竹。女的着雍蓝色的旗袍，此蓝像初洗无云的长空，胸口用三月的白雪绣成盛放牡丹的花案，男的穿修身黑色的立领演出服，大方得体，其黑如夜，左肩斜坠三缕星光。长发披肩或者绾丝成束，目光如水，清波泛动，未语已是一番享受。

却待那款款的都坐了，低垂了眼眉，执起了击锤，按住了琴弦，却是一长番的宁静。此静若那山林空涧的初醒、上林湖波光中被凝固的倒影一般。观众一律都停了私语，皆自地静下来，开始默默地等，只细细地猜片刻后该是哪千般风情。少倾，却是何处传来一声滴露，仿佛是从空旷而冰凉的山洞中，才只是"叮"的一声脱离了穹顶石壁的挽留却"咚"的一声落入了深潭中的缠绵。那声音如金石落于心台，穿透心神惹起一分清寒醒身之意，而余音荡漾，绵绵不绝，顿时满室里一阵清凉。待这一声恰恰提起了众人的憧憧之时，却是听它自由地尽了，再无下文。众眼光溯声而上密密追索，却寻到那击碗之人手上的击锤子在灯光影中尚在微微地颤动，由快到慢，由密至疏，最后如水晕般地停了。众人只待再落下去，更定定看着。忽地，一声鸟鸣从那《重返家园图》处啾转而出，调皮地，打着悠地高低扬抑而来，却是笛子，从那幽静清泉处飞出，时断时续，如丝如缕地盘旋其上。接着是笙歌，低落沉稳，如牛轻叹，与那笛音相和，轻上重下，轻远重浅，如那《家园图》上白鹤翩然而落却栖于牛背，鹤唱牛语，仕那清泉的滴落声中道起了平常。有雨飘落，滴沥错落，锵锵有声或者斜风轻启，点落凤尾竹上。滴答，叮铃，一阵未平一阵又衔，只任由得瓷牌敲出好大一片湿云。于是顷刻便涨了山溪，滚珠之声从上而下畅欢而来，遇石相撞，遇潭相容，深浅各是一种风韵。淅淅，落落，嘟嘟，潺潺，滚水似地且把这二十青瓷碗的厚薄、大小全部都敲透了，只见那奏者将击锤密不透风的弹起，左快右慢，右高左低，前后腾挪，四方布施，如蝴蝶乱舞，似蜻蜓点水，瓷碗、瓷牌这一番光景已是迷了望眼。谁推开临湖的柴扉，木轴转动处呜哑、哽咽几分伤心，却是二胡开嗓，先是木胡的沧桑，后是瓷胡的悠扬，一唱一和，翻卷纠缠在一处，推开处是一整片上林的山色，千峰之翠叠于湖面，波光涟涟处古筝为舟渡过来千年的绝唱，指尖挑逗，二十一弦翻飞，有长有短，有兴有衰，有起有落。任由得挑拨了唐宋辉煌，晋汉初启，娓娓说来。

一时间湖畔崖上苍松傲立处，遒枝铁骨上，白鹤翩跹时，雨落古越后，水满清涧初，临湖草舍，波里光景皆合于一处。欢快，低沉，跳跃，浅吟，多少般乐器相互陪衬或者引吭高歌，瓷木音色，唐宋繁华。远闻一声长吼，若那航船起锚的场景，船畔沧海为幕，浊流成席，湖畔窑火与天际相接，天际尽头便是苍茫。是大提琴，这般深沉的音色道不尽的前途。那筝、笛、琵琶、瓷碗、瓷牌之声皆是青瓷在横渡大洋的风雨中的皇朝背影，一去便留下一片华夏的文明，青瓷之光，古越遗风！只望得那帆影在海天一色处渐渐远了，却是声息弦平，缓缓地静了。却又不是结局，忽闻得那瓷碗再度起，叮当，叮当，若蹒跚之足行于曲折坑洼之江南小巷，瓷牌相与共作和声。是一人、百年，二人、千年。最后笛声飞处，琵琶玲珑而续，笙唱，笛随。二胡欢快，节奏明朗，却是枯木逢春处的勃勃生机。该当是今日，这青瓷节上的旧日重现，辉煌再启，该是这十月金秋的累累硕果，该是今日古越的焕发新机。又或是春日的再度丰盈，上林湖的波光中青瓷残片的熠熠闪光，衬托着这碧的古越山头，今日的梅树，春兰，几千顷何曾干涸的风月。千年故地有鹤来仪，青瓷岁月江山为凭。

待这一曲了了，更是一室的静，众人遥似历历在目，青瓷在那灯光乐声处重现往日。这一番我也是迷了，为这人，为了景也为这瓷。看着陶瓷同堂的盛况，于国画，于艺术、文明的博大精深，也为这生为古越的人。

原载《文学港》2018 年第 11 期，题《胭脂雪》（外五篇）

# 遇见秘色瓷

## 峻　毅

秘色瓷出自上林越窑，这在八十年代已是铁板钉钉的事实。

上世纪辛酉年深秋的一天，八百里秦川腹地上空突然乌云密集，雷电交加，一场罕见的狂风骤雨，使位于关中平原西部的扶风县佛骨圣地法门寺供奉着释迦牟尼佛真身舍利的佛塔倒塌了三分之一。丁卯年春，残塔推倒重建，古塔下金碧辉煌的地宫才被发现，一批稀世之宝终于有缘重见阳光，其中有 13 件淡绿色的瓷器，件件玲珑剔透，精致得如冰似玉，且底下打有小小一方"上林湖供"印记。所幸的是，同时出土的还有记载所有器物的物账碑，一行"瓷秘色椀七口，瓷秘色盘子、叠子共六枚"映入考古专家的眼帘，曾经只是在传说中闻听的秘色瓷，不但惊艳现世，还被确定出自上林湖越窑，确定了越窑是我国古代最著名的青瓷窑系。次年初，国务院把上林湖越窑遗址列入了全国重点文物保护单位。从此，慈溪上林湖不只是慈溪的地标了，也不只是慈溪的风光和骄傲了，它成了中国青瓷文化的地标，成了中国的风光和骄傲。每当有文友来自远方，再谦卑的地主也会情不自禁地炫耀：上林湖是古代越州烧制进贡皇家专用秘色瓷的地方，越窑青瓷铺地，随处弯腰捧起几片，片片尽是唐朝宋朝……这并不是瞎话瞎吹，只是稍稍有些艺术夸张。

世界上最大的露天青瓷博物馆、湖底湖畔有沉睡千年青瓷越窑遗址群的上林湖，坐落于浙东慈溪市中部的一个山坳里，晴日水天一色，雨天烟雨迷离，四季郁郁葱葱，波光潋滟，水波荡漾，景如诗画。上林湖我走过多少回，真不记清了，只记得每次都是陪远道而来的文友们，怀揣遇见秘色瓷的期望前往，但好像与秘色瓷的缘颇远，从没遇见真正的秘色瓷器物，看到的摸到的只是徜徉在碧水中的古越青瓷的碎片。其实也不奇怪，"秘色瓷"就是釉料配方保密、专为皇家独特烧制的贡品瓷器，数量极其稀少，又不在民间流传，所以秘而不宣。在其出土之前，世人也只闻其名，未见其貌。直到第三届袁可嘉诗歌奖暨《十月》首届散文奖颁奖系列活动期间，慈溪文联作为一方地主，邀请获奖作家到上林湖采风，我有幸作为当地作家陪同前往，这才遇见了心仪已久的秘色瓷器物。

那日午后，天与秋光，爽爽朗朗，船儿载着我们离开上林湖埠头。多少往事，多少情愫，几多厚重，装上船儿，划破湖面，荡起碧波，像是一行行无字无语的诗句。我站在船头，放眼望上林湖的深秋，没有春时令人遐思的浪漫，也没有夏时令人怦怦心动的想象，但满目深深厚厚的绿，像有一种沉甸甸张力和宽厚，一种具有托起春播和夏耕的张力和宽厚。

远远眺望，船儿绕过了我熟悉的荷花芯晚唐龙窑遗址，渐行渐远，向湖的深处驶去。这是要去哪啊？我心里有些纳闷。

船儿停靠在一个叫后司岙的地方。我们踏上高低不平的土埠，看到粼粼的湖水里铺满了层层叠叠的青瓷碎片，一直延伸到小山坡上，脚边随处都是，这里可真是弯腰就能捧几片，片片尽是唐朝宋朝，没有丝毫的艺术夸张。

观看绿草茸茸的四周，一块块用石灰粉圈划得相当有规则的长方形的古窑址，被塑料防水布罩得严严实实的，防水布上有不少积水，应该是为防雨水渗透古窑遗址而给罩上的。其中有一处干得热火朝天，已挖得三米来深，工人们挑着挖掘出土的碎瓷片，在只有半米来宽的跳板上忙忙碌碌上上下下。

我是第一次身置真实的考古现场，亲眼看到那些沉睡了千年的厚厚实实的碎瓷片被考古学者层层唤醒，深感震撼。一揪一锄刨挖的工人们边挖边分拣，品相尚可的和拟定有用的堆放一边，大多数碎片一担担地被挑出土坑，堆在一起。在一旁监工的年轻女子，面目清秀标致，衣着朴实无华，若不介绍，怎么都看不出年纪轻轻的她竟是位考古博士，乍一看倒像是知青生产队里记工分的。她告诉我们，挖出土的那些古瓷片都是有年份的，有北宋的，五代的，晚唐的，越在下面越有历史。这样一层一层慢慢挖下去，就像一页一页翻阅越窑青瓷历史书，只要用心读，是完全可以读到当年越窑青瓷的历史背景、艺术文化和时代审美的。

听着女博士的介绍，感觉眼前的湖光山色都闪烁着青瓷历史的缤纷，脚下的泥土都记载着古越窑的故事。想起我近期阅读的网络大咖们的历史穿越小说，突然觉得自己也穿越到了晚唐。上林湖越窑青瓷不但是供奉朝廷的重要贡品之一，更是唐代的一种重要贸易商品，与唐代的精美工艺和文苑艺术交相辉映，是一朵在传统工艺美术文化领域里盛开的奇葩，因此大量外运出国，盛销海外。上林湖越窑青瓷从明州港起航，先至广州，由广州至波斯湾，再销往亚洲、非洲二十多个国家和地区，从而架起了中国通往世界的"海上丝绸之路"。这条"海上陶瓷之路"为中国陶瓷外销贸易和中西文化的交流写下了灿烂的历史篇章。我仿佛感受到上林湖青瓷架通了"海上丝绸之路"的那种神奇，好像看到了外国人翘着大拇指连声赞叹越窑青瓷"Chinese celadon，that's great"的情景……

一声"这里的任何碎片都不能拿走"的呵斥，把我从穿越中拉回了现实。原来，一位文友在脚边拣起一个像微型花瓶似的秘色瓷器，虽然有些残缺，但依然有模有样；擦去泥土，釉色莹润透亮。大家递来传去地欣赏，笑着猜其年份。那位工人随着硬邦邦的呵斥，突然伸手，一把给夺了过去，随手将它扔进刨掘的土坑。大伙面面相觑，一下子没有回过神来，因为谁也没有想把它攘为己有，稍有知识的人都清楚，考古现场的东西是不可以随便带走的，大家只是因为突然遇见了秘色瓷，有些兴奋而已。

之前，我并不知道上林湖深处有那么一个叫后司岙的荒无人烟的小山村，它被确定为越窑遗址群核心区、被评为2016年十大考古发现是近年的事。看看那个呵斥文友的工人，正埋头干活，轻手轻脚地一锄头一锄头地刨着拣着，态度极其严肃认真；看看那个冲锋衣裹着娇小身段的女博士，静静地端坐在正在挖掘的越窑遗址上方，毫无遗漏地记录工人们挑出多少担，挖到哪个层面，选了哪些"宝贝"，笔笔在目，一丝不苟地做着如此枯燥单调的事，大有严谨的工匠精神和学者风范。再看看女博士脸和手，被太阳晒得像上了深色釉，黑黝黝的，却透着青春朝气的光亮，让我肃然起敬，让我难易忘怀。

离开后司岙，坐船几分钟便回到了荷花芯。我原以为我是熟悉荷花芯的，但眼前的景象还是让我暗自惊叹——大不一样了！真是与一年半前大不一样了。原有的龙窑遗址棚顶，修整后更加气势磅礴；加上又新建了仿古越窑，真个荷花芯更有气魄了，更有魅力了，自然也更迷人了。那个已经冷却了千年，却依然让人们仰慕和敬重的窑底，用其自身的沉静和厚重，收藏了中国青瓷文化悠远的历史，记住了唐朝的繁荣盛世，记住了蕴藏千年的美好向往，记住了深深浅浅的青瓷留下的印痕，记住了人们所有的期待和祝福。我真想用四季满山的碧翠当纸，把常年涓涓潺潺的溪水为墨，以荡漾悠悠的湖为抒发情怀的背景，撰写遇见秘色瓷的故事……

我遇见真正的秘色瓷器，是在上林湖畔的慈溪市青瓷博物馆里。那座刚刚落成还没有正式对外开放的恢弘又雅致的现代建筑，里面收藏着中国青瓷的千年历史文化，这座青瓷博物馆给我的第一感觉，她无疑是慈溪地域文化的重要地标之一。

我们在博物馆办公区一间摆有乒乓桌的小会议室里，桌上铺了一层厚厚的炒米黄色的绒布，上面摆放着十来件精巧迷人的瓷器，有碟子、碗、枕、酒瓶等，颜色青中略带淡淡的黄，光泽柔和剔透，在灯光下满身灵气得像会开口说话，让人眼睛发光。没错，这就是秘色瓷。博物馆的工作人员介绍，眼前这些是正儿八经从考古现场挖掘出来的唐代秘色瓷，经专业人士修复，肉眼几乎看不出破裂变的瑕疵。原来只有在北京古宫隔着厚厚的玻璃才有机会见到的秘色瓷器物，就那么一件件零距离地摆在眼前，由着我们亲手抚摸，大家像打了鸡血似的兴奋。

我喜形于色又小心翼翼地把秘色瓷捧在手里，有一种抚摸绸缎般的滑韧感。我的眼和手终于亲吻了这千年尤物，且与思想同步，不是做梦。这些秘色瓷实用物器，件件不同，有的碟面有花纹，有的碗壁有抽象图案，有的外形有边角……它们激发我思绪飞扬。最古老的上林湖只是穷乡僻壤里的一个海隅山村，百姓既无粮食填肚，又无棉麻纺纱织布御寒。人要生存，解饥饿与驱寒冷自然是底线。任何动物，凡是能在世间存在的，这种求生的本能是生来具有的。先辈们在客观现状的逼迫下，一是出自求生的本性，二也是为了子子孙孙能摆脱饥寒交迫的现状，终于本能地爆发了人积蓄于体的聪明才智，死死地捏住了有山依山为道，有水傍水之理；凭着对生命的热爱和对后代负责的态度，果断地在上林湖一带就地取材，选其优质陶土和清澈见底的湖水，以自己的智慧垫底，用自己的勤劳搭载，将泥水相和，拌拌、搅搅、揉揉、搓搓、捣捣、捏捏……塑成泥坯；取木燃火，让火焙烤泥坯，硬是把周易五行的"金木水火土"揉搓到最最极致之境，终于创造出人间美轮美奂的"秘色瓷"而名震天下，从此改变了濒临绝境的现状，拥有了生存和发展的一席之地。先辈们在这一实践中得以证实，五行运行"水"占中心之要。在制瓷烧制和运输过程中，水的重要作用更明显，因为不仅制瓷需要水，而且水运是当时安全稳妥输送青瓷珍品最为可靠的选择，无论是送递南方北方，无论是远洋境外。直至青瓷商贸在国际舞台灿烂亮相，并渐进带动其他商贸，终究以卓有坚实的伟业，让自以为很了不起的外国人见识了中国青瓷，不得不翘起大拇指连声赞赏——China，Ok！Ok，China！

追溯上林湖越窑青瓷的历史隐痕，与上林湖拥有的满山翠绿遮盖的沃土和一泓清澈甘甜的湖水密不可分。因为能不能烧制出优质的瓷器，首先取决于胎坯，决定胎坯骨质密度和坚韧度的主要原料便是陶土。陶土所含的各种成分受限于地理和自然环境条件，不同的陶土自然决定不同胎骨坯质的厚薄重轻和柔滑度。上林湖秘色瓷最明显的优质特点之一，就是胎骨薄柔轻滑。

在我的案头上，也有几件青瓷笔筒、笔洗、品茶杯等，看上去跟秘色瓷很像，当然不可能是真正的秘色瓷。它们只是上林湖畔上越陶艺研究所当家人、"非遗"越窑青瓷烧制技艺传承人施珍女士烧制的，它虽然没有秘色瓷的年轮和历史，却有上林湖特有的陶土和水，有越窑青瓷烧制技艺传承人呕心沥血的设计，加上当下先进的烧制自动温控技艺，所以无论材质和釉色，还是工艺美术，都很精美，器形装饰甚至比秘色瓷器更精致，不乏秘色瓷的底蕴。

著名报告文学家陈祖芬先生曾在她撰写的《找到 China》里写到："今日之丰茂，是从古瓷片上长出来的？弯腰捧起几片，皆是唐朝宋朝。如果出一个抢答题：用唐瓷铺地是哪里？不用脑筋急转弯就可以回答：宁波上林湖。"

确实如此。上林湖就是这样一个越窑青瓷的古都，一个能遇见秘色瓷的地方。

丁酉年秋

原载《浙东》2018 年秋季号

# 听　瓷

## 岑玲飞

　　女演员除了一个是现代新潮的短发，其他都是长发，男演员除了一个是古代野人般的长发，其他都是现代的短发。长发女演员都梳着一股从头顶起编的麻花辫，低低地垂至背后，不戴花，妆容素雅。

　　除了有一个节目，两个演员要把乐器捆在背上供人敲打，所以演出服装与其他人不一致，别的节目，从开始到结束，不分性别，都是统一的白上衣，黑裙及地。

　　上衣短而挺刮，前襟斜着一道黑边，高高地束着宽度适中的腰带，温和而端庄。中袖看着像卷起长袖子去土地劳作，给人行动利落之感，但比起真的卷起长袖子要服帖漂亮。中袖比短袖藏住了更多的手臂肌肤，有古典含蓄之美，又不像长袖那么过于隐藏保守，反显得不太灵巧。穿中袖，好像是处在万物复苏的春天，或是风清气爽的秋天，不炎热，不寒冷，借着天的温度，人也是那么舒展、自然。

　　裙摆的侧角落有些渐变色灰白感，好像沾了泥或洗旧了、晒白了。不知这块灰白是因为藏在裙摆里层的关系而显得行动时忽隐忽现，还是根本就没有这一簇杂色，只是灯光打出的效果，因为大多数时候，那些裙子感觉上是一黑到底的。

　　演员静止不动时，长裙像简单的 A 字裙，但演员行动时，不管处于何种姿势，顶多只露出一点点脚尖，那是没有穿鞋子，只穿着袜子的脚尖。长裙并不像看上去那么简单，应该有很多层次，飞开一层，里面又有一层，形成了一道又一道"宽大的屏障"，它们移动时轻盈飘逸，静止时又厚重垂落。演员们带着轻盈、自由、远古的气息，穿着这样一袭旧旧的黑，一步步缓缓走来，似乎来自神秘的遥远时空。

与之前见过的演出不太一样，《听瓷》没有主持人，节目之间的过渡、场景布置、道具转换都是演员一边表演，一边演奏，在不知不觉间完成的。过渡非常巧妙，有时候是闪电般地戛然而止，有时候是三月小雨般地时断时续，有时候是被风吹去云雾般地渐渐晴朗，就这样忽快忽慢地转换着。这转换看似简单，好像只是持着各自的乐器进行走动而已，却处处体现着演员的舞蹈、形体功力。

人是自然的一部分，只是一小部分，所以只有一个节目有人的念白和演唱，那似懂非懂的念白和演唱，不知是来自何方的乡音，又亲切，又神秘。

右角落高高地架着一面大鼓，那个演员的打鼓表演几乎贯穿整台节目的前半部分，他是前半场的总指挥，犹如戏曲后场的司鼓。他高大威武，面朝大鼓，背向观众，以"手舞之，足蹈之"的姿势敲打大鼓，那"张牙舞爪"的霸气正可平衡这"低调，不起眼"的角落的位置。他每打一下鼓，都是一串密码、一个暗号、一种提示、一句命令。这一击，谁做一个动作，这一击，谁出场，这一击，谁倒下，这一击，谁退场，这一击所有演员都要行动，这一击，所有演员都要静止……然而，他的指挥，并不令人觉得是在指挥。

那个留着长发的男演员，头发不但长，而且弯卷，四散张开披落，就像远古时代披头散发的浪荡子。他穿着和大家一样的演出服，在演员中也显得与众不同。他又瘦又小，又黑又矮，虽然并不是老者，但扮上最像老者，虽然并没有长胡子，但好像从来都没有剃过头发、修过胡子，满脸胡须乱发一样。他总是一个人出场，一个人退场，一个人在舞台上游来荡去，非常特别。

有一次，他一个人缩在舞台左角落拉一把胡。他的拉胡水平当然是非常高明的，却故意拉出一种奇特的声音，令人觉得那是一把积满了灰尘的，快要散架的破二胡。他像一个落魄的老人尝尽世态炎凉、人间辛酸，吃不饱、穿不暖，风吹日晒，所以才会这么瘦小，这么盘坐在地上缩成一团演奏，很怕冷的样子，才会这么黑（可能是化妆的）。但他是自由的化身，别人都端端正正地演奏各自的乐器，只有他是一手抱着鼓，一手打着鼓，随意地在固定位置演奏的演员们中间斜来荡去，像喝醉了酒一样不好好走路，当然不是真的像喝醉了酒一样，一步一歪都很有古人范的，非常潇洒。

音乐的大体走向是由低到高，由慢到快，由暗淡到光明，似一眼泉水，起先从一个细小的孔流出，很轻，很慢，汇入小溪，汇入大溪，汇入江河湖泊，最后听见大海奔腾，浪潮激荡。

《听瓷》的节奏还像爬坡，起先是缓慢的，慢得像是走一步就不动了，好像那段坡很平坦，却很泥泞，一脚踩下，就深深地陷进泥土里，要等很久才能拔出脚来挪一步，那步伐从远古时代穿越而来，带着风雨岁月的沧桑和艰辛……

后来，坡路渐渐往上，没那么泥泞了，一路上有零星的花，青葱的草，音乐节奏也没那么慢得有一搭没一搭的了，变得悠扬舒缓或轻快活泼，好像一个小姑娘遇见一只美丽的蝴蝶，正在追随。但有的地方崎岖不平，充满石块，所以音乐也不是一味地轻快，还会慢一下，停一下，或特别快的一下，不太稳定，扣着人的心弦，不知道接下去会是什么样的场景，也许是风和日丽，也许是狂风暴雨，也许是深深的黑夜，也许是星光灿烂、明月皎洁，也许是一个热闹世俗的小村庄，也许是一方孤独的院落，也许是一片茫茫白雪，也许是一面无痕江水……

最后，音乐爬上了高高的坡顶，像一扇大门被一下子推开，豁然开朗，眼前百花盛开、蝶舞翩然，明媚的阳光下，美丽的仙女歌舞升平，高超的乐师吹拉弹奏，只觉得心旷神怡，音乐到了最动听的时候，我们的心也随之发生了动荡。正陶醉其间，蓦然发现演员们已在谢幕。

时光如此缓慢，却又如此短暂，似乎觉得音乐才刚预热，就过了高潮，一朵花才刚露芽苞，就忽然怒放了一般。

我依依不舍，鼓掌，起身，无可奈何地回家。又想，这样也好，一个小时，瓯乐演奏已让我体会到光阴里的慢，那慢，好像有了一千年的长度。这一个小时，也让我体会到了光阴里的快，像一片瓷掉落在石头上，"啪"一声，碎了，光阴就这么滑过去了。

　　我们听的是瓷的声音，瓷的声音也是光阴的声音。

# 去慈溪的路

## 丁　彬

　　这几年，我的户口本至少变动了三次，第一次因工作需要，就地农转非，从珠江村迁到同个镇的元祥居委，把农民户口转成了非农户口；第二次和第三次都是因为买房卖房，先后把户口迁至宁波市区的江厦街道和高桥镇。

　　在一次又一次的变迁中，我离家乡似乎越来越远，小小的户口本上最底下"何时由何地迁来本市（县）""何时由何地迁来本址"这两行空格也被填得满满当当，看起来分外拥塞。

　　换了三本户口本，"出生地"和"籍贯"上下两格恒久是"浙江省慈溪县"，这是改不了的，我一落地就打下了这枚烙印。之所以是慈溪县而不是现今的慈溪市，因为慈溪从县变成市是我出生两年后发生的事——到今年，慈溪"撤县设市"整三十年。

　　我们庵东镇在慈溪市的西北角，枕海临湾，吹的风都带咸味，当年实在偏远得很，从镇上到市中心，少说也有二十公里路。这点距离搁现在，自驾车一踩油门十来分钟就能开到，放在我小时候，私家车还很罕见的年月里，那是真远！许多年后回过头来看，从前感觉的"远"，其实主要不在于物理距离，更多的是一种心理距离。交通不发达的时代，小镇的居民依然像农业社会那样安土重迁，日常活动半径就局限在镇上，连邻镇都很少去，更何况是去市里。当时的慈溪城区就是浒山镇，对我们来说，去趟浒山简直就像出远门。进城，仿佛是去探索未知的世界，既遥远陌生心生不安，却也充满了神秘的诱惑力。

上小学时，我一度对慈溪和浒山这两个地名的概念产生了混淆。缘故是，我家的小店就开在庵东镇老汽车站边上，一辆辆由个人承包的、往来于浒山与庵东之间载客的城乡中巴车总打我门前过，车子的挡风玻璃内一般都会放块薄薄的长方形木板，表面用白漆刷了，再用红漆写上字，正反面都写，一面写"庵东"，另一面写"浒山"或"慈溪"，开车的时候就摆出木板用来标示目的地，路人看到的，有的是"浒山"，有的是"慈溪"，随便，好像是一回事，就连停车的间隙售票员阿姨下来招徕乘客，也是扯着嗓门，一会喊"慈溪"，一会喊"浒山"，反正要去的是同一个地方。这就把小小年纪的我给搞糊涂了，难道慈溪就是浒山、浒山就是慈溪吗？为啥一个地方要叫两个名字？我记得之前老师教过，庵东属于慈溪，我们是慈溪人，可是照眼前的情况来看，慈溪就是浒山，而浒山离庵东还远着呢，那么庵东就不属于慈溪，我们就不是慈溪人喽？——这样的"逻辑题"真能整得我脑瓜疼，更让我失望的是结论，原来我不是慈溪人。可我一直当自己是慈溪人的啊！

于是去浒山的路也就成了去"慈溪"的路。早年间，这条路真的很漫长，那时候庵宗公路还没开通，城乡汽车并不直接过宗汉抄近路到浒山，而要绕一个大圈，从庵东汽车站出发，沿着庵余路开到芦庵线，直走经长河、天元两镇，到329国道路口左拐，已进入余姚市北部区域，再一路向东，先后过芦城、历山两个村，才开到浒山，抵达慈溪西站。这一路走走停停、上客下客，足足要开一两个钟头。一条远路、一辆慢车，来来回回好多年。

上世纪90年代，小镇上的孩子课余学才艺，因为条件有限，大多会选择书画。我妈也不知是听了哪位老师的提醒，说我坐得住，也喜欢涂涂画画的，适合学画，镇上没什么像样的培训班，老师还建议我妈带我去市青少年宫学。然而，乡镇的孩子哪那么容易享受到市里的资源？不过我妈又打听到有青少年宫的老师周末在自己家里办班，我可以去学。我妈主意也挺大的，当机立断，每周日她带我坐车去浒山学艺。

就这样，每周日的白天，我妈一准拉着我到老汽车站，坐上破旧的中巴车，一路颠簸，开往那条在我看来是"去慈溪的路"。暑假里天最热的时候，骄阳似火，灼热的阳光总能烫醒脑袋耷拉在车窗上昏昏欲睡的我，迷迷糊糊地看一眼坐在身边的妈妈，又继续安心睡去。印象中那位老师的家在小茶亭一带，我们坐到慈溪西站下车后，再叫辆黄包车坐过去。

在老师家主要学水彩画，一群孩子一学就是半天，而妈妈们就在外边干等。老师家真好啊，有彩色电视机，我家还没有。有几天彩电里放香港的《射雕英雄传》，"东邪西毒"的音乐一响起时，我真想跑过去看。画好的画，老师点评完之后，我们可以带回家，我把自己的"杰作"都贴在了家里的墙上。

下课后，若时间还早，我妈就会带我去附近逛逛，那是我最期待的事。我最爱去三北市场，因为那儿有邮票摊，对着那一地花花绿绿的邮票簿，我一蹲下就挪不开步了，翻翻这翻翻那，兴致盎然，势利的小贩总是显出一脸的鄙夷，嘟哝几句："小孩子不买就不要翻。"其实我买还是买的，只不过我知道妈妈钱不多，所以也只敢央求她买几张便宜点的。我妈也会带我去逛商场，那时浒山城里还没几家大型的商场，记忆中先有供销大厦后有金山商厦。在那里我头一回见到五块钱一根的"梦龙"棒冰，我哭着闹着要吃，我妈犹豫了很久，咬咬牙还是给我买了。解放中街开出了全慈溪第一家"肯德基"，我也是在那里第一次吃到了洋鸡肉拿到了套餐玩具，回去在同学面前炫耀了好一阵子。

初中我去阳光实验学校，高中我上慈溪中学，都住校，所以仍是每周末坐车去浒山，只不再需要妈妈陪着。城乡间的交通也一年年越发便利，反倒没了昔日"道阻且长"晃晃悠悠的那种感觉。这条"去慈溪的路"，前前后后我走了二十来年。

到宁波市区工作生活后，买了车，把母亲也接了去，从此回慈溪便少了。有一次，开车带母亲回老家，途中听她说起，后生辰光，千朝百日去趟浒山，回来连公交车都不舍得坐，愣是两条腿走回家的。又听她自言自语地感叹道："住乡下的时候盼着去镇上，住镇上的时候盼着去浒山，住浒山的时候盼着去宁波，没想到，真的住到宁波来了！"我握着方向盘，微微一笑。透过后视镜，无意间瞥见母亲靠在车后座上安详的睡容，我油然感到一缕温馨。车子稳稳当当，驶向父母之乡。

原载《慈溪日报》2018 年 12 月 19 日（署名"车厘子"）

# 潘岙的三个瞬间

陆建立

多次去潘岙，都没有去村子里走走。这次又去了潘岙，背上相机，想多拍些村庄里的景致。

潘岙在方家河头与任佳溪之间，沿山公路将三个古村连在一线。沿山线上多美景，慈溪的主要景点达蓬山、方家河头、杜湖、鸣鹤古镇、上林湖都在这条线上，沿着横筋线，像穿行于树影斑驳的森林中。

潘岙村南就是四明山余脉，山上有条古道，两旁古树参天、溪流潺潺，西面是景色优美的灵绪湖。村不大，环境极为雅致幽静，以前以为潘岙村是潘氏的聚居地，其实，村人多姓周。因村庄坐落在盘山公路畔的岙口，潘岙就有了这雅称，过到此地，才知道这是一个有山有水的风水宝地。

走走，停停，看看。相机带绕在手腕上，一路"咔嚓"声，许多景致一一入镜，回来后又经过反复观摩，过滤掉了大部分风景，只有这三个瞬间，给我留下深刻的印象。

## 楝树花下的别苑

一进村庄，见村口屹立一座石牌坊，上书"灵秀潘岙"，穿越牌坊，向西，空气中弥漫一股浓郁的花香，直扑鼻孔，让人沉醉，两边绿树茵茵，行走五六十米，那就是海如别苑。这原是海如家的老屋，从路边的桔园看过去，是隔壁的八十年代旧民居，我仿佛看到了她家装修前的影子。

院子门口，环视四周，惊奇地发现围墙外的楝树花了，这真是墙内开花墙外香啊！紫色的楝花挂在枝头，有米粒般大小，开得灿烂。若不是这浓郁的香味，或许没有人在意她的绽放。嫩绿的枝头从院子里探伸出来，蓬松着撑了落院一角。白色围墙下，植有"凤脚踏过绿叶，留下一片绯红"的鸡爪槭，稀稀疏疏的，是画家们的极好的素描物。一棵扶芳藤，几场春雨后，根边拱出无数嫩绿枝叶，微风中摇曳着。门头上密密的蒲草，细细溜地泻下。

望着满树的楝花，呼吸着含有香味的空气，我记忆的大门顿时打开了。这是一家颇具文艺情怀的民宿，门头精雕的匾牌，行云流水似的字体，确实是"海如别苑"，两边悬挂着六角型的红灯笼，满眼都是古朴与雅典，处处流动着旧时光，慢生活。

推开钉满铜钉的大门，走进院子，庭院前，墙角两侧的花坛，路边摆设的陶瓷花缸，种满了花花草草，确实称得上繁花似锦。院子中的修竹随风摇曳，那晃动着的樟子松秋千，已经坐了昨晚住宿的客人，西面的平屋顶上栏杆爬满了藤蔓，一派旖旎的田园风光呈显眼前。

迎接我们的是女主人海如，本土知名作家，已出版多部小说及散文集。"一房一书名，一住一文友"，别苑的房间命名不一样，创意独特，都是以她的作品来命名，每个房间放上她出版的相应书籍，房客可以选择爱读的书籍，就像聆听她娓娓述说的故事，感触文字的温度。大堂也是她的茶室，墙上挂有她评上最美民宿主人领奖时照片，还有木架上的水晶奖牌，靠墙有一排藏书架，书可以随便翻翻，来者以书会友，以文沁心，这是海如开民宿的初衷。这山村的早晨，清风徐来，在潘岙，在这个远离城市的繁忙与喧嚣的小山村，在书香、花香、茶香中沉淀自己，回归最自然最本质的生活。

二楼设置了四间风格各异的客房，加上一楼三间，共七间，她为朋友相聚考虑，专门有一个大厅，一长溜原木的长条茶几，我仿佛看到她招呼着客人的忙碌背影，她的好客，她的微笑，烙在客人的心里。南面的平台上，坐满了早到的作家们，六、七个人围在户外防腐蚀的长桌椅四周，喝着绿茶，品尝草莓，也有美女们拉住楝枝，闻闻楝花自我陶醉，再请同行的文友拍照，这次采风安排在潘岙村，就让作家们观赏山村美景，体验山里人的生活。

在潘岙，一条古街从海如别苑门口经过，两旁点缀着村委办公室、小菜场、建国初期造的大会堂、文化礼堂等，国家级登山步道就近在咫尺，因周边旅游开发热火朝天，潘岙村也开始行动了，办起了多家民宿，听听他们的名字，你也想去看看，吴越小筑、藕池农家客栈、灵秀客栈。游客可以在这里安安静静住一夜，品品农家小菜，早上被鸟鸣声吵醒，睁开眼睛，起床，推窗，便有花香扑面而来，这地方，可放松身心，让心灵回归自然。

## 藕池畔的浣衣声

别有一番胜地在藕池。

说是潘岙的古街，其实是一条村路，路名叫上路潭路，从东到西，烟酒店、早已息业的理发店，贯穿了整个小山村。看看路两旁的村貌，别具一格的文化墙，与老屋灰墙融为一体，常见围墙探出几枝嫣红欲滴凌霄花，那民居庭院前后，栽种着杏梨桃树，也有爬架上的猕猴桃，春花夏绿，秋果冬雪，看四季轮回。村里寂静极了，偶有几声鸡鸣狗吠传来，看到老屋的烟囱上，飘出一缕白色炊烟，柴火烧出来的饭，香味弥漫，扑鼻而来。临近中午，母亲喊着孩子回家吃饭的回音，洋溢着安逸的农家气息。

在一个岔路口，忽见路边一泓池水，静卧村落之中，波光反射到民居的墙上，让人眼前一亮。我们走到池塘边一看，这池不大，名字就叫上藕池，宽七八米，长一百多米，兴许有几百年的历史了。因村庄北面背山，雨天流水从山顶流淌而下，汇入池塘中，池塘成为村民生活离不开的地方。水面清澈见底，塘底的水草在水中晃动，小鱼在写意地游动。水面漂浮着翠绿的荷花，荷叶间上下错落，层层重重，几颗白色的小花朵开得特别醒目，池塘水上浮着菖蒲，还有鸢尾，二者十分相似，细细的叶子，使我想起了一首诗"三春花事早，为花须及早；花开有落事，人生容易老。"池上多蚊虫，种植菖蒲说是可以驱之，以前的人们很崇拜菖蒲，把菖蒲当作神草，赋予菖蒲人格化，你听说过吗？以前把农历4月14日定为菖蒲的生日呢。而鸢尾的花，开得十分艳丽，犹如几只蓝色蝴蝶飞舞在绿叶丛中，仿佛要将春的消息传到远方去。

池塘边，几位村里的婶子、婆婆蹲在埠头上，他们在这里洗菜、洗衣，他们喜欢大自然，在这里，可以边洗衣边聊天，话说三个女人一台戏，这埠头就是戏台，这里每天都有精彩的故事发生。那位老婶齐肩短发，发已灰白，看起来精神矍铄，她在洗一堆衣服，见我们路过，海如老远喊"婶"，老人家抬头见是熟人，开心地叫了海如的小名："这不是阿杰吗？"老婶站了起来，拉了海如的手，与我们聊了起来。村里空气清新，八九十岁长寿老人多，上了乡风文明馆寿星榜。老婶将近八十了，有五个子女，四个子女到城里或镇上生活了，他们都有轿车，星期日儿女们常来潘岙村团聚。家里有自来水，但洗洗东西，还是喜欢在池塘，可见见老邻居，聊聊天，听听谁家又有喜事临门。走过池塘，转弯处又见一棵泡桐树，依墙而长，花开满树，白紫色铃铛形花束一片一片，美极了，乌突突老房子倒映衬在水上，显得花繁茂、水生机。

海如还告诉我们，少时盛夏，她胆小，不敢去灵绪湖游泳，只和小伙伴爬在藕池边弹河，钻钻水稳，有时候，可以在埠头沿，或石头缝摸螺丝，那是她快乐的童年。老婶的家就在池塘北面，她硬拉着我们要去她家坐坐，院子里，紫茄、番茄枝上已经挂了小小果，墙边架上爬满了葡萄藤，开着喇叭型的丝瓜花，地上放着自己腌制的咸菜缸，搪瓷盆上种着葱，角落里堆着毛竹架，那是小时候常见的晾衣服架子。厨房里，飘出来浓浓的菜油香，她的媳妇已经开始准备午饭了。她说难得来她家，午饭就在这里吃吧！我们说村里已经安排好午饭，要么下次再来看您，老人一个劲地说那下次要过来要记得到她家里来。这里的一幕幕，我仿佛又回到儿时的外婆家，分外亲切。

## 相依相偎八百年

潘岙，这个与河头古村毗邻的小山村，村小，却有众多的古树、古井、古刹、老宅。她像是位喜欢安静的女人，静静地立于水光潋滟的灵湖畔，独自美丽着。潘岙村的生态公园就在上藕池路西边，公园内的望湖亭、钓鱼池、篮球场，里面种满了茶花、梅花、含笑，几棵千年老树巍然屹立，仿佛向你述说着那遥远的历史。

潘岙的村民多姓周，他们是北宋理学家周敦颐的后裔，家谱记载他们先贤的辉煌，村内还保存着周氏宗祠的"爱莲堂"，那句《爱莲说》中的名言："出淤泥而不染、濯清涟而不妖"，时刻警醒着世人，那是做人的高洁品格。现在宗祠又增设了乡风文明馆，内容有村史村情、民风民俗、尚德励志等栏目，且上了墙。隔路的像是一座凉亭，整幢房子南面没有门框，三面砖石结构，墙上有诗人提的诗词，称半壁凉亭，建于清雍正十年，这是早年慈溪、镇海、余姚三地北部居民为纪念唐代医药学家孙思邈而建造的，是当地屈指可数的古建筑之一，成了慈溪市的重点文物保护单位，为潘岙增添历史韵味。

五、六棵古树围拥在一起，树下摆放着各种晨练设施，树冠盖住了整个公园，其中二棵香樟相依相偎，双双斜着身子，就像一对双胞胎姐妹，陪伴在一起，已经整整八百多年了。树前立有浙江省古树名木保护牌，我们才知道他们的名字，他们的树龄。底下一棵丫字型的樟树，一树叉斜卧在地上，树皮上爬满薜荔的藤蔓，也长出绿色的苔藓，那肯定是姐妹的下一代，好像在父母前撒娇呢。靠近半壁凉亭的二棵黄莲树，也有二百多年历史了，本来我想尝尝味道，这黄连是否很苦，但却不敢，他们是潘岙百姓生活的见证人、活化物，几百年来一直庇护着潘岙的村民。

沿上藕池路往西，古樟公园、篮球场、还有钓鱼池，池上有九曲桥，弯弯曲曲的，还有一个水车盘在慢慢转动，水上零零星星的荷花点缀着，池畔的美人蕉在水中静静开放。

沿山公路往西延伸着，路左边就是灵湖，远远往西眺望，对岸的村庄隐隐约约，犹如一幅淡墨的山水画。在潘岙生态公园，这路上白天很少见到人，偶遇几位湖边的垂钓者，或许他们是民宿的客人，清晨可以在此散步踏青，或光脚奔跑，呼吸山水绿林中的氧气；累了，就躺在湖边绿草中，看天空湛蓝如洗；夜晚，仰望星空，数繁星点点，或独坐石阶，静静聆听来自内心的声音。

　　守着灵湖不再守穷，遍布浙江的"两山"实践经典案例让潘岙村看到了希望，既要金山银山，也要绿水青山，守着湖，也要靠湖吃湖！尘世喧嚣，碌碌奔波，在繁忙的工作之余，找寻一个山清水秀的天然氧吧，一个心旷神怡的桃源之地，我会选择潘岙的。

　　终于要走了，我回头遥望，千年古樟，依旧相依相拥，你来热闹的方家河头，看那里的人山人海，还不如来此，一个浙江省级的森林村庄，散发古韵味的山与水。来灵秀的潘岙，带上你爱的人，你定会陶醉在如画的美景中。

# 绣花追忆

### 沈碧荷

1975 年 12 月，我的父辈们，一年的摸爬滚打下来，虽然估摸年底决算可能又要倒挂，但看上去还是有种和谐的景象，阳光下金黄的稻草蓬如朵朵伞花在屋间河边开得正艳，母鸡们在秋阳下争抢稻穗，烟囱里飘起袅袅炊烟，邻家小孩跪在灶膛里添着柴草，脸蛋绯红，妈妈在灶上炒豆，豆香挤出低矮的小屋，飘到空旷的道地上，门口竹帘上的腌菜干透着沉沉的咸香，女人们三五成群一边纳鞋底一边传递着一个消息：曾被毛主席接见过的高背浦劳动模范、棉花姑娘胡水娟，在观城南门头招收缝纫机绣花女工。这消息像一粒石子掉进水池里，激起无数的涟漪：有说马上想去学的，这样就不用下地头喝西北风了；有说马上去买缝纫机的；有说学了技术没有产品可做，白白浪费钱财；但大多数姑娘和小媳妇都没去，当年我母亲 30 岁。

听祖母说，母亲没有缝纫机，自作主张地用 30 元钱从绍兴阿姨手里买来了旧缝纫机，并分三次还清了钱。

自从母亲成了绣花女工，我们三姐弟吃睡在祖母家，母亲拉开了我们之间的距离。我大清早起床，回家不见母亲的身影，换下的衣服已晾在竹竿上滴着水；晚上临睡前也不见母亲的身影。邻居说学绣花的人太多了，望不到头的人和缝纫机，日光灯紧挨着姑娘们的头，犹如萧瑟的雪景，泛着白茫茫的光，金属撞击的清脆声响成一片。学绣花的人多时达 500 人左右，因为学好技术后要做的是外销的产品，技术含量高，一旦技术不达标，返工和罚款是难免的，所以半年学习下来的技术，没有最好只有更好，我的祖母开始动摇了，说不带我们仨了，当时我最小的妹妹才 3 岁。

绣花厂里，上海绣花师傅偶尔来一次；有时人不来，简单的一个实物或者式样，在绣工中传递着，一星期下来式样已面目全非，好些人因看不到利益，纷纷退出，而母亲还是一成不变的节奏。

远方传来一个消息，在 300 绣花女工中招收熟练工 100 名，这意味着三分之二的人将被淘汰或继续学习，母亲还是不紧不慢，她清楚地记得考试的内容，每个人手里拿着一只金黄的小鹿，要求贴在白色的棉布上，先用平针将鹿固定，再用长针把鹿的外围包起来，使欢蹦雀跃的小鹿有立体感，别人做了一个的时间里，母亲做好了两个，而且针脚齐整规范。当师傅问她为什么做两个时，母亲的回答是"怕不及格"。母亲的"双保险"换来了上海师傅的垂青和眷顾，经过 7 个月的学习，100 个绣花姑娘师满毕业，她们已熟练地使用缝纫机绣花；绣出的图案活灵活现。

新的产品开始批量生产，母亲担起了试样的工作，几百上千件衣料、窗帘、枕头、台布、衣片、被面从上海运抵观城，随带单调的一件样品，有时候样品只在观城逗留 10 个小时，不管是农忙天，还是暴风骤雨天，母亲都要第一时间试样完成，不管是有 25 种色线，还是 48 种色线，都是准确无误不差分毫；这份工作不知受过家里人多少埋怨。

领导把绣花厂收发产品都托付与母亲。半年后母亲把绣花厂搬到了家里，生产生活两不误，学绣花的、领产品的、交产品的、退产品的，常常挤得我家无立足之处，我悄悄地躲到隔壁邻居家去。最看不惯的是退产品的人，以为自己能力很强，把产品藏在家里去忙别的事情，致使有些人分不到产品，临近上交的时候又做甩手掌柜，找做不完的客观原因，我母亲只好跑腿找人帮忙，当时没有电话，一个下午跑下来只送掉了几件，母亲托她们的"福"，做到通天晓也是常有的事。

一到空余时，母亲把她认为好看的图样画在透明的塑料纸上，再用大头针沿着花样戳一个个连贯的小洞洞，用油墨把花样印在棉布上，绣上花藏起来，有桌布、被面、手帕、枕头等，母亲总是不厌其烦，做着她的绣花行当，至今还保留着。我清晰记得，常有农村闲散的姑娘和小媳妇来我家学绣花，因为绣花比起纺棉花、纺石棉、纺麻干净又轻松，而且有技术还实用。

造房上梁用的顶梁红布上绣"巨龙腾跃"，五彩祥云上巨龙栩栩如生，口吐龙珠憨态可掬；"五谷丰登"上的农作物丰收饱满、硕果累累；"紫薇高照"赋予的是鲜红的太阳从地平线上喷薄而出，象征着人们的生活蒸蒸日上；"年年有余"的图案是一个胖娃娃抱着一条大鲤鱼，它们寄托着人们对美好生活的向往和憧憬；更有女孩出嫁时的嫁妆，大红被面上的鲜艳的大牡丹、窗帘上的婷婷荷花、金黄色的鸳鸯枕头、电视机罩上立体感的彩球花朵、床罩上的镂空花纹等等。过去的生活节奏慢，一条被面要做上 4 天，一对枕头要做 3 天，姑娘们瞧着自己付出后的成果，有一种深深的满足感。当时姑娘出嫁前后，嫁妆都要在娘家、婆家展示一天，簇新的蚕丝被面、亮眼的上轿枕头在阳光下泛着耀眼的光；亲朋、邻居一波波进进出出谈论着：新娘子的手真巧、花色好时尚、做工精巧等等。如今已找到这种情调了。

有一年，整年的产品是桌布，因为技术信得过，上海来的产品都是印花的布料，要自己镶嵌成桌布，绣完花，再上交，镶嵌前还有一道工序，要把多余的布料用剪刀剪掉，在拐角处用剪刀剪成刀花，这成了我们三姐弟的事情，布料很长，我们一个拉一个剪，滴滴答答的声响中母亲絮叨着："干活要细心、衷心、有心，还要将心比心，如果你是主人，活一定得做得好。"我们三个非常小心，互相监督。很多次，弟弟和妹妹都去睡了，为了不让母亲太辛苦，我继续剪着布边。

记得我初中毕业那年，夏日的午后天气炎热，我帮母亲解着线圈，母亲照例坐在缝纫机边绣花，也许因为昨晚太晚睡，母亲的头无力磕倒在缝纫机台板上一动不动，我急切地喊叫声引来邻居，母亲 60 公斤的身体柔柔地往下沉，眼泪模糊住我的眼睛，安放在床上的母亲脸色苍白，她弱弱地招呼我倒一碗糖水来，现在想想母亲当时是低血糖引起的晕厥，喝下糖水的母亲虽然有些小小的舒坦，但拂不去她脸上的愁容。是的，37 岁的母亲，白发已悄悄爬上两鬓，好些皱褶镶嵌进白皙的脸庞，再也找不到我熟悉的甜甜容颜，可惜我永远也读不懂母亲的惆怅。

因为母亲的缝纫机常要罢工，她从上海托人又买了新的"飞人牌"，难道它也要伴我终老，我不禁打个趔趄，但是境况没法改变。

三天后母亲康复，看着我做的产品，我以为她会夸我几话，不曾想又是一阵絮叨："针脚细一点，还要好好学，心先静下来。"母亲学了7个月，而我全凭她的絮絮叨叨，耳濡目染。这次绣的产品是全棉次白的桌布，因为单件大，缝纫机的前面要加个布兜，不至于桌布滚进轮子里，不料感觉有什么绊住了轮子，脚踏的感觉好重，低头一看桌布的角已嵌进轮子，锈迹斑斑，母亲的威严、母亲的不容易、我的羞愧一股脑展现在我的眼前，急急地不动声色卸下花绷，抱到里屋，清水、牙膏、牙刷，毛巾一次一次刷着我的懊恼，母亲的话涤荡着心灵，我的担心继续着……

等着母亲从上海交完产品回来，我急切地问她，产品有什么问题，她说没有啊，件件通过。我才把悬着的心放下。

但是，母亲还是不放心我做产品，而是让我继续学习，除非产品完不成时让我上，我用圆珠笔在白色的棉布上画上一片片树叶，用平针合着滴滴答答的金属撞击的声音绣着柳叶、枫叶、冬青叶子、水草，在母亲的严加管教下总算出师，母亲受人邀请改做绣花师傅，去了泽山、师桥、鸣鹤、余姚小曹娥镇。

总忘不了母亲去小曹娥时，一星期回来一次，出门瓶瓶罐罐里装满自己腌的炒咸菜，或者腌冬瓜、酱瓜之类，虽然生活清贫，但对绣花行业情有独钟，记忆犹新的是母亲第一年过年时带来了86个果包，有黑枣、油赞子……是学绣花的姑娘们对她老人家敬重。母亲一放下包裹，挑了最大的4个给了我的祖母，其后是七大姑八大姨的，一时间母亲成了家乡的新闻人物，这不是我们三姐弟需要的，我们只要有母亲陪伴就好。

1988年，衣片花、窗帘花非常的兴盛，我结婚前一个月，头发花白的母亲要介绍我去做绣花师傅，兼收发绣花产品；我的姑姑却介绍我去幼儿园做代课老师。我选择了后者，谁知，幼儿园老师一干就是31年。随着大机花的兴起，机绣慢慢地淡出我们的视野，但是，机绣的光彩历史还是璀璨夺目的，曾经在观海卫是一道亮丽的风景。我每每翻看母亲与自己的绣品，读着逝去的青春、母亲的陪伴，酸甜苦辣在心里荡漾开来……

# 大桥畅想曲

## 罗品强

　　小时候，听大人们在聊天，说是慈溪从观海卫的东山头一路向北，与上海的直线距离其实是很近的。闲时，拿出地理课本，翻开中国地图，找寻着祖国东部的慈溪和对岸的上海，稚嫩的小手勾划着两地的距离，茫茫海湾隔着人缘相亲的慈溪和上海，萌发着要是有一座跨海大桥连接起来，不需要坐一天的火车，近距离地去上海走亲戚、逛外滩、看动物园的懵懂念想。

　　日新月异的年代，总有好运眷顾。好消息不断传来，家乡要造杭州湾跨海大桥啦。就这样，平常分外地留意起各种媒体上关于要"建造跨海大通道"的消息，中央的领导来了，省里、市里的领导来了，还有造桥专家以及人大代表、政协委员们来了，他们一次次亲赴现场论证选址，好消息一个个地接踵而至，总是那么激动人心。世纪之交，南岸桥址花落慈溪，36 公里长的跨海彩虹要在家乡动工兴建了，让人颇感自豪的是，我所在的工作单位——海通食品集团，要为故里建设献上一份力，将投资参与大桥建设。更使人难忘的是，就在大桥开工前夕，时任浙江省委书记、省人大常委会主任的习近平同志在有关领导的陪同下考察海通，他听企业介绍、看生产现场，谆谆嘱托海通要继续为农服务，为农业产业化建设作出更大贡献，让海通人倍受鼓舞。

　　2003 年 6 月 8 日，南岸开阔的海隅地上彩旗招展、热闹非凡，期待已久的奠基典礼隆重举行，海通陈龙海董事长还代表投资单位作了"我们为能投资大桥建设而感到骄傲"的发言，大桥建设者们豪情满怀，欢庆的鼓乐奏响了，习近平同志亲手按下开工电钮，世居在这片盐碱地上的人们，迎来了祖辈们难以想象的时空交汇点。亲历这开工盛典，恍惚间感觉，这时代真的太豪迈了。

光阴如箭日月转，大桥建设如火如荼，我有幸来到大桥建设现场实地考察。虽然那天寒风凛冽，但站在气垫船的舷舱上一点也没有觉得冷，眺望远方，海天相连，无边无际。近旁，一个个桥墩像一枚枚"定海神针"挺拔地直插海中，高耸的打桩机在"吭哧、吭哧"地打桩，悬臂的架桥机在"咕噜、咕噜"地忙碌不停，桥梁在不断地向对岸伸展……热火朝天的建设场景至今还历历在目。大桥建成的日子离我们越来越近了，繁华都市离我们越来越近了。

转眼间到了 2008 年姹紫嫣红的季节，大桥长虹卧波，通车在即，慈溪电视台《关注》栏目摄制组邀请大桥投资股东——海通陈龙海董事长、方太茅理翔董事长和傅涌廷老师等来到大桥，现场接受主持人曾斌专访，畅谈大桥投资的心路历程、大桥建设的不寻常岁月和大桥建成通车后对慈溪、宁波乃至整个"长三角"的深远影响，这未来美好的生活呀是多么地让人尽情遐想。5 月 1 日，我还到大桥通车庆典现场，参加了通车典礼，近 200 辆仪仗车由南北两岸缓缓驶向彼岸时，现场一片欢腾。彩虹飞越杭州湾，巨龙盘卧长三角，跨海长虹犹如一条七色彩练，把散落在杭州湾两岸那珍珠般的诸多城市给串联起来了，童年的缤纷梦终于圆了！

大桥通车日，新程开启时。承接着时光穿梭，2018 戊戌年来临，大桥建成 10 周年了。犹如婴儿从呱呱坠地，长成亭亭玉立的少年，10 年间，玉龙长桥承受着风雪雨霜的煎熬，承担着南来北往的繁重运输，承载着匆匆过客抵达彼岸的神往，车辆日夜驰骋，车流量与日俱增，据有关传媒介绍，大桥开通 10 年，总流量达 1.2 亿车次，在架构连接、便捷交通、节能减排上更是创造了巨大的社会效益，大桥的惊人能量引得连连点赞。一座大桥还催生了一座现代化新城，昔日的芦苇荡，如今已是高楼林立，一个绵延数里的千亿级产业园脱颖而出，大桥畅想曲无论怎么吟唱都不为过。一条跨海巨龙，伴随着杭州湾大湾区，伴随着世界级城市群的崛起正款款走来。

桥涵家乡，利及天下，这座家乡的桥、中国的桥、世界的桥呀，总让人梦萦魂牵，思绪万端。桥是路的延伸，桥是此岸到彼岸的跨越，桥是一个时代开启另一个时代的起点，愿家乡建造更多的长虹，助推三北大地和甬江南北，助推东海岸，助推华夏故园日益繁荣昌盛。

# 乌山看花随想

## 许永涛

阳光明媚，百花争艳，正是踏春的好时光。近日，上班路过乌山南侧，总看到围墙内山坡上金黄的油菜花，内心倾之，得空前往。

## 1

车到乌山站，我习惯地候在公交车后门出口。不想前门开了，后门没开。我小声嘀咕了一声，或许司机忽略了我的存在。事实上，我也明白，我的声音轻得几乎连自己也听不到。可令我想不到的是，公交车又前进了二、三米后，竟突然停了下来。后门为我洞开，我欣然下车。

下车处是乌山南侧的育才小学。我下意识地向西慢慢前行，而脑子里又想到了刚才下车之事。刚才公交司机如果不停车，我也不会责备于他，更不会像个别爱激动的乘客般恼羞成怒，其实我连自己都没决定好在到底在哪里下车，是乌山？还是在前一站？自己心里也在斟酌中。再往深处想，人生在哪儿下车哪儿上车，本身就是个未知数。有时候人生也如车，来去匆匆，命该带到哪，冥冥中其实皆有定数，顺势而为，方为上策！

## 2

从育才小学向西走不久，前面是一堵临时性的围墙，忽见有一个女人从一道铁门里溜出，并径自向西而去。我快步走向铁门，探头往里瞧，里面一大片金黄色的油菜花，在春日的照耀下，格外夺目！擅自移开铁门，悄然进去。

许是因为十廿年前人们不重视生态环境建设，乌山被人乱采石矿，毁得一塌糊涂。尤其是山的东侧与南侧，已被削去了大面积的山体。近年来，在有关部门的重视下，此山不但没有再被开挖，而且还在四周砌起了围墙，进行局部复绿，虽然收效甚微，但终究可喜。

居住在附近的老人们早已在城镇化建设中失去了自己的土地，但过去赖以为生的种地手艺从没有抛弃，大家争先恐后地在这块杂乱的土地上挖地开荒，种上了各种蔬菜。这季节，就有大豆、蚕豆、青菜、土豆等，而更多的则是油菜。

由于这儿的油菜是为打菜油而种，基本都是移栽的。尽管因地形问题及种的居民较为分散等原因，上下左右极不规则，但恰恰也是这个令这儿的油菜花看起来更加错落有致，风姿万种。

我在菜花地里游走，欣赏着曾经熟悉得不能最熟悉的油菜花，内心倍感亲切。回忆往事，作为土生土长的本地农村人，我从小就从事过农业劳动。对当时的农民来说，种油菜是一门必修课。而今路过有些农村，面对荒废着的土地不种，却宁可去超市购买那些或由转基因植物制作的食油现象，我的内心倍觉痛心。最亲莫过家乡土，最熟莫过年少情，虽说往事如风，但有些习俗还是希望能万世传承。

## 3

山坡上有两三位附近的居民正在劳动，我与其中一位老大哥聊起家常。他高兴地问我："好看吗?"我笑笑说："不错，如果把这儿的垃圾清理掉，稍规划整理一下，全部种上油菜，那就更好看了。"老大哥也笑笑说："可惜不可能统一的。"我说："这乌山有没有什么历史故事或景观呀？"他抬头看了一下我，指着半山腰说："山上的山洞，你去看过吗？"我说："两三年前去看过。"他说："别的好像也话不出。只记得上面有三个洞口，里面是相通的。山洞是 1960 年打的，当时打山洞的部队驻扎在乌山南边，现在小学的位置，部队晚上会放电影，每次阿拉小朋友们都抢着去看的。"

我告别老大哥，好想再去找找那山洞，但因时间匆忙终究选择放弃。人们对于洞穴探险的喜好是由生具有的，往往男性更甚。三五年前，在我们一帮爱好爬山的人中曾形成了探寻山洞的热潮。那时，一说到去乌山、寺山探寻山洞，便一定能吸引不少人。我和同伴先后两次探寻过乌山及寺山（施山）的山洞。记得其中一次有十多人，男男女女都有。找到寺山隧道南侧的山洞时，一位女同胞要进去。我说里面好像有水，可能不干净。可那位女同胞却抢先走进了山洞，然后又有一位女同胞跟着进了山洞。由此看来，探险之热情不一定单属于男人，女人亦然。凡为险者，人皆逐之，不然，历史上也不会有徐霞客、谢灵运之流的诞生。这么想来，我这么多年的游山玩水也不能算是虚度了。

乌山除了山洞和油菜花，特别的景观好像是没有了。回家查阅资料，据说清代胡遥峰曾为乌山做诗，题为《卷阿八景》。另元宋僖还作《登乌石山》，文曰："文饮从醉吟，旅游资汲引。升高力已疲，览胜欢未尽。乌石会如何？龙山迹难#。视昔均有怀，此别良不忍。采菊惜兹辰，行当还旧隐。"凭乌山之高，我总觉得诗中所谓的"升高力已疲"是不可能的，但是如果真若好好规划一下，"览胜欢未尽"倒是很有希望的。

# 胜山兰街戏

## 阮龙岳

庙会是一年中最热闹的民俗活动，在本地相传已久。据《慈溪县志》记载："古代在春、秋两季举行祭神活动，称'春社'、'秋社'，祈求风调雨顺、人畜平安。后演化成庙会。凡在下半年举行的，统称'兰街'"。相传明嘉靖年间戚继光率军平倭，庙会在三北盛行。庙会期间，商客游人云集，在神前问凶卜吉，也有祈财富、还心愿、求子嗣、卜婚配的。商贩择地搭棚设摊，香烛锡箔，农具山货、器皿杂物、糕饼小吃，乃至江湖卖艺、测字算命、郎中行医等等，相聚成市。商贾资助演戏、流氓开台摆赌，人来人往，很为热闹。

地处慈溪中部的胜山庙会久负盛名。在每年农历三月初一至初三举行，下半年举行的叫兰街，它规模较小。建国前，境内有定期庙会多处，一到下半年在集镇街道两侧或庙宇周围集市，俗称"兰街"。兰街期间又演兰街戏，十分热闹。实际上它是庙会的延续和补充。

胜山庙会是三北十大庙会之一，规模大、范围广、影响大。下半年的兰街其声势当然不能与庙会相比，不过这里的兰街还是很有名的。当时，整个胜山辖区内的胜山（胜中）、胜东、胜西均有兰街戏演出，而且很兴盛。

胜山（胜中）兰街戏演出地点有两处：一处在得胜桥东南，另一处在胜山街撑航船的孙毛毛屋西侧（胜山老街东路 108 号）。这两个地方，后者范围大、人气旺。有人曾问：兰街戏为何不去上规格的胜山庙戏台演？这是因为上山不方便外，主要是演兰街戏与商业有关，所以应在街边上演。如果是牛黄戏（一种生产习俗），就必须在胜山庙戏台演，而且地域广，声势大。

当地的兰街活动内容多，人们对演兰街戏较为重视。他们预先订好戏文班子（剧团），不过，那时的班子规模不大。绍兴大班（绍剧）也好，的笃班（越剧）也罢，充其量只有6—7人，其中后场（乐队）1—2人。

演出队伍精干，道具简单，演员文戏、武戏都做。能上能下，无所不包。据已故胜山头村徐国孟老人回忆：他婶婶（兰芳母）早年曾在上海等地演戏，也在胜山头演过兰街戏。大家对她较熟悉，她戏做得好，戏路广，对她的评价也较高。

兰街戏的经费，一般由商贾资助。当地流传着这样一句民谚："兰街不做，牌门刮（扔）屙！"这话看来有点粗俗，但从中折射出二个问题：一是兰街戏的经费要由开店老板出资，二是说明民众对做兰街戏的迫切要求！当然，经商老板们为了生意顺风和声誉都愿意出资，所以兰街戏又叫"顺风戏"。胜山兰街戏出资者中较有名的有：史成兴、邵恒昇、徐瑞康、徐宝兴、孙益泰、九德堂、九如堂、大有丰、杨昇和、史天生、九益堂等店家。由于经费充足，兰街戏做得红红火火。

在胜西，兰街是盛行的。兰街戏演出地点在泰记门口。本人采访过村里的一些耄耋老人，他们对兰街及兰街戏记忆犹新。98岁高龄的胡启江老人一开口就风趣地说："游过万国九州、不及泰记门口！"他说，当年胜西一年一度的兰街戏就在泰记门口上演，非常闹猛。泰记即宋泰记，老板是宋本梅是云社先生的父亲。

宋云社，我认识。他当时在供销合作社供职，文质彬彬的，很有气度。我曾借阅过他所收藏的郭沫若诗集——《百花齐放》。在交往中，从未谈及宋泰记及有关情况。现在看来不能不说是件憾事。最近笔者特地去采访，可惜，孝顺儿子陪他驱车外出。与家人联系后，在电话里作了交谈。

当年，在宋泰记门口做兰街戏是件欢欣鼓舞的大事。方圆几里无人不知、无人不晓，引得不少人来观看。南边河角、白沙，北边相公殿，东至洋浦，西至坎墩等地的人前来看兰街戏。戏班子是从绍兴请来的，均是男演员。在当时，他们演出的行头（道具等）不多，但演出技艺绝对称得上高超。演出剧目是：《龙虎斗》《长坂坡》《走麦城》《三上吊》等。演员们很辛苦，因戏文要做"两头红"（当时均这样：太阳未下山开演，第二天日出结束），演的时间实在是太长了。那时，看兰街戏远地的人较多。他们来去不便，机会难得要看个痛快，也喜欢通宵看。所以有人称之看"饿煞戏"，这帮人自己也承认是"若有一堂（处）不赶到，头痛老发脚喊吊（脚抽筋）"的戏"瘹头"（戏迷）。由于演的时间太长，演员们做至后半夜就筋疲力尽，精神懈怠。故此地有个歇后语叫"后半夜格戏文——呒花头"。那时的艺人够辛苦的，生活比讨饭的好不了多少。没日没夜地演戏，仍食不果腹，有时到村里讨些东西吃。这与散落在戏场外打"牌九""铜宝"挖"沙蟹"的人是不可同日而语的。

在胜东，做兰街戏很有传统。演出地点规定两处：一处在胜东西街宽仁河大的荣大厂那里；另一处在胜东东街名胜厂旁边。一东、一西每年轮流着演兰街戏。今年已 96 岁高龄的婶婶还健在，她说小时这两个地方都去看过。第一次去看是在街西的荣大厂道地里，大人唯恐小孩看不见，在戏台旁用门板搭了个小台，让他们坐在上面看戏，但看到的只是黑阵阵的人头和挂在台上嗤嗤作响的汽油灯。戏的内容全然不知。只知道班子穿红着绿，走上走落……所以不多时，有些不耐烦了，爬下来，捏着手里带体温的几个铜板去买好吃的东西。戏台下有馄饨、糖糕，也有小孩喜欢的棒棒糖、棉花花（一种甜点），但只买了一个铜板一只的棉花花。猪油白糖的大馒头也有，可是买不起，要八个铜板才买一只呢！

后来，在胜东名胜厂空旷处做兰街戏，亲眼看见绍兴人的两只班子船泊在陈丁漕头，婶婶就央求父亲一同去看。想不到父亲欣然同意了，真是说不出的高兴。吃完晚饭很快出发，父亲用力摇船，在胜山塘江上由西向东快行，船头发出哗哗的水声。戏台正好在江北岸，台坐东朝西，晚上去看的人较多，她们兴奋地站在船头。她所叙述的颇似鲁迅小时看社戏的情景："最惹眼的是屹立在庄外临河的空地上的一座戏台，模胡在远处的月夜中，和空间几乎分不出界限，我疑心画上见过的仙境，就在这里出现了。这时船走得更快，不多时，在台上显出人物来，红红绿绿的动，近台的河里一望乌黑的是看戏的人家的船篷。……我最愿意看的是一个人蒙了白布，两手在头上捧着一支棒似的蛇头的蛇精，其次是套了黄布衣跳老虎，但是等了许多时都不见，小旦虽然进去了，立刻又出来了一个很老的小生。……然而老旦终于出台了。老旦本来是我所最怕的东西，尤其是怕他坐下了唱。这时候，看见大家也都很扫兴，才知道他们的意见是和我一致的。那老旦当初还只是踱来踱去的唱，后来竟在中间的一把交椅上坐下了。……我忍耐地等着，许多工夫，只见那老旦将手一抬，我以为就要站起来了，不料他却又慢慢的放在原地，仍旧唱。全船里下几个人不住的吁气，其余的也打起呵欠来。……怕他会唱到天明还未完，还是我们走的好罢，大家立刻赞成，和开船时候一样踊跃……"这是她们一代人的童年乐事，悠悠往事，使她至今还念念不忘，津津乐道。

据说此后，胜东又演了一次，组织者为适应形势在时间和地点上稍作了调整，这一次声势搞得很大。戏文班子也调了，专从嵊县请来，由绍剧变了越剧。因为当地人喜欢时新的"的笃班"乡民们要听雅音、看好戏，当时几乎全民参与，积极筹备。在当地热闹了一阵子。据老人们回忆丁菊香（悲旦）、陈兰春（正生）等名角也来了，演的是《西厢记》《玉蜻蜓》《白蛇传》等群众所喜闻乐见的剧目。组织者有经济头脑，买票入场，做五天五夜，票分长票与短票。（长票时值10斤大米，短票2斤）长票中，不少是优待票。短票或购买或摊派，结果人气很旺。尤其是头一天，人头攒动，全场爆满。然而，由于一时疏忽，没有把长票送到驻胜山的和平军手中，王班长当晚亲自带一班人马到戏场，说是来维持秩序。他们窜入戏场，盛气凌人、耀武扬威。组织者见情况不妙前去解说，但和平军不由分说当场开枪。枪声一响，观众吃惊，哗然大乱。流氓地痞乘机浑水摸鱼……

在旧社会，演戏场所常有骇人听闻的事情发生。地痞霸占年轻女演员时有所闻。那时，戏子怎斗得过地头蛇？身不由己，只得忍气吞声做人家的小老婆。真是落入火坑万丈深，含着眼泪度时光……解放了，恶霸被镇压。然而她不远走，似乎忘不了曾经风靡一时的兰街戏。

原载 2018 年 12 月 5 日《慈溪日报》

# 姆岭之下是吾乡

## 潘玉毅

人这一生里，免不了要回答两个问题：从哪儿来和到哪儿去。

每个人都有一个来处，也必有一个去处，而来来去去的中间，是我们此生的行迹。这行迹的源头则是故乡。不管你走多远的路，去多少个地方，故乡是那个记忆里最醒目的地标，隔着万水千山远远地望一眼，便能十分准确地知道它的方位。

我的故乡是江南一个名不见经传的小山村，这个村庄很小，小到放在县市级的地图上，它都不会比芝麻更大，小到你在村头吼上两声，不一会就能听到村尾传来的回音。俗话说："麻雀虽小，五脏俱全。"村子虽小，也是人烟辏集。

小小的村庄里住着 1500 多个村民，他们之中有七成左右都姓潘。曾经有人问我，既然村里人大多以潘为姓，为什么叫童岙，而不叫潘岙？在很长的一段时间里，这个问题着实令我感到沮丧，每被问及此事，期期艾艾之后，只能顾左右而言他。后来我在族谱里翻到一段文字，方才有了答案："元末明初由潘桐溪公者从余姚丰山迁徙至此，在岙里筑室定居。村以人名命之，为桐岙。"也就是说，现在的童岙实系桐岙之讹。

如果要在博大精深的汉语里找一个词给故乡作定语，我想非"开门见山"莫属。故乡的山连绵起伏，一丘连着一丘，如果以家为圆心，推开前门，门前一百八十度看见的都是山，打开后门，门外一百八十度看见的还是山。就算你沿着村道快步走上几个小时，此身仍在群山的包围之中。山之多，可见一斑。记得小时候有一回去野炊，我和同学在山里迷了路，走了三个小时才找到下山的路。因为出山不易，山里人管一个人有出息叫"出山"，山里的孩子考上了大学，则会被形容成"山窝窝里飞出金凤凰"。

不过故乡的山虽多，有名的却不多。从那些山的名字里，你大概也能望见山里人的文化程度：官山、毛山、对面山、鹰窠山、大山脑、刺山岗、调羹山、鲇鱼须山……顾名思义，官山是因为山里出过当官的人，对面山是因为山在居所的对面，调羹山、鹰窠山和鲇鱼须山是因为山的形状像调羹、鹰巢和鲇鱼须，其它诸山，依此类推。这让我想起一个事情来，早在东汉时期，许慎对古文字构成规则进行概括和归纳，形成了"六书"之说，其中，"指事者，视而可识，察而见意，上下是也；象形者，画成其物，随体诘诎，日月是也。"想来山里人也是深知其奥妙，将造字之法用在了为群山取名上。

因为山多，交通不便，出行一直是困扰山里人的一道难题。在我小的时候，村里没有一条像样的公路，唯一通往山外面的村道沙石点点，时高时低，晴天还好一点，顶多就是硌得慌，风吹尘起容易迷眼，要是落了雨，积了水，就会溅得人身上湿漉漉的。于是，移山成了我那时候最大的梦想。某日，我自书中读得愚公移山的故事，逢人就吹牛："等我长大了，一定要将屋前的山统统移掉，让大马路伸进村里来。"

我想把山端掉，让村里人能看到山外面的世界，或者造一座立交桥，把故乡变成想象中城里的模样。不过，后来山真的少了，我忽然又舍不得了，觉得还是应该留住它。今天的我更希望能为故乡植一棵树、填一点土，别让它失了从前的单纯。当然这都是后话。

经受了多年的颠簸，村里人咬咬牙，集资修了段公路。路修好后，大人去镇上采购东西方便了，小孩去市区里读书也方便了，村里的老老小小别提有多高兴了。遗憾的是，没过多久，随着山塘里开山采石的情况日趋严重，运沙车进出频繁，导致路面上的洞洞眼又多了起来。从此，这条路就像一个重病伤员，破了修，修了破，惹得村里人骂声不断。

就在这个时候，村里竟然通了铁路。1997年，一条货运铁路从村里斜穿而过，成了勾连余慈两地的唯一一条铁路。从此，火车的鸣笛叫醒了山里人的耳朵，让沉寂多年的小山村热闹了起来。当时，有不少外乡人骑着车从很远的地方赶来这里，就为看一眼火车长什么样子，小孩子尤其兴奋，听到"呜"的一声响，连饭都不吃了，巴巴地望着铁轨的方向。

铁轨靠近余姚的方向，有一条隧道，名为"桃花山隧道"，因隧道口有桃树沿铁轨密植两旁山坡而得名。桃花山隧道刚凿通时，有一些好事者编造了许多怪诞的"传说"，譬如谁谁从隧道里经过时遇到了劫匪，谁谁从隧道里经过时听到了小孩的哭声，更有说隧道里头住着鬼怪的。如今想想，这些多半都是谣传，但在当时，很多人都信以为真，小孩子更是如此。于是，敢不敢一个人从隧道的这头走到那头成了胆气壮不壮的考量标准——小孩子就是这般无聊，就像会因为别人叫了一声自己父母亲的名字而打架一样。

我的胆子向来不大，平时连回答老师的提问都有些战战兢兢，唯独对这条隧道是个例外。每年春天到来时，我常常独自一人穿过隧道去山洞的另一边，去看那隧道口两旁密植的桃树成林，说是林子其实也不甚大，但是春日里花开时节显得格外漂亮，粉的、绛红的花瓣挂在枝头，落在草上，像是春天有意把最好的颜色留在了这里，像是本已很美的姑娘涂上了淡淡的胭脂。刹那间，心和眼所见，树树桃花，树树明媚。

隧道以北有一条"姆岭"，是慈溪余姚两市的分界岭。打我有记忆起，这条岭就一直被同村的长辈们挂在嘴边。慈溪人和余姚人多管母亲叫"姆妈"，也未知这条姆岭是否有"母亲之山"的意思。我只约略地知道，以前，村里人去余姚或者余姚人来村里，此岭是必经之路。岭很陡，骑着自行车根本上不去，只能靠推。数十年下来，姆岭上留下了车辙印和脚印，也留下了故乡人的汗水和泪水。

姆岭之下，为吾故乡。

故乡的风景自然是美的。它虽不是世外桃源，但山里的世界，屋舍俨然，良田、美池、桑竹，一样不缺。很多我们在当下苦觅而不得的美景，那个时候推门出去，随处可见。

老屋后面有池塘，池塘边上有柳树，柳树上有鸣蝉，蝉声过处有大黄狗和牵着黄狗打盹的人。这就是故乡埋藏在我记忆深处的印象，它慵懒，却闲适。

那个时候，村里很多人家的屋前屋后都有小溪，因为小，大家都管它们叫溪坑，言外之意无非是说此溪只有坑眼一般大。溪坑虽小，却终日流淌着清可见底的活水，这个水可以用来淘米，也可以用来洗脸，遇着晴天，晨间或是黄昏，不时可以听见梆梆的响声，那是妇人们拿着棒子在溪边捶打衣服哩。溪坑上游的水从山石缝里流淌而来，掬一口来喝，但觉清甜可口，不似如今，粪水垃圾扎堆，让人恨不得立刻逃离。

从前的水能养人，也能滋养群山和草木。山里有很多好东西，光野山笋就有百十种之多，龙须笋、笔头笋、淡竹笋、抱窝鸡娘笋，除了笋，大山还馈赠了不少吃的东西，苗子、刺脑、人参须、何首乌、覆盆子、茅草根。很多事物，在今日的村庄连影子都找不见了，很多名词，于今日的年轻人而言，也全然是陌生的。所幸，山上的草木仍旧保持着昔日的芳华。

春日里，山野间颇多野花，兰花，映山红，野桂花，"春日迟迟，卉木萋萋。仓庚喈喈，采蘩祁祁。"春夏之交，黄瓜长得尤其好，篱笆架上，藤蔓缠绕，摘了一根，马上就能新长出一根来。当秋天来临时，和老人的头发一样白的，还有经霜的枯枝。北风吹过，这里弥漫天空的有时是雪，有时是某类植物的种子。

一年分四季，每季又有三个月，其中最值得一说的是六月。六月有一件事，让所有国人朝思暮想，那便是吃杨梅。相传北宋年间，以美食家自居的东坡先生晚年被贬岭南，见当地荔枝味道甚美，写下一首诗："罗浮山下四时春，卢橘杨梅次第新。日啖荔枝三百颗，不辞长作岭南人。"写完之后，想起自己在杭州做官时吃过的杨梅，觉得有点言过其实，又补了一句："闽广荔枝，西凉葡萄，未若吴越杨梅。"由此足可见杨梅味道之鲜美。

吴越杨梅之中，唯独慈溪杨梅当得上"甲天下"三字，而童岙的杨梅又是慈溪杨梅中的上品。每年夏至前后，杨梅熟了，放眼村庄内外，满山遍野密密麻麻的杨梅树上挂满了一种闪红烁紫的果实。游客来此，每每痴迷于杨梅的滋味而忘了归去。他们大多在清晨时分踏着黎明的曙光而来，待到夕阳西下，在晚霞铺成一地红毯的时候方始依依不舍地离开。

有人说，童岙什么都好，就是穷了点。故乡的穷，远近闻名，整个镇子里的人提起它，皆会流露出讳莫如深的表情。外乡人到了这里，说山里的空气真好，风景真好，要是能长住就好了，但是谁也不曾真的住下。也就是从那时起，我真正明白了故乡的贫穷与落后。

那时，村里有一个小学，因为穷，外头的老师都不愿到这儿来教书。犹记得我读书的时候，全校总共六个班级七个老师，其中有五个老师是本村的。学校小，师资弱，学生也少，最多时不过一百来人，而我们那届是人数最多的一届，有二十五名学生，后来有一个去了别的学校，剩下二十四个，这二十四个学生的名字，我在毕业很多年后仍能说得出来——不是因为记性好，而是人数委实太少。在我毕业的第二年，学校就跟其他的村小合并了，教学楼一楼成了幼儿园，二楼则被改作村委会的办公室。

除了穷，故乡最大的特点是古老。

境内有一个距今已逾 6500 年的新石器时代遗址，人称"童家岙遗址"。"童家岙遗址"与余姚的河姆渡遗址毗邻，其大致范围包括一条无名小河以西、大埠头村以北、狮子山西南、老鼠山以东的一片田畈，在开掘之前，当地人因其土质肥沃，管它叫"西湖田"。西湖田边有一条西湖江，由于江中的黑色塘泥质地松软，当时有一个叫潘丹奎的老农，常趁冬闲时节挑去当肥料壅田。村民们见他用上乌泥之后，庄稼长势喜人，便纷纷效仿他的做法，遂使塘基越挖越大，越挖越深。1955年，有几个村民在挖塘泥时，发现堆积深厚的黑土层中夹杂着未被腐蚀的鹿角、骨木、石器等物件。这个消息不胫而走，吸引了当地文物部门和省考古所的注意。

20 世纪 70 年代，浙江省文物考古研究所的工作人员来此进行实地调查，在遗址上发掘出大量的石器和陶器，甚至还发现了大型船只的船骸。经考证，不少器物当属于距今约 6000—6500 年以前的新石器时期所有。这个发现瞬间让整个村子沸腾了起来，村民们显然从未想过，自己日出而作、日落而息的这片土地下面仅 50 厘米深的地方，保留着先民生活的遗迹。那 50 厘米的厚度，仿佛就是一扇时空穿越的大门，将从前与现在隔开了，又连接了。

2009 年 12 月，为配合第三次全国文物普查工作的开展，宁波市文物考古研究所和慈溪市博物馆联合再次对童家岙遗址进行了为期四个月的试掘，这次试掘除了骨、木、石、陶和动植物遗体，更挖出了史前先民修建道路和挖坑埋柱的遗迹。透过这些遗迹，我们的脑海里似能想见久远前的童岙村的模样：也许在 5000 年以前，也许在 7000 年以前，这里有着茂密的森林，有着充沛的水源，有着怡人的气候，我们的先民在这里聚居繁衍，辛勤劳作。

如今，六千年前的沧海已成桑田，生活在这片土地上的人也换了一茬又一茬，但风还是旧时的风，雨还是旧时的雨，那个六千年前的遗址一直是村民记忆里原乡的模样。自遗址发现以来，村民们除了河道清淤，对其未有扰动。

有位专家曾经这样对我说，童家岙遗址和河姆渡遗址是一个类型的遗存，若非我们发现得迟，现在河姆渡遗址或许应该叫童家岙遗址才是。专家的一席话，激起了我身为故乡子民的骄傲，常想要为它写点什么，只是力有未逮。

好在我虽才情不足，住在隔壁的朱举人却是个才思敏捷之人。

清朝乾隆某年的某个下午，家住余姚城东的朱文治看到屋前瓦盆上的梅花开了，清冽的香气袭人而来，让他不禁想起了去年此时与友人在童岙赏梅的事情来，春意缭绕着他的记忆，也缭绕着他的笔尖，朱文治叫童子铺纸研墨，提笔写下了一首《消寒竹枝词》："数点梅花著瓦盆，春光昨已到柴门。何如桐岙旧游处，万树寒香围一村。"

一万棵梅花树在同一时间盛开是什么样子，我没见过，好在人有想象力，借着诗人的只言片语，我的脑海里隐隐约约地浮现出一片花海来，那么素雅，又那么壮观。想想以前，每当听说别处的梅花开了，我就恨不得日行万里去一睹芳容，却不知这里原也是梅的故乡。

古人常将梅花比作人，寓意品质高洁。如果放眼看去，一个村庄里家家门前都种梅花，此间村民的情怀想来差不了。

遗憾的是，如今，二百年前的万树梅花没了，童年记忆里的半片桃林也没了，有的只是书上短短的两行文字和人们脑海中越来越稀薄的记忆。

作为我人生画布上最初的风景，故乡让我收藏了一个纯真的童年，而我似乎找不到一个合适的词汇来表达对它的复杂情感。

十年前，我去了古都西安，在四年的大学生涯里，关于"何为故乡"心中常感迷惘。这种状态，就像鲁迅先生《在酒楼上》所写："北方固不是我的旧乡，但南来又只能算一个客子，无论那边的干雪怎样纷飞，这里的柔雪又怎样的依恋，于我都没有什么关系了。"然而每当寒暑假临近，耳边总会响起一个声音，好似在催促我早点回去。这让我想起岙里的那棵百年枫香树，它像一个上了年纪的老者，目送我们远去，又盼着我们归来。

人生最可悲的事情莫过于错把异乡当故乡，之后又错把故乡当异乡了。我不想就此遗忘，所以乘上了记忆的扁舟，在稻穗弯腰低语的瞬间、在晒谷场米黄色的草垛里、在被一片闲云搅乱方寸的池塘中央、在油菜田黄白相间的期盼里、在一切有关乡村和泥土的召唤声中寻找，寻找心灵深处那个旧乡的影子。

我的记忆向来是贫乏的，就跟我的表达一样，这与故乡的土壤很不相称。故乡的土壤能孕育水稻、毛竹和杨梅，而我的记忆除了些许零散的往事，几乎寸草不生。不知从什么时候开始，我也变得怀旧起来。当我大学毕业后再一次回到故乡，我发现它已经改了装扮换了容颜：院里的墙高了，世界就变得小了；故乡的路宽了，人心却变得窄了——旧时的绿水青山不是被挖便是被填，我甚至都没来得及与它们合一张影。记忆里的故乡越来越远，也越来越陌生。我试图回忆起什么，却非常困难，往事残缺不全，比空白更令人心痛。我不知道，究竟是故乡走得太快，还是我走得太慢。

但故乡分明也还是从前的模样，从始至终它都不过是个名不见经传的小山村。它的名未见诸纸上，也未见诸网上，所以不独外乡人记不得它，就连好些当地人也慢慢将它遗忘了。

只有到了饭点，当我们站在山顶俯视前方，山下几缕炊烟轻轻袅袅地舞动，一如六千年前的模样，吸引着饥肠辘辘的"屋里人"，我们才猛然意识到，那飘着墟里烟的远人村，是我们的来处，有可能也将成为我们最终的归处。

原题《故乡书》，载《十月》2018 年第 3 期

# 岛上心事

## 方向明

千岛湖。二十三年前与一批和你一样不知天高地厚的"潮人"一起来过，也打着培训的旗号。

落脚在一个较大的岛上，国家水上运动基地占着这里的地盘。到处可见体育的势力，绕着岛围了一圈千米塑胶跑道，于是有了老树虬枝与红色塑胶交相辉映的独特景观。更独特的是，跑道两侧时有提示语引人驻足："有蛇出没，注意安全！"先是被吓一跳，四下里搜寻吐着舌头的家伙。一转念，这不是广告吗，说这里的生态环境一流，别的地儿，哪还有蛇。这儿好，这儿适合锻炼、训练、运动，还有培训，反正跟天然氧吧差不多。

人在世上，没那么复杂。比如今天，上半天坐车，抵达千岛湖，下半天听一堂课。看来，这堂课不太对胃口，太多空泛的数字和大而无当的判断，听一会儿便想出来透透气。不是起了个大早么，来不及蹲坑，身体的规律被打乱了。操场上，一溜身材高挑健硕的女子在做着力量训练。青春的气息荡漾在微凉的空气里，说不清是眼睛还是别的什么器官感受到的。从训练队伍旁边走过，望向远处的湖面和大大小小的岛，风景如画，便随手拿出手机。正想按下快门，脚下一个趔趄，坏了，脚崴了。这不是新铺的塑胶跑道么，跟周围的泥地有十来公分的落差。连忙直起身来，也顾不得疼，装作没事人一样继续往前，龇牙咧嘴：怎么会这么疼，真他妈见鬼。

山河阴晴，各有心事。——你立在同一个窗户前，对着同一方向，拍出了一张调调全然不同的照片。

上岛头两天，不见太阳，却也不怎么阴沉，远处云系发达，层次分明，拍出来颇有大片气象。第三天，阳光明媚，湖山忽然活泛，生动，有了血色了。阴晴原无好坏。阴有阴的心事，晴有晴的心事。冬天有冬天的愁绪，春天有春天的心情。男人有男人的负担，女人有女人的压力。你有你的心事，我有我的心事。台上的名牌，有一个字：霓。脑子里跳出另一个字：虹。古人造字，真是讲究。霓为雌，虹为雄。有阴必有阳，万物相对生。台上的人读错字音了，难怪他，这两字有些生僻：沆瀣。最初见到这两个字，就觉得是猥琐的，上不了台面的。可哪里知道，古人眼里，这是何等高洁，甚至有些令人神往的事物。先说一个邑人比较熟悉的诗句，晚唐诗人陆龟蒙的《秘色越器》："九秋风露越窑开，夺得千峰翠色来。好向中宵盛沆瀣，共嵇中散斗遗杯。"老陆说，越窑青瓷杯是好东西，他要用来盛夜半的清露，邀竹林七贤的嵇康举杯共饮。再往前，司马相如《大人赋》有"呼吸沆瀣兮餐朝霞"的句子。《凌阳子明经》言："春食朝霞……冬饮沆瀣。沆瀣者，北方夜半气也。"更有人直接说：沆瀣，露水也，旧谓仙人所饮。这么一个好词，怎么就变成上不了台面的贬义词了呢？要怪唐僖宗时的一次科考，考生崔瀣，颇有才学；主考崔沆，批阅到了崔瀣的卷子，十分赏识。门生与恩师的姓名也太巧了，而自古又不缺好事者，有人就此事发微信朋友圈说："座主门生，沆瀣一气。"说者或无心，传者或有意。本来说考官赏识学生，气味相投也不一定不好，渐渐地，变味了，变成臭味相投了。两崔的事也传到了黄巢的耳朵里，这个科场屡屡失意的起事者，最后硬把崔沆找来给杀了。这个黄巢终究成不了气候，小心眼，杀个主考官，发泄发泄对于科场的愤懑。课堂里放着PPT，传道授业者大谈GDP，大谈未来，你却津津于这些陈年旧事，也算是各有心事之一种吧。

本来写到这里，是要起来走几步的，点上一支烟，长长地吐出烟雾，思路又接上了。戒烟两月，并无大碍。如今，不同以往，吸烟者势单力薄，你一说戒了，他立马：理解理解，我也抽着玩的，把烟装进壳里。台上换了另外一位传道者，侧面看颇似大导冯小刚，正在讲"舆情"。烟民渐少，也是一种舆情。舆，象形字，车的周围四只手，合力造车的样子，原指造车的工匠，又引申为"众人之论"。他说舆情应对，讲的是大白话，讲得实在，讲得有趣。他从"人性"角度解构舆情之所以蔓延的内部机制。他借鉴了马斯洛还是谁的人类目标追求层次论，分析导致多巴胺分泌的信息素"四层次"，几个层次的刺激效果渐次增强，达到最强的第四层次是：异性爱慕、同性臣服、性、后代延续。他一张图便直达人性最幽秘的深处。大白话是最可爱的。下课了，"冯小刚"一人在角落用餐。餐毕，你与他并肩而行。你说，你的课很有趣，很高明。他说，好玩。老师的名字里也有个"向"字，你们坐下来聊，加了微信。此时，老师的多巴胺分泌旺盛，因为遇到了"他人肯定"，虽然达不到"异性爱慕"所能达到的极致，有一点点"同性臣服"的样子。如果你把类似的话当面说给另一个男人听，他的多巴胺指数也会嗖嗖嗖上升。这几天睡前读老李的书，一本叫《会饮记》，一本叫《咏而归》。前一本网上买的，预订了，等了一个月才等来。虽然大多在双月一期的《十月》杂志上读过，不过还想读。老李的这个小书，还别说，读一两遍是不够的。《咏而归》似乎轻松些，形制短小，却摇曳多姿。老李这支笔果然了得，故纸堆里照样生出有趣和生机来。有人在茅台里享受五谷精华，有人外出登山寻野趣，他老李半夜挑灯开屈子、孔子、韩非子的玩笑，新词叠出，新意盎然，趣味横生。这个自称眼皮有点耷拉的男人，还是蛮可爱的。他说，《离骚》里，屈原同志官场失意，就开始失态："制芰荷以为衣兮，集芙蓉以为裳"，换上奇装异服，并戒了大吃大喝："朝饮木兰之坠露兮，夕餐秋菊之落英"。然后就天上地下一通乱转，但七弯八绕始终不离最实际的问题：怎么办？调离、跳槽，还是熬到底？是从此放松了思想改造，还是继续严格要求自己？《离骚》本是政治诗，但屈子有时把它写得像情诗，而且是失恋的、被抛弃的情诗。

"惟草木之零落兮，恐美人之迟暮"，"众女嫉余之峨眉兮，谣诼谓余以善淫"，把自己当怨妇。老李总结道，屈子终究开出了"美人芳草"的诗学传统，见了有权有势、高高在上的男人，立马就在心里把自己变成了楚楚可怜的女人。

　　你不是崴了脚吗？刚开始疼得厉害，但一想到旁边有女运动员在集训，她们或许在看你，便强忍着疼走开了。走不多远，疼缓和了不少。环岛的塑胶跑道在老树枝掩映下伸向远方，吸引了你的脚步。走几步，然后慢跑，脚居然也不疼。吃完晚饭，忽觉有些异样，崴了的脚肿得很，走起来又疼了。咋办？先想到的是贴伤膏，问宾馆服务员要伤膏。美女说没有伤膏，却指出了更好的一条路：找集训队的队医。医生在培训楼二楼，正给年轻运动员做针灸。问你，你说脚崴了。多久了？你说下午三点钟的事。他说：怎么不早来？也不听你辩解，立即做出指令：脱鞋袜，敷冰袋。从冰箱取出蓝包装冰袋，敷在肿胀的脚面上。边敷边说，这是常识，受伤 24 小时内先用冰袋敷。你支吾着，不是说要热水……他打断你，这时候不能用热水。你这时才进一步认识到你有多无知。对了，还没给家里打电话。你说，这里风景大好，还是锻炼的好地方……你没说你正在集训队医生那儿敷冰袋，哇，好冷！

# 多　多

于小涵

诀别已五年，我终于不再一提起就心痛，说几句就掉眼泪，我终于能够云淡风轻地和别人讲述曾经养过的那条狗了。

多多出生一个多月的时候就被我裹在短款羽绒服里抱了回来，这有生命的毛绒绒的白色小肉球，在我的怀里紧张地发抖，轻轻地呼吸，粉色小哈欠一个接一个，又黑又小的眼睛好奇地看着我的下巴。那是冬天，它的体温好像比我的更热一点，身上还有一股让人忍不住想吸一口的奶香味。

我喜欢极了。我清楚记得那一路的风雪交加，更记得那一路怀抱里的幸福感和满足感。

我有狗了，一只完完全全属于我的狗，超级无敌巨可爱像白色小熊一样的松狮宝宝，我要为它的一生负责任，我要给它买狗粮狗零食，给它洗得白蓬蓬香喷喷，我要给它起一个可爱的名字，我要和它形影不离，并向全世界宣告，它是我的。

对于这种软绵绵、萌哒哒还不会乱叫的小动物，没有几个人能够抵挡，原本坚决不让养猫狗的父母，被小多多彻底萌化，同意把它留在家里，并要求我自己照顾它。

第三天，我妈终于忍不了小多多随时随地大小便造成的臭味，责令我将其送走。

我很舍不得，就把它带给一个朋友帮忙养一下，选这个朋友，一是可靠，绝对有爱心和耐心，二是多多很像他，胖胖的身材小小的眼睛，话很少，看起来脾气很好，但谁也不敢惹。

多多最调皮、破坏力最强的阶段，都是在朋友家度过的，纵使它与朋友家里的老人孩子都成为了好朋友，但啃坏的窗帘、沙发、门框和木质家具，再加上掉毛和臭味，使朋友终于向我妥协，请求我将狗带回。

就这样，多多又换了一次主人。

它很不情愿，长壮许多的它在我怀里左翻右滚，拼命想要挣脱，甚至很严肃地要咬我下巴和手，想回到它认为的主人那里。

动物向来喜欢自由。多多不爱待在干干净净的家里，如果关笼子或者用牵引绳拉着，那简直像得罪了一头牛，生闷气可以持续很久，后来看它有点懂事了，干脆将它散养在店里，让它看门。它每天的日子都是为自己而过，吃饱了就趴着，趴够了围着楼转一圈，逛累了回来继续看看我们，看看世界。路上来来往往的人，都会为这只"小熊"驻足，挑逗它，喜欢它，胆子大的敢上来摸它的头，握它肥厚的小爪子，心情好时它会半推半就，遇到不喜欢的"游客"它也会唔噜示威。

日子一天天过去，原来活泼好动的小肉球，开始长成标准的中型犬了。

有次我要步行去夜市买东西，它在家门口眼巴巴地看着我，想跟又不敢跟，坐在地上跺脚。我想想也没有很远，就宠溺地喊了一声"多儿"，它得令一瞬间从地上跳起，呼哧呼哧地朝我跑来，脸上身上松松垮垮的皮肉上下大幅度晃动，这样积极的回应，总能在带它出去玩的时候看到。

到夜市有两个红绿灯的距离，我没有带牵引绳，所以它腿脚完全自由。

原本以为它会像往常一样听话，没想到这一路它要么随处撒尿划地盘，要么和别的狗打架，要么偏离路线，状况百出，挨了无数胖揍也不见乖。五分钟可以走完的路，我好像走了一万年，整条街都是我泼妇般的喊声"多""多多""多儿""多多哎""破狗"，我用尽浑身解数，总算将它带到了闹市，闹市区不仅人多，卖好吃的小摊也很多，我已经对它的顺从不抱任何希望。

熙熙攘攘的夜市上空飘着浓烈的地沟油味道，烧烤的烟、麻辣烫的汽、炸串的油，与两轮车的滴滴声、叫卖声等全部声音构成了人间生活。地上塑料袋、竹签、鸡骨头一点都不缺，我最怕这个，怕多多会像别的狗一样乱捡地上的东西吃，更怕它会扑到烤毛蛋的锅子里，将矮马扎上的胖阿姨吓得人仰马翻。

事实证明我对自己的狗了解的还太少。

进入人群以后，多多不仅不乱叫，更没有乱跑。它低着头随着我的脚步低调地走着，身体一直贴着我的小腿，并谨慎地与别人的腿保持距离，地上的东西更是没有捡过，可以说一路上它眼里只有我的脚，头都没有抬起来过。

我带着一只"小熊"走在人群中，迅速成为焦点，迎面而来的人和从我后面走到前面又回过头来的人，无一不笑嘻嘻地指着多多说可爱。也有很多人来问我这是什么犬种，也有小朋友很害怕地躲开甚至吓哭，更有人抱怨怎么带这样一个凶残的犬类来夜市，这些我都听不到。我的大脑系统只接收赞美和关注，我的所有注意力只有脚下这只低眉顺眼的白白胖胖的小白狗，我的狗。

它小时候基本都是在家里洗的澡，吹毛时候常常听到它的连环屁，每次放了屁，它好像做错了事，很不好意思地埋下脑袋，眼睛向上羞涩地看着我们一个个笑岔气的样子。后来多多越长越大，我开始抱不动，洗澡也只能带去宠物店。多多这只怪狗，连洗澡都只认小时候最初去的那一家，其他家宠物店，它大门都不肯进，不论给什么吃的引诱。

这一点，和它只认我那朋友为第一主人的特性一模一样。

一天下午，多多百无聊赖趴在店门口舔酸奶盒，突然，它一惊，疯了一样冲向马路上，追着一辆车边叫边狂奔。是我那个朋友的父亲开着车路过，他看到了多多，将车子慢慢停了下来降下车窗，无言慈爱地笑着伸出手，多多扒着车门站了起来，踮着脚舔他的手和脸，后脚夹着尾巴不停地向上蹦，想要跳到车里。如果不是我妈及时出现将它抱回，很有可能它就上车走了。

第一年春节，初三要全家去姥姥家几天，没有人照顾，就把他送回了朋友家照顾一下。我们回来时候我步行去接狗，在我和朋友交接的一瞬间，多多就做了残忍的选择，它直接跟着朋友跑了。我在后面像是"第三者"一样强拖着它，但是它也是使出了全身力气与我抵抗，在两个主人面前，它的选择丝毫没有给我留情面。

一切都不足以动摇我爱它。

去外地上大学的前半年，我常常想它想得流泪，宿舍里贴着几张我那时仅有的照片。一张是它很小的时候，端坐在地板上，馋兮兮地看着沙发上吃东西的人。一张是我搂着它的脖子，像拍兄弟照一样的合影，这张照片我抓拍得恰到好处，人和狗都咧着嘴，笑得很幸福。还有一张是爸爸晚上在楼下乘凉的时候，将多多扛在肩膀上，像搭了一条白色貂皮围巾。那时候手机像素还很低，只能通过马赛克组合来寄托思念。

终于熬到放寒假，我急急忙忙赶回家里。多多在楼下看到我时，先警觉地往后退了一步，而后认出我，一下子扑了上来，那时候它已经很大了，差点将我扑倒，激动地上蹿下跳，我才不管羽绒服会不会弄脏，蹲下来将它抱起，它也舔我了。它还是很爱我的。

我以为它会一生与我们相伴，像家人一般。直到一天下午，我刚下课，捧着书在人流中说说笑笑，妈妈来电话说多多被人偷走了。

我手里抱着书，先是懵了一下，问是不是跑出去没回来，我妈说看了监控，像被人下了迷药拖走的，我接着懵了好久，整个人都脱了神。后面的时间可想而知，食不下咽，夜夜难眠，眼睛里整天都是含着泪花。

我每天都发 QQ 动态寻找，并联系了所有可能帮得上忙的朋友，一些平时都不联系的朋友在路上看到松狮犬也会拍照片问我是不是多多，大家安慰我，也同情我。

在卖狗网站上看到很像多多的一条狗的出售讯息，马上加入当地狗友群，让当地狗友帮我去看下。后来狗友说那是只母的，妈妈看了一眼图片也说很像但不是，就算到那时我还是怀抱希望的。我想尽了办法，但仍然觉得不足。

　　我甚至愚蠢地在深夜里向过世的姥爷乞求，还在除夕夜向未曾见过面的家族先人遗像乞求，向所有神灵乞求，乞求让多多回来。最无助状态下的求神拜佛，甚为可怜可笑。

　　后来的几个月，全家人都沉浸在一种悲伤里，妈妈为此憔悴了很多，并说定以后不再养狗，太伤心伤情。

　　回想在一起的那三年时光，很多事我已记不清楚，只知道多多留下的全是快乐。妈妈变得活泼了很多，爸爸也常常将它举在手上，妹妹学会了爱护动物，我也有了空前的责任心和满足感。它很少会乱叫，即使被车伤了腿，也会懂事地让医生治疗，它不会吃陌生人给的东西，除非得到我们的允许，它会分辨好人坏人，藏獒家族浑厚的凶吼让任何人都不敢靠近……

　　可是，我们永远失去了它。

　　不知道它后来沦为种犬还是被人食下腹，或者被好人领养过上更幸福的生活，我无法冷静地接受第二种可能，即使这个是概率最大的可能。

　　时至今日，我仍然在内疚中无法自拔，是我对它用心太少，是我没有保护好它。我想对多多说一万个对不起，都怪我没有告诉它这世上有坏人，都怪我没有像养宠物狗一样养着他，都怪我不够警觉，怪我把它带到我们这个家来……不论怎么样，都怪我。

　　我也不会再有狗了，至少不会再有这样好的狗，只会像当年路人夸多多一样，夸赞别人的狗，因为我知道对于狗主人来说这很重要，聊得来时候还会和别人讲讲自己曾经养过的一只松狮犬，那无可替代的家庭成员。

　　人与狗的缘分和人与人的缘分一样，无法预测下一分钟下一秒会发展成什么样子，如果足够重要，就不可以将平静当作习惯，不可以把快乐划为常态。什么顺其自然，不过是给不想用心填的借口词，这也是我最近的心得体会，而我的多多，缘是尽了，一生欠安。

原载《文学港》2018 年第 11 期

# 那一片海

林建聪

每个人的心里都有一片海。有时与现实无关，却每每会陷入那种忧郁深邃的蓝，梦一场我与海的故事。而当真正接触大海的一瞬，所有的幻想都悄悄隐逸。拥抱的只是一场无法言说的喜悦，在天地间真实地蔓延……

## 1

生长在杭州湾畔，也算是半个海边人，若说没有亲密接触过海似乎有点说不过去。但生性愚懒的我就是忽略了近在咫尺的海，嫌弃杭州湾海岸线里没有柔软的沙滩旖旎的景，没有梦境里那一片幽深的蓝，便在年复一年的潮涌潮落里疏离了与海的亲近。

摄协组织去台州三门行摄，那是一场关于海与海港的故事，内心的渴望被刹那间唤醒。

五月，正是江南绿荫渐浓时。一路的欢语，也抵不过近海的那种喜悦。到达木杓酒店，是正午时分。

当我从大巴上跳下的时候，视线早已被由远及近的那晃明艳艳的光亮摄住。傻不愣几的问身边的同行，前面不会就是海吧。摄友笑起来，你说呢？顿时，身上的每个细胞如小鸟般雀跃起来。原来以为的大海深处竟然可以这么亲民，不过是一抬首的距离，便真切完成了从梦境到触手可及的转换。摄友们陆续去酒店认领住处，而我一边迈步在沙滩边的木板路上，一边频频朝海的方向眺望，已然又成了掉队的那个，而全然忘了彼时的饥肠辘辘。

五月清风袭来，带着一点点咸，特有的海风的味道，离开尘土飞扬的环境，总想不由自主地深呼吸。我停下来倚着木质栏杆远眺，此时阳光亮堂，正是涨潮时间，潮水泛起的银光在海与天之间一波波忽闪，熠熠生辉。木杓沙滩上，几对年轻的恋人手挽着手，乘着潮起在海浪轻涌间嬉戏，逐浪。海滩边矗立着一顶顶红蓝相间的遮阳伞，伞下游人或休息或嬉闹，远处有快艇乘风破浪而来，掀起一阵阵硕大的浪花，惹得看景的人群一声声惊呼。浅蓝色的背景，白色的情侣衫，青春的笑声，把大海装点得如一处盛大的舞台，我像一个不经世事的观众，完全沉浸在这一幕海的舞蹈里。直到已经走进酒店的同伴回转过来呼唤，才从这场海之梦里撤离出来。

入住的木杓酒店又着实让我惊艳了一番。原来，海边的住所随处一隅皆可成海景房，对于身处闹市的我们来说，真是难得一回"奢侈"。当我站在住处隔壁的阳台上向前方远望，木杓海滩的整条海岸线尽揽眼底。沙滩呈弯月状，不长，三百米样子，西北面群山逶迤，东南边海域辽阔，一望无际。对于浩瀚的大海来说，木杓沙滩应该算是袖珍型的吧。已是傍晚时分，太阳西沉，潮水在缓慢退去，波涛少了正午时的激滟，海潮也退却了涨潮时拍打礁岩的那股子奔涌，此刻的大海有点沉静。落日的余晖从绵延的青山间折射出来，覆盖在宽大的海面上，一幅渔舟唱晚的悠然画面。我拿起相机，如对着一幅钟情的油画，贪婪地想把视野触及处全部装进我的镜头里。

因为此次行程是跟着摄协走的，第二天早晨的节目自然就是拍海边的日出。但早晨起来看天气，阴天，有点灰蒙蒙，想来看日出是无缘了，而同行的发烧级摄友已经早起去守候日出去了。离队的我披上外套，沿着台阶走下，独自一人踩在细腻的海滩里。海边的清晨有点冷清，风吹在身上，竟有点寒意。我裹紧衣服，沿着平坦的沙滩缓缓行走。潮水已经退尽，裸露的滩涂有星星点点的东西在跳跃，应该是栖居在这里的小鱼虾吧。海鸟贴着滩涂来回飞翔，"布呜—不呜"，给静谧的海添了一丝灵动。有雾漫上来，远处的群山和小岛若隐若现，天地之间被染成了灰霭色，有点朦胧，有点神秘。我收回目光，身后的沙滩里已留下长长的一串脚印。细看脚下的沙，松而不陷，细腻润滑，抓了一把在手里，手感极好。据说这里的沙是海里的贝壳类长期被海水冲刷沉积起来形成的，所以特别纯净。确实，沙子里躺着很多细长的黄白相间的螺丝样贝壳，经过无数次潮汐的轮回，已变得洁净光滑。挑几颗放进口袋，一如装进了这片海。

无数次幻想大海唯美的样子，木杓用这一片金黄色的沙滩圆满了我对海的憧憬。无论是碧浪追逐的蔚蓝，渔舟唱晚的昏黄，还是薄雾轻漫的素灰，在我的镜头里都极尽美奂美伦。涨潮时脱兔般的汹涌，退潮时处子般的宁静，让心灵得到了从未有过的放松。

当摄友们的声音从礁石那边传来，我才恋恋转身。背后，是海天一色。

## 2

出游的快乐与新奇就在于体验每个地方不同的风土人情。走在三门的村庄里，路基边弄堂处会不时出现一种捕鱼的笼子，带着咸咸的腥味，飘荡在空气里。在健跳码头，这腥味显得更强烈一点。对于爱吃海鲜的宁波人来说，这味儿是亲近的，浓浓的渔家风情。据记载，健跳港又名琴港，南宋时金兵入侵，宋高宗痛山河破碎，投琴于此，健跳港就是由琴港的名字延伸而来。戚继光也曾在这里筑城抗倭，更有孙中山视察至此成为浙江四十大深水港之一。一个地方有了历史的脉络，心中的敬畏之情也会油然而生。

我们一行走近健跳码头时，雾还淡淡地笼罩着，太阳没有露脸，海平面依旧雾霭苍茫，幻若幻现。码头边静悄悄的，挨挨挤挤停泊着很多渔船，蔚为壮观，一根根粗大的铁链子拴在缆桩里，静候着晨曦的沐浴。海蓝色的船身，炽白的桅杆，红色的旗帜，斜拉着的小彩旗，还有一个个橘黄色的拴在船栏杆里的救生圈，成了没有色彩的清晨里的一道明艳，这抹浓彩应该是航海道上的引子吧！渔港是渔船安睡的家，如一个旅途劳顿的人，这里就是他的归宿。

看渔船紧挨在岸边，我忍不住就跨过甲板，把镜头对准了那几只靠在最前面的渔船。船身里有"浙三渔运"的字样，应该都是服役中的渔船。此时风平浪静，渔船依水而卧，大海犹如一张舒适的温床，承载着渔船劈水远航的梦想。船舱里的渔民听得我们的声响，探出头来，跟我们开玩笑："没见过海吧，不要客气，把大海装回去"。我问他们：你们不出海吗？他们笑了，禁渔期到了，我们也不能一味的"滥杀无辜"啊。禁渔期间我们不去深海，就近抓点蟹虾，闲的时候整理一下渔网。是的，海洋资源越来越贫乏，给鱼儿们一个舒适的生态环境就是给大海一个永恒的家。看着他们知足憨厚的笑容，这一片海港也在散尽的雾里明朗起来。

我问渔民，哪里可以看渡轮？渔民热心地用手比划着说不远，十几分钟的车程，那边就有上敖轮渡码头。三门当地带队的老师就说蛇蟠岛我们就不进了，岩洞玩的是趣味，我们就在蛇蟠岛的周边掠海色，看风景。正暗合我的心意。

近中午，太阳又渐渐热辣起来，和清晨的温度相差了整一个季节。沿着蛇蟠岛的路径不远就是码头，而我愿意叫它渡口，似乎更顺应我心底的某一种情愫。微咸的海风清爽地掠过发梢，遥望这一片海域，极目处远山逶迤，矗立在海上的一根根柱子似一条长龙在海面盘旋，高架的指挥塔在辽阔的海面上霸气屹立。浪潮在涌动，激烈地拍打着阻挡物，飞雪溅天。"呜—呜—"，汽笛声由远及近，渡轮正从对岸破浪而来。想起唯一的一次去海岛，是沈家门码头去桃花岛，一晃就二十多年了。那时桃花未艳，海上无桥，在颠沛的轮渡上，回味的尽是旧上海的味道。于是在渡口看渡轮，成了心底多年来的期待。

终于近了，小黑点渐渐清晰起来，桅杆顶端的红旗引领着渡船驶向码头。汽笛声声，船头激流勇进，风劲浪高，渡船掠过的水面划出一道长长的波纹，如白色的缎带在雾霭蓝的海面上飘逸。已有游人背着包拎着行李在甲板上翘望，归人更是近岸心切。我站在渡口，与海堤边茂盛的水草一起眺望着即将踏上码头的人儿。靠岸了，甲板连上了陆地，站在船首的人有序地鱼贯而下，然后是车子，一辆辆驶出来。

喜欢看渡船往返，喜欢看匆匆归人，在我眼里，这才是真实的烟火红尘，这才是海港的味道。

只是通讯越来越发达，一座座跨海大桥让岛屿之间天堑变通途，这些海里的巴士若干年后会离开大海的怀抱吗？这片海，是否也会越来越寂寞？

海港，码头，摆渡船，这一夜，我在汽笛声里深眠。

# 3

三门县地处浙江省东北部沿海，海岸线有二百多公里，所以拥有着丰富的海洋资源。浅海和滩涂为这方人们提供了众多美味的海产品。三门青蟹更是一张名片，美名远扬。木杓酒店里，我们已经品尝了舌尖上的三门，那些小海鲜新鲜透骨且价廉物美，让我们这些对海鲜情有独钟的人赞不绝口。摄影人对光影总是敏感的，三门的老师指着西边的太阳提议，我们去滩涂拍逆光去。虽然已有些疲惫，但还是按捺不住这片对海的情愫和对美丽光影的向往。

去海涂走过一段长长的乡间小路，路的两旁是大小不一的小海塘，筑堤拦海的围垦文化在这里也是被挖掘得淋漓尽致。水波微澜的塘面上，一根根木条子串起尼龙网就是改良的养殖环境，水质咸淡适宜，最适合蟹虾的繁衍生殖。承包的渔农划着平坦的小木船在围塘间细心查看，像对待自己的孩子一样，精心照料着这片大海馈赠的土地。见塘边有闲置的木船，带队老师兴起所致，和包塘的主人打了声招呼，撑起长篙悠哉地驶离小船，融进了这片水域里。这时晚霞锦缎般泻下来，在水面泛起一层金色的光泽。一行人拿着相机不停地按下快门，咔嚓声不断，夕阳、青山、围网、木船、剪影，都被一一收入镜头。感叹海洋和自然赠与我们的惊鸿一瞥，让我们留住了这幕独特、恬静的画面。

太阳渐渐西沉，终于赶在日落之前来到了这片广袤的滩涂。踏上高高的防潮堤，眼前出现的是一片潮汐作用下的深褐色，夕阳落在宽阔的滩涂上，折射出多变的纹理。几只靠海用的渔船静偎在海涂边，野渡无人舟自横的闲逸。一条用毛竹撑起竹榻铺就的路，从堤边延伸而去，一直探到了泥涂那头。潮水退尽，靠海的渔农正背着渔具和捕获的海涂品从竹子路上回来，古铜色的脸洋溢着收获的喜悦。我们围上去看他们的战利品，是满满一桶泥螺。没有经过人为泡水的泥螺色泽醇黄，肉质肥厚，是这个季节里餐桌上一味特别鲜美的菜肴。可生腌，可葱油，三北人特别钟爱的一道菜系。小贩早已在潮堤上提着秤等待渔农的回归，一番讨价还价，双方满意，然后成交。要不是我们人在旅途，这番个大又不浸水的新鲜泥螺早已成了我们的囊中之物，现在只能望着这些大海赐予的美味，安抚一下骚动的味蕾。

夕阳洒过裸露的滩涂，慢慢隐过山头，逆光产生的晕影投射过来，搁浅的船只被晕染了一层金色的光圈。我们举着相机，尽情地捕捉着光影与大海的纠缠。这片我一直以为如下里巴人的海涂，此刻就是我们眼里的阳春白雪，远山近海层次交叠，渔船水鸭动静相宜，没有碧浪淘沙、波光潋滟，却自成大气之势，于潮起潮落里唱着一首永恒的大海之歌。

回来以后，在朋友圈发了照片。朋友留言，这番景致只怕李逵到此也不输李白。他是北方人，没去过海边，对于大海自然有他的诗性和凭想。但是只要亲临过大海，我想，内心再粗糙的人，对于海洋的情结，都怀有一种说不出的缱绻吧。

原载《杜湖》2018 第 3 期

# 春天的灵魂

## 罗惠芬

从老房子搬过来的迎春花有些年头了，从地面的花坛移植到大花缸里，几经折腾，因"欺"它性格温顺，随遇而安的好性子。最后定居在大花缸里的迎春花养成了它独有的秉性，总是在春天的接力棒即将交给夏天的时候，才在柔长的枝条里，在绿叶蓬蓬间，绽开一两朵小黄花来，在暮春时分带来无限欢喜。我曾喻它如人生坎坷历程中，迎来迟暮的春天，不负所期所望。

今年的春天，迎春花如旧年一样姗姗来迟，我已习惯这样的等待，习惯了它的脚步在春天慢行等来的欢喜。可近两天，我看到它没了往日的心情，它的叶子干干的下垂，怎么看也不对劲，像是到了深秋，遇到了霜打，经不住寒的样子。我心里嘀咕，随处可以生根安居的迎春花，到了我这里，怎么变得如此娇贵，弱不禁风了呢？

昨早晨，我看它还是老样子。我不放心，走过去，近距离细细看它。从它的叶、枝又落到它栖身的泥土。我看到略有潮湿的土紧绷绷的，透不过气来的感觉，拿了把铲子，想探个究竟。我用铲子，从泥土表层往向下铲，越向下铲，土越干越硬，我用了几十分钟的时间，才把土上上下下铲了一遍，然后用几大盆清水浇在病恹恹的迎春花上，直至大花缸里的底部渗出水来为止。

今晨起床后，我第一时间去看它，看到它在晨辉里闪着光芒，笑得灿烂，一扫几日前的萎靡不振，我似乎读懂了它"灵魂"深处的渴望了。

院里的植物，我隔三差五给它们浇水。早些年用洒水壶和塑料软管，后来女儿在淘宝上买了洗车用的水枪，我图方便，觉得水枪的水流急缓可以调整，高低可以任意支配，蛮适用的。

晨，站在院子里的我，"一枪"在手，我如春天的使者，扬扬洒洒的细雨落在植物的枝叶上，清鲜，湿漉漉的一大片一大片，有些滚动在叶间水珠，像来不及在朝霞中散去的珠儿，晶莹剔透，令人动容。我以为植物的枝叶如人脸，脸上是健康阳光的，一切都是好的迹象。不曾想，我的阵阵"春雨"，对于这几日的迎春花来说，留在枝叶上的"春雨润泽"，只是一个表相的化妆。它的根才是灵魂，一个人的灵魂是焦渴的，是枯萎的，最高明的化妆师也掩盖不了它的憔悴。

今晨，我从市场回来，路经公园，遇见一位拄着拐杖锻炼的大姐，我"熟悉"她已有两年之久。我们的"熟悉"是极其自然和简单的过程：她一直在这条路里锻炼，我一直在这条路去菜市场，我们的时间刚好相对所以经常不期而遇，但我们一直没说过话，算是"熟悉"的陌生人吧！而今天，我是第一次与她说话，我说："以前最早的时候，你坐在轮椅上，有人推着你走，还时不时动动你的手、你的腿。后来你不坐轮椅了，有人扶着你的一只手，你的另一只手拄着拐杖。到了今天，你可以独立行走了。"她笑了，用含糊不清的语言与我交淡，用不能伸缩的手指指着这条路的前前后后。她的脸、她的手还留着中风后的后遗症。但我听懂了她的话，看懂了她的手势，读懂了她的健康。

以前坐在轮椅上的她，那是一张即将枯萎的脸，现在看来，那张枯萎的脸，只是一个表相的化妆。她的"灵魂"，在两年之久的时间里，始终是健康、阳光，积极向上的。

到了今天，我看懂了那张脸的健康美丽，读懂了她"灵魂"深处的春光明媚。

枯木逢春：枯木也是一个表相的化妆，它的"灵魂"是藏着一个不泯的春天。

原载《散文选刊》（原创版）2017 年第 12 期

# 夏日，心之恋

金幼萼

## 1

清晨，在新世纪广场锻炼。浓荫下，一股清新而热烈的气息扑面而来。喜欢在阳光下漫步，仿佛体内的细菌、郁闷随着朝阳烘干。

在一个地方待久了，渐渐会生出美感来。站在花树前，吸着清新的空气，仿佛自己也是一株花了。

有一种声音由远及近，幽幽静静地飘入耳膜。沿声望去，记忆在一时间复苏。年少时的自己，与太婆一起，坐在桌前。太婆念经，我则给她在佛纸上画上花鸟，太婆爱怜地摸着我的头说，萼啊，多画鸟，它会捎你飞起来……

近些日子以来，那能洗涤灵魂的音乐又在我耳边响起。在走向自己内心深处的途中，有时是一种声音，有时是一二句诗句。那些随时都会从脑中跳出来的诗句，我把它们串成了一首首小诗。那些激烈又孤独的体验，让人充实感怀。

## 2

上午，倾盆大雨。湿漉漉的人，湿润润的心。喜欢沉浸于自己的思绪中。

打开音响，听古筝曲如水流淌。高山流水，心醉在那悠长的音乐声中。再没有一种音乐比古筝更空灵的了。一种不诉说，却溢满心房的轻盈与忧伤如水般把灵魂浸润。当我忧伤时，人间所有美好的情怀积攒在一起，无言的忧伤中隐着深情。柏拉图说：音乐是精神的法则，它使宇宙有了灵魂，给思想插上翅膀，让想象自由飞翔，使悲伤变得美丽。

人就是奇怪，在想一个人时，会突然想读一本书。读《泰戈尔诗集》，读到一句：离你最近的地方，路途最远，最简单的音调，要最艰苦的练习。旅客要在每个生人门口敲门，才能敲到自己的家门，人要在外面到处漂流，最后才能走到最深的内殿。我的心是不是也在漂泊中？

读罢，思忖。是不是有一种缘，秘不可言。有一种爱无法表达，它像水晶，静卧在心湖的清纯里。

## 3

下午，我端坐在书桌前，静静地凝视着眼前的百合花。这是我第一次凝视一朵花开。只见晶莹剔透的水晶卧在花瓶底部，三枝绿油油的莲花竹中间，娇弱地依着三株洁白的百合花。我自创叫它为水晶百合莲竹。

百合花开出的花瓣，纯纯的白，像一颗舒展的心。土黄色的花蕊，高高耸起。花粉吹落，倒染黄了花叶。也许人是被自己的优点、缺点宠坏或沾染的。

闻着百合花的浓郁芳香，眼前一直浮现出好友晴的形象。她开怀地笑，她的一句：我要是 60 岁时生这样的病，那有多好。

百合花开，安静幽美，淡淡花香中隐着一丝一缕的忧伤。如，我们人人内心深处都会有的无可言语的隐痛与思念。

# 4

是夜，凉风习习。悦耳的音乐声中，一群女人在广场上翩翩起舞。优美的舞姿，轻巧的身影，让人陶醉。不得不感叹，每个女人身体内都隐藏着一个开关，开启便会随着音乐起舞。

一年不去，这些舞又变了。变得比以前更轻快柔美。当我还站在一边听音乐时，一女子说，跳吧。我老实地说，一年不来，都变了。女子笑了，你就是一周不来，也会跟不上节奏的。是的，一年，有多少事物在变。突然之间发现自己又成了边缘人。发现自己真的老了，只是自己没感觉到。

当听到轻快的《桃花运》舞曲时，我好像苏醒过来了，脚忍不住跟着她们踏。恰是夜色朦胧，遮掩了笨拙。当跳到《有一种思念永不疲惫》时，我忍不住流泪了。汗水合着眼泪，是不是有一种疼痛的思念只能自己感觉？

舞罢，汗水涟涟。

这个夏天，我想把回忆藏在渐渐老去的形体中，继续寂寞前行……

# 接您回来

应爱卿

———

这几天我说得最多的一句话就是：接您回来。

端午节那天，3 床 92 岁的周爷爷病情突然变化，在原有的冠状动脉硬化性心脏病、高血压、帕金森病、糖尿病的基础上并发急性肠梗阻，而且为完全性肠梗阻，必须手术才能解决。周大爷长期住院，外周静脉条件差，平时抽血都是非常困难，他而且特别怕痛，针头一碰就嗷嗷叫痛，如果不是一针见血，一定要骂人的，一定要我抽他才放心。现在气促，心率每分钟 140 次以上，各种检验项目需要 7 个试管的血及动脉血气监测，真的是非常困难。我耐心向他解释，这次是我们要救命，一定要抽，要好好配合。我没有如平常一样一针见血，回抽了好几次，终于抽出。这次他是一声没喊，任凭我操作。看着他痛苦的表情，硬是忍着不喊叫，尽他自己的努力配合，真是非常感谢。做好所有的术前准备，我们直接送他到手术室。因为他的手术风险极大，术后要去 ICU 重症监护室观察治疗。手术室门口我对他说，明天您醒了我一定会来看您的。

第二天我早早上班，查完病房，8 点钟就到了 ICU。我到的时候，ICU 同仁正在给他做口腔护理。气管插着管，使用了呼吸机，在镇静药作用下，没有反应。我问同仁，老人家醒了没有，她说早查房，医生护士喊他都没有反应。我说，我来试试喊喊他。我贴着周大爷的右耳（老人家左耳更聋）喊了两下，周大爷睁开了眼，他一看见我，脸马上红润起来，呼吸也快了，两只手使劲想抓过来。ICU 同仁笑着说，你一叫可真灵，只有你的声音他的反应才如此激动。我俯下身，握着他的手，微笑着说，我们不激动，安静下来，好好听这里的医生护士的话，病情稳定了，我来接你，回到我们的病房去，还是那个老的房间！看着老人家使劲点头，插着气管插管无法言语，不断发出咿呀的声音和点着头，我知道他想说的。多么坚强的老人家，对我多么信任的老人家。他原本白内障罩着的浑浊瞳孔，忽然之间好像清晰了许多。我握着他的手说，明天我一定再来看您！

虽然这些天病房工作非常忙碌，但是无论多忙多晚下班，我总要去一趟 ICU。周大爷每天等待着我去看望他。ICU 只有下午短时间的探视时间，没有家属陪护的。对一个神志清醒的人而言，有时孤独也是一种疾苦。我也是穿着工作服开了后门的。虽然每次见了老人家只是那么三言两语，但那是一种至高无上的信任驱使的。我对他说：接您回来，或可成为他积极配合治疗，争取早日病情好转的动力！

这些年来，我去 ICU 的次数已经记不清了。送过多少病人也是记不清了。但是每一次在 ICU 与病人分别时，我都会说：接您回来，回到我们的病房。记得几年前长河一位姓杜的大爷，因病情变化呼吸衰竭，危在旦夕，家属要求转 ICU 进一步抢救，医生也建议去，ICU 治疗后好转的可能性很大的。可杜大爷死活不想去，他说就算死了，也要在我们病房。好几个小时僵持，我是担心着杜大爷的情况，怕越来越差。我耐心给他解释，路上我们医生护士护送过去，我会一路陪伴您到 ICU 住进，不用害怕的，您住在 ICU，我会每天来看您，上了呼吸机，对于病情好转更有利，病情稳定了，我一定再接您回来，还是住在这张床，这个房间。我向他保证一定会每天去看望他的。他终于同意了。杜大爷在 ICU 使用呼吸机治疗后，病情好转了，第十天我就接他回来了。回来后，他还是住在原来住过的那个房间，还是那张床。

特鲁多医生的墓志铭这样写着：有时是治愈；常常是帮助；总是去安慰。我想我选择的护士职业虽然非常辛苦，也没有医生那样能治病救人，但是我能做到总是去安慰，做一个有爱的护士就是我一生的追求。这二三十年来，接待过的病人不知有多少，送走的，回来的，希望我说的每一句话是温暖的，有爱的。周大爷，我会接您回来！

# 醉美凤凰

## 张蓉蓉

　　关掉手机，拒绝网络，背一蓝印花布的双肩包，穿一身苗族风情的长裙，佩着叮当作响的银饰，一路悠悠地漫步在美丽的沱江边：这是我梦里神游凤凰古城时的想象。

　　不经意间，这个机会终于来了。

　　到凤凰的时候，是在早晨，整座古城还笼罩在一片晨雾中，若隐若现的吊脚楼，恍如少女般的羞涩。平静的沱江河面上有几只鸭子在悠然自得地游来游去，偶尔也会有鱼儿跃出水面来，荡起一阵阵涟漪。有早起的妇人捧了衣裳来河埠头洗，一边你一语我一言地用我这个外乡人听不懂的苗语诉说着家长里短。

　　此情此景，我在梦里见过，今天我来了，我远离城市的喧嚣和浮躁，撇下伪装，来这里张开双臂，来这里深呼吸，呼吸这纯净的空气，陶醉在这清晨的凤凰。

　　这就是湘西的凤凰古城了，我独自一个人小心翼翼地走近她。这就是被新西兰著名诗人路易·艾黎誉为中国最美丽的古城的早晨，著名画家黄永玉的故乡的早晨，沈从义的《边城》里翠翠的小城的早晨。泡一杯茶，选一个临江的座位，听轻缓的音乐在耳边蔓延，看沱江水从眼前流过，轻轻地用手滤过河底舞动的长长的水草，仿佛是碰触了千年凤凰的霓裳。这样的心情过一个下午是如何的浪漫，浪漫得会让人思念。浪漫是两个人的事，能执子之手，是幸福的。思念是凄美的，难道也会像凤凰一样等上千年？

　　有人说，一个人的旅行，是心情的沉淀，是自我的修复。我并不喜欢一个人出行，但喜欢这种不必戴上面具，感动的时候就哭，高兴的时候就笑的放松。

　　坐上一叶扁舟，听着艄公的山歌，是《边城》里翠翠的生活场景。欣赏着沿河边百年的吊脚楼，仿佛能听见翠翠们嘻嘻的笑声，幻想着曾经发生在吊脚楼里的故事。这些用树枝横七竖八撑着垂悬于河中的木房子，一排一排，高高低低，参差不齐，但放眼看去满眼都是这种格式，也别有一番风味。转眼看过来，这里的"三坊一照壁，四合五天井，走马转角楼"的瓦屋楼房，还有间或几个古香古色、飞檐斗拱的门楼，都在诉说着曾经的繁华和气势。

　　一轮圆月悄悄地爬上了凤凰山顶的八角亭，仿佛是凤凰头顶上的一颗明珠，整个凤凰城活了！

　　高挂的大红灯笼一排排，一串串，倒映在水面，像是要幻影出两个凤凰城来。踏上青石板，沿着沱江，并不着急，慢悠悠地走着，看夜幕下五彩的霓虹勾勒出凤凰美丽的线条。

　　凤凰的夜市，比白天还要丰富多彩。沿街的商铺大多是以凤凰特色的服装、银饰、腊染、姜糖、血粑鸭为主，我是看到那些民族服装眼睛会放光的，自然是买了二套，还不过瘾。在银饰和腊染摊位前也是停留了好长时间，看看这个，摸摸那个，爱不释手。

　　在灯火阑珊中，穿过虹桥，就会看到一长溜的夜宵烧烤摊，热闹非凡。各地各式的小吃荟萃集中，香味扑鼻而来。有吉他歌手的歌声从一排排的座位间流淌出来，和着节拍的掌声此起彼伏。来自五湖四海的朋友们，点一杯扎啤，点一盘沱江小鱼，来一盘清炒螺丝，来一盘血吧鸭，和自己干杯！

　　沿河边的吊脚楼都开发成各式的酒吧，现在都把灯光打开了，在夜幕下流光溢彩，一间挨着一间，总有一间是你喜欢的。"如果·爱"酒吧的门口钉着一块木牌，写着：其实爱是没有如果的，爱了就是爱了，不爱就是不爱，年龄的差距，收入的悬殊，种族的不同等等都是借口。

只因没有爱得入骨入髓。大厅里游离的灯光，诱惑的音乐，舞动的身躯，释放着激情，吸引着一对对情侣驻足，在此度过一个浪漫而难忘的夜晚。

这是一座水做的城，我沉浸其中。耳边传来潺潺的沱江水声，岸边酒吧里的音乐缓缓地略过水面，执一杯清酒在手，任思绪像河面上升腾起的轻雾一样飘飞，醉了，醉了，管他归期几何？

原载《浙东》2018 年秋季号

# 小城书店

### 许耀祖

很久没有认真地去过小城书店了。

这爿私人书店，在我所住的城市里，规模只算一般，但它给我最大的印象，是它所售的书都很精美，似乎为你本本精心挑选过一般。

饭后，雨渐渐沥沥的下着。踱步在窗台边，突然接到一个熟悉的电话，是傅老师。他欣喜地说他就在我家附近的小城书店。现实中，棋友相逢对弈几局，酒友把盏对酌几杯，闺蜜们相约购物挑挑拣拣，是再也常见不过的事情，然而爱书人出于某种微妙的缘故，是不常碰面的。这其中或许有清高的缘故，读书人好孤芳自赏，寒梅自怜，若随意放在一起未免局促。又或是读书人苛求完美，若无精心准备一番，是愧于捧出来用的，但这个"准备"，又往往是一种模糊的心理概念，因为也常常造成不完美的结局。如此实在麻烦，不如不见。但是，他是个读书人，而我也算得上半个，今天我们两个人竟然会一同去逛书店。

傅老师与我在同一公司上班。与他交往，竟然能越过职位尊卑、学问跨度种种阻碍，这其中是一种读书人的认同感在作怪。

遇到他，是在书店大门。理由是他有一张早几年前的终身会员卡，可以享受极为优惠的折扣，想与我一同分享。于是乎一同踱步进了书店，穿梭在书廊间。此时，小城书店的老板做站在里面的一个角落里，欣赏他的顾客翻书时的优雅，如同品味他独喜欢的交响乐一样（来店次数多了，知道了店老板爱交响乐这一特点）。他人不高大，穿一件黄葛夹克衫，脸上时而浅浅一笑，平凡不惊，进店的人是认不出他的，最多以为他不过是一个混迹读者的人。

我们进来，他投来注目的眼光。而我因很早认识老板，并曾和他有过思想上的交流，我等脚一停在他的身边，就向傅老师介绍，让他遇一遇这个在经营上和音乐上有独特才赋的人物，实在是一件不错的美事。相以寒暄，即惺惺相惜，傅老师小心翼翼地从怀中捧出一个包，又细细地从钱包中抽出那张几年前办理的小城书店的终身会员卡，久经年岁考验，卡失却了早先的光泽，变得黯淡无光，封皮磨掉，又微微翘起……此情此景，正在苦思经营的书店老板突然感动万分，语速有些加快，话语有些颤动。傅老师看了看楞站在一旁的我，眼中灵光一闪，说这位年轻人也好读书，求知若渴，而且常在交流中提起您这个人物，能否满足一个小小的愿望，赠送一张终身会员卡与他？让他继续陶醉于小城书店的文化氛围中。书店老板二话不说，一转身，马上指点临柜人员现场办卡……傅老师紧紧握住书店老板的手，说我们定然也不虚此行的，当采购一批归去，好好拜读。言毕，登上二楼购书。

我在一旁思绪涌动，感慨万千。

一登上二楼，耳边便传来悠扬的交响曲，带着中国的古风。我知道，那是书店老板专门精心为我们两人挑选的背景音乐，果不其然，等我们走下楼去的时候，他激动地介绍正在播放的曲目，滔滔不绝，随后，他匆匆跑到播放处，拿着一张光碟，放近眼前，斟酌着下一首该选哪个风格……

傅老师最终买了前阵子红遍大江南北的一套七本的《明朝那些事儿》，外加一本上海古籍出版社的《官场现形记》。而我已经有了《明》前三本，故而补充了后四本，傅老师极为客气，这四本却争着替我掏钱。此外出于个人癖好，我又添了一本《咬文嚼字》。

书店外，雨还是淅淅沥沥，在深秋里惆怅，点缀着三个寂寞灵魂的寂寞。走出门外，而路人的脚步已经匆匆，又是我们自己的世界，我们平凡的世界……

原载 2018 年 3 月 28 日《慈溪日报》

# 买 菜 记

## 沈国章


我的买菜有些年头了。

1985 年从农村调到县城浒山工作，周末因为食堂不开伙，只得自己去菜场买点菜，简单地解决一下吃饭的问题。

记得当时浒山也就两个菜场，东门和西门。印象中东门菜场更旺一点，坐落解放西街，往下走几个台阶，便是简陋的露天菜场：地面上竖起几根圆圆的铁管，上面搭几张薄薄的铅皮，棚棚的下面用铅丝吊着几块白底红字的小方牌，牌子上面写着肉类、家禽、蔬菜、鱼类等。

一排排的临时摊位上，摆着不多的几种菜。菜场东门口连着泥泞的煤球弄，几个卖熟食的档位，就在四周临时搭出来的小房子里面营业。

早上五六点是菜场最忙的时候，农村里有婚丧喜事，一般也都会到城里这个"大"菜场来买，在农村的小集市上很难凑齐四冷八热的一桌菜。

每当碰到大日子时，一个个摊位面前都会人头攒动，各种吆喝的声音混杂在一起，整个过道都会人挤着人，地面上都是湿漉漉的。

碰到下雨天，还要一手撑伞一手买菜。到了上午九点钟左右，一天的集市也就散了。

几年之后，慈溪撤县设市。原来老旧的菜场也越来越显得破败拥挤，纷纷扩建新建。就在这个时候，标准化全天候的城东菜场、金山菜场、西门菜场，也以崭新的面孔投入了营业。

因为老婆怀孕的原因，加上我工作的方便，从此，我便和买菜结下了不解之缘。

第一次为家里买菜，是在新建的金山菜场。新的菜场上下两层，楼上楼下有几千平米，大大小小的摊位宽敞明亮。一眼望去，各种蔬菜海鲜、鱼肉禽蛋看不到尽头，仿佛刘姥姥进了大观园。

记得那一天买菜，不是忘了这，就是忘了那。说好想尝鲜的"葱烤河鲫鱼"，就因为忘记了买葱也只好泡汤。

有了这样的小教训，后来我在买菜前总会做一些准备：菜的荤素怎么搭配，要不要买葱、姜、花椒这些调料；有什么时令蔬菜新上市，价格行情怎么样；还有老人小孩喜欢吃什么菜？我都会一一地记录在小纸条上。

买菜的时候就可以拿出纸条对照一下，以防遗漏和买得不对胃口。

慢慢地，我从一个拿着纸条对照着买菜的新手，变成了一眼就能判断出菜好坏的行家里手。挺着"腰板"的带鱼一定很新鲜，但浸在冰水里"白白胖胖"的目鱼，肯定不会再有一点点的味道。

我还有一个特别的挑菜经验，就是看菜的"气色"，不管是猪肉，茄子，潮虾，它们的色泽一定要自然有光泽，看得顺眼才好。

仅仅几年的时间，我们的生活变化真快，在我刚招工的时候，猪肉、水产、蔬菜都要凭票证限量供应，连五分钱的豆腐也要有豆制品票，很多时候还要排队买菜。到现在是各种蔬菜争奇斗艳，山货海货应有尽有。

日积月累的买菜，让我在菜市场也认识了不少讲诚信会经营的朋友。

菜场里的横河老伯和海里阿江，都是我认识很久的买菜朋友了。

横河大伯特别能干，总是一大早就从地头采摘好各种蔬菜挑到市场来卖，老伯的菜，价格公道，又出了名的新鲜，从来不用叫卖。

黑黑胖胖的阿江，看起来五大三粗，但对待自己的海货，总有一套好的保鲜办法，阿江的潮虾和小海鲜就比人家的好吃。细心诚实的阿江在潮虾和冰块之间一定会隔着一层薄薄的保鲜膜，这样既能保鲜，又能保证冰水不浸入到小海鲜中去。

在他们这里买菜，总是能让人省心放心。

我也常常会在一些菜场边的地摊上，买一些大伯大妈自家的新鲜蔬菜，看到他们期盼你买菜的眼神，和成交后一脸憨厚的谢意，买回去的菜也会好吃很多。

买菜还要看市场行情，比如整个菜场只有一二个摊位在卖的时令菜，数量少但要尝鲜的人多，价格肯定会很高。像雷笋一开市卖 50 元一斤，三天以后去买的时候又会马上降到 20 元一斤的合理价格。

看对人，买对菜，懂点价，做到这几点，买菜的精力就会少花一半，钱也会花得值得。

今天外甥女要来家里作客，特地比平常早了点去金山菜场。

我买菜的速度非常快，在几个诚信的商贩这里，一边和他们聊上几句，一边菜也就买好了。不知什么缘由，菜场里的几个老经营户，聚在一起闲聊的时候，给我封了一个"全市场最懂菜最会买菜"的名号。

就是这样一句玩笑话，直接促成了我想用文字记录买菜的起因。

菜场的变迁，摊贩们起早摸黑忙碌的身影，一幕幕的情景就在眼前。不由得让我生出许多感慨……

原载《浙东》2018 年秋季号

# 一片两片三四片

## 方国祥

12 月 6 日的慈溪还下着温暖的雨，7 日，有关部门就预计连续 5 天平均气温会在 10℃以下，宣布"今天入冬了"。8 日下午 2 时半，天空飘起雪花，一片，两片，三四片……啊，人们欢呼雀跃，微信群里晒出许多飞扬的雪。我脑海里倏地响起一首关于雪的歌："2002 年的第一场雪，比以往时候来得更晚一些。停靠在八楼的二路汽车，带走了最后一片飘落的黄叶。2002 年的第一场雪，是留在乌鲁木齐难舍的情结。你像一只飞来飞去的蝴蝶，在白雪飘飞的季节里摇曳……"下雪的歌，《2002 年的第一场雪》给人留下了不可磨灭的印象：歌词通达，旋律流畅，刀郎的嗓音有质感有张力，好像每一个音符都在听众心里跳动，轻轻地触动着某一根敏感的神经。"时光如雪，童话了世界"，由此深深地勾起形形色色的男女老幼对过往生活的回忆。

人们凭感觉说，这是"2018 年的第一场雪，比以往时候来得晚些"。对吗？12 月 22 日才冬至，数九寒天尚未来临，怎能说"晚"了？再说还没到年底，有些年份 12 月 30 日、31 日才下雪呢！那么是"2018 年的第一场雪，比以往时候来得早些"？貌似正确，细细思忖，也不对。我查了日记，2018 年 1 月 25 日到 28 日，慈溪连续 4 天有雪或雨夹雪，31 日又下雪。2018 年在上半年早就下过雪了！恰当的说法，窃以为可以是"2018年冬的第一场雪，比以往时候来得早些"。冬季要延续到下一年的公历 1 月、2 月，第一场雪往往在小寒大寒时才下嘛！严格地说，应该是"丁酉年冬的第一场雪，比以往时候来得早些"。看窗外，雪一落到地上就立即融化了。雪来得早，很可能会去得疾。3 时半，我突发奇想：山上温度低，伏龙山、五磊山的方丈总能发来罕见的雪景照，就近到峤山公园探雪、追雪去！不开私家车，节能环保，而且职业司机驾车安全性高，我出门，冒着一片一片的雪花乘上了空荡荡的 6 路公交车。

公园静悄悄的，阒无一人。圆明桥一条一条的木板上早已积了雪，但并不白，正在融化成尚未形成固体的冰，脚踩上去留下了一个一个深深的印痕。拾级登上了整 30 岁的建市楼，感觉神清气爽，四周的一切都那么安宁。沿着北高南低的大山岙边走边看，竹叶、树叶都成了"双色叶"：绿色的竹叶和松叶、红色的枫叶，还有金色的叫不出树名的叶子，都沾上了白得耀眼的雪。有的白雪亲吻着落光了叶子的树枝，有一抹白雪正依偎在一块大石头上。一片绿茵茵的草地，雪还未完全拥抱住绿的草和红色黄色的树叶，几块鹅卵石铺了一座"搭桥"，溪水潺潺流过……天空不时来一波亮色，树丛中可见一个一个飞檐翘角的亭子，看园人住的小木屋已被涂成了白屋。寻寻觅觅，一路徜徉，不觉间到了连心池。两池之间有一条单孔石拱的"如意桥"，这里是我曾经喜欢驻足流连的所在，周边有不少星星点点的雪。南面有一道矮墙，挨墙的草盖上了厚厚一层雪被，堆积起来可以雕塑个小雪人啦！灌木丛中，我看到一块鼓励健身的蓝色牌子，写着"我行动，我健康，我快乐"。俞樾描写九溪十八涧的诗句倏地在我耳边响起："重重叠叠山，曲曲环环路。丁丁东东泉，高高下下树。"眼前的景色更胜一筹，着雪的无限风光皆可入画，我用手机摄下了一处处雪景，发到了朋友圈，立即获得了好多个赞。返回的路上，我遇到三四个拎着相机的中青年，他们一定会发现更美的镜头吧！

黄昏来临，等公交车的时候，望着天空偶尔飘下的一两片雪，我忆起了古人笔下的雪。《诗经·采薇》"今我来思，雨雪霏霏"，是叹归途中大雪满天飞的艰辛吧？卢纶《塞下曲》"月黑雁飞高，单于夜遁逃。欲将轻骑逐，大雪满弓刀"，是叙述戍边生活的激烈吧？韩愈《左迁至蓝关示侄孙湘》"云横秦岭家何在？雪拥蓝关马不前"，是表达封建社会文人忠而获罪抛妻别子贬谪远方的郁愤吧？安徒生的"卖火柴的小女孩"竟冻死在下雪的圣诞节前夜！幸福生活要靠人民自己去争取。《国际歌》"起来，饥寒交迫的奴隶"的吼声唤醒了全世界的无产者，中国工农红军为了亿万群众不再啼饥号寒冻馁而死就有了爬雪山过草地向死而生的壮举，许多人读着"北国风光，千里冰封，万里雪飘"感觉到的冰天雪地却不是寒彻骨髓，而是豪情万丈。诚然，也有生活富足的古今文人雅士表现闲情逸致的不少咏雪诗，给我们别样的意境。谢道韫咏雪的名句"未若柳絮因风起"，准确形象地描摹了雪花轻柔优雅的美，一千六百多年以来，令多少读书人为这位王羲之的儿媳击节赞叹。徐志摩的抒情诗《雪花的快乐》："假如我是一朵雪花，／翩翩的在半空里潇洒，／我一定认清我的方向——／飞扬，飞扬，飞扬，——／这地面上有我的方向……"诗人以"假如我是"点明雪花的形象就是抒情主人公自己。全诗借一朵雪花的言语、行动，写出寻觅中的专注、飘落时的欢乐，婉曲地抒发了诗人对心中美好事物热情、勇敢、执着的追求精神，让多少爱情至上渴望与爱的人相拥在一起的人儿，多少怀揣梦想渴望自由的读者，反复吟咏欲罢不休。雪，你负载了多少思想和情感啊！

登上公交车后，我想到了一首人们津津乐道浅显易懂的咏雪诗。教育部组织编写的一年级上册语文课本在我市已经使用两年多了，翻过开头5课识字后有"语文园地一·识字加油站"，四行诗："一片两片三四片，／五片六片七八片。／九片十片无数片，／飞入水中都不见。"这首诗的出处，人民教育出版社出版的《教师教学用书》没有说明。有的微信说，这是乾隆皇帝4万多首诗中唯一的好诗进入了课本。因为是新课本，我喜欢翻阅，还会查看一些资料。有说是乾隆皇帝在游园时随手摘下几片花瓣，信口说出"一片两片三四片"，随从说"好"。乾隆高兴了，又说"五片六片七八片"，随从又说"妙，皇上太有才了"。当乾隆得意洋洋地说"九片十片十一片"后，听的人发呆了，乾隆也一时语塞，刘墉就接了一句："飞入草丛皆不见。"也有人说是纪晓岚接的。后来"十一片"也改成了"无数片"。另有说是乾隆赏雪时所作，第四句是沈德潜接的："飞入梅花都不见。"还有一个版本，说全诗是郑板桥所作："一片两片三四片，五片六片七八片，千片万片无数片，飞入芦花总不见。"比较前三句，其间花瓣或雪花片数有多有少但最后都是"无数片"。前三句是铺垫，最后一句才是点睛之笔。末三字有"看不见""皆不见""都不见""总不见"之别，意思均相近。关键的区别在于这一句的第三、四两个字，有"草丛""梅花""芦花""水中"之别，课文选用了"水中"，配了插图：远山、湖水和近处开满芦花的芦苇，坐实了是雪花落入"水中"，融化了，是彻底"看不见"了——如果是摘下的花瓣扔到了水中，就索然寡味了，而且仍然是看得见的。所以，课本选的版本可以说是最优的，让一年级孩子以猜谜的形式记住了这是一首咏雪诗。至于对诗作者，则避而不提以免争议，当然年代久远，即使有知识产权之争也惹不上官司了。不过，我以为白璧尚有瑕，第二行诗的句号如改为逗号，语气会更为贯通。虽然有吹毛求疵之嫌，但事关全国每年一整个年龄段孩子的学习，我还是把一得之见记下来了。

雪，一片，两片，三四片……对于古代小众的文人、现代广大的小资来说，是不约而至的惊喜，催生了无边的诗意啊！手机里传来了好友上林烟蓑的微信："雨影雪花扬，灯红夜色苍。天寒街上寂，藏茗煮逾香。"赏雪煮茗，灯下吟诗，高士所为啊！因羡慕而心痒，我步其韵记"峙山追雪"："喜见雪飞扬，登车朝默苍。山间树树寂，叶叶似生香。""默苍"，苍穹之谓也，山上离苍天更近一点。又一位朋友凤儿发来了微信："2018年（冬）的第一场雪/在悄无声息中落下/看似冰凉，却柔暖了每一个细胞/撩拨了那一抹最初的感觉/我蜷缩于暖屋/听雪落的声音/追忆雪的故事/袅袅的炊烟/觅食的麻雀/还有那茅草屋外欢乐的笑声/逐渐清晰蔓延/这一切仿佛就在今天/扑簌簌，扑簌簌/我猜想明早它一定晶莹剔透等我醒来/赠我一场风花雪月/轻歌曼舞/释放卡路里"。是的，在丰衣足食的太平世界文明社会，一定会有越来越多的人喜欢风花雪月享受雪花的快乐。

一片两片三四片，千片万片无数片，雪花飘飘洒洒，纷纷扬扬，美不胜收。感恩2018年冬的第一场雪，给红尘间无数个男男女女创造了可以产生无限想象力的银色世界！

# 清碧溪遇险记

## 房企遐

　　1991 年暑假，我的表叔陈竞余回家乡探亲。他是我父亲的小舅舅的长子，在云南大理师范专科学校物理系任副教授。暑假即将结束，表叔要回云南大理，那年我正好离开宁波地毯厂绘画室，不用上班了，决定跟着表叔去远游天下。我们购买了从杭州到昆明的火车票，途中分别几次改签，在桂林、安顺下车，游览了漓江山水和黄果树瀑布，到达昆明后访圆通寺，登西山龙门眺望五百里滇池，奔来眼底……

　　那时的大理几乎没有什么外地游客，从昆明到大理，一天只有一两班长途汽车。昆明的长途汽车站隐藏在城区，规模也很小。

　　那日到达大理，已是傍晚时分。记得，我在空气中闻到了一阵沁人心扉的桉树叶清香，那味道犹如口中含着一颗香甜的桉叶糖；我还记得，那日天空中的晚霞，是无比的灿烂美丽。

　　过去曾在图片和电影里看过大理的风光，很早就知道大理有"五朵金花""大理三月好风光"，有美丽的蝴蝶泉，还有崇圣寺三塔……来到大理一游，果真名不虚传！

　　闻说，藏在苍山深处的清碧溪，风景秀丽而幽静，溪水从白雪皑皑的苍山顶上潺潺流下，雪水融化而成的涓涓水流在半山腰引成了一个三级瀑布。虽然，我在贵州刚刚观赏了举世无双的黄果树飞瀑，但是出于我内心有一种对瀑布流泉特殊的渴望，特别是听到在附近飞瀑美景，那是必须是要去探一探的。正好表弟中专毕业在家等分配，他自告奋勇地陪我一起登苍山访清碧溪。

那日，正好是白露节气，记得还是个星期天。我和表弟起了个大早，匆匆吃了一碗稀饭，准备出发。中午回不来，表叔给每人准备了两个面包带上。我背了一个蓝牛津布的双肩旅行包，包里面有一只"傻瓜"相机和一本速写本。

从大理师范专科学校，离清碧溪大约有十几公里的路程。我和表弟在学校的马路边，搭上了一辆中巴公交车。

夜间刚刚下过一场大雨，把美丽的苍山洗涤得格外洁净苍翠。高高的山峰下，墨绿色的山间，还在不停地冒出乳白色的雾霭，随风在绿宝石般晶莹的丛林间出没，飘忽，赭红色土坡边有一座古老的小庙，一个穿蓝印花布上装的妇人正背着一篓青菜在在一棵大树下走过……金黄的稻田边，有二头黄牛在低头啃草，牛背上还立着一只小鸟，天空里好像有一位神奇的魔法师，正在把满天的五彩云朵，变换成各种千奇百怪形状……

中巴公交车停在苍山脚下的一座桥边，桥下水流声喧哗。我跟着表弟在这里下了车，沿着逶迤的小路向山上走去，山谷之中十分的安静，一路上几乎没有碰到什么行人。清风拂面，耳畔只有溪流喧哗，还有几只黄色的鸟儿在林间穿棱、鸣叫……

转过了两个路口，有几棵古松挂满了藤萝，绿荫里映透出一座杏色的古寺。寺的大门口有块题匾：感通寺。一对门联跳入眼帘：寺古松森，西南览胜无双地。马嘶花放，苍洱驰名第一山。原来明末清初著名的诗、书、画高僧担当晚年就常住在感通寺，并为感通寺撰写了这一副门联。

表弟告诉我，沿着感通寺边上的山路上去，就是青碧溪了。清碧溪是苍山十八溪中的佼佼者，位于马龙峰与圣应峰之间。两峰险峻对峙，溪水穿石流过，称为"一线天"。深涧中一股清泉自峭壁飞泻而下，依次形成上、中、下三潭悬于陡峭崖中，形成"水叠三潭"的主要景观。

表弟身材修长，戴着一副近视眼镜，讲话慢条斯理。他告诉我，他读中学时，曾与同学几次来过清碧溪，对这里很熟悉。我在表弟的带领下，翻山越岭地沿着清碧溪宽阔而湍急的溪流向上行进，有几段山路非常地崎岖，还有几段山路由于涨水被淹没了，我们只好小心翼翼地在溪流之中的大石头上面，手脚并用地爬行，虽然是很小心，但是我仍然是几度滑落在溪流之中，浸湿了鞋子。

由于昨天晚上在外面马路上，突然遇到了大雨，雨水灌湿了我的白色旅行鞋。一早要上山去，旅行鞋湿了不能穿，临时只好穿了表弟的一双鞋子。表弟的这双鞋，尺寸比我的大了一码，是一双运动跑鞋，运动跑鞋的底部是一颗颗圆圆的突出橡胶钉，走旱路尚会感到吃力，一旦碰到水后，鞋子就显得非常滑了，我还要在流水中的石头上行走更是艰难……

清碧溪真是非常壮观，其最宽处有几间房子的宽度，它从苍山顶上逶迤飞流而下，一路咆哮奔向洱海，气势不凡！这里有一段山道很崎岖，而且隐在树丛之中。突然，林荫之中冒出一个戴草帽的汉子正牵着一头大黄牛横在山道中间，真吓了我一大跳！

中午时分，经过两个多小时的努力，我们终于到达了清碧溪的第二级瀑布。抬头仰视，溪旁岩石就像两道凌空而立的大门，险而壮观。陡崖之间一股清泉从悬岩峭壁中悬流倾泻，汇集成潭，飞珠溅玉，煞是壮观！

我终于见到了心仪的清碧溪瀑布，非常高兴，不顾危险，沿着悬岩峭壁小心地攀岩下去，站在瀑布下面水潭中的一块岩石上，叫表弟为我拍摄照片留影。等拍好照片，我发现这瀑布的潭水很浅，看上去很平静，水底下的石头也一清二楚。我一时大意了起来，为了抄近路就没有按原路返回，想跨着水潭下的石头而行。谁知暗流湍急，我刚一步踩下去就感到脚底一滑，身体重心不稳，马上就跌落在水中！幸亏我从小就学会游泳，水性还不错，故没有惊慌，冰凉的瀑流慢慢地把我横着水中的身体冲向了潭边。在岸上的表弟拿着照相机，已经吓得脸色发白，说不出话来。我水淋淋地爬上水潭，回首一看，这瀑布往左转弯又是一个数丈高的瀑布，瀑布下面还有一个黑黝黝深潭，好险啊！

这时我吓得腿都软了，已经站立不稳了。为了日后长记性，我蹲在这个潭边的岩石上，又叫表弟按下了照相机快门。

等到下山时，已饥饿万分，疲惫不堪。山上买不到食物，早上带来的两个面包也早已吃完。我感到眼冒金星，双腿发软，连滚带爬地走下了苍山，狼狈不堪地离开了清碧溪……

但有意义的是：自从大理之行结束后，我在作画时，画瀑布、溪流，感到用笔越来越自然生动，这可能是得益于这次清碧溪之行吧！

还真是有缘，多年以后，我在书中读到，徐霞客和徐悲鸿都曾到过大理清碧溪，当年徐霞客也曾经跌入清碧溪的第二瀑中……徐霞客曾这样描写："漾光浮黛，照耀崖谷，午时射其中，金碧交荡，光怪得未曾有。"徐悲鸿赞清碧溪为"峰壑林泉无一不可入画"。原来徐霞客还是担当的朋友，他在游历感通寺品尝感通茶后，称其"绝以桂相似"，"茶味颇佳"。如今感通茶成为名重古今的大理第一名茶。

孔仲起先生曾说我有"遇险而脱险"的精神。

神助乎？巧合乎？

# 看见二十年后的自己

胡　遐

　　那天上午，去邦艺公司拿杂志封面的样稿。杂志是单位的行业内刊，从二〇〇二年创办至今。二〇〇八年我接手这份杂志，一直在那家公司设计封面。邦艺在我市广告界属于元老级别，书籍设计装帧一直是他们的专长之一，坐落在慈溪市图书馆的西边。

　　前一晚刚下过雨，路面湿润得发亮，大概是因为柏油的缘故，被雨水一润看起来如新浇筑的一样，来往车辆没带起一丝尘土，空气十分清新。我顺着车流慢慢开，不像平日里心急火燎赶时间。出发前我已经给美女设计师打过电话，请她先把样稿打印出来，到了之后就可以马上取，所以我用不着心急，车速仅保持在三四十码的速度。

　　车拐进图书馆前那条路。我不记得那叫什么路，回单位之后在地图上一查，才知道那叫古塘东路，在大塘河北侧，最奇怪的是这条横路只有几百米，因为大塘河在那个地方劈了一个叉，由一字改写成了丁字，所以那条路只好终止在丁字那条腿的东岸。

　　古塘东路不很宽，四车道的样子，路两边的树阴下各停着一长溜的车子，那应该是来图书馆或者新华书店的人贪图方便停泊的。其实稍往西一点，在大塘河北边古塘东路南面有着一个不算小的停车场，可以停好多车。我远远望过去，停车场还有好多的车位空着。

　　转眼我的车来到图书馆的南通道前——图书馆是一坐西朝东的建筑，高五层，外墙由青砖砌成，它的正面朝着新城大道，和坐北朝南新华书店一起构成一个角尺形，图书馆前面空地被设计成一个梯阶型的台子，里面还有喷泉装置，所以去图书馆须得绕过这个台子从侧面进去。图书馆的南边就留着一个很宽的走道，为了防止车辆进去，还在走道上放置了几个硕大的石鼓。

我在这个过道看到一抹耀眼的红色。那是一把轮椅背后挂着的一个红色环保袋，轮椅上坐着一位白发老妪。轮椅停在石鼓旁边，石鼓上坐着一位相对年轻些的老妇人，正在低头阅读。我看到的是背影，心里一动，踩了刹车，我想就近停车，可是前后左右都没有合适的停车位。举棋不定间，车已经行到了邦艺公司楼下，毕竟那条横路总共也就几百米长而已。

到邦艺，美女设计师已经在打印样稿了，很快打完，也就五六分钟的样子，手上那本小学生漫画手册都没翻完。我拿上样稿准备回单位，在车子发动的那刻我就想，要是那两个老妇人还在那里，我一定得停下来，为她们拍张照片。我慢慢地向东驰去，用目光搜寻她们的身影，我希望她们还在那里。

果然，在图书馆南边的通道一侧，浓密的树阴下，两个老人依然保持着原来的姿势——年长的老妪坐在轮椅上，年轻一些的坐在石鼓子上，低着头，捧着书读，老妪的头微微侧向左，她的视线停留在低头阅读者的身上，她们依然背对着我。我找了个泊车位停好车，向她们走去……

从聊天中得知，那是一对母女。女儿和老母亲长得非常像。女儿告诉我说，老母亲已经九十多岁，自己也已经七十多了。她问我母亲多大了，我告诉她，我母亲七十多一点，比她稍微大一些。她说，她们就住在旁边的童家新村，每天带着老母亲在附近的公园、广场或者图书馆走走。我看到老母亲尽管坐在轮椅上，可是衣着整洁，特别是头发，梳理得一丝不苟，每一根头发都是那么的妥帖，连梳子的痕迹都清楚地保留着，灰白色的头发在脑后弯来绕去，梳成一个发髻，那是我从小就熟悉的绕绕头，我的外婆和奶奶在世时就是这样的发式。老母亲的脸上很光洁，几乎看不到色素沉积的老年斑。只有那双手上，关节突出，留有早年劳作的痕迹。她的手边有一柄紫红色的龙头拐杖，想来老母亲还能自己拄着拐杖行动几步。她在和我聊天的时候，不时低下头去在老母亲耳朵边大声重复一下我们聊天的内容，不过语句简练多了，老母亲的耳朵应该有点重听了。每次她在老母亲耳边复述之后，老人家就会微笑着冲我点点头。

老母亲轮椅后面的两个把手上，各挂着一根环保袋的带子，袋口豁开成大大的口子，里面的内容一览无余，我看到一个水杯，一把扇子，还有一些吃食。特别是那把扇子扎着一个红色的手柄，露在袋口外面，和老母亲身前紫红色的龙头拐杖相映成趣。

我告诉她，看到她带着老母亲低头阅读的温馨画面，我忍不住才下的车，没其他事情，就想一起聊几句。我说想拍几张她们的照片，还想送两册书给她们。我去车子的后备箱里找了《上林文丛》和《溪上吟草》给她，她接过书，就坐在石鼓上翻看起来，老母亲依然在旁边，视线落在女儿身上。

我拿出手机，拍下她们的背影，又在侧面拍了几张，然后和她们告别。

有好长时间了吧，我觉得自己变得麻木了，神经粗大了许多。然而，就在今天，在图书馆门口，我强烈感受到了初读龙应台《目送》时的深情、痛惜和悲悯，我看到了龙应台笔下现场版的雨儿和母亲，小晶和冬英。

我的眼睛有点酸涩，些许泪意涌了上来。我拉开车门，再次回过头来，看见了二十年后的自己，和我的母亲。

# 诗 歌

虚构一场雪

# 喜欢这些光与影子

## 俞　强

### 十一行

沙尘暴，可以瘗埋巍峨的宫殿，
当群鼠抱团，雄狮也退让一边。

还有雾霾，无边无际
吞没所有的时间

芦苇，在大面积消失
被遮蔽，并不等于不存在

当虚无一点点退去
即使剩下最后的一棵
金黄的

思想
并没有因为不能忍受之轻
而弯曲，而折断
2016. 3. 18 晨 6：35

## 三月三日午后：喜欢这些光与影子

喜欢这些光与影子，在办公室
里撒布初春的空寂
桌子，书籍，烟缸，茶杯，杂物
都退到了
幽暗的角落
为了强化这些光与影子
在空寂里的效果

一棵临窗的红豆杉，绿叶子的反光
特别耀眼
幽暗，也变成了暖色的一部分
却让人感到安宁
我看到春的踝，闪亮
许多人和事都远去了
留下这些真实的影子
在阳光里踮起脚尖
没踩碎满地的虚幻

从天空的记忆里撒下来的
冬天似乎变得遥远
不久前
窗外还是纷乱的雨雪与彻骨的冷
喜欢这些光与影子
把喧嚣的一切看成空寂
无视实物的存在

2016. 3. 3 下午 2：43

## 记梦：在史前的树上

我在史前的一棵树上
怒斥一件事的丑恶
但我唯一的友人
抱住了耳朵
不肯倾听，
他有些慌乱，躲到另一棵树上
我双抱着树，沿着树下滑
追不到他，
我看见下面的高速
与来往的车流
这棵参天巨树，
只剩下我一个人，下滑
没有尽头：
那个友人不是不理解我
而是对我所说的
深怀恐惧
而是怕得罪被我指控的
那个人
一棵树无法让我
回到原来的地方
我已看不见唯一的友人
不仅仅是慌乱的
脸色，而是远去的背影
我暗思不应该
对那件事愤懑
尽管遭受委屈

我在史前的一棵树上
俯瞰下面过往的车流
构成的狭谷
内心的心
还没有找到着落点
唯一的友人，走了
我有些为他的遭遇
而难过
2016. 4. 12 凌晨

## 间　歇

在候车的时候
一颗雨落在伞上，砰的一声
给伞以轻微的震动
接下来又是一颗：
砰的一声，清脆，充满弹性
隔着一定的间歇
动感，在伞面的绢质上
扩散，如同涟漪
在街的一角
溅起香樟树的翠绿
雨几乎止了
这样很好，整个早晨是宁静的
在二颗雨的间歇里
在公交车到来之前
2016. 6. 29 早晨

## 山　里

有人要摘花，有人说
寺里摘花要经得师傅的同意
师傅说去问花吧：
花同意，我也同意
2016. 8. 20 下午 1：26

原载 2018 年第 2 期《中国作家》

# 虚构一场雪（组诗）

## 沈建基

### 每朵雪都是小小的灯盏

1
天堂之门我窥视已久
缝隙里有一颗星为我闪烁

一层又一层阴沉的云
让门内人抑止不住逸出
二片三片　旧时光里的片段
继而不可收拾的喷发
2
走过板桥的青竹满头已白
山寺外的石头一把雪一把泪的难过
旧车辙远去不见归路

声声木鱼敲动暮色　纷纷扬扬
一山白得比一山忧郁
苍茫，一条河静止　不再飘

3
一列绿皮火车亮起灯火划过对岸
黑夜随后合拢　没有黄铜钥匙
一只飞鸟在天空渐失体温——

此时，每朵雪都是小小的灯盏
小沙弥把跌落云层的星子扫进院内

## 那　时

一担谷物之重
在板桥霜上烙下第一行人迹
那时，我是牛犊　梦初醒

旷野、草垛和瓦舍全白了
村落蛰伏无声，四野更显空旷
霜匍匐着霜走远　长河静止

一河薄冰照不见那时的倒影
半边晓月落尽一夜飞霜
只剩底色薄白如纸　曙色微红

想起河头那机房的孤独
一盏灯亮过，又熄灭于长夜

## 拉琴女

在大理石阶梯为婚庆拉琴
二行幽烛明灭　白纱裙单薄

琴音喑哑一如寒夜流云

灯火璀璨楼上　一厅嘈嘈
拾级而上的人没有一个留意她
像"卖火柴的小女孩"——

白纱裙似雪　也是这样隆冬

## 虚构一场雪

钟声响过，我一直在期待一场雪
用白洁覆盖时光的忧伤

春天早已走远　旧事依然锃亮
月亮滑落西边的天际去了
大地找不见一片神丢的羽光

那么，就虚构一场雪吧
让山川和河流从雪原走向远方
我的马车又在哪儿？

世界喧嚣与我无关
多少人正在路上　还在路上
我只听麦子雪下的呼吸

## 往　事
　　——写于雨水节

风一直吹　吹着，吹着

从雪地里吹出嫩绿
雨一直下　下着，下着
把雨水滴滴落成经文

看一眼阴晴不定的天空
没有太阳就捂紧
一件一件的往事　让它们
开出朵朵紫色的丁香

因为那是她曾经喜欢的花儿
一如风铃叮当会把远方摇响

## 九九重阳

南山青青白云里
掩埋先人也掩埋落叶
满坡阳光把山川染得金黄

酿一壶菊花酒得用千仞明月光
游子归来长跪在山岗——

西边的太阳东边是月亮
一枚落叶在地上飘来飘去
望得见大海望不见那年的炊烟

原载 2018 年 5 月《延河》

# 群山之上（组诗）

## 寒 寒

### 夜行火车十四行

夜行火车上，必定有人
令我迷恋和感伤。
那是遥远的现实主义——

澄澈的欲念、途穷的天真
生活里的戏剧性，以及
幽暗多于赞美

一个有限的终点。
端坐窗前，黑已至深。
想象那北中国的盛大气象

——深霾、大风、滚烫的危机
沉醉的冷。而此刻，火车始终疾驰在
低调的铁轨上，向着未知的

漫长的黑暗。我们的秘密
全隐遁于汽笛呜呜的寂静里

## 云的训诫

陡然看起来，这多像一条
奋不顾身的鱼，奋不顾身地

迁就着天机与幻灭。夕光中
它与周围崩裂四散的流云不同

它是异类，精通穹苍的深浅。
它整团庄严的灰，正急遽投向

此刻跌坐窗前的女人体内——
她在新的虚度中

奋力划桨。谁用自己的荒野
令自己恐惧？她谨记着

谨记着……遂将自己
消解成了，潮汐和风。

## 新年第一天读策兰诗

那逃掉的灰鹦鹉。那夏日的
百里香草地。那一缕
来自明天的烟。那些被沉默赢回
毫不屈服的词……

拒绝完满，不再信任美丽。
短促，孤调，艰涩，不朽
——拒绝阐释。最后
连隐喻也完全消失了……

似乎已无任何值得
喉头再教育的事物。晚期。
无人。米拉波桥下
那一阵忧郁的急流——

他早在四十多年前，为顺从于
新年之深霾的我们，嘟哝着悲伤。

## 群山之上

我们拥抱……
我们谈天气和我们的
最后友谊。其他的
过于苦涩了。
——布莱希特

世界是一团迷雾。故人远在废墟
群山正与孤云疏离。

而冷月谦谦。席卷的黑暗中
夜色有突奔的庄严。

她正深陷和迷失。

群山之上，仍有凋敝的星。

仍有，汹涌的风。更仍有
不可企及的，小小的，火焰——

激越的真理。他们虚构的身体
终于在歧义中相认。

他们交换彼此，并不断练习
试着告别，这困顿中的一切。

## 镜中曲

曲有误？
那着格子衬衣的我
略显沉沦的我
幽蓝的我……

清风有度。恍然顿悟中
林间留残雪，江河仍涌动
红梅、香樟、翠竹与冬青，开始
忠实于另一种新年问候。

静默吧，镜中人。
万物总有宽容的质地——
所谓流逝，其实也是一种自我教育
至少它保留了，某种古典的尺度。

## 曲别针的下午

她的目光从无如此专注
漫长的下午,如果没有手中
这枚失而复得的曲别针
她差点就要如坐针毡

爱心、方块、三角、菱形、圆钩
甚至——塔罗和琴弦。它如此随意赋形
伸展……几乎每一秒钟
制造一种迂回曲折。而她同时在暗处

端详着,考生们一个个
鱼贯而入的闪耀的脸。主考官不厌其烦地
重复提问,他们一个个彬彬有礼
对答如流中,竟有另般未知与欣喜可言

是一次特殊的面试官经历。
她却未能懂得,如何抵制偏执和游离

## 我们年龄的雪

像一桩悬而终决的心事
雪突然落下。彼时
我正拘囿于同事那狭小的
红色别克车厢。而天地之大
纷纷扬扬

你不在此刻。
确切地说，是七点四十二分
——这个可疑的清晨
不在，这场比意义更为陡峭的
我们年龄的雪

唉，我已无法用词语
咏赋我内心的灯火。
正如我们无法
再一次畅谈——
窗外那些失神的白

## 雪　后

能够停留的，已都在这里。
偌大的候诊大厅
雪后的第一缕阳光，正照见
长椅上年轻妇人的脸庞
——那受孕的光芒
令她分外生动和妖娆。
她的男人弯下腰去
双手虔诚而专注，细心抚摩着
那充足完满的腹部——
他几乎沉浸于
一种极可信任的迷醉之中。是的，
一切又将回到和煦之境。
我将依然扮回，那个长情的
凝神者的角色

原载《十月》2018 年第 6 期

# 燕园四十五楼秋

童 莹

"欲说还休。却道天凉好个秋。"

——辛弃疾

从更喑哑的青螺壳绕出，鼾声锯散
渴睡人的眼线；旧日鱼贯而入，非法会晤身体里
荒诞的事物。被更清醒的鸣笛磕碰，午夜脊背
纹丝不动。熟习的逢迎里，我已无法曲意

念及复沓的生死疲劳，沙石一夜间完成迁徙
（"往瘦小里耗"。）太阳翻入银镜，与尘土隔有
六页史诗的距离，歌队卸下画角。去年逸散的
盖印也复归原处。落单的括弧外，目送孤鹜渐远

青桔转熟；结实的晚风，刚将我从上一关节
酸疼处摘下。转朱阁，遥想一贴秘方连缀落霞
负箧的游子，于危楼缝补《桃花扇》的纰漏
尚不知，谜底薄于冥纸。正伸手掌管夕阳返景

293

望远镜中海事平稳；捷报，令新掌舵的手握得更紧
悠远的狐疑。一脚踏空里的慌乱，或将重落你的窠臼
**2017. 9. 16**

*原载《诗刊》2018 年 1 月号下半月刊*

# 月下独酌（三首）

陈孟尔

那个叫李白的人总是喝醉
总是醉后写诗
偷来月光，躲在花间
一杯酒，一朵月光，几簇花
歌，舞，一个人变成了三人
他已忘了这是影子
只是好奇
花也不解风情
影子围着他狂舞，只有它懂
云汉高远无垠，天更阔
如同寂寞
围困着他的狂傲
而又谦卑的心

## 海　塘

海塘，嵌入的礁石
内有先民扛石头的呻吟
海水鞭策着明灭的念头，赶赴一场
没有回路的集会

草迅速地生长，赶在潮水之前
闪电和月亮，照亮
赶潮的蟹
它们只能在泥涂里
寻找生存的居所

## 乱礁洋

乱礁洋是一片海，靠近陆地
岛礁散落其间，像一盘
没有下完的棋
浑浊的海水击打岩石
磨砺，扭曲，风刮过
用惊涛骇浪洗去时间的刻痕
沉默如老人脸上的皱纹

海的记忆是荒凉的
一叶孤篷，一个远去的苍凉的背影
如同岛上点亮的灯塔
挺直的脊梁
和那个王朝无关
和伶仃洋无关

谁也不知道乱礁洋的年轮
海浪千磨万击，海水腐蚀冲撞
海滩堆满了鹅卵石
依然顽强坚韧
身上只留下潮汐图案和
不息的海潮的声音

原载 2018 年第三期《浙江诗人》

# 鸣鹤古镇·进士弄遐想（组诗）

陈海燕

## 莲花墩

春天　我在翁家岙的老堂屋前看见你
被构树的枝丫俏皮地从四面托起
墩的主人已然不在
你在静守
这片树与砖紧紧盘绕的　喜堂的门前
紧挨着　一条长长的青石凳
依稀　目送故人的踏歌远行

跑地人　来回在古镇找寻你
找寻这沉默的久远
故事　已走了一个又一个
还没来得及入乡册　都四处流浪
风声似乎很响
看不到你
在一个秋　明朗的午后

哦　你为何不把构桃碰撞
好让石间的时光滑出
像那明艳的日　揉进鲜红的血液
一点点唤醒　这坚守的沉默
即使离去　也好留下缠绵的呼吸

村坊叶姨　虞叔经过又离去
妥协　是一枚交易的桩

长长的青石凳　已映红了眼
空荡的坑　那托举的枝丫重新挺直了腰
离别　或许是长久地　长久地
等待你的回乡

## 构桃树

构桃成熟了
均匀地落入故乡的俳句中

在进士弄的巷子里
在嵌着民国砖的礼堂里
在醇酽的模样里

东边吴语　正浓
流年　倚着枝丫奔跑
沿着树叶的脉络
沿着白洋湖
熟红了　又散开

古老的花瓮
收走满地的落红
它们盛着枯荣
兀自沉酿

构桃树下
半个世纪的画匠
用一支笔的力量
回应
构桃正红时

## 老堂屋

屋顶　上百年的陶像　端坐如山
屋内　七十岁的阿毛　身轻如燕
这是一对师徒　相依相偎
时光被擦得很亮
阿毛常在屋顶　打理砖瓦
他说　师傅看着我　守着我的屋

门口　一米多高的凤仙花
成了一百零一岁翁阿太的压箱底
十指间泄露的慈悲　拉得很长
指甲被染得很红　一瓣一瓣
舒展得　跟棉被上的牡丹花一样明艳
她说　我的余光　就在屋子里
一点一点泛出来

穿过堂风　生动得蕨草总是尽心尽责

丝毫不漏下　光斜射进来的模样
不再需要抒情
老堂屋　这枚古老的印章
似在等待落款
鲜活的记忆　唤醒又睡去

还在屋里忙碌着　阿毛身轻如燕
翁阿太　守着她的凤仙花　凤仙花

# 南　国（三首）
## 鱼　跃

冬日的车站，接近零度
灵魂的气温也在下降
一个旅行者的身体
此刻亦如站台广场的树枝

任寒风摆布
头顶上的动车在轰轰振响
模糊的广播声一遍又一遍
我的旅程还需一小时才能发车

而我的思念已经提前出发
大号的旅行箱里
装满妻儿的叮嘱

也塞进了沉甸甸的故乡

我要带着它们去翱翔
让日益负重的双翅
在蓝的好环境里疗伤

南国的春花此时正开放

鼓浪屿喷涌梦幻的绿浪
已成为我生命的一部分
日常中每个动作，哪怕泡茶

都能逗起浪花的芳香
鹭岛的美，像一匹缎子在眼前打开
并以它特有的波纹和色泽
无数次征服我的梦境

我的思想已适合在那里飘荡
我的头发也长出了海蛎的味道

## 表　达

坚守的嘴唇

嗅着急促的时光
轻轻的翕动了一下
跨出去的那只脚

连接了未知的远方

断了电的电视机
一块黑色的屏幕
所有的节目
仍然在狂跑

年岁灰尘一样
在不停地增加
英雄和古城墙同老
塘河守护在老地方
太阳与月亮
一直在轮流过往

滚滚的江山
在历史的页面上

半开半阖

依旧是年少模样
祖辈的脸被皱纹虚构
而产房外新生命又哭着来到

浩瀚的世界一朵野花在山脚开放
风暴的洋面一群小虾米微不足道
它们不是在做梦，而是祈望
水洼里升起一缕缕阳光的舞蹈

## 坚　持

时间从指缝溜走
双手把日子连接
如同流水通过溪的絮叨
一滴滴汇聚成海
蓝色是永恒的追求

而奔腾是宿命，也是选择

春风吹绿的河塘两岸
信念就是飞越的桥梁

醉或者睡，都是瞬间
清醒是固定的形象
修复的古城墙
笼罩着失眠的灯光

一根孤独的电线杆
在东歪西倒的阴影中
坚持着人的模样

# 谒弘一法师圆寂处（外一首）

张巧慧


七十五年后。门虚掩
门口有泉州三院的搬迁公告
微热


晚清室，三间平房，玻璃碎片
荒芜处最常见的杂物间。
看不出，哪张是你临终闭目的床


悲欣交集
曾经的朱熹过化处，后来的弘一圆寂处
再后来的精神病院
"每次穿过住院部都听到格格的笑声"
"二楼铁窗后，有伸出的手"
这种描述，


现在是空的。舍利塔和精神病院
都迁走了
屋前，熟透的杨桃落了一地
2017 年 2 月

## 家春秋

结巴少年，描述他的家
梅垟下，渡口那头的小村，
三楼空着，等他攒钱娶媳妇
乡下人家都这样
少年们在华侨厂里上班，管饭，管住
一星期回一趟家。次数已越来越少
交谈中，我完成一次撑渡
想出去的人渡出去，想归来的人渡进来
一条狗，每到周末都等在门口
你回不回来，它都在那里
（我也曾养过一条狗，病重了还等着我
忠实的生活和狗
到死也等着我）

飞云湖跟着我们的车跑
平静，开阔
像一位母亲，听儿子略带兴奋和羞涩的描述
车过赵山渡，我看到大坝
某种规则扼住溪的喉咙
平静戛然而止，剩下落差与泄洪
我没问少年姓什么，
一路上我遇到的成片油菜花
都像是他；他所描述的家，
如我失去多年的故土。
这些年，我像爱故乡一样爱着异乡。
2016 年 11 月

原载 2018 年 11 月上半月《诗刊》

# 伏龙山与龙门峡相望于江湖（外一首）

### 张　逸

伏龙山雄踞在浩淼的东海边，
龙门峡潜伏在川东群山下
一个有海的包容，一个是山谷的虚空
东西距 1800 公里
都是龙的归宿

一条苍龙恣意在云海间，守护着东海
一条老龙困在洞窟低吟，始终解不开
峡谷里蜈蚣岭、鸡公岭、磨刀坪
千年魔咒，一环套一环

伏龙山下有我的家，儿子在海滩上
拾贝壳，渐渐长大
龙门峡有我的家，我在山林
捡松果，赶着牛群，渐渐长大
母亲已入暮年
儿子仍不解两条龙的命运

伏龙山与龙门峡相望

是两条龙的凝视
是海鲜与麻辣味的纠缠
是海风与山谷的呢喃

**龙卷风**

清晨我出发时
钱塘江沉睡未醒
重庆的上午已热浪灼人
周密的出差计划
在鸳鸯火锅里翻滚
江北机场出口，一场龙卷风
蓄谋已久

龙卷风裹挟着八月的钱江潮
而来，顷刻卷走
我预定的宾馆
火车站匆匆的行人
乡间颠簸的巴士

卷来了
龙门峡山谷的回响
老屋的炊烟
沧桑的竹背篼

母亲执意将我的行李箱放进竹背篼
装下龙卷风

# 给自己造一条船（外一首）

## 马银蝶

大部分时间，我假设自己
有一双翅膀，但我习惯用手划动它
它就会将我载到我想去的地方

后来，我老了，停泊的地方多了
就给自己造了一条大船

我在地图上标点，一次次调转船头
航行的时间越来越长
我的船，一次次偏离航线

## 一本没有办法读完的书

它的情节含糊不清，
词语啰嗦繁琐。只是这些都已经
板上钉钉，但我还是常常想要
擦去重写，可我的想象力已经开始退化

我成为一个观光客

内心不复涟漪。
我似乎变成了一本读不完的书
情节含混不清，像我的口吃
像一个哑巴的呐喊，毫无声息

# 捕泡泡的孩子（二首）

## 车凌哲

中秋节前一天，在东钱湖畔
误闯进一片泡泡海。
朦胧里寻不见吹泡泡的人，
也许它们只是
秋风恰巧路过的童年。
捎上，捎上，
于是你也飘了起来；
掠过，掠过，
碎成湖面不再是你的影。

岸边有个孩子，举着捕蜻蜓的网
——没有蜻蜓，许是夏天
已乘着它们的薄翼扬长而去。
他扑腾着网兜，
想要抓住些什么。
那些个五彩缤纷，
便在狂热的挣扎中，
爆炸。

你想抓住些什么呢，孩子？
五彩泡泡消亡的地方，
却有更多缤纷扑进我的眼。
许是它本来就生在那，
只是我看不见；
许是泡泡的碎片扎了根，
湖水一润，
就盛开了。

## 诗歌是一种境界

诗歌是一种
境界，顺着根须
摸到生命，望远镜片
彼岸花开。
诗歌是少年
不打招呼溜出家门，
六十年后过时的流行曲。
诗歌，突现、舞动、生长，
张扬凭仗真理，
商店里绝版它的种子。
海子在活着的时候
死了，但春天一来
又全部复活，这就是诗。
或者你品一杯茶，一抿嘴
舌苔苦涩而后晕开多层次馨香，
后几道胜过初尝，直到你用一辈子
沏了一盏茶，这滋味就是诗。
跳跃着的字符与韵律，

是心脏砰砰，不知所起，
不知所往。唯一确信
如果明天太阳依旧升起，
那么我的诗，也不会死亡。
它在活着的死了的
你中的我中的我们之间
宣泄神意

# 祭　奠

### 黄　岚

## 一

思念一个人
就抬头看看天空
有没有那一朵　别致的　多彩的
飘浮　消融

想念一个人
就侧耳听听窗外
有没有那一段　悠扬的　含情的
环绕　包围

想见一个人
一二三四春秋冬夏，四季交替
五六七八年轮回复，时光如水

## 二

每日总有一则不可预见不可思议
新闻，或如旧闻
思来仍如棘痛心底

坍塌的，不仅仅是梦想
希望在哪里
遥不可及的你，是不是会在梦中出现
倘若，当初的你放弃了执念
是不是会有另一个不同的虚像
替代如今的祭奠

## 三

他的生日，她的祭日，纠缠不休
如一团解不开死结的麻
任由这潮湿寒冷的冬日
扯出长长的雨丝
包裹覆盖成永远的谜

## 四

二十年的情缘，在十万个为什么中轰然倒塌离析
每一个光鲜的背后，都有一段不堪的过往
不忍直视的不仅仅是那一张迷失的脸庞

## 五

只是，请告诉我
要怎样才能忘记那翻箱倒柜的创伤
要怎样才能安慰那不知所措的彷徨

唯有这一冬的雨
捎带着不可遗忘的气息，寂寞
一如往常，滑落

原载 2018 年《浙东》秋季号、2018 年《梨风》夏季号

# 新越青瓷（组诗）

### 娄展垠

## 瓜棱仙人执壶

我用葫芦形钮盖把风雨和酒水按灭
重续千年的炉火涅槃着
让茶末在壶胎内修炼出滚烫的香度

青釉在沸水浴之外单薄且致密
手工刻花的极品交纳给皇族
珍藏这国宝的女子该做尊贵的皇后

我与双带式曲形把手结识共誓
泡茶的时候只允许游行虚空的仙人进出
像请饮在庄严高妙的宫廷

我执着于柄，无执念的茶水
从直口经过鼓足瓜状安定的腹圆
由往上外曲的直流灵活地倾尽

壶体内陷的六角长条支瓜棱
像唤醒梅瓶隽永的烧痕
和疼爱我的人一样，重心在下半部

## 缠枝牡丹盘

天地方圆缩小，缩小，为了让我还看见
拉坯为贵气的敞口扁浅的盘子
收拢的空廓装满十月零星的花果

牡丹的左旋吉祥的攀绕茎向上向下
转枝对盘面的暗恋被强光照见

我等候着天香之王的粉红色熟睡
无雄雌之分的叶片，不显露花芯的重瓣
凡是蔓延给春风的可以绽开

麻绳，铁丝，竹竿
我被牵引在这些大雾之中仅存的依托
四方缠绵，波卷，为了连续地盛放

## 漫过杜湖

从宽叶上，我观察节气
余下的步子滞留在湖畔，我不是树
想入水，就入水

波澜，惊动了鸟翼之间的一场小雪
卑微的杂草向往着净水

拼粘，揣摩，可是碎瓷怎么也找不到
我的眼火，狂飙湖心
扇状鱼鳞像荷花碗纹，沉吟在转盘上

碎瓷，像根系不会外露
只能挖掘那残缺尖利地深入岸的本能
我漫过千翠百恋的杜湖

# 日常断章（组诗）

## 胡飞白

## 大　暑

归视窗间字，荧煌满眼前

————韦应物

当午，俯瞰城中已无人畜
只剩焦黄这一种颜色
它或许，想念"落叶满空山"的情境
它藏躲起来，留个背影
要么在心底矗立山川自掘湖泊

巷子以外，阡陌交通。猛浪若奔
过往客官，来不及递上一纸辞呈
前朝，前尘，前缘。不及半塘残荷
有人度着苦夏
有人遗世独立

还是同个院子，水杉成片倒下

银杏替我怀念阴雨浓重的时间场
它没说半个字，屋子里
故人来来往往。仿佛无人
留意那对蝉翼文理中的某处细节

## 素　描

多事物无法确切描述
譬如惯常工作的场所
风景迟缓隔着帘子在街道幽游
或是偶尔一两个陌生人
点着莫合烟，架起天梯
向乌云密布的深处急速攀援

对于那些确实无法描述的
痛苦，我只有搁笔
或者换一个坐姿继续冥想
等待灰鹭翅尖掠过秋枝
那不是描述之事得以浮现
却有白莲隐秘盛开，比以往来得更为确凿

## 黑夜旅途

比列车更先投入远方的总会有另一个目的地
比暮色更先踏上羁旅的是你我皆无所归依

它载着与生俱来的陌生和瓜熟蒂落
以及一条银色武昌鱼泅渡的困顿
驶向身体拥塞最深处。而我时刻蛰伏

群星那样不时闪烁泪光

## 对　坐

我们就这样对坐
塑像内部里面坐着一尊塑像
天色由暗到明
微风一样刮起
除了睫毛抖了抖
这世界并无不妥

你我不时交谈几句
又或大段沉默
秋天自苦楝树根部袭来：
季节被蔺草收获
奔跑被失散收获
睡眠被梦魇收获
我们被遗忘收获

十楼俯视下去
宁东路边的公交站亭
早已被沉寂的喧闹收获

而此时，有人面对面端坐
从一条河流转入另一条河流
群星开阔奔腾——
并无不妥的世界被自己收获

## 初到方太大学听讲
——兼致陈德根、沈渊诸友

在滩涂以南潮水已不是倾听者
在九塘路以北可用呼吸表达某种敬意

楼宇一座接着一座墩立
舒缓里，有着诗行的美学

我们学习雏鸟幽鸣
学习一枚鹿角里隐藏的谦卑
或者驱使秋风——
替消逝的白发与文火遣词造句

他体内的盘根错节
总在一意孤行。音声幽微里
打磨着隐隐细浪

一辈子调兵遣将
一辈子和粗鄙较量
有人不甘妥协
试图灼烧盐的结晶和苦
用以呈贡这片无涯人间

# 故乡书（四首）

## 沈 渊

那时的八塘江笔直、细小
一直延伸到村庄的尽头
退潮时，弹涂鱼在浅滩上
暴露出调皮爱动的性格

水库边上是狭长的棉田
一路白到了海岸线
它们曾把多余的棉花
偷偷贩运给蓝天

屋后有一小片橘子林
戴胜常来光顾
辣椒也有两三垄
长势总是那么好
红到极致时
便匀一些给落日

在海风的吹拂中
芦苇像个幸福的傻小子

我在屋前逗着一只河豚
并一度以她的肥胖为美

母亲煮好了海鲜，解下黄昏的围裙
她不知，我将一只青蟹放归滩涂
也不知，我将一颗泥螺命名为流星

## 春日赋

我蛰居在三北平原
有山水，保持着世袭的低调
有青瓷，破碎在山明水秀处
有招潮蟹，在山水之外
过着横行霸道的日子

阳春三月，满街行人
幼儿园传来的儿歌声
在阳光下浮动着
鸟儿不知落在何处
鸣叫深浅不一，彼此呼应
仿佛在密谋一场狂欢

春天丰富得像一个王朝
我将自己想象成
一个失势的地方官员
挟持春风以令桃花
挟持桃花以令归人

## 源　头

多么值得庆幸
我是一个有源头的人
要返回法律意义上的出生地
就依照省、市、县、乡的顺序
坐飞机、长途大巴、城乡公交车
一路往回走。最后一段路需要步行
鞋上沾泥，也觉得格外可亲

要返回曾经其乐融融的小圈子
就循着清、明、元、宋、唐的路径
骑马，绕过不计其数的战火和阴谋
抵达一个叫魏晋的城中村
赶紧把发小们叫出来
也把莫逆之交、生死之交呼喊出来
大摆筵席，喝酒玄谈，看谁是
乱世中最好的段子手

要返回小时候
就顺着青年、少年、童年的方向
乘风，闭着眼睛，细数故人、旧风景
看到祖父开闸放水
来自东海的鱼虾灌入平原

说到底，我是一个被波浪拍打上岸的人
我要找到一条可以直通大海的河流
带上我在陆地上获得的尘埃和悲喜

返回我的源头，我血液里记载的出生地

## 垂钓记

庭院近河，出门走几步路
即可浣衣、垂钓，无所拘束
有数人在岸边，试图给河水带去一些喧响
一垄垄油菜花从两侧发起猛攻
小外甥手持一根枯木，无线无钩，伸在河面上
它是在模仿他的爸爸。他爸爸握着昂贵的鱼竿
用一声长叹回应整个下午空空如也的鱼篓
我坐在板凳上，漫不经心地翻着书
且以柳芽为饵，垂钓过河的春风
我们一行三人，都是徒劳者
庭院中走出妻子
她抚动流水之琴，洗去一块砧板的杀心
忽然，水面上浮现几尾小鱼，像是一种晚来的慰藉

# 我等你醒来

## 应爱卿

你睡了
我等你醒来
桌上的茶是温的
锅里的粥是香的

你睡了
我等你醒来
我的笑意是暖的
我的声音是柔的

你睡了
我等你醒来
你的眼睛是弯弯的
你的嘴角是上扬的

你睡了
我等你醒来
世间是轮回的
时间是停止的

# 致千年的桥墩

## 沈碧荷

在骆驼桥下
深褐色的长满苔藓的桥墩
冥想着自己的心事
水草拥抱着的
被孕育她的柔软的水拍醒
千年的陪伴啊
唤醒时间的幽暗把遗失搜寻
犹如紧锁的密码
诠释着一种坚实的精神
踏实、敦厚

你踏着从容的节拍走来
默默地聆听这千年的梦吟
刀光剑影的铿锵
车水马龙的厚重
不管是细流沉沉
还是惊涛骇浪
都凝神守候
等待一花一叶的灿烂

# 有些美让人沉默（组章）

## ——观友人画展有感

### 王建革

## 画 1

"蔚蓝"和"浩瀚"是大海最通俗的修辞，缘于大海是每一滴水的故乡。

汪洋中的船，就是陆地上颠簸的鞋子。

闪光的灯塔像一面燃烧的旗帜，指引着所有船帆归航的方向。

水手们呼喊着扬起受过祝福的头，与前后左右的凶险相伴航行，在海里，生死都无法停下来。

胆大心细，务必聚神于自己的渺小。

## 画 2

无论怎么奋力地摇晃身躯，火车只能在规定的铁轨上飞驰。

嘎吱嘎吱的声音，像行者无词的歌唱，无所谓起点，无所谓终点。

前面的夕阳红的不可思议，那是我想象中存活了很多年的黄昏，努力记住窗外倒退的风景是一种徒劳。

树木，房子，稻田，无中生有的一匹马，以及甩开脚步奔跑的人企图与生活肉搏厮杀。

时间的暗仿一览无余。

几声固执的鸟鸣打在秋风的正面，虚弱的翅膀继续做着骄傲的飞翔。

## 画 3

棉质一样的云朵悬在十月的太空，担心随时都有可能落下来，午时的阳光照着所有的成熟。

一些落叶在院子里来回踱步，肩并肩，手牵手。

也许这不是恰当的描写，和春天一样，秋天不应该是荒芜的。

我曾是坐在屋檐下妇人怀胞的婴儿，我的声音无法抵达你遥远的聆听。

几十年，如同一盏茶的功夫，我已无法返回。

井边的青苔小心翼翼地往上爬了爬。

她浑浊的眼神和迟钝的肢体陷在泛黄的竹椅里，

那影子简单而安静，我尊敬地投下深情的一瞥。

潮湿本不该是秋天的性格。

## 画 4

稻草人，一言不发，也许为了虚张声势。

稻草人，静止的触手可摸，那是守望的雕塑。

除了偷吃的鸟儿和随季节变色的田野，

你极力张开的双臂想拥抱什么？

阳光、风、雨、夜色。

一把火，变成空荡荡的一堆灰，

接着就是大雪封门的冬天。

一想到你呆板和粗陋的表情，我就回到了童年。

## 画 5

需要怎样的勇气和胸怀，让自己站立成孤立无援的一棵树，突兀地长在宽畅而厚重的黄土上。

绿的醒目，黄的遥远，不随波逐流，不争夺斗艳。

但从不辜负眼光和雨的恩泽，为每一片叶子留着微不足道的梦。

顺风，逆风，点头或摇头，我是无法替一棵树给出答案的。

今生你做树，来世你做人，不置可否？

这幅画的名字叫"无名树"。

## 画 6

没有夕阳，也没有海鸥，只有一条乌篷船浮在河的边缘。

不想纠缠周边过多的景物，天已经黑了。

一盏渔火照得水纹时隐时现，芦苇柔和地摇曳在初春的风里。

岸上，一位风韵十足的女老板斜倚着门框，若有所思地注视着春雨里的打鱼人。

这样的天气是不会有月光的，多想看着你月光下的表情。

在这个平常的夜晚，我猜，她是不是听到了大海的涛声。我一直叫不出她的名字，但我知道她嫁给了一个河对岸开远洋轮的水手。

如果你守口如瓶，那满腹的牵挂说给谁听？

水面上开起的水汽越来越浓，我都没有力气跑出这幅画。

# 月 之 吟（组章）

## 张红霞

### 我与月亮

月亮躲在云后。犹如隔窗看花。
我与她之间，
流淌着一种不可言说的情愫，
温柔、暧昧，
欲语还休……

### 眉弯之月

一枚银勾弯月，遥挂在天上的光芒。
四射。皎洁的白，像拉了一盏白炽灯；
又像童稚，偶尔悉心的裁剪。镂空、重叠，
两张色调全然不同的纸。移动的银镰。
星星散落。一颗，掉入了屋顶与屋顶之间，
一颗追逐着闪光嬉戏。出现魔障的情节。
秋已至，时间拉扯。
期待一轮圆满，届时定会举杯握盏！

## 月　变

我看着月亮是一天比一天圆了。

从眉弯细月，到半圆之月，再到日渐圆润。

看着它一会儿清新，一会儿心事重重，藏匿于乌云之后。

再到现在，如灯盏悬挂于天际，泛着故事性质的微黄光晕。

忽然预感有什么事情要发生。当圆缺悄无声息，动机开始远离众人。

仿佛一个睿智的人，又或者一个操控事态的肇事者。不好定性。

而我，却算不出卦相。因为有太多的不容许道破。

只有等一切尘埃落定，才可以看清，那所有关于爱和恨的东西。

## 黄　月

一轮黄色的月亮，遥挂在九天之上。

竟有一种凌然于万物的金贵之气。

静谧而美好。一切不安与骚动，如海浪拍击，水花飞溅，竟不能触及丝毫。

如果月足够圆满，就会失却群星。天上没有一片云，整个河床开阔而平静。

仿佛一个故事节节苏醒，一场戏剧逼真的演绎。

这精心设计的遇见，成就了我的惊诧和结舌失语。

显而易见的倾城温暖，悬在高处，却像隔着银河，难以逾越。

只能，用蝼蚁之心，度量天壤之分。

# 桥边的傍晚（组诗）

陈德根

## 火车上

随着月光下的枕木驰向原野
星辰在砂砾中投影
可以预知的远方，让我
眼睛焕发神采
像往事被孜孜不倦地追述
列车在翻山越岭
故园愈远，逝去的光阴如
汽笛声的循环，经久不息
心绪如不倦的火车，沿着
我的内心，寻找到光源。沿着
我的眼眶，寻找到泪水

## 桥边的傍晚

仿佛年老的游子还乡
我们并肩而坐。看那些

运沙船。风尘仆仆地返回
夜色覆盖江岸，灌木
鸟巢，桥墩
高压线的阴影时而纷乱
时而有序地跨过楼顶
仿佛在复制我
昨夜的梦境
如同所有晚归的人，我们
看见，城市的灯火，一次次
猛然把细长的江岸推开
又搂紧……
多么像我们。也像每一对
尚未懂得惺惺相惜的小夫妻
激烈地争吵，相爱


## 山中一夜

噩梦醒来。窗外
月亮，依旧浑圆紧实
如爱人腹部。檐下草丛幽暗
树冠与坟茔隆起
空中星群汇聚，有陨石在下坠
它借助惯性
跌入深邃的远方
此刻四野旷阔，隐约有余音
低回。仙乐般绵延，熨帖。恰如我
在某年某月某夜
一个人完成了自己的成人仪式。在
一场春梦的下坠中，彼时春花

烂漫。万物紧随夜色急速下陷
如这群星，如这陨石，在我的脑际
划出持久，明亮，遥远的回声，让
醒来的我，绝望，又愉悦

## 中年人

那一年，哼着离歌，我们去
车站。路旁蜂蝶穿越春天
密匝的林带与草丛
我们穿过陌生的人群
送你出远门
这一次，集体沉默，我们去
陵园。穿过坟墓和哀伤的花圈
仿佛一群哑巴
去看望，一个哑巴
遥远的他乡曾让一群
年轻人欢欣雀跃
逼近的死亡让一群
中年人学会了闭嘴

## 火车穿越北方

一列火车，正在友人的微信上
穿越北方大地
有人赶着羊群走在草地上，风吹
低矮的土丘
也吹牧羊人和他的羊
风在麦田里吹出一条路

风和火车，一头扎进暮色里
风吹车身
像吹着一截发白的骨头

原载 2018 年第二期《江南诗》

# 评论

虚构一场雪

# 一位文化隐士的乡愁絮语

## ——《故乡书》阅读札记

### 飞 白

　　方向明的文字向来有着别具一格的基调，不论是讲台面上的客套话，还是说乡间俚语，或者那些更多欲言又止的"肚里话"，都可以近距离感受到一个文化人，扑面而来发自内心的光华。他的主业是为官，但无甚官宦之流俗，他余闲静静沉潜，离开尘嚣，端坐于钟爱的性情文字和地域文化精神谱系的天井，身居滨海小城，放眼古今中外，仿佛在他笔下，弥散着一种叫"乡愁集散地"的感觉。他坚定，又矜持，他呼朋引伴，旋即归去来辞，浓眉大眼里安放的都是儿时故土的山山水水，那些看似不起眼的过往风物、一张张陌生而熟悉的面孔、生命中偶得的际遇，都在他的笔底"清风徐来，水波不兴"。

## 一、顺流而下的母题写作现场

　　这本并不是太厚的散文集《故乡书》就是他对于自己家乡文化和精神之根探寻的轻轻絮语。故乡，是个地理空间范畴，在这里指的是以他出生地为原点的县城及其周边，而故乡，恰恰又是个时间概念，故乡充盈着过去经历的生命记忆，也有与当下现实的激烈冲撞，同样也饱含对将来彼岸所能呈现一种温情抵达后的深情眺望。东海之滨的慈溪，有绵长的文化遗存，真切的文明回响，他生于斯，长于斯，为官于斯，浸润在这篇唐涂宋地的滋养中，显然是得了天地的某种昭示，从小对于文字的敏感和写作的精进，像种附着在骨骼和血液里的基因，随着时间沉淀，年轮的扩散，使得其人生的积淀与对生命个体的回望思考，让他养成了独特的文化思维向度。在这个以母题"故乡"为核心的写作现场里，他无疑是世间自由穿行的晚风，一会依傍在父母肩头轻轻摩挲，一会儿跟随名人贤士缓缓徜徉，一会儿又在故乡与他乡的折返之间梨花带雨。掩卷半晌，忽觉早已晋韵盈袖。

很早就开始认识作者，但又不完全了解，这是一种带有仰望的姿态，却也并不疏离，疏离中自然还有三分的亲切。为文、为人之间，人无疑是大写的文，而薄薄一册的文字，只是生命树上挂在显眼处的几枚欲滴的红果。他写母亲："我成熟了，母亲老了。然后，我也将老去，成为一个慈祥柔弱的老人，随着母亲的方向顺流而下"

生命延续更迭，在儿子在对母亲逐渐的"懂事"里达成某种固有的和谐，在同母体分离之后的几十年，才忽然感觉又回到原点，亲情的原乡其实就呈现在这生命的起点，我们需要尊重和呵护的不就是这样的血缘力量么。他写翁山麓大屋："不过，让我纳闷的是，听村人们说起翁山麓，总感觉混杂着某种复杂的情感。表面上是恨他的，他是敌人，阶级敌人，可时不时会有某种敬意不经意地流露出来…"时代在这里留下了无情烧灼的痕迹，却又被乡间时光温柔以待，在他的笔下故乡岁月里的那些曾经的驳杂和荒诞，都在回到本来的面目，我想这究竟是时间之手的自省磨砺，还是为文者的襟怀给了这座大屋以永恒的存在，或许这本就是水到渠成的天意吧。他又写老家屋后那条路、写听舅婆说话、写村里人的绰号，全是我们儿时隐约可辨的生活场景，有些清晰，有些模糊，有些甚至闻所未闻，在文字里，我们俨然达成了某种时空穿越和原乡回溯，芜杂浮躁的心顿然沉静下来，因为茫无际涯才会深觉疲惫，因为心无所依才会感到浮荡，但在这里一下子寻见了童年才有的青涩与粗粝，感到从未有过的文字中"接到地气"的踏实感。

猛然读到"一回头，已是年近半百的的大叔"，此身付与彼身，一切惘然尘埃落定。这里的乡情、亲情已然转化成作者寻根问谱的精神原动力，它似一股山间隐匿的清泉，常年澄澈，自隐其踪，拨开生活丛林，偶尔能听到潺潺之音，便是故乡四月天的模样。

## 二、现实主义抵达后的再出发

鲁迅先生讲"真正的现实主义是什么？真正的现实主义是将自己的灵魂亮出来给别人看"，这本《故乡书》里就藏着天真可爱的活的灵魂，我以为是藏得恰到好处，有"犹抱琵琶半遮面"的狡黠内敛，看似回忆、叙事、慨叹交叠重生，实则是有灵魂的惊鸿一瞥；又有"曲终人不见，江上数峰青"的余韵之绕梁不绝，文章收尾处往往戛然而止，让人读来意犹未尽，这恐怕是高级的文字修炼之功，也应是作者的生花妙笔。就这么看来，在反映故乡风物人情、时光简宁的场域内，这是部当下慈溪散文所能呈现的真正的意趣盎然的现实主义作品，它勾连散落于记忆河床里的隐秘珍馐，它阐发习惯自我言说的山水情怀，它有秘色瓷退守涵养的隐忍，更具备了声如洪钟的五磊梵音。看似三章并不关联，却密不可分，它们都共同指向了基于精神故乡的现实主义情怀，和人，和事，和意趣，即便处处断章，也始终笔断意连。

作者有着浙东文人矜持、自谦和儒雅的天然血统，对于故乡山山水水、草木友朋的倾诉全都建立在一种极其日常化、耳语式的表达习惯上，就我认识的他来讲这是符合其内在精神气质的自然流露，不需要刻意的遮蔽和退守。梁实秋讲散文时说过"美在适当"的意思，在这里的适当，我以为即是一种含而未发的"节制"，并且是适度而精准的节制，书中写陪床日记、当我谈论三十年我在谈些什么、把鸣鹤放进时间里等，以及其他很多描写生命现场、时空交错和故土人事的篇章里，都浮荡着一股淡淡的伤怀情绪，人在面对衰老、病痛、意外时有着渺小无助的一面，故而表现为无助之伤，而在面对历史、时代和风物变幻时又会生出困顿、迷失和怅惘的一面，故而表现为憾情之伤。但无论如何方向明都能够把文字中的这种情感气味牢牢控制在自己手里，不至于过于浓烈而伤了自己，也不让它没入芳丛无迹可寻，这正是汪曾祺说到过的"我是希望把散文写得平淡一点，自然一点，家常一点的"。正是这

"家常"的味道，让生活在同一片故园下的你我，在《故乡书》中发现"回家"的小径，虽曲折蜿蜒却也清晰可辨，温情且雅致。

## 三、审辨之美与人文情怀的交相辉映

然而，作者不仅仅止步于优雅地"回家"，在他身上又同时具备着高度开阔的历史审辨和与生俱来悲悯的人文情怀，在《子陵风》里他写道："严子陵的意义不是做了什么，而在于他没做什么；不在于'归隐江湖'，而在于'得圣人之清'，完善人格，使贪夫廉，懦夫立"；在《它山堰与一个叫王元暐的县令》中写道："我有些恍惚。我无法表达我对这个伟大工程的心情，只将全身贴在光洁的石板上"，这种俯身低到尘埃里的文学的"行为艺术"，让作者彻底融入他自己创造的乡土背景，造成了一种全然忘我的、无条件的代入感，使读者在阅读中忘记了文字本身、情节本身，从而进入了生命的浩瀚星空。他写袁可嘉、写陈之佛、写余秋雨都有着不同的切入视角，那种文字里优雅的散乱，平和的动容以及哀而不伤的含蓄，看似写别人的故事，却都在讲述作者自己内心的参悟和观照。朱自清先生在《写作杂谈》里谈到散文的根本特点就在一个"散"字，当然这里的"散"并不是乱的代名词，而是一种美的象征，一种悠闲的美，宁静的美，一种信马由缰的美。我在《故乡书》里读到的全是"散"得云烟一般的大开大合，却处处感受着作者营造的那种悠闲宁静之美，闭上眼睛可以感受到他生活成长的这片乡土赋予了文字天然的花草气息，在这个美妙的园圃里，作者的性灵情怀得到极大的释放，当然是生活历练之后的灵魂面貌的独特呈现。

自余秋雨的《文化苦旅》起，中国当代散文面貌似乎开始有了某种别样的历史气度与内省的眼光，一个人即便是离开故乡走得再远，也逃不出内心的忏悔和诘问，虽狭义的"故乡"单指出生地，可作者在一次接一次出走故乡的旅途中不断地加深对广义故乡的眷恋和反思，他通过文字重新梳理了属于方向明的精神故乡、文化故乡和人性故乡。

在上虞的白马湖畔喝黄酒、拜墓碑，在台湾细看一位老人心中的故乡，在庐山书信给爱人讲山中的秘密，而在扬州兀自度过丰盈的"精神时间"，这一切经历有着数年的时间跨度，却对于读者来讲只在倏忽之间，须臾和亘古在羁旅者的步履下，如江南烟雨，分不清哪里是真实的幻象，哪里又是梦幻的真实。如果说余秋雨的大散文是某种黄钟大吕一般的民族精神史，那么作者的文字就是铺陈着浙东文学独有的清雅典丽的个性化叙事径流。当我们的散文一再强调智性、语言、形式、思想……却往往忽视了散文的身体性、在场感、生活场和真切的时代气息，也就是日常生活带给散文的现场，或许这些场域是驳杂、凌乱甚至粗鄙不堪，却能使我们的阅读和再体会进入了全方位的情感触碰，我想这也是方向明式散文文本的关键贡献，看似以叙事为主的语言轨迹，中间的跳跃性、片段性和自言自语式的独白絮语，给传统散文阅读习惯带来新的可能性，尽管这种尝试，作者也似乎没有明确的路径和理论架构，但我想正是对经典和传统的大胆"逾越"，才使得作者让自己的散文有了强大的内在气质，其言说的重心和文本的延展性具备了很强的自律性与生命力。这也许正是歌德指出的"风格是艺术所能企及的最高境界"的另一种现实创作中的实践指证吧。

## 四、"返乡"的又一种路径

我个人最喜欢的是他写生命场景里有关浒城记忆的片段，"那个我与孩子们朝夕相处的教室，或许已成为商场仓库的一角。我曾握着包了红布的话筒喊话的高台，是不是成了某个厕所的一部分，难以确定。过去了，一切都已成过往。"青春的印痕，鲜丽又耐人寻味，不经意间很多原本以为可以永年的人和事，忽而羚羊挂角。"向西走百多步有早夜商店，以及我们的精神家园电影院。早夜商店我们几乎不买东西，但那里有一个女营业员实在漂亮，……"又像是恍惚间闪过姜文电影《阳光灿烂的日子》里米兰的影子，而那个马小军早已隐没于文字背后，或许在书房的橘光灯下，要么在野村的静谧晚风里，又或者于落寞汹涌的人潮中一遍又一遍地听《梦回唐朝》。作者说，一听，漂泊的灵魂似乎就抓住了一叶孤舟，《故乡书》里，我知道其实全是孤舟，他的漂泊还将继续，不过前路也尚长，而他的文字定会越来越给予人以寻根续谱的向度，坚韧且水声潺潺。德国现代存在主义哲学家雅斯贝尔斯在其阐述中提到："人类并不仅仅由我们同代人所代表，但同代人能给我们带来震动!"，我由此联想到作者，又翻看这本集子，回忆如东海夜潮不停翻滚。

"文化隐士"不过是虚拟称谓，但在这本书里你全然可以寻得肌理清晰、脉络分明的一桩桩现实对应。而此刻，他就坐在你不远处，侧着脸望向窗外，似自言自语，细细听闻，尽是关于你我乡愁梦境中的绵长絮语。李敬泽讲"文学的一个根本功能，就是让我们互相走近"，我还想顺此跟一句，"而散文的一个根本功能，就是让你我返乡的心更坚定、更充盈"，也算是向作者和《故乡书》表达一点敬意。

原载于《文学港》2018 年第 12 期"甬上作家"栏目

# 想要远离，却又记忆

## ——读方向明散文集《故乡书》

### 徐俊杰

倘若想要了解一个人，就应该去他故乡看看。倘若想要了解一位作家，最简单的方法是看他的散文。散文比小说更直接的体现作者的生活和思想。"文如其人"往往更容易在散文中体现。故乡对于作家的影响是深远的，比如阿拉卡塔卡之于马尔克斯，湘西之于沈从文，北京之于老舍，高密东北乡之于莫言……故乡里的一棵树、一道河，一条路，甚至是一块砖或许都已经深深地印在了他的生命里，成为烙印，无法磨灭。故乡的这些事物，方向明先生记在《故乡书》里，我们可以以最直接的方式一窥作者的人格和文心。

方向明先生的《故乡书》分成三辑。第一辑故乡之风物，第二辑写故乡之人，第三辑写故乡之外。有里有外，有景有人，有出走有回归。故乡是一个作家心灵的港湾和灵感的源泉，《故乡书》犹如方向明先生写给故乡的一封家书，他在故乡书写乡愁。

故乡的书，与初心有关。故乡、乡关、故土、乡土……这些词都与我们记忆中那个鸡鸣犬吠，阡陌相交的小小村落联系在一起。正如方向明先生在后记里写道"我是在寻找精神的故乡。对，我是在寻找来路。"在方先生的散文中，我们看到了一个与故乡有着血肉相连，不渝情怀的灵魂。方向明先生的故乡是翁村晒场边的祠堂，翁山麓大屋，老家屋后的那条路，一只叫"胖子"的兔子。苏东坡说"此心安处是吾乡"，但反过头来讲，最能让人心安的，就是家乡。中国人的故乡，永远和母亲有关。方向明先生在《走不出母亲的目光》里写道"我现在仍清楚地记得我的脚步穿过了几条石板路,跨过了几座石桥,最后飞奔的脚步。母亲,方向。"母亲的呵护,让受伤后的作者感到心安。母亲,是生命的起点。母亲,是最终的乡愁。方向明先生写道"母亲,像一种无形的力量左右着我们的方向","我是一棵努力向上生长的树,但再高也在土地里。"方向明先生说,集子收录的散文都是五十岁前后写成的文字,他认为五十岁是个很好的年龄,尤其适合写散文。而我猜想,这些元素一定是在他的童年,少年、壮年的潜意识里记下的。故乡就是方向明先生的心中是一颗种子,随着岁月而长成了根,树越往上生长,根越往下延伸。枝蔓展现出来的郁郁葱葱和苍翠挺拔,都来自根的供养。

　　故乡的书,与乡人有关。方向明先生在书中写到的乡人主要有两类。一类是身边的故人。另一类是远离的故人。方向明先生写的人是生活中的人,代入感极强。比如在《请车神》一文中,他写道:"我来斟酒吧,却不见酒壶。姆妈并不抬头,说,开车可以喝酒吗?"简简单单两句话,非常传神。我家里祭祖先,请菩萨的时候,我的姆妈也俨然变身为一位大型活动的总导演,严肃认真,不苟言笑。当我说了不合适的话,她也不抬头,冷冷的回我几个字。我或顿悟,或汗颜。袁枚在《随园诗话》里写道:"一切诗文总须字立纸上,不可字卧纸上。人活则立,人死则卧,用笔亦然"方向明先生在书中写人叙事都写得很生活化,将蕴含在字里行间的真情实感书写的感人至深。不仅仅是对于故乡生活的展示,更可以让读者在文章找到自己生活的影子。于故乡有涉的故人中,方向明先生写了冯骥才、余秋雨、袁可嘉、陈之佛,这些大师的故乡也都是慈溪。王鼎钧在《臣心如水》一文中写道:"我是异乡养大的孤儿,我怀念故乡,但是感激我居过住过的每一个地方。啊,故乡,故乡是什么,所有的故乡都从异乡演变而来,故乡是祖先流浪的最后一站!涧溪赴海料无还!可是月魄在天终不死,如果我们能在异乡创造价值,则形灭神存,功不可捐,故乡有一天也会分享的吧。"人之有初,从一个地方走出去的人,往往带着某种隐隐约约,若有若无,却根深蒂固的地方印记。我想方先生将这些人物作为《故乡书》的第二辑,想表达的意思应该和王鼎钧先生不谋而合的，却又说不清具体"合"在哪里，此中有真义，欲辩已忘言。

故乡的书，与真实有关。散文之所以比小说、诗歌等其他文体更让人看到一个真实的创作者，就是因为其真诚。散文写作需要本真，更何况方向明先生写的是故乡。故乡是什么？故乡乡坊里偶遇的乡民，故乡是光屁股一起打闹的玩伴，故乡是饭后在石凳上乘凉的邻舍，故乡是一起工作的同事，一起学习的同学。这些人有部分被作者写进了文字里，而且这些人极有可能是这本书的读者。所以，方向明先生必须如实书写。而这样的散文创作很难。散文的人格，是品鉴文字时所表现出来的作者的人文精神和个性气质的风范。方向明先生在《故乡书》里面一是表现了创作者作为"真我"的自然人的属性。二是表现了创作者在生活中的感悟，体现了思想性。三是表现了创作者的亲和性和真诚性。第三点最可贵，贵在真，难也在真。

故乡是牵着情的乡愁，《故乡书》是一封夹带着江南烟雨的家书。多读一读关于故乡的书吧。读故乡的书，会给你一个审视自我，亲近故土的机会。读故乡的书，其实就是聊一聊自己的生活。《故乡书》是一个不错的选择。

# 他的芳华，他的望乡

## ——读俞白桦散文集《那时候》

吴铁佶

　　这本书到我手上，简素的一本，里面的内容超过我的预期，除却书中作为插图的不少收藏之外，有四大篇章，二十五万多字，作为主体的数十篇成体例的老浒山记人记事散文。回家翻看他的书，跳出几个成语来——欲罢不能，怦然心动，潸然泪下。我主动承诺写一个书评，作为他赠书的报答。

　　八年前在上林书社因人怂恿自费出小册子，他的《昨夜星辰》和我的《松子小品》是同一卷（上林文丛第三卷）出的。书印出后聚餐庆贺，他的话也并不太多。那时我们还素无来往。一次在南二环文联旁边的简餐店和朋友吃饭，他独个人正好也在用餐，记得他刚从他的母厂慈溪机榨油厂拆迁的废墟中风尘仆仆而来。

　　四年前看过他的一个以《童年》为题的摄影个展，我去看了还写了观后感："展名《童年》，他却没有回避苦难。未曾感知苦难艰辛的幸福，蜜罐里泡大的幸福是浅薄的缺钙的幸福。摄影好唯美，但唯美还不够，还需在生活里讨生活。摄影需要浪漫主义和唯美主义，更需要现实主义。"他的那次摄影展很聚人气，办得相当成功。虽然他们兄弟俩（白桦和丹桦）的大名早已耳闻。那时我们还素无往来。我们只是普通的博友。喜欢他的博文，当时我感到其文"关乎社会人生，文短意深，言近旨远"。今天读他的新书，尤以为然。喜欢他的行文风格，不做作，有情怀，没套路。

他的摄影风格和他的行文风格异曲同工。而他的摄影和行文都有诗的光彩。

摄影，集邮，信鸽，花木，电影，诗歌，素描，烹调，乐器，垂钓，会潜水，会理发，玩过蟋蟀，捕过幼蝉，觅过蝉蜕，很少有人像他那么会玩，有那么多的爱好而身手不凡，他懊悔"水性杨花"，不专而辍。我倒不以为然。他的摄影里有诗。他的行文里有情怀，当然也有诗。所以他当年的诗歌不是白写的。他的爱好和履历自然构成了他写作的养料，否则笔下不会这么丰富，洋洋洒洒，林林总总。《书痴》《我要读书》《我与诗》，大量的经典阅读，诗人之梦，画家之梦，演奏家之梦，作曲家之梦，跑龙套，演过匪兵甲等等，电大中文专业系统的学习，论文《李白咏月的主旨是挥斥忧愤》答辩后老师提议他终生搞古典文学研究，这样的底子，文字和文学的资质绝不会差。虽然他还是谦虚地说文学功底不厚。自然电大是他的继续教育，他的原初学历实际也仅仅小学为止，以后"文革"了，可想而知。但一个人靠的不全是原有学历，还要看他的终生教育。

不好说他的文章达到了怎样的高度，但至少不是虚肿浮夸的散文。少有些文章故作文雅故弄玄虚的姿态。巴金说过，我主张文学的最高技巧是无技巧，不要靠外加技巧来吸引人。无技巧当然不是不要技巧。而现在不少散文偏求往大里写，长里写，拖沓着写，似乎风姿绰约，以为得了正道。俞氏的《那时候》，提供了一个非虚构散文的样本。他强调散文的真实。他曾在他小册子的后记里说："我很粗心，不善于、也不会对文字精雕细琢。若说有什么长处，也只是我的故事、我的文字大都是真实的，就像当年我给女儿讲那过去的故事那样的真实。"在本书的前言，他又说："所有的故事都是自己亲历的，除了忘却导致'缺斤少两'绝没有添油加醋。"他这么谈自己的文字，我也已经感受到了。而他"不会对文字精雕细琢"，其实不正是"天然去雕饰"的夫子自道？这正是他独特纯正的文学趣味。他不掩饰自己的过失。即使少年的糗事也袒露无遗。他坦白，他坦荡。自小就是孩子王，十五岁开始在工厂的轧床车间讨生活，几度角色转换，"新时期"把他推上了领导岗位，但为官也有自己的风格和作为，而他的初心是尽量做好一个人，一个有情怀有趣味的人。所谓领导艺术，还不是人格魅力吗？而他最终还把自己视作一介草民。

作者不忘一个真字，尤重一个善字和一个情字。青工时因预备买一块手表曾有过受人嫌疑接受审查的委屈，所以他以后从事人事工作都采取很慎重的态度。他甚至对小偷也会给予同情和怜悯，向小鸟也会忏悔。同伴，同学，同事，不少都成了他终生的朋友。他至今还记得一个叫"舍于"的玩伴教他玩蟋蟀，学潜泳。他的这本书一出，首先想到和他母厂机榨油厂的工友们一起分享喜悦。因为这本书有他和工友们共同的记忆与悲欢。至今珍藏的手抄诗集《秋月集》既是他的处女作，也是他和小学同学纯真友谊的见证。《庆夫》《国明》《厂里的大学生》，都是纪念他的同事和好友，"我们七个人一起挑着行李进厂"，三个已不幸过早地离开了人世。作者依依痛别，感慨人生苦短。好酒，好客。一个重感情的人，他的周围总是不会缺少朋友和真诚的友情，他的生活也不会患得患失了。《年夜饭》《年猪》《义务剃头匠》，"那才是真正有温度的集体"，"许多好的、不好的习惯和脾气，我想大多是在这个时候形成的"，"我的车间还在吗？那曾经伴随、磨炼、充实或消耗了我整个青春的地方"，对国营老厂的特殊情感从他的字里行间可读出他的忘情。《我的车间还在吗》是他对国企的真情缅怀和呼喊，以排闼的诗行恳恳道来。本书编辑以为其行文与散文不搭，作者却坚持保留此篇，不忍割爱。

所谓文学性强，并不是辞藻有多华丽。他不避且善用民间话语。那时候物资稀缺，凭票买手表和自行车，公平起见抓阄解决，"手长眼睛，倒也心服口服不伤和气。"好一个"手长眼睛"！喜欢喝酒的人也喜欢做菜，听听他脑海里的菜谱：霉干菜烧肉，饭镬萝卜，扒茄，虾潺烧豆腐（"滚"改"烧"更好），葱烤鲫鱼。这些活色生香的语言是否也勾起了你那时候的情绪？汪曾祺这样的大家也是这样的风雅呵。有这样情怀的文字应该是美的，美在自然，美在朴素。朴素是大美。可惜此调多不弹，大雅久不作！

这是他自己留下的文字个案，又是老浒山和老浒山人的集体档案。关于老浒山的书不断面世，反响都很大很好。据我所知，较早的有童银舫、胡岳鹏编写的《浒山风情》，近年来王泽涣的画集《小城记忆》，黄小华、胡宪华的《浒山民俗》，桑金伟的摄影集《老浒山》频频走入浒山读者的视野，今天又迎来了俞白桦的散文集《那时候》，一起构筑成了老浒山的人文图景。老浒山人都有老浒山的 DNA，老浒山人总忘不了老浒山，但城区的格局巨变，真让人无可奈何，莫名感怀。浒山的游子回家，他何以再找回他的童年青春和过往？城市日新月异固然可喜，可谁知老浒山人的失乡之痛？老景物所剩无几，纸上的文字影像遂成了他们的慰籍和精神故乡。

不仅如此，他写这本书，还有一个企图，"如果这些故事还能让我们的子孙后代，了解他们前辈在这座小城里曾经成长和生活的状态，知晓已经发展得如都市的浒山往昔的一些情景，便是让我欣慰的事了。"忘记过去就是背叛历史。这本书自然也将担当"承前启后"的使命。

那时候，那些人，那些事，那些风物，那些地方。他为老浒山作记，为老浒山的"黄山黄河"作记，他为母校母厂作记。而散文又是一个人的自传和精神自画像。俞白桦的《那时候》，将会引起许许多多人的共鸣与同情，他将引来无以数计的热心读者，我相信。这位仙居籍的在母胎里从老慈溪迁到浒山新慈溪的早熟的赤子，在老浒山度过了他的幼年少年和青年，耳顺已过，这位爱用影像和文字记录的收藏者，奉献给他的同乡又一本新书。这本《那时候》，收录了他的小册子《昨夜星辰》几乎所有的文章，扩容成了一本记录老浒山三十年（一九五五——一九八五）也是作者个体三十年的散文集，还包括大量鲜见的收藏。他藏有一份他出生日1955.5.9 的《浙江日报》。他还藏有他读书时的报告单和各类奖状，来往于浒山和仙居老家的车票和购书发票，他当年的笔记本诗集和素描稿，他参加集资建房的收据，甚至还有他那时候玩过的弹弓等等。我在朋友圈见过他弥足珍稀的照片和几乎无所不有的庋藏，蔚为大观，曾建议他搞一个个人收藏展。其实据我所知他关于老浒山的文字积蓄远不止这二十五万，因条件所限有些图文最后还是忍痛了。好在这本书上已经刻录了他那时候、那个时代的芳华，倾注了他望乡的深沉与缠绵。书出版了，就成了天下公器，这将是三北人、老浒山人乃至所有望乡客共同的精神财产。

# 生活本来的模样
## ——读岑玲飞散文集《卸妆》

**戎焕瑾**

  在阴雨连绵的日子里，翻开了慈溪青年作家岑玲飞的作品《卸妆》，这是一本质朴无华的散文集，她的朴实一如封面青灰山峦上，落下的这样一段洁净的话语，"我对镜犹豫片刻，只得动手洗脸，一遍一遍地洗着，艳丽的脸一点一点褪色，最终，我的脸恢复如初，那是显得苍白、平淡，在茫茫人海中很普通的一张脸。"

  我想，我喜欢的散文该如史铁生的《我与地坛》，在荒芜而又充满生机的地坛里询问生与死的意义；在雾罩的清晨，在虫鸣的午后，在鸟儿归巢的傍晚，追悔那些人生再也无法追回的往事。我想，我喜欢的散文便如龙应台的《目送》，经历一次次的目送与告别，才明白所谓了解，就是知道对方心灵最深的地方的痛处，痛在哪里。我想，我喜欢的散文还如刘亮程的《一个人的村庄》，他说心地才是最远的荒地，却很少有人一辈子种好它。我以为，我总以为，疼痛过的人生才能孕育出最华美的篇章。

  可是这样一本质朴无华的散文集，该拿什么来吸引我？我翻开目录，总共分为四辑：戏剧风，动物记，岁月里，家常话。想来作者是位十足的戏迷，十八篇文章讲述了她从台下走到台上，从台前观察到台后的一段历程。鼓板"笃——笃——笃"地敲起来，唱词"咿~咿~呀~呀~"地念起来，戏剧舞台上美丽的面容化着美丽的妆，一切都让幼年时的作者为之入迷，吹着早春的夜的寒风，夜是温暖的。这样的温暖便一直伴随着作者成长，没有风的舞台在她笔下衣袖翩翩，清风徐徐；各种陌生乐器作打，在她通俗可感的文字下清晰成一个个专业的名词，"斗子"、"大司鼓""鼓板"等；戏里的模样，无限夸大、美化，可她愿意闯入这样的世界里，做一个美而忧伤的梦。

舞台上的世界令作者岑玲飞痴迷欢喜，现实中的生活更令她多情留恋，岁月的四季流淌在她的笔下，她把最优美的语句留给了这一部分。下雨了，四合院的雨便是一幅画，隔着诗意的雨帘，有着人世间难以选择的无奈。可她说，"春天里的树，它正好站在那里，你经过时它正开出美丽的花。"这不正是席慕蓉诗歌"一棵开花的树"的画面么，岑玲飞在赞叹它的美丽时，心里也开出了一朵纯净欢喜的花，"那么，我想，它短暂的一生大约没有遗憾了。"作者这样想着、念着，流逝的芳华里便更多了几分暖意温情。她写"初秋潮塘江"，我慢慢地读，慢慢地品，并不甚华丽的语言却在我脑海中浮现了许多画意诗情，有张若虚的"空里流霜不觉飞，汀上白沙看不见"的意境，有王勃"落霞与孤鹜齐飞，秋水共长天一色"的美景，在岑玲飞的笔下，这些画面浮现又沉淀，"芦苇露着秋的眉眼……流光暗转，年华渐逝，像祖母灰白的发，苍老的手，坐在轮椅上，一切都沉静下来。"在她的眼中，秋天是有脚步的，有的走得快些，有的走得慢些，而无论如何，这些都本该是我们平常生活中的陪伴，是美的感知与库存。我想起了蒋勋先生所说的，美的库存其实是在精神极度空虚的时刻，一个让你可以继续生存下去的东西，是使生命继续丰富、圆满的东西。莫名中，我忽然有些触动，我们似乎常常错失生活中的美丽，哪怕只是寻常的美丽，亦如作者所言，"我们总是在繁花落尽后，发现还有一种明媚的花刚刚在热闹地盛开。"

生命是忙碌而平凡的，生活中也的确会有许多的困难与阻碍，关于面包，关于物质，关于生存，可不正应该这样停下来看看，带着一双欣赏的眼看四季美景，怀着一颗悲悯的心看人间万物。生活自有它本来的模样，而有心人可以用文字为它定格。看岑玲飞的"动物记"，作者用了很多篇章来写她的小黑，胆小呆萌又灵敏的小黑。可我印象最深刻的却是那只与作者素无瓜葛的"长脸狗"，作者把自己退回到幕后，尽量用客观冷静的语言来描述这只没有主人的"长脸狗"的遭遇。我觉得克制内敛的力量更胜于一切，如马尔克斯《礼拜二午睡时刻》里那位母亲的隐忍，作者写道，"今天的节气是小雪，可太阳很好，就像春天一般温暖……但它现在毕竟死掉了……他们从此也不会在风里闻到狗身上隐隐的臭气了。"这样的语言就很好，狗对人类的信赖，人类对动物的无情，在"长脸狗"的眼神里，在人群的讨论中，作者的悲悯之心已经透过每一个文字在传递。读着这样的文章，我学习着，也思索着，在散文的世界里，作者如何发声，才最能引起读者的共鸣呢？

生活本来的模样，也许就是"家常话"里絮絮叨叨的亲情、长长短短的陪伴。它太普通了，普通的是我们每一个人都所能拥有的，没有大起大落的人生际遇，没有痛彻心扉的生命感悟。可是这样普通的生活也许又是那些悟过生与死，看透名与利的人渴求而不得的生活，它太普通了，普通得让我们忘记了它本身的珍贵。而这本质朴的散文集，也许能让我们重审我们对生活的态度，去正视这份"卸妆"后的平凡，去明白生命中最珍贵的拥有，就在这每一个普普通通的日子里。

有一天，我们都会老去；有一天，我们也想寻找今生今世的证据。刘亮程说，"我走的时候，我还不知道曾经的生活有一天，会需要证明。"我想，作者岑玲飞已经用最好的方式，来注解今生今世的证据了，墙会倒塌、草会枯去、月光会在记忆里褪色，而唯有文字可以打败永恒而无情的时间。

# 人生如戏复如梦

## ——读《裂瓷》有感

### 徐刚春

　　《裂瓷》是俞妍在 2018 年 7 月出版的短篇小说集，共收录了 19 部短篇，其中冠为集名的同名小说《裂瓷》，排在集子内第 11 篇的位置。我不知道这个集名的取得，是刻意的安排还是随机的选择，但无疑，我对这个同名短篇有了相当的兴趣，翻开这部小说集，第一篇看的，就是《裂瓷》。

　　《裂瓷》讲的是珊珊与丈夫余晖之间的婚姻危机——她觉得余晖出轨了。这个危机只是珊珊的一个梦境暗示，是不是真实存在，却是全文结束也没有明白交待。珊珊只是凭一个理由："你（指丈夫余晖）出差一回来，我就梦见送这玩意（瓷瓶）的主人了……"。

　　这是一个非常荒诞的理由，但是对于珊珊来讲，却是笃信无疑，用珊珊的话来讲："你知道小时候别人叫我什么吗？巫婆！"

　　小说里，对珊珊的梦境暗示之准，给了两个佐证。一是她从小就特别敏感，当初芸芸、小梅和她约好了去玩，结果她因为头一天晚上做了一个很糟糕的梦，有了不好的预感，就提议大家都别去了。但芸芸和小梅没听她的，结果小梅就出了事故，淹死了。虽然在事发半年后有一个男人因此事而被公判了，但对这起事故的过程，怎么淹死的？当时发生了什么样的事？小说都没有明确交待，甚至作为事故当事人之一的芸芸，在小说里也对这起事故讳莫如深。这应该是作者故意的一种安排，将故事置于无语处即于无尽处，充满了神秘感。（当然，我们还是可以从小说的只字片语中大概了解到当年这起事故，大约就是男人要糟蹋小梅和芸芸，小梅不从，就被淹死了，芸芸从了，所以活下来了。我不确定这么理解对不对，因为小说没有更为详实或者明确的交待。如果真是这样，这个逻辑是有一点问题的，对于杀人凶手来讲，如果真的杀了一个人，那么，就不可能放掉另一个人。）

二是她去找芸芸时，说了一句"昨天我梦见小梅了。要么，我们去看看小梅吧。"芸芸的回答是"最怕你的梦了，说不定又会闹出什么事来。"作为一个从小玩到大的密友，对珊珊可谓知根知底，那她说出来这么一句话，足见珊珊平时的梦是有多准。

好在，小说中还有一个梦，没准，那就是珊珊和芸芸去祭拜了小梅回来的晚上，珊珊梦见有人来偷芸芸的新车。当然结果这个车没有被偷去。这样就为珊珊丈夫的"出轨事件"打开了一道光亮————珊珊也不是每个梦都是准的。

可就在这个节骨眼上，明明迷雾正在消散的时候，珊珊却查实了余晖对她的撒谎：余晖对珊珊说昨天晚上去胡哥家下棋了，连输五盘。而胡哥却告诉珊珊余晖来了一下，屁股没坐热就走了。这对自己的梦境暗示本就笃信无疑的珊珊来讲，无疑是致命一击。她"疯了"，她因此而"坐实"了丈夫的"出轨行为"，从抽屉里翻出一把小刀，对瓷瓶进行了疯狂的切划——仿佛她正在切划的不是瓷瓶，而是那个她梦见的瓷瓶的主人。

我们的现实生活中，很多人都曾有过第六感，比如感觉会碰到一个人，然后真的碰到了，忽然梦见某件事，某件事真的发生了。准的时候，大多会大呼小叫一番，但是，毕竟是不准的时候多，所以也就很少有人会真的认真。但是，珊珊不一样，可能是她准的时候太多了，她深陷于自己的这种未卜先知式的特异功能里不能自拔。而这对她来讲，其实是一件很不幸的事，因为她所梦到的，多是不幸之事。（而事实上人之多梦，大多与人的多思、多虑、不安有关，这种精神之下，恶梦比美梦的概率自然要高得多得多。）合上这篇小说时，我在想，生活中很多的真相其实都是血淋淋的，那么我们是不是还要费尽周折去看？我们活在世上，是更需要"真相"呢，还是更需要"糊涂"？当面对难堪的"真相"时，那个"睁一只眼闭一只眼"的人，是掩耳盗铃呢抑或他才是一个真正的"智者"？而谁，又能真正做到如此"智慧"呢？

另一部着重要谈的是安排在开卷第一篇的《图画课》，一个小院子里，四户人家：我家、沙奶奶家、小和尚、呛蟹。其中我母亲和沙奶奶两个人的关系好到了腻歪的程度，而小和尚和我家及呛蟹家都不和，而呛蟹家则与三户都不和，我母亲甚至从不跟呛蟹老婆搭话。

但是因为房子的利益关系，这四户人家的关系，却发生了翻天覆地的变化：我家与沙奶奶家的关系开始变得陌生，甚至仇恨。我母亲不惜对外透露沙奶奶养过一个汉子的隐私，而与呛蟹家却构成了同盟。

《图画课》，其实画的是众生相：少不更事懵懂朴素的小燕，抖抖索索善良单纯的雪莲，嘟当不羁爱耍花招的表姐。本质善良却不乏市井的母亲，个性老实却脾气火爆的父亲，世故的二舅，泼皮的呛蟹老婆，被生活躺枪却又无可奈何的沙奶奶。等等众小人物，每天在一些鸡毛蒜皮的事情中全力以赴地刻画着生活的本色。看上去谁都是自己的中心，但事实上谁都只是生活的边角。在命运的大舞台上，没有谁是真正的主演。掩卷之余，最令人感慨的，就是那日复一日流逝的光阴。那年，"我"十一岁，而现如今呢？当然知道这是小说，不可与现实勾联，但我依然迷蒙在虚实之间：算起来，这故事，该有三十多年了吧？那个善良单纯的雪莲呢？是否依然善良单纯？那个嘟当不羁的表姐，是不是业已双鬓如霜？那个沙奶奶呢？还健么？可好？

生活是艰难的，生活中的人物，大多也都是渺小而自私的。有人的地方就有恩怨，有恩怨的地方就是江湖。一间房子不大，但足以洗出人心。逼仄的生活面前，没几个人能做到千金易笑的洒脱与豪迈。这世上，最残酷的一个事实是：利益面前，情义为零。如果没有为零，那就再加一点利益。

《青烟》这篇，也是比较醒目，因为这篇短篇，正是作者前几年所出版的另一本短篇小说集的书名。能两次入选，可见在作者自己的心目中，也是青眼有加之作。

这篇小说讲的是一个内心充满阳春白雪而人却已向现实生活低下四肢百骸的男人——郑心刚，在戏里戏外梦幻现实之间反复痛苦穿梭的历程。

他对睡觉时发出"高压锅气流似的鼾声"的妻子香梅是厌恶的。他喜欢唱戏，当年，他唱旦角，与陆子龙的生角，在台上经常入戏至深，以至于到了台下，他还常常出不来角色之中。与其说他喜欢唱戏，不如说，他喜欢陆子龙。因为他陪剧团老板娘刘姐的时候，就根本不想唱，就算终于唱了，也是唱不出来感觉。

他是喜欢陆子龙的，但是，陆子龙却是没有这个心思。戏是戏，现实是现实，陆子龙分得清清楚楚。刘姐是喜欢郑心刚的，三番五次想方设法想让他就范，但他无论是身体还是心里，都是不为所动。这种不明不白尴尴尬尬的关系，持续了很久，直到他被人（应该是刘姐的丈夫或者他所指使之人）用刀砍伤右眼角并伤及脑神经再也不能唱戏之后，戛然而止。——剧团倒了，陆子龙走了，刘姐也不知去向，一切情情爱爱恩恩怨怨滋生的土壤，没了。

这篇小说，让我想起了张国荣，想起他与张丰毅一起主演的《霸王别姬》，郑心刚何似电影里的程蝶衣，而郑心刚眼中的陆子龙就是程蝶衣眼中的段小楼了。只不过，程蝶衣为了爱，最后自刎在了段小楼怀里，而郑心刚，毕竟没有生活在电影里，他没有结束生命去成全爱情的勇气，而是蓄起了三八须，戴上一副黑框眼镜，娶了香梅为妻。

我们不知道他与香梅是怎么认识的，又是为什么会和她结婚。总之，他对香梅从心里心外都是厌恶的。却不得不和她生活在一起，不得不应付她的"无休止的唠叨和上床睡觉"，对于后者，他甚至"恨不得打她两个嘴巴"，并骂她一声"婊子"，但他终究是没有骂出来。这种内心与行为严重割裂的人格，或许反过来可以解释他为什么既厌恶香梅却又娶了她为妻的行为吧！

现实生活中，有多少人是郑心刚？明明厌恶，却日日为之，明明喜欢，却不得不远离。有多少人可以做到程蝶衣？为了一念之纯，可以真正放弃一切，直至生命?！

记得以前和作者有聊过小说的创作，当时她说的两句话我印象至今深刻，她说："一个作家，可以不讲道德，但必须讲情怀，必须关注民生，关注人类的情感与灵魂。"又说："这世上没有太明显的好人与坏人，写出人的复杂性才是关键。"

她是这么说的，也是这么做的，这部短篇小说集里，我看到她一直都在试图深入每个小说人物的灵魂深处，然后从各个层面剖析着他们复杂的人性。

话说回来，既然人性是复杂的，那么，又岂是作者所能剖析得完的？不过，话再说回去，正因为人性之无完无尽，我想，于是，就有了一二三四篇，于是就有了这部短篇集罢！

要给一部小说集写一篇面面俱到的读后感，无疑是不现实的，想提炼一些共性的东西，应该也是不明智的。因为作为一个有能力的作家，她的小说肯定是千人千面千篇千样的。如果一定要说一点，那么我想说的是"孤独"这两个字，这是两个悲伤的字，它们几乎贯穿在整本小说集中，无论是《图画课》中的雪莲还是《裂瓷》中的珊珊抑或《青烟》中的郑心刚，无论是《陪夜》中的舅舅还是《蜗牛》中的树青抑或《橘子灯》中的潘鹤鸣，包括其他篇章的那些主人公等等，莫不是孤独的。雪莲是被孤立的孤独，珊珊是同床异梦的孤独，郑心刚是沉湎过往的孤独，舅舅是亲人们各怀鬼胎的孤独，树青是欲行还止的孤独，潘鹤鸣是无人倾诉的孤独，他们或被动或主动，或事实或臆想，却无一例外地把大量的心思深藏于心，日夜纠缠。

生而为人，最深的孤独，或许就是来自于确实或者自以为的无人理解。我想，作者在写作的时候，应该有着强烈的感同身受。但是，她却只能与他们相互观望而无法拯救。因为从某种意义上讲，在她拿起笔的时候，她本身就已是一个孤独者，面对他们的痛苦，她也没有更好的拯救办法。所以，只能放任，只能忍心看着这些人物在无尽的孤独里挣扎，哪怕自己早已泪流满面！

那一刻，她与他们，是合体的；那一刻，她与他们，又是分离的。

这是一种灵魂写作，个中滋味，必如锤如炼。

最后，我想提一个有趣的现象，在这本 19 部短篇小说的集子里，粗粗统计了一下，写到梦的有 9 部，唱到戏的有 4 部。我的脑海里就突然蹦出一句话来："人生如戏复如梦。"且以此句为题。

# 那桂花，那笛声

## ——俞妍小说《蜗牛》诗意赏析

### 方国祥

刚读罢《诗意的散文书写——从意象与意境探讨〈画梦录〉》，何其芳的散文集《画梦录》如梦如烟的意蕴，精致唯美的语言，让我感受到无穷的诗意。再捧读俞妍的小说《蜗牛》，我也感觉到阵阵浓郁的诗意萦绕左右。

曾听施战军点评她的短篇小说集《青烟》：很灵。也知道她还有一本短篇小说集《蜗牛》。翻看《裂瓷》目录，《青烟》《美容店的女人》2篇曾入编短篇小说集《青烟》，《蜗牛》《游戏》《胶水》《裂瓷》《顺眉》《逃离》6篇曾入编短篇小说集《蜗牛》。我揣测，这些2次入编的小说一定是作者所最珍爱的吧！我就谈谈对《蜗牛》的阅读感受。

《蜗牛》分13节，主要场景有3个，除了第7节是电影院，第1、5、11、13节是音像店外，都是办公室。小说主要叙述了男主角树青和3位女性之间的情感纠葛。反复地读《蜗牛》，感觉小说中似有那桂花香习习袭来，那笛声不绝于耳。

小说所写的时令多是秋天，桂花香气氤氲在字里行间。一开篇，树青收到美琪的短信已半个月，正犹豫着要不要参加她的生日派对。这时，"秋日的暖风，挥洒着桂花香。吸吸鼻子，人便有了困意。"美琪的眼睛特别亮，像戴了美瞳。她曾是树青的妻子，是小说中的女一号，此时与好上的别个男人"中山装"也分手了。第5节，树青午饭后散步，"未到公园，已闻到桂花的香气"。手机响了，树青以为是美琪的，一看却是陌生电话。"方便的话，折一枝桂花来哟。"传来的是办公室的新同事小米——小说女二号的娇媚声音，她的主动让树青愣住了。第6节，"桂花就插在小米桌上的矿泉水瓶里。拉下窗帘，办公室里像是到了夜晚，幽香凝成烟雾。"办公室里的午睡者是异性，显得尴尬又暧昧。小米诉说家里那位的不是，树青谎言安慰。爱，在心底萌芽。"树青缩了缩脚，看见矿泉水瓶上几粒桂花落下来。"过日子是琐碎的，庸常的爱往往抵挡不住衣食住行的考验。第10节，"树青捏着一枝新掐的桂花散步回来"，"娴熟地将桂花插在矿泉水瓶里。矿泉水瓶是小米新换的，这次用的是'康师傅'的蓝瓶子，插上桂花让人想到一帘幽梦。小米就喜欢每天翻新，制造所谓的浪漫气氛。"男配角小陆是树青以前办公室的同事，已经荣升。他又出现在办公室，非常主动地追小米。"小米拍了一下小陆的手，小陆手里的葵花子撒落下来，香味压过了桂花。"桂花小而秀丽，绿树丛中一点黄，但花朵茂密，香味极浓，香气宜人，是美好吉祥的象征。不过，最后的高雅的桂花香却被世俗的葵花子香味"压过了"。小说中此后再无桂花，直至第13节，"雪子飞扬的时候，日子像过了整整一个世纪"，给读者仅留下对已经逝去的桂花的美好回味，和对淡淡的忧伤的反复咀嚼。

小说从音像店拉开帷幕，桂花飘香后，"对面的音像店里传来笛声，清亮悠扬，只听一句就知道是陆春龄的《欢乐歌》。乐音一段段飘出来，洒水车般浇洗着街面。车流似乎也静了下来。"这一段写完了，读者也感受到了树青对桂花和笛声的钟情。树青走进音像店，"随手拿下了《流浪者之歌》——唐俊乔的独奏集。美琪最迷这个吹笛女子了"。"树青又挑了一张唐俊乔的《深秋叙》。"音像店里的女孩长得不好看，眼睛偏小，颧骨微微隆起。但声音带着一点点磁性，听着还算舒服。她包两张CD时长发垂下来滑到树青手上，树青恍惚了一下，突然问："你喜欢听笛子曲吗？"还说："爱听笛子曲的人，脸上很沉静，内心很狂野……"这是树青出于对长发女孩朦胧的好感吗？树青踏进办公室，男同事小陆换成了女同事小米姐，她抢着灌开水，"右手温润如玉，手指修长如葱。套用美琪的话，那是一双摆弄乐器的好手。"小米要借躺椅，

"树青抬起头，耳边像飘过来一阵笛声。"难道这是美琪第二？树青独自看电影《半生缘》，遇到小米挽着一个像影视明星黄海冰的男人，小米回答那不是老公，是在陪刚离婚的中学同学，并主动提出要树青休息天下午再陪她。面对小米"过来寻找他的手"，"他轻声嗫嚅着，手不知往哪里躲"，树青想入非非了吧？但当提出与小米约会时，小米却已被小陆缠着要去看维也纳乐团音乐会了。树青来到了音像店听维也纳交响乐团的 CD，想到的又是美琪听南北笛子名家 CD 的情景，他夸张地舞着双手说，交响乐"比一些民乐高雅多少倍呀"。长发姑娘说："原来您是个假洋鬼子……"回到办公室里，小米和小陆在讨论"忧郁王子"王杰那首《安妮》的伤感，林志颖《野菊花》的有味，树青见话不投机，撒气起身到了地下车库的汽车里。没听完《蓝色多瑙河》，就换成了蒋国基的笛子曲《水乡船歌》，"音乐在小小的空间里流动，他努力进入音乐，想象自己乘着小船在宽阔的河面上随波漂流……"树青骨子里还是喜欢笛声，下车想着怎样弥补对小米的无礼，透过办公室窗帘的缝隙，却见小陆的手贴着小米的脖颈慢慢爬行。小说在音像店落幕，又遇到了长发女孩。"树青感觉女孩呼出的热气弥漫过自己耳际，一股辨不出味的馨香也飘过来"："您上次要的《梅花三弄》已经到了，俞逊发大师，1988 年原声版的，音质好得没话说。"树青说："恐怕早有人给她买了……"似乎受了感应，美琪发来信息和照片，她怀孕了，男人是一个陌生的窄脸庞高个子。"树青打了个寒战。长发女孩端着一杯绿茶走过来，茶水的雾气氤氲着，女孩看起来像个仙女。"断绝了对小米、美琪的念头，长发女孩——女三号一下子上位，很可能升为恋爱的对象了。笛子，是传统民族器乐里深受广大群众喜爱的一种乐器，在"简陋"不起眼的外表下蕴含着惊人的艺术魅力，气韵生动，自然之中有深意。对于笛子曲、流行歌手，我知之甚少。为了读懂，按照小说出现的曲名，我听了"中国魔笛"陆春龄的《欢乐歌》，那华丽流畅的慢板和活跃欢乐的快板，让我真切地置身于江南的良辰美景之中。"美琪最迷"的吹笛女子唐俊乔，这个辽宁女孩先后师从赵松庭和俞逊发，我听了她的移植匈牙利音乐风格的笛子独奏曲《流浪者之歌》，奔放，悠扬；听了她的《深秋叙》，似看到了明朗的天，感到了丰收的喜悦。我还听了蒋国基自己创作自己演奏的成名作《水乡船歌》，听了俞逊发的《梅花三弄》《花好月圆》……比较朴树的《生如夏花》、王杰的《安妮》、林志颖的《野菊花》，我深深地感受了笛子曲以独特的艺术风貌所展现的迷人的魅力。

出人意料，13 节也即是最后一节小说的结尾 3 段，来了个大反转，接前面写长发女孩"像个仙女"后："突然，音响里放起了儿歌：'阿门阿前一棵葡萄树，阿嫩阿绿地刚发芽，蜗牛背着重重的壳呀，一步一步地往上爬……'"长发女孩问树青喜欢最能释放压力的儿童歌曲吗，树青说："我最喜欢儿歌了。"那笛声，有美琪的气韵，那桂花，有小米的芬芳。然而，美琪、小米固然美好，正像小说所引用的根据张爱玲作品《十八春》所改编的电影《半生缘》中曼桢所说："世钧，我们回不去了。"且将笛声和桂花的美好藏在心上吧，树青的爱情之路应该再出发，他突然发现"最喜欢儿歌了"。有人说，世界上只有两种动物能到达金字塔顶。一种是老鹰，还有一种就是蜗牛。蜗牛弱小、笨拙，却善良、厚道，从不伤害任何生命，这多像树青。蜗牛到达金字塔顶，主观上是靠它永不停息的执著精神，客观上则应归功于它背着一个厚重的壳。壳是蜗牛的保护器官，遇到敌人侵犯，将头缩入壳内避难，休息时也将身体全部缩入壳内，减少黏液散失以维持生命。面对恋人，树青行动迟缓；面对情敌，树青一味退却。听了儿歌《蜗牛与黄鹂鸟》，树青有所醒悟了吧？

《孟子·万章下》曰："诵其诗，读其书，不知其人，可乎？是以论其世也，是尚友也。"读《蜗牛》时，我想起了我与俞妍有一次文章的交集，锦堂学校建校 100 周年纪念文集《百年弦歌绕云天》收入了我对师范生活的回忆文章《桂花飘香的日子》，该书主编是周乃复，俞妍是编辑之一，她也有一篇文章入编。我找了出来——《锦堂，一条青春的河》。我们是校友，都是普师生，应是小学里的全科教师，俞妍却担任了中学语文教师。我读着这篇散文，犹如回到了母校。文章分三部分。第一部分就有："晚风来了，广玉兰和桂花树都偷偷地飘下几片落叶，像鸟雀的翅膀。"还有这样一段文字："有一个深秋的晚上，我在琴房里练习笛子吹奏《半个月亮爬上来》。'半个月亮爬上来，咿啦啦，爬上来；照着我的姑娘梳妆台，咿啦啦，梳妆台……'我一边吹，一边在心里反复唱着。当第一节晚自修快下课时，我的曲子终于流畅地从笛子里跑出来，我走出琴房门口，看见青石板白白的。抬头一望，原来天上的月亮也出来了，不大也不圆，却很执著地穿梭在云层间。我的心头依然笼罩着淡淡的愁绪，但在心灵一角似乎还滋长出一丝不易发现的暖意……"第二部分开头："当我像一只蜗牛，把自己深深地埋藏在壳里时，有人悄悄地走到我身边。"第三部分开头："桂花再一次飘香的时候……"这是俞妍 19 年前的散文，是一篇诗意的散文，桂花、笛声、蜗牛的意象全有。正像俞妍在小说集《青烟》的"后记"里所说："也许，人生的大树在少年时代就埋下须根。"多年以后桂花、笛声、蜗牛成了小说《蜗牛》里的意象，不过，那桂花、那笛声被演绎得更形象、更丰满、更美好，成为故事情节发展相得益彰的环境烘托，那蜗牛更是神来之笔，还成为画龙点睛的题目，为树青这类婚姻失败、恋爱失败的屌丝青年注入了坚韧，注入了力量。

爱情是风花雪月诗情画意，爱情是馥郁的桂花和悠扬的笛声，但是仅仅是悠然地享受爱情的小确幸，缺乏在爱的路上义无反顾的理性追寻，很多红男绿女的相爱往往会随时摔成一地鸡毛。芸芸众生如树青，已经失去了美琪，失去了小米，但愿以后能幡然悔悟，不再失去长发女孩。只有"咬定青山不放松"，炼成蜗牛负重奋进的伟大力量矢志不移砥砺前行，才能最终找到属于自己的"另一半"，赢得诗意的真爱和真爱的永恒。我想，这就是诗意的小说《蜗牛》对新时代人们寻觅神圣爱情而提供的正能量。

# 永远的"出卵兄弟"

## ——读俞妍小说《油菜花落蚕豆熟》

### 沈国华

　　读俞妍的短篇小说集《裂瓷》，所选的十九篇小说中，独独钟情于《油菜花落蚕豆熟》！回肠荡气，回肠荡气：义结金兰、情深似海、桃花潭水、情深友于……卖鱼的童达，种地的老三，一对赤卵兄弟，小人物大品格，平凡中见伟大！

　　在市场里卖海鲜的童达天天惦着病重的老三，和老婆范月花一起变着花样为老三弄吃的。荠菜鸡珍糊、昂刺番茄豆腐汤、河鲫鱼蘑菇汤……童达还把那一调羹鸡珍糊往老三张成大黑洞的嘴里送。伟大在陪老三看戏时，童达爬上三轮车后兜，倒坐在坐垫上，像抱大孩子一样抱住老三。伟大在老三问童达自己"下世还能做人吗"时，童达笑谑道：老三，你看看，下世你做人，我做狗。伟大在当老三惧怕棺材时，童达猛地掀开棺材盖，一脚跨进为老三预备的棺材中，盘曲着腿，像斜躺在浴缸里，拍着棺材沿笑："里面挺好的，老三，哈哈哈！"伟大在童达陪老三最后一次看庄稼地，陪老三最后一次看家里的陈设。伟大在老三去世后，童达夫妇还要为老三做上一碗黄鳝羹。童达对老三的无微不至，倾情付出，只为了一份情意："出卵兄弟"。

　　童达和老三一起长大，童达听父亲说过，当年东洋鬼子攻进来，祖父领着他们全家来到靠海边的七塘户，是老三的祖父收留了他们。童达从小就记得他家与老三家走得近，老三比童达小一岁，家里五个兄弟。童达跟其他几个男孩都玩不来，只跟老三是真正的"出卵兄弟"。老三结婚的时候，童达做伴郎；童达前妻病重的时候，老三夫妇帮衬；童达孤独时，到老三家蹭饭；老三做寿的时候，童达去喝酒……童达和老三不是同根生，胜似同根生。自打老三查出患了肝癌，童达成了老三最依赖的人，童达给"出卵兄弟"以无尽的关怀，送老三走完人生的最后岁月。这是人情之大美！是小人物谱写的友谊华章。自小而大，不离不弃，风雨同舟，相濡以沫，感天地，泣鬼神。喜欢这种感觉！致敬这种感觉！一种读之心里一酸、眼眶湿润的感觉。

喜欢这篇小说的理由似乎不仅于此。嚼之良久，体味到一种人生的轮回。多少年前，老三的祖父帮助童达的祖父，多少年后他们的子孙也是相互帮衬。童达的前妻去世后，老三夫妇帮衬着童达；老三的妻子去世后，童达和现在的妻子范月花帮衬着老三。田里的油菜花开花落，地里的蚕豆一年一熟。村委大楼的空地上，无论是县里送戏下乡，还是来了草台班子，都会叮叮咚咚地喧闹一阵。山不转水转，似乎一切都会重来，可似乎又是一切不可回头，因为，今年的花，其实不同于明年的花，今年的人，自然也比不得去年的人。想起穆旦的诗："让我的呼吸与自然合流！让欢笑和哀愁洒向我心里，像季节燃起花朵又把它吹熄。"是啊，生老病死，本是自然，文中的童达实在已是通达，他可以不避"晦气"，躺进老三的棺材，他可以在爬出棺材后拍拍手道，真没什么，住大房子住小房子，就是那么回事情。童达，简直是看开死生的哲人啊！哲人就在民间，只有对生活有一定禅悟的人，才会以仁爱之心，对自己的"出卵兄弟"以最温暖的临终关怀。

喜欢这篇小说的理由，还有姚镇上的、七塘户村里的淳朴民风。开小店的谢秋芬伸手推车，摆水产摊的老乔扔过黄鳝，路过的村民热情招呼，这是一幅幅最美最纯的乡里乡亲画。

小说写得中规中矩，一共十节，童达从市场回家，童达送菜到老三家，童达和范月花谈与老三相交的往事，童达带老三看戏，童达带老三看棺材，病重照顾一，病重照顾二，童达陪老三看庄稼地，童达陪老三看房屋里的陈设，老三去世后。其间通过某个情景插入往事，形成现实和回忆的交织。可以说，这是一篇写实的小说。生活实实在在，写法实实在在，读起来，感觉也实实在在。甚至，我还意识到，这样的小说，似乎是写给人到中年的人看的，因为只有年近半百的人，才会特别理解老三为什么在回光返照时，"要把自家的每块地都走遍，每个地方都拉一泡屎尿，就像孙悟空在如来佛手掌心里闹一闹。"也只有年近半百的人，才会特别体会到，童达，一个贩夫走卒，能在"出卵兄弟"快要走完人生历程时，不计时日，不计回报，全力照顾，是何等的至情至性，是何等的晶莹闪亮，是何等的义薄云天！一对永远的"出卵兄弟"。

# 他们从三北滩涂走来

## ——读岑燮钧小说集《戏中人》

**张建明**

逍林初中的岑燮钧老师，把近年来创作的几十篇小小说，结集出版。这部作品集共五辑，以《戏中人》为名。我挑选了自己喜欢的几篇，进行仔细阅读。读后，深为岑老师雅俗共赏的文风，精彩的语言，特别是专注于地方性写作的追求与努力所感动。下面，谈几点读后的感想，权作评论。

第一、雅俗共赏。

雅，体现的是常人的情怀。"戏中人"能登大雅之堂，一个很重要的原因是，里面各种人物的情感是与我们相通的。在周巷职高有一个叫成文波的老师，他业余爱好摄影，专注于拍摄人文照片，杂陈生活中的五味。他绕道到了舞台后面，观察演员如何化妆，如何补妆，如何自我欣赏，如何引得小孩围观，然后抓住时机按下快门，拍了一组"镜中人"。看了他拍摄的照片，觉得很精美，让人爱不释手。但是这些人物都不是本色的，都有很浓的脂粉气。而陈老师的小说呢，显得本色、清朗、可亲。摄影创作和小说创作，同为艺术创作，可以各具特色。作品集第一辑中的首篇《祖师婆》，作者塑造了祖师婆王素琴、张雅卿两位剡剧演员形象。王素琴和张雅卿，在台上明争暗斗，在台下勾心斗角，结下了恩怨情仇。这恩怨情仇，其实是因社会动乱、时代变迁而生的。正如文中所说，剡剧界是个江湖，是个活江湖，演员作为一个个体，在此江湖中生存，必然会出现生存竞争。而竞争往往会使人性扭曲，灵魂蒙尘。我认为，这就是常人的情怀，就是雅。

俗，熏染人间的烟火。随便打开一页，轻松自由地读着，慢慢地就会看到一个小人物走了出来。这人，一看就知道是我们三北的人，我们三北的俗人，我们三北的底层俗人。读了几个作品，一个个熟悉的小人物就活生生的站立在我们眼前了。这犹如在上海街头的农贸市场买菜，碰到了几个买榨菜的，一看都是我们慈溪老乡。在天津，有一个我们慈溪老乡冯骥才，他写了一部叫做《俗世奇人》的小说，塑造了许多津门的俗世奇人，而陈老师所写的这部《戏中人》呢，塑造了我们三北的诸多小人物，不"奇"，很俗，是属于我们三北的"俗世凡人"。第三辑一家人（之一）中《祖母》中的那个祖母，请三天裁缝，做三身新衣裳，穿一身，带两身，捋光头发去找"祖父"，要多俗气，就有多俗气。俗得掉渣，俗得透底。但正是这种俗，接得了地气，带给我们真实感。

第二、语言生动，令人叫绝。

小说是以语言为载体的，故事环境的描绘、故事情节的叙述、人物形象的塑造，都离不开语言。小说语言水平的高低，在很大程度上，影响了小说艺术水平的高低。岑老师的语言基础好，功底深，作品集中有多篇多处语言生动，令人叫绝。

在作品集第109页中间有这么一段话：

我们是聚族而居的，母亲晾衣挡了道，输钱回来的小叔见了气不打一处来，凶神恶煞的把内衣内裤直接扔到地上。"奶奶的，难怪老子手气总是不好，敢情烂婊子的三角裤顶在我头上！"

一个没有男人的女人里里外外都受气。

里面的叙述人语言，很简洁，三言两语就写出了输钱回来的小叔迁怒于物的窘态。而下面那句人物语言，就活生生地展现出其个性性格。在我们的日常生活中，的确经常会遇到这样的人，赌博输了钱，做事做不成，不怪自己，反而去怪别人。这些语言，使人物性格跃然纸上。

这是一句，还有作品集108页下边：

三个孩子跑了，祖母把家当扔得震山响，骂声的穿透力可达数里。他上骂祖宗，下骂活虫，把太祖母吓死了。

这是一段叙述人语言。说的是祖母外出找丈夫回来后的发泄。出去，只是几天，但是出去的几天中，家里的生活秩序打乱了。回来后，迎接祖母的是一个烂摊子。祖母不愿接受这样的现实，于是她便使劲地扔东西，使劲地骂。短短几句话，就把一个歇斯底里发泄着的"祖母"写鲜活了。这些精彩的语言，将人物对话不能展现的内容展现了出来。

第三、是专注于地方性写作。

岑老师的写作是植根于三北这片土地的，写出了地方性特征，凸现了地域特色。由于岑老师的作品，三北成了我们的高密东北乡。由于作品的出现，使三北这片土地也变得神奇起来，生长出了许多的人物，孕育了许多的故事。而每个故事又传递出了正能量，感动了你我。

三北平原，人称唐涂宋地。生活在这片土地上的人，都是移民。我们则是移民的后代。移民来到一片海涂地上繁衍生息，会遇到许许多多的困难，他们的生存更艰辛，生活更艰苦。为了生存，他们会选择各种各样的生活。《祖母》一文中的父亲，"是一个身强力壮的酿酒师傅"，他选择的是酿酒师这一行。做这一行，在以前经常需要出门在外的。正因为如此，才有祖母的外出寻夫。一个简单的故事，其实烙上了三北地域的印记。

如同庄稼的生长离不开土地一样，文学作品创作也离不开土地。我们脚下的这片土地，蕴藏着丰富的写作资源，有许多特殊的生活细节。岑老师珍惜脚下的这片土地，不断地汲取这片土地的营养，又立足于这片土地，写出了自己独特的人生体验。

据岑老师本人所说，作品集中的许多故事是听外公讲的，听妈妈讲的。这些外公讲的故事，妈妈讲的故事，就是三北故事，就是三北地方故事。小说重在写人物，而非故事。但是如果小说没有故事，缺少情节结构，也是万万不行的。如果《天方夜谭》没有一个套环结构，就吸引不了"国王"，如果《西游记》没有一个章回结构，就无法粘住读者。作品集中的多篇小说，在情节结构的安排上，都比较简单，多采用单一结构。如《祖师婆》一文，是先写"文革"之前的恩怨，后写"文革"之时的纠葛，最后写"文革"之后的团圆。又如《祖母》，是先写祖母出门，后写祖母回家。再如《五嫂》中，先写丈夫有外遇，她选择默默地生活，后写她无奈，她选择默默地离开。这几篇小说的情节，始终围绕人物来设置。作者所顾及的，就是以这样的艺术设置来刻画人物。作者很少卖关子，符合我们三北人直爽性格，也切合我们三北人的欣赏口味。读岑老师的作品，就如同在一处地摊上，采购刚捕捞上岸的海鲜。

我喜欢故事，我更喜欢个性鲜明的人物。期待能读到更多关于三北的故事，结识更多从三北的滩涂上走来的人物。当然不仅仅限于戏中。

# 老树春深更着花

## ——读施叔范《寄语旅台同胞》

陈克华

1979 年元旦，全国人大常委会发表《告台湾同胞书》，正式提出实现和平统一的大政方针。此时已 75 岁的溪上诗人施叔范（1904 - 1979），寄居朗霞镇女儿家，贫病交迫，困弱于气喘病，缠绵床榻，但他为这一文告的发表而感奋，渴望台湾早日回归，完成祖国统一大业。他以羸弱之躯，写成《寄语旅台同胞》诗六首。诗前小序："宅边杨柳，垂垂老矣；堂上高年，满头雪矣；骨肉亲朋，眼欲穿矣；高馆扫榻，欢候久矣；卅年倦游，可以归矣！谨媵（yìng）小诗六首，补不尽之意。"四字句式，五个排比，写得委恻感人。其诗云：

忍听天涯游子吟，倚间更有老人心。
年年草长莺花盛，两地思潮比海深。

菜青麦绿豆花开，三径松篁曾手栽。
帆影不遮衣带水，早能结伴赋归来！

月窟星球要共攀，还期炼石补云残。
台澎不少英雄手，满抱晨曦意最丹。

事大如天世纪新，史官下笔动星辰。
春风吹暖重洋水，浩荡云衢访美人。

华灯团坐隔沧波，遥赠明珠的灼歌。
一幅江山金碧画，归敕请看画如何！

回黄转绿苍生愿，句句真言是凤声。
一变惊人天亦笑，钧天广乐壮归程！

第一首，先写听觉，不忍心听浪迹天涯的游子吟咏思乡之诗。次写视觉。大陆的父母靠着家门盼望旅台子女归来的殷切心情。接着一转，写江南春色如画，年年草长，莺啼花开，两地相思如潮水高涨，用比喻夸张以情深比海深作结。明写父母盼子女归来，寓意祖国盼台湾回到祖国怀抱，实现统一大业。

第二首，先用白描手法，展示一幅春天田野的自然美景。麦青菜绿，豆花盛开，色彩艳丽，生气勃勃。田园里亲手栽种的松竹，已枝繁叶茂，挺拔秀丽。具体的意象构成特定的乡思乡愁，家乡的一草一木，都会使旅台同胞魂牵梦萦。语浅情深，极为亲切。台湾海峡一衣带水，再也不能限制两岸同胞的交往，亟望你们早日结伴归来！四句诗把对故园之思和乡关之情写得淋漓尽致。

第三首，展开想像，让我们携手去太空探索宇宙的奥秘，共同攀登科学的顶峰；像女娲炼石补天，凭着勇敢和智慧，让祖国河山展新颜。台澎地区有不少英才，满怀理想，迎着朝阳归来，一片丹心，报效祖国。用《淮南子》女娲补天的神话故事，发挥高度的想象力，突出中华儿女素有积极进取和衷共济建设美丽大自然的优良传统，表达了对诗人对美好生活的向往与追求。诗人具有前瞻眼光，去年 12 月，我国成功发射"嫦娥四号"探测器，开启了月球探测的新旅程。"满抱晨曦"，寓意旅台同胞回国前景光芒万丈。

第四首，写旅台同胞回国，事大如天，是一个新的里程碑，将永垂史册。两岸的坚冰被春风吹暖，已然解冻，炎黄子孙以磅礴的气概飞度关山，来大陆探亲访友、旅游参观，亲眼看看祖国翻天覆地的变化。"云衢"，云中大道。屈原在《楚辞》中，美人比喻君主或高贵的人品。

此处比喻祖国。

第五首，写华灯初放，大陆的亲人团团围坐，隔着碧波，向台湾同胞遥赠赞颂宝岛的明珠之歌：归来吧，台湾同胞！快来看看换了人间的锦绣河山！"灼歌"，典出魏晋陆云《失题》"灼如明珠"。"归欤"，见《论语·公冶长》，作告归的代称。

第六首首句"回黄转绿"原指时令变迁，树叶由绿转黄，由黄变绿，比喻世事变迁。咫尺天涯的时代将成过去，两岸统一，共谋发展是大势所趋，符合两岸人民的愿望。《告台湾同胞书》讲的句句是真言，字字为金玉，道出海峡两边中国人的心声，符合中华民族的根本利益。这一划时代的变化，连苍天也会欣然开怀。"钧天广乐"，典出《史记·赵世家》，指天上的仙乐。诗人再次展开想像，赞扬祖国统一是天遂人愿，示之以势，动之以情。

白居易说："文章合为时而著，歌诗合为事而作。"叔范诗翁读了全国人大常委会的《告台湾同胞书》，诗情迸发，奋笔寄语，先后一共写了十六首诗，盼望旅台同胞回归祖国，表达他对祖国统一的殷切期望。这六首诗是十六首诗的开篇，一气呵成一个整体。诗人宝刀不老，满腹才情，匠心独运，巧设情景，运用比喻、夸张；巧用典故，发挥想象，融情入景；谊笃情深，感人肺腑。六首诗跌宕腾挪，首首变化，写得酣畅淋漓，慷慨放怀。此诗定能激起旅台同胞（其实诗翁有一些故旧滞留台湾）的共鸣，会产生强烈的社会效果。

诗人一介布衣，历经劫难，但"位卑未敢忘忧国"，家国情怀，表达了对国家和人民的深情大爱。老骥伏枥，显示出诗人的情操和豪情。顾炎武《又酬傅处士次韵之二》诗云："苍龙日暮还行雨，老树春深更著花。"叔范诗翁在风烛残年却不以年老忘其责，不以体衰堕其志，读后至为钦佩。

# 串起散落的珍珠

## ——读《溪上文钞》

### 黄挺女

手头的这本《溪上文钞》，是胡洪军老先生编辑校注的。当文友推荐这本书时，我还向童银舫老师讨要，没想到早已在赠我的一批书中。人往往是这样，总不知道自己所拥有的。就像没翻开本书前，不知道这本书所拥有的精彩。

《溪上文钞》2013 年 8 月由中国文史出版社出版，在扉页标有"浙江省慈溪市档案馆永久典藏"字样，这是一本经典之作。所搜集的是慈溪宋代至民国间 108 篇特别是明清时代文人留下的碑刻、题记、书信等散文。按地域分上下两辑。上卷为原慈溪、镇海二县北部、现慈溪东片；下卷为原余姚北部、现慈溪中西片。

从内容上看，编入选定的是以地方风物为记述对象的文章。我对这种风物记非常感兴趣。这 108 篇中大部分是胡老先生从光绪《慈溪县志》、光绪《余姚县志》和民国《镇海县志》、民国《余姚六仓志》等地方志书中收集所得。主要记述包括楼室庙桥等在内的建筑物题记、墓志、碑记、事记等，这些志记将我们慈溪大地上曾经发生过的历史记述下来了，让我们知道那些现在还存在或已经不存在的建筑物的来历故事。作为现代人，我们应该了解在我们的家乡发生过的事情。那些寺庵亭楼记则让人在读过此记后经过那些地方时，便觉到历史的厚重感与亲切感。如《重建长溪岭仰止亭记》让我在登临长溪岭时寻找有没有仰止亭的遗址；《重修万寿寺碑记略》让我回外婆家时张望那棵参天的老银杏树，回想那个重建的万寿寺原来有几百年的历史；而《公立三山高等小学校记》则让我明白浒山虎屿山上那个文昌阁有最早的浒山学堂，而后又成为文蔚书院，后改建成三山学堂的历史。在虎屿山徜徉时便觉得慈溪原也是有历史文化底蕴的，只是我们都没读透先人留给我们的历史文化典籍。

在文钞中大多数记是记事，比如第一篇《沈师桥记》。于地名师桥，我早已知之，却不知道也称"沈师桥"之来历，今观此文，赫然在目。文章记述了沈公的从河南沈丘来此并开办义学并建桥以便通行。原来是乡大夫沈公沈恒所建而名之，继而成为一乡之名（现已并入观海卫镇。后面还有一篇《重建沈师桥记》，并将桥原位置有变动在文末作说明，此桥现仍在，桥有记，多么了不得！这个记的不单单是一座桥，更是弘扬一种办义学的精神。

而有的记是表明作者的一种志向或说是处事方式，比如《遗安堂记》，作者是来复，字见心，元末学士，因世乱落发为僧。他为友张克仁之遗安堂作记，在文中提出"人之生也，孰不好安而恶危！"谁都喜欢安乐而讨厌危险，但处世中谁能精确地操控呢？"遗安"意取自汉时庞公"遗子孙以安"之说。安即平安，现在大多数人总是拼命地赚钱，想给子孙多留点物质家产，而不知道留点精神财产，可悲呀！看此类文章，陶冶性情，自有妙得。可惜来复自食其言，追逐名利，枉死明初京城"文字狱"之屠刀下。

从方式上看，注时既作题解又作注释，为读者扫清阅读障碍。这类地方志书竖排繁体字，没有句逗。一般人是看不懂，有点语文功底的也不一定能读懂，就算看懂要完全无障碍也是困难的。现在还有多少人能会句逗点校阅读呀！胡老先生将此类文章选定后，精心校勘，在文前加上"作者简介"与"文章摘要"，这样我们一看就知道是谁写的，主要写了什么。而在文后又有"注释"，对文章中出现的疑难字词句进行一定的解释。这样文章虽短却精，而胡老先生的注释与说明将古文献成为一种普及读本，让我们轻松阅读。如看到《天香书院记》文末时有"五世孙达道甫征余言记其颠末"句时，我想这五世孙名叫"达道甫"，真好怪的名字，待至看到注释"甫"为旧时男子美称常缀于其字之后，才恍然大悟，为我寡闻而汗颜。当我读到《海涂擒夷记》不禁莞尔一笑，这是种自豪的笑。全文只有区区二百多字，却是一篇极具历史价值之地方文献。作者是沈贞，清时余姚浒山（今属慈溪市）人。本文选自光绪《余姚县志》，标题是点注者所标。记叙的是清道光二十年（1840）夏，入侵我国沿海的英舰在胜山港外海涂上所陷，英兵登陆剽掠。而当时三山司巡检李凝炼听从作者意见，召集民兵围捕，大胜。后押解宁波的史实。读来真是大快人心。

还有一个特点是编注作者边编边评。编注不易，更见功力的是边编边评。区区几百年间，我们不了解的历史太多了。比如下卷有三篇《海堤记》，分别是宋代王安石、楼钥和元代陈旅所作。慈溪的历史就是一部向海要地的斗争史，每一次围塘造田，海难造成多少伤害已经数不胜数了。看到海难记真是忍不住心酸，生活在这片大地上的先民太不容易了！我最早在《余姚六仓志》中见到《海堤记》，为当时的家乡的父母官点赞！最早宋时县令谢景初建大古塘，从云柯至上林长二万八千尺，即东段海堤，为土堤，保塘内百姓民众免受风浪侵袭，造福多多。而此记由王安石作之，名人效应斐然。而后由县施宿重修共四万二千尺，其中五千七百尺为石堤，为全部海堤。楼钥记之。至元代，由州判官叶恒第三次重修海堤，全部为石堤，长二万一千多尺。由陈旅记之。此后百年无大害。胡老先生在元代陈旅的《海堤之》题解中作比较，直言"王安石此记实质内容少，闲话多多"；而楼钥之记也是"本末倒置，琐碎而少文采"；而陈旅虽名不及前二位，但《海堤记》却"紧扣海堤主题，字字着实，读来完美得体"。短短几句话，将此三篇堤记分别评论，实在精彩。让我们在了解历史的时候看清文章的优劣，最难得的是胡老先生不唯名是重，只重文章实质，这个说大实话的勇气让我佩服。

尤其难得的是，这是一本胡老先生的遗作。爱他的书友们，在他逝世后3个月内，以非常快的速度整理出这本集子。周乃复老师在序中说："这些珍贵的第一手资料，却像珍珠撒在荒谷中一样，散见各处"，可喜的是，胡老先生将这些"珍珠"捡起来了，串成一书，虽然我不能亲聆他的教诲，但是在文集中感受到他的儒雅，真是种莫大的幸福。

原载于《浙东》2018 年春季号

# 闲笔不闲

## ——读黄图珌《看山阁闲笔》

### 潘玉毅

　　说起明清的小品文，众人皆知陈继儒的《小窗幽记》、李渔的《闲情偶寄》和张潮的《幽梦影》，鲜少有人知道黄图珌和他的《看山阁闲笔》。我也是偶然间在书肆里拾得，不经意地闲翻了两页，顿时如获至宝，将之买来放于枕边，每日里读上几篇，如是月余，方才读毕。两百五六十页的书读完之后，我仍觉得意犹未尽，又挑几个自己喜爱的篇章反复诵读。

　　于小品文而言，《看山阁闲笔》无疑是个中翘楚，它的文学性和艺术性丝毫不逊色于我们熟知的《闲情偶寄》等集子。我们先前未知，不过是我们的视线未及罢了，一旦有所接触，便轻易离不得了。

　　既称"小品"，自是与"大品"相对，但这小与大只是篇幅上的区分，与题材和体裁无涉；既称"闲笔"，自然与八股文章大不相同，《看山阁闲笔》舍弃了呆板的说教，随心所发，又能自成格调。简而言之，此书当得上八个字：小品不小，闲笔不闲。

　　《看山阁闲笔》拢共八部十六卷，其大体内容作者在序言里已先作了交待："凡人品之大端、文学之大意、仕宦之大要、技艺之大略，分类成帙，时时翻阅，以自惊惕。然恐陈腐之气熏人，迂阔之论恶听，因续'制作'以脱人之俗，'清玩'以佐人之幽，'芳香'以艳人之目，'游戏'以怡人之情。"这段话交代了《看山阁闲笔》的几个重要门类，也表达了这些门类的非凡之处——"端人既不致委唾，而逸士亦良有同心"——雅俗咸宜，岂是等闲？

自《左传》而下，有抱负的读书人便将"三不朽"视为为人处世的最高准则。而在这"三不朽"中，立德又是最重要的。《看山阁闲笔》开篇二卷开宗明义，皆言人品，人品部第一句话就是"为士之道，首重人品"，紧随其后，立身、立品、立心、立行……一条一条，娓娓道来，如见霁风朗月，让人潜移默化之下，"自然似之"。

文学部则讲作者对诗文书画的理解，可以说这部分文字最能凸显一个人身上传统意义上所谓的才华。炼意、借境、师古、诗有别肠……如果将之单独摘出来，或许是一个不错的古代文学理论方面的文本。

相较于前两部，仕宦部和技艺部的文字略要枯燥一些，不过把它们当作说明文来读，却是我们了解那个时代的为官施政之道、医卜星象之学的一个极好途径。

制作、清玩、芳香、游戏，这是《看山阁闲笔》的后四部，也是书中最能体现闲情雅趣的内容。家居艺术、娱乐消遣、服装款式、书画装帧、山水之趣……这四部文字包罗万象，涵盖了大部分的衣食住行、吃喝玩乐。值得称道的是，作者言物不止于物，而是借着对某件事、某个物品的阐述，巧妙地向读者展示了自己的人生观和审美观。此处枚举一例——

当作者写到"供花"时，他先说"供花必须瓷瓶，其铜瓶所不宜也。然珊瑚树、孔雀毛，非铜瓶不可，但觉太俗。或于春老花残之际，剪彩以破寂寞可也"，意思是不同的花需要搭配不同的瓶子，而非千篇一律，随后再进一步，表示"古铜瓶曷若古玉瓶为尤妙。谓其随时供养一切鲜花活卉，无不宜也"，彰显了古玉瓶的好处。随后，笔锋一转，又谈插花之艺术——"折供花枝，取其有画景者，参差相应，疏密自如，宛若名人笔意。忌勿乱插满瓶，浑似一束柴薪，漫无章法，识者见之，先已知主人之行藏，不待接洽而后决其幽俗也。"短短百十来字，却道破了一门学问的妙法真谛，不由得不令人叹服。

据传，看山有三重境：看山是山，看山不是山，看山还是山。读《看山阁闲笔》，我们亦有看山的感觉，一者，我们能自作者的阐述中悟得一些为人为文的法门，二者，我们能自那桌椅摆放、窗纱技艺中觑得一丝古人的审美情趣，三者，我们更能从作者的闲笔里，从一砚一笔一花一竹中觅得逸致闲情。

最后得补充说一句，《看山阁闲笔》虽是文言文，却通俗易懂，语言上觉不出隔阂，读着亦不累，值得取来一观——也许读过之后，你亦会爱不释手。

原载《宁波日报》2018 年 9 月 4 日 B2 版

# 后 记

## 1

那么，就虚构一场雪吧
让山川和河流从雪原走向远方
我的马车又在哪儿？

世界喧嚣与我无关
多少人正在路上　还在路上
我只听麦子雪下的呼吸

　　一直在寻找，一个好的书名。读到沈建基先生的诗句，顿然妥了。虚构是文字匠的事业。虚构比真实更真实。

## 2

　　溪上文学如一股清流，不断有新的力量汇入。我们听到了淙淙的玉石般的声音，这股水流变得更加富有生机和活力。
　　许多青春的名字，青春的文字，清新地出现在这里。童莹，小说

《东风如意》，新诗《燕园四十五楼秋》，出手不凡，受到国内大刊青睐。郑超小说，跳脱，轻盈。沈渊新诗，新锐而不失典雅。车凌哲，新诗《捕泡泡的孩子》，透出 90 后的清新、别致，挡也挡不住。于小涵，散文《多多》，讲述与一条松狮犬的故事，有伤感，也有缱绻。

2018 年，胡飞白入选《诗刊》社第 35 届青春诗会，以青春的姿态，为溪上文学带来欢欣。

## 3

《哲学的牛》是 2018 年溪上散文的重大收获，昭示了溪上散文的一个向度，厚重和诗性的方向。这个收获，来自布依族诗人陈德根。《哲学的牛》是作者亲身经历的事和人，但你尽可以当小说读。或者叫诗性散文。已经做了父亲的德根，回想童年和家乡的往事，工笔兼写意，精准而诗意，又像连着大脑打印出一张脑电图，沟沟回回，曲曲折折，起起伏伏。

## 4

溪上文学自有超迈和坚守的风度。俞妍一直保持着很高的水准，不徐不疾，标示着溪上小说的走势。而对于岑燮钧而言，2018 年是其小小说的"燃爆"之年，频频亮相多种期刊，多次登上《小说选刊》等大刊。潘玉毅是溪上作家中的"劳模"，《姆岭之下是吾乡》是他献给家乡的礼物，以回望的方式致敬童家岙文明。他是 80 后，却也透露着怀旧的情愫，对于过往的怀恋和省思。虞建迪的文字，繁密而带着一种古意，别有风致。陈孟尔新诗，厚积薄发，与其书道一起渐入佳境。张寒依旧"坐南望北"，《在病房，听母亲说梦话》依旧深沉，缠绵。母亲的话，像是对我说，又像是对自己说，又像是对谁都没说，她只是这样习惯性地絮语，如公园里飘飞的柳絮，轻轻地萦绕在我耳边，从不重重地敲打在我心里。

## 5

许多好文章，是时间给有心人的馈赠。阮龙岳《胜山兰街戏》，许永涛《乌山看花随想》，沈国章《买菜记》，都是这样的馈赠。他们用文字与时间抗衡。自然，文字也没有辜负他们。是的，文字从来不会辜负喜欢它的人。比如沈碧荷，近年创作颇丰，真切而质朴。

许多文字，是一种"偶遇"。胡遐《看见二十年后的自己》，便是偶遇的产物，淡淡而来，淡淡而去。

## 6

有人对美国人和中国人的写信方式做过对比分析，美国人一般会把重要的事情写在最前面，中国人则喜欢先拉一段闲话，最后说的才是最重要的。说了一堆闲话之后，说几句重要的话：感谢热爱文字的资深企业家马信阳先生，是马先生的慷慨成全了这桩好事，使得这五年溪上作家们的文字能够以一年一本书的形式，呈现在世人面前，也为时间存一份档案。

方向明
2019 年仲夏于半亩方塘